我们这样长大

易难 著

东方出版中心有限公司

同伴不会永远是同伴
但同类总会在同一条路上遇见
送给每一位在路上的你

1

韩俊骁回老家的那天，正好看到街对面的家属大院被拆除。破旧的老建筑在漫天灰尘中被推土机缓缓推平，隔着一条街都能闻到呛人的灰土味。她家早在十几年前就搬进了一街之隔的动迁小区里。韩俊骁绕开烟尘弥漫的十字路口，抄了条近路进小区。

结婚后她一直住在北京，这几年并不常回家，回家也是错开所有的节假日，既可以避开客流高峰，也可以找借口说丈夫叶晓楠太忙了不能一起回来。但这一次她不得不回。她的行李箱里装了全部家当，因为她跟叶晓楠离婚了。

她没有工作，又被叶晓楠赶出了原本就属于他自己的房子，除了手机银行里的一点私房钱，一无所有。她正在心里打着腹稿，还没抬手敲门，门却突然开了，她爸气冲冲地要出门，差点撞在她身上。

“爸？”韩俊骁大吃一惊，“这么着急干什么去？”

她爸看到是她，也是一惊。“你怎么回来了？”

“你要去哪儿？”韩俊骁又问。

“我去派出所！”她爸眼睛一立，手里的拐棍敲在防盗门上咚咚作响。“你妈跑了！”

"什么？我妈跑了？"韩俊骁哭笑不得，"什么意思？"

"还能有什么意思？你妈跟人家跑了！我就知道，她这两个星期天天一大早去公园，楼下王婶说，她跟一个老头聊得可热闹呢……今天一下午没回家！手机还关机！不是跟人家跑了是什么？我现在就去派出所，把她捉拿归案！"

韩俊骁连拖带拽地把她爸请进屋，反手把门关上。"爸，你冷静一下，我妈……"韩俊骁还没有说完，她爸突然意识到了问题："你回来干什么？也没提前告诉我们一声？"

韩俊骁看着她爸的脸色，把打到一半的腹稿全都咽进肚子不打算说了，正在紧张，听到钥匙转动门锁的声音，她妈开门进来了。韩俊骁悄悄地松了一口气。果然，她爸忘记了要问她的问题，转头就冲她妈吼道："你还知道回来？你跟人家跑了得了！别回来了！"

她妈提着刚买的菜一脸懵圈："什么啊？我下午去跳舞遇到吴姐了，我俩就一起去焗头发了，刚去菜市场买完菜回来，谁跟谁跑了？"

"那你手机怎么不接？我给你打了多少个电话？"她爸继续怒气冲冲。

"啊？"她妈从口袋里拿出手机，"没电了啊！"一边拿着菜往厨房去一边说，"我怎么知道啥时候没电的！"

韩俊骁正想试着插一句嘴，厨房里她妈响亮的声音继续传出来："女儿回来了啊？怎么没提前告诉我们呢？"

哦，原来她看见我了。韩俊骁还以为她妈根本就没看见她。

"韩俊骁，你刚才还没说呢，你怎么突然回来了？"她爸把还未平息的怒火转向她，"不会又跟叶晓楠吵架了吧？你上次没打招呼直接回来就是吵架来着。"

从小到大，她爸只称呼她大名或者“你”，她妈就不怎么叫她名字，只是偶尔会叫她“女儿”。每次她一听到自己的大名，就像是回到了小时候无数个被罚站、罚写字、罚背书的夜晚，浑身上下立刻激灵一下，脑海中滚过无数种承认错误的方式。

“我……我没吵架。”事实就在嘴边，但她不敢说出口。“我就是回来看看。”

“明天就走？”她爸问。

“……明天就走。”她只好说。

她从小就不擅长撒谎，因为不管撒什么谎，她爸总能看出来她所有想要隐藏的东西，然后轻描淡写地戳穿她，就像在看一个无聊的笑话。但她更不敢让她爸失望。从小到大，不管取得什么成绩，她爸都不会给她肯定，只会说不够好。她爸看不上她嫁给叶晓楠，觉得他不过就是个北京土著，工作是靠家里关系找的，人没前途没能力，家没地位没权势，完全不值得嫁。虽然后来在她妈劝说下没再反对，但是连婚礼上都没露过笑脸。

整个晚上她也没敢说出自己为什么回来，第二天又被她爸妈赶出了家门。“一路平安呀女儿，到了北京发信息。”她妈说。相比于她爸的严苛，她妈倒是什么都不太在意，完全不像别人家妈妈为子女操心到夜不能寐的样子，或许她爸的操心已经足够让她成长为周围小朋友的榜样了。

现在这位榜样年过三十，没工作没存款，也没有自己的家。拖着行李箱重新路过那片家属院的废墟时，韩俊骁忍不住站住发了一会儿呆。

这座东北小城很贫瘠，但那个小小的院子里有她全部的回忆。她在那里出生，生活到十八岁，称不上童年有多辉煌，但在当时，全院的小孩都羡慕她。

她是怎么混到现在这般境地的？实在气不过，她拿起手机买了一张回北京的票。大不了就从头再来。没有叶晓楠，她韩俊骁一样可以，不就是从土著家属变成了纯北漂吗？北京有成千上万的北漂，又不在乎多她一个。

北京有成千上万北漂，也不在乎少她一个。回到北京，她像无数新北漂一样租了个便宜的短租房，开始投简历。一开始，她没想到自己能跟别人有多不一样。就算不一样不是优势，也不是劣势吧。

“你 2003 年上大学？”

“历史系博士？哦哟。2014 年才毕业？”

“博士不需要，我们这是基础岗位。”

“没有相关工作经历？抱歉，我们需要一年以上工作经验。”

“你三十五岁了？”

“有没有孩子？结没结婚？”

面试了几家公司之后，她开始意识到自己和别人的不一样，而这种“不一样”绝对是劣势。她开始慌了，想来想去，把招聘网站上的个人信息和简历资料给改了，抹去顶尖学府的硕士和博士学历，只剩下一个重点大学的本科。但新的问题又来了。

“我们这个职位没什么技术含量，薪水提升空间相对也不大。”

“我们这边更倾向于年轻新鲜的血液，最好是应届毕业生。”

韩俊骁小心翼翼地在心里算了算，应届毕业生已经是比她小十几岁的小朋友了。要是他们在等待面试的走廊里见到她，估计都要尊称一声阿姨了。但她还要跟这些年轻廉价的劳动力抢这口饭吃。

一天下来，韩俊骁一无所获，只剩下腰酸腿疼和失魂落魄。

明明只过了几天，几天之前她还在南三环的两居室里跟叶晓楠因为鸡毛蒜皮的事情吵架，几天之后，她就像个流浪汉一样被北京这个既包容又新潮的国际大都市抛弃了。

当然，她心里知道那不是鸡毛蒜皮的小事。她和叶晓楠结婚五年都没有孩子，公公婆婆包办了他们的婚礼、房子、装修，如果孙子可以包办恨不得立刻亲自上阵帮他俩生。是她的问题，不是叶晓楠的问题。叶晓楠还算善良，没有跟他爸妈乱讲她的隐私，只是和平地跟她商量了离婚。

度过了十几年在北京求学和生活的日子，到头来她仍然什么都没有。晚上她睡不着，趴在短租房逼仄而狭窄的床上翻微信，几百个联系人，有99%都是她不好意思开口相求的。翻到通讯录的最后，她看到了一个熟悉的名字：庄磊。

庄磊是她的发小，从小在同一个家属院长大，和她同岁，高中的时候她还偷偷喜欢过他，当然长大后谁也没再提起了。她点开庄磊的个人信息，发现他的地址显示在上海。也只能碰碰运气了，她试着发了个问候过去，没想到他很快就回了。

“好久不见，你怎么想起来联系我？”他问。

韩俊骁又不能说是一个一个翻通讯录翻到的，只好说：“昨天回老家，看到家属院拆了。小时候长大的地方没了，还挺伤感的。”

“是吗？我好多年没回去了，爸妈现在来上海帮我带孩子，不怎么回老家了。”庄磊说。

真滴水不漏，韩俊骁心里想。还没等她酝酿出一句回复，庄磊又说：“你一直在北京？”

“对啊，最近打算换个工作。”韩俊骁故作轻松，“现在跟年轻人抢饭碗可真难啊。”

庄磊很久没有她的消息，并不知道她的近况，也没搭话。过了一会儿，他突然没头没尾地给她推送了一个新媒体的招聘信息。她疑惑地点开了那条信息，竟然发现招聘的公司是自己很早就开始关注的，是一个文化媒体，写的专栏文章观点犀利有趣，经常被其他媒体和杂志转载。对于文史出身的自己来说，还真的算专业对口，比她这几天面试的行政、文案、策划、运营岗位都靠谱。

她越琢磨越觉得可以去试一试，却忘记了问庄磊为什么这么碰巧地给她发这条信息。提交简历的时候她犹豫了一下，换掉了之前隐瞒硕士和博士学历的简历，放上了自己的真实履历。

在短租房的那几天她睡得不好，经常辗转反侧地做梦。她梦到自己仍然和爸妈一起住在师专的家属院里，她跟在爸爸身后回家，别人见到爸爸都尊敬地叫他韩老师，也会摸摸她的头夸她懂事。她很得意，但爸爸转头就会吼她为什么小考没有考双百，让她到走廊里去罚站。她在走廊里站了好久好久，天都黑了，但是没有人来接她，她也仿佛不记得自己家在哪里了。她害怕地哭喊，但只能听到走廊里传来自己的回声，清晨醒来只剩一身冷汗。她摸出手机，看到了面试通知。

这家小公司在东四环附近的一幢商住两用楼上。韩俊骁在面试的小办公室里等了很久，终于等来了面试她的人。这女孩看上去很年轻，估计比她小好多岁，但气场却强大得很。她在韩俊骁对面坐下，拿起放在桌上的简历看了一眼，又看看韩俊骁。韩俊骁在心里默默盘算着她问自己年龄太大或是学历太高的时候要怎么应对，但她都没问。

“是老乡啊。”她淡淡地开口道。脸上明明带着客套的笑，眼神却是冰冷的。

韩俊骁有些措手不及。“啊？……你也是东北人？”她犹疑地问了一句，觉得这个姑娘看长相看表情都不像是要跟她套近乎的东北老乡。

“韩俊骁，”她轻轻地伸手点了点简历上的名字，“好久不见”。

韩俊骁突然打了个冷战，想起之前庄磊发给她招聘信息时说的那句“好久不见”。面前这个女孩的面容，突然让她觉出了一丝似曾相识之感，心里一凛，明白为什么庄磊会发给她这家公司的招聘了。

“你不记得我了？”对面的女孩问，“我可记得你。我们有十几年没见面了吧。”

韩俊骁惊疑地盯着女孩美貌精致的脸。

“那是哪一年？你高中毕业吧？……那天你可风光了，全城认识的人都来吃韩老师家女儿的谢师宴。”

韩俊骁是真的认不出来了。那年自己高考，刚满十八岁，她大概只有十三四岁，还在上初中。“李芊舒。”韩俊骁迟疑着念出了一个有些久远的名字。

“嗯。”女孩笑起来，“你想起来了？我现在改名字了哦。千书，一千本书的千书。”

韩俊骁仍然难以置信地看看她，又看看身处的这家公司。“你在这里工作？庄磊知道？所以他才会给我发招聘？”

“确切地说，”李千书看着她，“这家公司是我的。”

韩俊骁更惊异了，也不顾自己正在面试，忍不住拿起手机搜索李千书的名字，看到了她美丽的照片和底下长长的一串头衔：海归创业、年度文化专栏作者、自媒体品牌栏目、青年创业奖……她仿佛是在看另外一个不相干的人，就像微博上的那些大V一样，这和她认识的那个人完全对不上号。但她认识的那个人就好端端地坐在她对面，还等着要面试她。

她记忆里的李芊舒是那个家属大院里最不受欢迎的小孩，没有人喜欢她，没有人管她，没有人在乎她，谁都可以笑话她，谁都可以欺负她，谁都可以瞧不起她。包括韩俊骁自己。

“那我们开始面试吧。我看了你提交的样稿，觉得你的文字偏学术，不管从体量还是结构上，都要适合自媒体发布的风格……”李千书明显没有耐心再叙旧，清了一下嗓子开始回归正题，但韩俊骁却仍然沉浸在惊异之中回不了神。

“你那时……不是被学校开除了吗？”她实在忍不住，极其讨嫌地问出了这一句。

2

李芊舒拖着不合脚的旧运动鞋踢踢踏踏地上楼梯，隔壁邻居家的男生嬉皮笑脸地甩着书包跟在她身后。

“叫哥。”

“滚开。”

男孩比她大几岁，刚上初中，仗着跟她一个姓非说他俩是一家人，每天放学遇到她都让她叫他哥。

“不叫哥，我就到你们学校去告老师，到时学校就开除你。叫哥！”

“叫你奶奶个腿。”她转身拿起旁边不知道谁家放在走廊里的扫帚就往他脸上甩。她在楼梯上居高临下，扫把的尖划破了男生的脸。男生气急败坏，闭着眼睛捂着脸嗷嗷叫，她把扫帚一扔，轻车熟路地一溜小跑回了家。每次别人吓唬她说学校会开除她，她都用新学会的骂人词汇恶狠狠地骂回去，才不管是隔壁的讨厌男生还是看她不顺眼的老师，是同一个大院光着屁股、鼻涕拖了老长的小屁孩还是喜欢搬弄是非的邻居老大爷、老大妈。小时候的她也不会想到后来一语成谶，但她不曾在乎，毕竟被学校开除算是她听到的最没有震慑力的威胁。

她七岁那年来到这里，确切地说，是被父母扔到这里。姥爷和姥姥是师专的老职工，姥爷去世之后姥姥一直独自住在家属院。父母为了生弟弟一起躲去南方打工，把她留给了姥姥。

姥姥八十多岁了，身体不好，平日里最多能给她做口热饭吃，其他时候顾不上她，她便成了这院子里唯一“放养”的小孩，长成了北方干燥气候下的一棵野草，虽然缺水缺日晒，却能拼命地汲取每一分生命力，顽强地抽条拔节。同学跟她打架的时候，说“我要告诉老师”，但她并不害怕老师，甚至在理不服人的时候敢梗着脖子跟老师对骂。老师批评她的时候，说“你把你家长找来”，但她没有家长可以找，连开家长会姥姥都不会去，因为老人家耳朵背，老师说话听不清。

姥姥是她唯一的依靠，是她能够在这里野蛮生长下去的理由，也是她父母不要她之后答应给她一个家的唯一的人。她在外面闯了祸，只要回家姥姥骂她，怎么说她都不会还嘴，打她她也不会躲。不过姥姥不打她，一是打不动，二是姥姥看过她小时候被她爸妈打的样子，便舍不得再打她了，于是什么都由着她来。整个师专家属院都知道，老李家一个孤老太太带着一个没人要的丫头，人不大脾气倒不小，院里大大小小的孩子一旦惹到她，绝对没好果子吃。

她平日里上课也不听讲，一会儿玩铅笔盒里的蚂蚁，一会儿凿木头桌子上的碎屑，老师们管不了她，说她是野孩子，她反以为荣，偶尔逃出去一节课也没人抓，乐得逍遥自在。但是平日里惹是生非多了总不是好事，那天她独自放学回家的时候，遇到隔壁男生和他的几个同学一起在路上走。她一看赶紧转头想躲，但男生还是看到了她，上前几步就把她堵住了。“哎，”男生跟他哥们儿说，“就是那个小兔崽子，上次不叫我哥，还拿扫帚划我脸。”

几个男生拦住她不让她跑，她盘算着怎么才能找顺手的东西来打架，不小心在退后几步的时候把自己绊倒了。她心里这才开始害怕，觉得自己打不过，可能晚上回家要被姥姥骂了。那个时候，她对打架最恶劣的后果设想，就是晚上回家被姥姥骂。正在僵持不下的时候，她听到由远及近的几声自行车铃，接着一个声音响起："李宏峰？你们几个放学不回家在这儿干吗呢？"男生一抬头，立刻毕恭毕敬地站好："韩老师。"其他几个男生也参差不齐地叫："韩老师。"

几个人一散开，她立刻抓住机会头也不回地跑了，甚至都没看清那个路过的韩老师是谁。她一路狂奔冲回家，直到奔进熟悉的家属大院，看到院里有晾白菜的、收衣服的、来来往往放学下班回家的，她才喘着气放松下来。身后又响起两声自行车铃，她猛然回头，一个戴着眼镜的中年男人骑着车过来，冲她善意地笑："小丫头跑得还挺快，骑车都追不上你。你是哪家的？叫什么名字？"

男人身后，从自行车后座上跳下来一个比她年长的女孩，穿着她经常见到的初中校服，戴着眼镜，扎着规矩的马尾辫，也冲她礼貌而有距离地笑了笑。这种表情她常见到，班上那些成绩又好长得又漂亮的班长、学习委员、课代表什么的，嫌弃她衣服脏、不梳头或者不交作业，又不稀罕屈尊跟她说话的时候，也是这样笑。

"我姓李。"她有些谨慎地说，"我家住这个楼。"她伸手指了一下。

"哦，"中年男人若有所思地笑了笑，"这个院里的小孩我基本都认识，没怎么见过你。我姓韩，你也可以叫我韩老师，我们家在最里面那个楼，一楼，有机会去玩啊。"

她虽然性子野，但都是自己一个人跑出去玩，到别人家里玩还是几乎没有过的事。那是因为全院的大人都不喜欢她，认识她的怕她带坏自己家孩子，不认识她的看她那邋邋遢遢没爹教没娘养的样儿，也会叫自己家孩子躲远点。于是，她很没礼貌地一声没吭就转头跑回家了。

第二天是个周末，她下午的时候趁姥姥午睡一个人溜出来玩，想来想去，就绕到了楼后面。家属院不大，楼后面往里走到头，就是昨天“韩老师”说的那幢楼。虽然他说得模糊不清，但她一走近，就知道他为什么说得模糊不清了，因为整个一楼只有他们家最显眼，有一个自己扩出来的小小的院落，里面种着花和蔬菜，远远地看过去，就看到昨天那个美丽的女孩在客厅里弹钢琴。

那是她第一次见到钢琴，虽然她也不知道那叫什么，但女孩弹奏的简单练习曲在她看来都是既神秘又新奇的戏法。那个秋日暖洋洋的午后，她就那样站在别人家的院子外面，呆呆地听痴了。直到琴声戛然而止，弹琴的女孩看到了她，站起身从窗子里面跟她招招手，让她进来。

“我才刚学两年多，弹得不好。”女孩说，“我叫韩俊骁，你呢？”

能被高贵的女孩请进家门做客，她简直不敢相信，愣了好一会儿才答：“我叫李芊舒。”后来她回想起当时只有九岁的自己，真的像是被施了魔法一样，打开了一扇神奇的大门。她班里也不是没有乖巧伶俐的女孩子，但她对她们并不能产生真切的羡慕和好奇，当然也可能是因为她并没有去过她们家。她们平日里也嫌弃她，不愿意跟她说话。

韩老师从书房里出来，笑着和她打招呼：“每个小朋友来家里，都喜欢看我们家韩俊骁弹钢琴。”

“整个大院就只有我们家有钢琴，”韩俊骁骄傲地说，“整个班也就我有，整个年级我就不知道了。”她轻轻扬起下巴，李芊舒从来没有见过那么优雅而骄傲的神情。

“你没见过钢琴吗？电视里经常有啊！”韩俊骁说。

李芊舒摇摇头。一向对人张牙舞爪的她头一次觉得自己说话那么没有底气，凭空心虚起来。

“那你也不看电视吗？我上小学的时候，每天作业写完了，我爸就让我看半个小时动画城。”韩俊骁说。

李芊舒还是摇头，她家里根本没有电视。

“那，你想摸一下吗？”韩俊骁慷慨地把她拉到钢琴旁边，“也可以按一下，就按一下。”

李芊舒莫名地尴尬起来，连忙偷偷把自己的手往背后挪，使劲在裤子上擦了擦。刚刚午睡的时候睡不着，她一直在用手抠角落里的墙皮，抠得指甲缝里都是零落的灰泥。然后，她小心翼翼地走上前去，还差点被韩俊骁的琴凳绊了个跟头。她虔诚地把一个手指头触到琴键上，良久，良久，轻得不能再轻地按了下去。竟然没有声音？她小小的内心升腾起惊恐，为什么韩俊骁按下去就有声音？

韩俊骁就笑了，伸手过来耐心地按着她的手指弹了下去：“你要用力才有声音。力气大，声音就大，力气小了，就没人听得见你在弹什么了。”

如果说韩俊骁的钢琴是打开她新世界的大门，那么当她走进韩俊骁爸爸的书房时，那密密麻麻排了一整面墙的书，更让她的心灵受到了从未有过的冲击。那些书脊上的文字她根本不认识几个，但却觉得，她们每天上一节课只学一页书，一本书有那么多页，能够有人把这些书全都读完是一件太了不起的事情，比她们班上每次都考双百的学习委员还要了不起，比她们老师还要了不起，比她知道的最了不起的人还要了不起。这一间小小的书房，里面竟然有那么多她没有听说过的事情。在她尚未成熟的认知里，从不知道这世界上竟然有人可以这样生活，而且就在她身边，就在她每天生活的圈子里，就隔着一栋楼的距离。

“我爸爸的藏书是远近闻名的，”韩俊骁说，“我们班老师去年还组织同学来我家参观过呢！要是平常，我爸都不开放他的书房给人参观呢。”

李芊舒不记得自己后来是怎么离开韩俊骁家的，但是她记得，那个晚上小小的她平生第一次失眠了，满脑子都回想着韩俊骁嘴里说出的每一个她没听过的词。那是她第一次意识到，自己和别人眼中的世界，竟然有这样巨大的差距。

她突然开始讨厌起自己的生活了，也突然开始想通，为什么别人都讨厌她、不愿意跟她讲话了。后来她回忆起童年的时候才明白，就是从那天起，她找到了生活中的救命稻草。在别的同学还在忙着笑话她邋遢、笑话她没人管的时候，她已经意识到，她迟早要摆脱她的生活，变成想变成的人。

3

李千书从小会议室里出来，路过一个年轻女孩的工位，轻轻敲了敲她的桌子，“佳欣，”她说，“我要出门，你去帮我面试。”

“啊？”女孩瞪大眼睛抬头看着她，“姐，你确定？”佳欣去年刚毕业就被李千书招来做专栏，虽然年纪小，但是文笔好、脑子灵，目前所有的选题策划都由她把关。

“对啊，我要出门，你替我跟她聊聊。你上次不是说要招个实习生给你压榨吗？”李千书说。

佳欣不好意思地挠头笑，“呃，我开玩笑的。这个也不是应届毕业生啊，能愿意来咱们这小破地方实习？”佳欣看了看韩俊骁的简历说。

“看你了呗。”李千书说，“咱们现在不是也缺写稿干活的吗？机会来了。你想招她就招，不想招就不招。”她晃到自己的办公桌边拿了包和外套就出门了。

她的男朋友陶远今天从欧洲出差回来，本来准备去机场接他的，但这个意料之外的面试者让她当即改变了计划。她实在是太想看到韩俊骁如今是什么样子了。当年她被仇恨冲昏了头脑的时候，曾咬牙切齿信誓旦旦地跟庄磊说过，如果有一天能看到韩俊骁窘迫潦倒、一无所有的样子，她愿意付出一切代价。

如果不是今天这场多年之后的重逢，她还没有真切地感受到岁月在她们身上刻下的巨大变化。她差点认不出来韩俊骁了，记忆里的她是骄傲的、神采飞扬的、聪明伶俐的，但如今她穿着整洁而过时的衣服，素面朝天，细密的纹路已经爬上了眼角唇边，谦卑地坐在自己面前，来面试一个二十出头的应届毕业生都不见得愿意来的、即使实习转正了，月薪也只有四千块的职位。仿佛她金光闪闪的履历是偷来的一样。

李千书一边开车一边出了神地思索着，直到陶远的名字在手机屏幕上亮起。“我刚下飞机，还没出关，人多，得好一阵呢。”他在那边的人声鼎沸中说。

“你直接来我这儿吃饭吧。”李千书说。她绕路去了三源里市场，买了新鲜的甜虾、羊排、蔬菜和水果，然后回家做饭。陶远敲门的时候，餐桌上已经摆好了热气腾腾的饭菜。“哇！”陶远一进门就露出惊喜的表情，“一来就有这么好的待遇？我可好久没吃到你做的饭了。”

她和陶远几年前认识，又一起创办了现在的公司。陶远对她来说不仅是男朋友，也是合伙人。但两个人平日里都忙工作，已经很久没有在家里好好坐下来吃一餐饭了。“当然，你以为我忘了今天是什么日子？做了你爱吃的北极甜虾和烤羊排。”李千书笑着说。今天是他们在一起的纪念日，她确实忘了，还好有电脑里的日程提示。

“哎呀呀，难得，我们李大小姐今年竟然记得了！”陶远把行李放在一边，走过来拥抱她，“那我可得给她一个纪念日礼物！”

李千书笑着转身到厨房里去端出最后一个汤，出来看陶远拿着剪刀拆开了写着“易碎轻放”的大纸盒，然后从层层叠叠的泡沫海绵里拿出一个很大很漂亮的盒子，看起来还挺重，摆在了餐桌上。李千书摘下围裙擦了擦手，打开了盒子。

那是一套非常精美的酒杯，晶莹剔透的水晶被丝滑的天鹅绒包裹，整齐地排在盒子里，闪着看起来就很贵的光芒。“这个是德国的牌子，他们家的红酒杯很有名，我特意去买的，漂亮吧？喜欢吧？”陶远一副邀功请赏的样子，自豪地看着李千书。然后他就看到李千书的脸色变了，“啪”一声把盒子盖好，转身去了厨房，“我给你盛饭。饿了吧？”

陶远一头雾水，“亲爱的，你这是什么反应，我还以为你会喜欢这个礼物呢。”李千书已经盛了饭出来在桌边坐下，示意陶远也坐下。“吃饭吧。”

“不是，怎么回事？”陶远莫名其妙地说，“你不解释一下吗？这一套杯子挺贵的，我小心翼翼地飞了十几个小时带回来，你就这个脸色？你不喜欢我可送别人了！”

“嗯，”李千书把饭碗推到陶远面前，“行。一会儿吃完饭你就带走，送给谁都行。”

“李千书，”陶远脸色沉了下来，“你又在矫情什么呢？动不动就生气？”

李千书脸色也沉了下来：“陶远，我没有生气，我只是说这个礼物我不收，你可以拿回去送给适合的人。有问题吗？”

“有啊！”陶远说，“我特意给你的礼物，你不要就算了，总得给我一个理由吧？”

李千书没作声，良久，盯着桌上还冒着热气的饭菜，说：“陶远，我们在一起这么久了，虽然你不在我这过夜，但是饭吃了很多次了吧？”

“对啊，”陶远说，“怎么了？”

"你有没有发现，我家的餐桌上有一个特点。第一次来的时候，你还吐槽来着。"李千书说。

"我吐槽什么了？我怎么不记得了？"陶远疑惑地看着她。

李千书指了指桌上的菜："盘子杯碗都是仿瓷的。"又指了指厨房："锅盆是不锈钢的，还有塑料的。"

"所以呢？"陶远更困惑了，不知道李千书要说什么。

"我的厨房里没有易碎的餐具，我的客厅里没有玻璃的花瓶，我的书桌上也没有玻璃的水杯。"她指着门口刚被拆开的纸盒上四个大字，"我的家里，没有易碎轻放这四个字。"

"哦……"陶远恍然大悟地想起来，"好像我以前是说过你的不锈钢餐具太土了，还在公司笑话你用一次性纸杯喝红酒。但是没关系啊，以后用起来不就行了？这么奢侈的一套杯子，你下次请朋友、请闺蜜来家里做客的时候拿出来喝红酒，那多上档次啊！"

李千书皱了皱眉，站起身把放在餐桌上的礼物盒抱起来，走到门口放回"易碎轻放"的大纸盒里。"你没懂我的意思。"李千书说，"我说我的家里没有这样的东西，并不是想要你送我的杯子，而是想让你把你送的杯子拿走，我不会用。"

"李千书，"陶远不耐烦地说，"你有完没完了？送你个礼物这么多废话，爱要不要，我拿走送别人了。"

"好。"李千书平静地回答，"来吃饭吧，一会儿凉了。"

"你这么说我倒奇怪了，"陶远在吃饭的时候忍不住问，"你家里就没有玻璃的、易碎的东西？一个都没有？"

"可能也有吧。"李千书一边剥了一只虾放到他碗里，一边敷衍地回答。

"上次公司圣诞趴，不是谁送过你一个摆件吗？我记得那个也是瓷的吧，那你怎么处理？扔掉？转手送别人？“陶远问。李千书明显不太想聊这件事，就没接话。“所以你为什么不用易碎的东西啊？什么癖好？这么久以来都没怎么听你说过。”陶远不依不饶。

李千书一直没有笑容，脸色也不太好看。“我不想说这个，不用就是不用，没有理由。”她瞪了他一眼，“好好吃你的饭。”

“问一下都不行？怎么说也是男女朋友，我连这点特权都没有了？好歹我知道了以后送你礼物也不会再撞枪口了啊，省得又惹你这大小姐发脾气。”

“我什么时候发脾气了？”李千书终于忍不住反驳道。

“这还不算发脾气？纪念日我特意赶回来，你就这个态度？”

“纪念日我又没有忘，我一个海鲜过敏的人每次都会做你喜欢吃的，我说什么了吗？在一起这么久，你有在意过我的喜好吗？我以前就说过我不用这样的东西，你记住过吗？”李千书没忍住还是说了出来。

陶远一拍桌子站了起来，“你爱做什么做什么，我逼你了吗？我凭什么要一条一条记住你的喜好？我辛辛苦苦给你带回来的礼物你不要也就算了，冲我摆什么臭脸？”

他怒气冲冲地离开饭桌，“我就不信了，你家里没有一样可以摔碎的东西？”李千书没有拦他，他径直进了她的卧室，转了一圈，终于在梳妆台上看到了瓶瓶罐罐的护肤品中有一个细长的瓶子是玻璃的。

“你们女人真是矫情，天天嚷嚷说我不要这个、我不要那个，哪儿来的公主病？”他把那瓶子拿在手里，示威一般地看着李千书，“这瓶子不就是玻璃的吗？你不是照样在用？别跟我讲那些癖好，都是惯出来的！”

李千书面无表情，也没有起身，就坐在餐桌边，手里还端着饭碗，冷冷地看着他。她的平淡似乎更加激怒了陶远，他恨恨地瞪着她，看她还是没有反应，随手一甩，那个玻璃瓶子飞身撞在了卧室门上，立刻摔得粉碎。李千书没有看他，放下饭碗专心地给自己舀了一勺汤。陶远拖了自己的行李箱就要走，但是装着酒杯盒子的那个纸箱被拆开了，没有办法像他来时那样手提。他折腾了半天，很尴尬，只好艰难地抱起盒子，把纸箱扔在了原地。“李千书，你就是有病！我受够你了！”临走前，他泄愤一样对她说，“心理变态，你就是一个心理变态！”

门被咣地摔上了。桌上的饭菜早已凉透，李千书喝了一口汤，放下勺子，起身走到卧室门口。脚下细碎的玻璃碴散落在地板上流淌的液体中，闪着水晶一样的光芒。她蹲下来伸手去收拾，没有戴手套，毫不意外地被玻璃划破了手指。她无动于衷，也不觉得疼，继续徒手捡起玻璃碴。鲜血顺着她的指尖滑落，和地上的透明液体混合在一起。瓶子只剩下半个瓶身，她伸手去捡，在残缺的弧度里，她看到了自己扭曲的脸。但那又不像是她的样子，没有精致的妆容和动人的眉眼，看起来面黄肌瘦、灰头土脸，模糊不清的面容被破碎的玻璃倒映出无数个影像，只有那个死不认输的眼神看起来还有些似曾相识。

那是小时候的她，在她孤独恐惧的时刻跳出来，提醒她：每一个写着“易碎轻放”四个大字的东西，看起来美丽动人，却瞬间就会变成满地的锋刀利刃，不鼓足勇气鲜血淋漓地趟过去，就会被永远困死在绝望的深渊。

4

“知道错了吗？”

“知道错了。”

“行，站好了，别动。”

韩俊骁每一年都是学校推选出去的市三好学生，只有初二那一年落选了。虽然她的成绩仍然第一，还是优秀班干部，但老师在期末之后特意找了她谈话：“你每年都是三好学生，今年就大度一下。他是农村考上来的学校准备帮扶的贫困生，打算树立一个榜样。你就友爱一下同学，好不好？”

韩俊骁就点头说好。回到家，她拿了期末考试第一名的成绩单给她爸看。她爸点了点头，问：“今年三好学生的奖状呢？”

她说：“今年没有。”

“今年为什么没有？”

她就把老师跟她说的话原样重复了一遍。那天晚上她是一个人在她爸的书房里度过的。书房不仅仅是书房，还有另外一个功能，就是韩俊骁专属的禁闭室。一旦她没有完成她爸交给她的任务，或是完成得不够令他满意，又或是在学校没有拿到被要求的成绩，就会按罪领罚，在禁闭室进行自我反省。当然，反省的前提是她知道错了。

“以后遇到这样的事情，不能让。”她爸说，“该奖给你的就是你的，别人不够格就是不够格，凭什么要让给别人？你忍让，别人就会欺负你，将来怎么能成事？记住了没有？”

“记住了。”

在书房罚站是韩俊骁认为最好熬的惩罚。她的班主任老师带全班同学来参观她爸的书房的时候，她爸指着墙角骄傲地对同学们说，“看到没有，我们家韩俊骁就在那儿罚站的。”同学们纷纷仰起小脸，作出惊叹不已的表情。只有一个男生在出门的时候偷偷转过身来问韩俊骁：“你爸为啥要罚你站？你要是不服，可以跑啊？”韩俊骁愣在原地，还没回答，她爸就在身后喊：“韩俊骁！过来，说什么闲话呢？”男生就跟在同学们后面灰溜溜地走了，她也就没再思索过那个问题。

她爸以前是师专的老师，后来去了她所在的中学教历史，有时赶上她放学，她爸就会骑自行车带她一起回家；有时他还要留下来在办公室忙别的事情，她就一个人走路回家。韩俊骁有很多朋友，如果那些来她家书房参观、充满惊叹地欣赏她罚站的墙角的那些同学算是她的朋友的话。所以韩俊骁没有朋友，平日里都是一个人来来往往，老师和同学提到她会说是“韩老师的女儿”。下课或放学后，别的女同学都三三两两地聚在一起说笑，或者讨论昨天的电视剧，或者研究谁的头绳更好看，然后要么相约去学校门口的小卖部逛一逛，要么顺路的几个人一边聊天一边回家，只有她一个人，目不斜视地穿过人群，孤傲地独自走路回家。她爸告诉她，不要与那些人为伍，她和他们根本就不是同一个世界的人。他们的父母不过是工人或农民，而她可是出生在一个饱读诗书的家庭，将来也会是万中选一的栋梁之材。

在放学回家的路上，她意识到有人一直跟在她身后，就奇怪地转过身去四处寻找。“跟踪”她的人没什么技术，很快就从路边电线杆后面探出头来，被她抓了个正着。正是李芊舒。韩俊骁对这个比她小几岁、还在读小学的女孩没有什么好感，那天只是靠着大人教的虚假礼貌才请她进门做客。这个女孩和那些仰视着参观她家的同学又不一样，眼神和表情虽然不冒犯别人，却显出不自觉的攻击性，总觉得看起来很不好惹的样子。她甚至嫌弃那脏兮兮的衣服会弄脏她的琴凳和书房里的书。“有事吗？”她摆出一副学校里高年级同学对低年级同学的高贵态度，说。

李芊舒看她并不太友好，语气上顺势就又矮了一截：“我……我是那天去你家的，李芊舒。”

“我知道，”韩俊骁说，“有事吗？”

“……没有。”

韩俊骁就继续往家里走，李芊舒亦步亦趋地跟在她后面。

“你家里有那么多书，你都看过吗？”李芊舒问。

“没有。”韩俊骁说，“那些书都是我爸的，他会给我挑适合我看的书。而且我平时要学习，没有那么多时间看书。”

“你是在五中读书吗？”

“嗯。”

“五中很难考吗？我听老师说，今年我们小升初要按分数线录取了。”

“不清楚，反正我去年是全市第一名考进来的。”

“……”

一直走进了家属大院，李芊舒还跟在她后面。韩俊骁有些烦，就明知故问：“你家住哪个楼？”

李芊舒顺手指了指：“就那边。”

走过了那个楼，李芊舒却还跟在她后面，一路走到了韩俊骁家门口。韩俊骁愈发不耐烦，如果她爸看到她放学不回家，在外面跟其他不认识的孩子说闲话，是会生气的。“我到家了。”她说。希望李芊舒能明白她的意思，然后赶紧走开。但是李芊舒犹豫着，像是想说什么话，却又一直迟疑不肯说出口。韩俊骁嫌恶地看了她一眼打算开门进屋，把她关在门外。但就在她进门的时候，李芊舒终于问出了口：“我那天在你家的书架上，看到了《城南旧事》。”

“什么？”韩俊骁问。

“我们班读书小组要做这个的读后感，但是，他们都不借给我。”李芊舒说，虽然语气小心翼翼，但一双古灵精怪的大眼睛转来转去，让韩俊骁莫名觉得反感。

“什么意思？你想让我借给你？”韩俊骁说。

李芊舒没点头也没摇头，咬着嘴唇小心地看着韩俊骁。

“我们家的书都是我爸的，他轻易不借给别人，这个我说了不算。”韩俊骁说完，转身就要关门。但她爸听到声音，从书房里走出来：“怎么了？”韩俊骁怕她爸说她在外面逗留，有点心虚，立刻说：“她非要跟着我到咱家来，还要问我借书。”

“是吗？”韩俊骁的爸爸踱步出来，上下打量着站在门口探头探脑的李芊舒。“哎，这不是那天来看你练琴的那个小姑娘？”

“嗯。”李芊舒连忙点头，“韩老师好。”

“嘴倒甜。”韩俊骁她爸笑了笑，“想借什么书？”

“《城南旧事》。”李芊舒立刻说。

“你怎么知道我家有？”韩俊骁她爸问。

“我那天看到了，”李芊舒说，“在你书柜右边靠墙第三排。”

“咦？”韩俊骁她爸饶有兴趣地看了看李芊舒，“小孩眼力还不错啊。”

李芊舒得到表扬，眼前一亮，说：“就在《边城》和《骆驼祥子》中间。”

韩俊骁她爸闻声大笑，手一挥：“你去拿吧，借你了。”

李芊舒大喜过望，兴高采烈地说了声谢谢就径直进了门，丝毫没有理会站在一边的韩俊骁。韩俊骁心里有点不是滋味，说：“爸，那我去帮她拿吧。别把屋里东西碰坏了。”韩俊骁跟着进了书房，果然看到李芊舒手里已经拿到了那本《城南旧事》，但眼睛还不安分地在开着柜门的书柜里四处乱看。

“别看了，”韩俊骁故作威严地走过去，“拿了书赶紧走，看完了赶紧还回来，别把书弄脏了。”她审视着李芊舒断了一边带子的破旧书包和不合脚的鞋，不屑地说。韩俊骁她爸在客厅里正倒着茶，就听到书房里传来一声脆响。他连忙走到书房门口，看到韩俊骁和李芊舒在书柜前面面相觑，地上是摔得四分五裂的一个玻璃奖杯。“爸，”韩俊骁惊恐地说，“我告诉她了，不要碰别的东西，她就把你的书法协会奖杯摔到地上了！”

李芊舒手里还拿着书，脸涨得通红，紧紧咬着嘴唇，看看韩俊骁又看看她爸，却也不说话。韩俊骁眼看着她爸原本平静的脸色隐隐现出了怒气，满地的玻璃碴子在灯光的照射下明晃晃地刺得她眼睛愈发胀痛，心也砰砰地越跳越快。过了几秒钟，但她却觉得像过去了漫长的很久很久。“没事，你去吧。”她爸挥挥手，示意李芊舒离开。

李芊舒像是得到了特赦令，抱着书一溜烟地就跑了。韩俊骁完全没有预想到她爸就这样把李芊舒放走了。但李芊舒走后，她爸看了看她，一副了然于心的样子说：“是不是你打碎的？”

韩俊骁觉得自己的腿肚子抖得都要抽筋了，但还是坚持说：

“不是我。”

“行吧。”她爸轻描淡写地说，“那你今晚就在这反省吧，明早跟我说实话。”

在关禁闭的时候，韩俊骁是不能动书房里的任何东西的。她爸关了灯，顺手带上了门，就出去了。韩俊骁一个人一动不动地站在她专属的墙角，黑暗中她不敢动，因为一动可能就会踩到地上的碎玻璃，她也不敢开灯，因为她爸没让她开。过了不知道多久，她累了，也困了，实在没有办法保持站立的姿势，就靠着墙角缓缓地滑坐在地上，迷迷糊糊地睡了过去。在睡梦中，她还不忘谨慎地缩紧每一个脚趾，以免自己被地上的玻璃划到。

再次见到李芊舒是几天后，韩俊骁早上上学穿过大院，看到李芊舒拖拉着书包从楼里出来，身后跟着一个年纪相仿的男生。男生不断地用没爹生没娘养之类的话响亮地骂她，她却没什么反应，一个人闷声不响低头往前走。韩俊骁见状走过去，男生看到她过来似乎怂了，自顾自背着书包上学去了。

“书可以还我了吧？”韩俊骁说。李芊舒抬头见是她，脸上不自觉露出有些心虚的表情。“我过几天就还，”她说，“还没用完。”

“这都几天了？你怎么还没用完？”韩俊骁没有丝毫容忍，“而且，你别以为你能闯了祸就跑，你把我们家东西弄坏了，你得赔。”

李芊舒盯着她，说：“我没弄坏，是你弄坏的，你还推到我身上。”

韩俊骁立刻气得小脸通红：“是你弄坏的！”

李芊舒虽然年纪小，个子也比她矮上一头，但气势却丝毫没输，“是你自己弄坏的。你爸是不是罚你了？”

韩俊骁吓了一跳，“你怎么知道？”

“我就是知道。”李芊舒那双眼睛看起人来让人格外不舒服，她盯着韩俊骁的时候，韩俊骁总觉得自己被一个小屁孩儿给坑了。

“……如果不是因为你，我才不会挨罚！”她已经有些气急败坏了。

“才不是。”李芊舒说，“没有我你也会挨罚。你经常挨罚，是吧？”

那一刻，韩俊骁原本高高在上的态度不知为何就崩盘了，她觉得自己从小完美无缺的人生受到了空前的质疑。李芊舒和那些仰望她家墙角的同学不一样，她的脑子里不知道装着什么奇怪的东西，韩俊骁越想在她面前装出不可一世的优越感来，就越会被她漫不经意地戳破自己不知为何觉得耻辱的事实。

那是她第一次在她无比嫌弃的李芊舒面前落荒而逃。

5

韩俊骁还在回去的地铁上，就接到了刚才面试她的小姑娘打来的电话。李千书走后，那个小姑娘就进来坐在她对面，拿着她的简历问了很多问题，然后又发给她几篇稿子和选题，让她回去试写一篇。

小姑娘说得头头是道，既客观又不摆架子，真诚地夸了韩俊骁读书时漂亮的履历，但也诚恳地告诉她，第一，她们只是招个写稿子加运营的，薪资水平不会高；第二，她认为韩俊骁不太适合这样的工作方式。

高不成低不就，韩俊骁心里很清楚，自己的学历走到哪里都是一样的处境。她的心里积压着隐隐的怒火，小时候被李芊舒讽刺的那种难堪感受似乎又回来了。她甚至能够想象刚才光鲜亮丽的李千书坐在她对面，玩味的目光上下打量她的时候心里是怎么想的，估计巴不得看到她如今落魄的样子。李千书从小就是那样，看不惯自己的优越，绞尽脑汁要把自己跟她拉到同一个水平线上去。

“刚刚跟千书姐沟通过了，希望你能尽快把试写的稿件发过来，也尽快考虑。我们很期待你的加入。”电话里小姑娘和和气气地说。

这算是愿意招她了，比之前当面婉拒或是面试都不给的大大小小的公司强了不少，不知道是不是靠了李千书的人情。想到这里，她忍不住嘲笑起自己来。李千书怎么可能大发慈悲来给她雪中送炭？她盼着自己穷困潦倒无处可去，求之不得，要是有机会说不定还会落井下石。但她的确无处可去，再找不到别的公司招她的话，她真的只能把李千书当作唯一的救命稻草了。毕竟她如果想留下，就要租房子、要吃饭、要有钱生存。

在楼下的便利店随便买了点东西果腹之后，她就回到住处抱着电脑开始研究稿子。其间还忍不住再次搜索了李千书，看到了她微博的百万粉丝数，她出版的励志鸡汤书，她参加的访谈，甚至连她接的广告都搜出来看了。现在的李千书已经完全不是她印象中那个连书都没得看、连钢琴都不知道是什么、每天跟同院的男生打架打到鼻青脸肿、跟在她后面打着小算盘的脏兮兮的小女孩了。微博上要么是完美无缺的精修图，要么是自然不做作却又生动好看的自拍，随意发一条生活微博都是金句，发一篇长文、文化评论或是回答一个问题更会有成百上千条评论点赞转发。在那些金光闪闪的头衔下面，是一个美丽却陌生的面孔，无声地宣告着如今的她和如今的韩俊骁已不再是同一个世界的人。而韩俊骁的每一分理智都在告诉自己，她并不期待这样的久别重逢，更不希望三十五岁之后的人生还要和李千书这样的人扯上剪不断理还乱的关系。她关掉了视频，越想越焦虑，面对空白的文档写不出一个字。

熬到了深夜，突然手机响起信息提示音，她拿起来看，发现是她妈。“你和叶晓楠出什么问题了吗？”她妈问。自从她结婚后，她爸就对她失望了，从不过问她的婚姻生活，而她妈不是不过问她的婚姻生活，而是几乎不过问她所有的生活。所以韩俊骁只是叮嘱了叶晓楠几句，完全不担心这件事情在父母那里会穿帮。

不知道她妈是怎么觉察到风声的，她以为她妈根本不在乎。“没什么。”她心存一丝侥幸地敷衍回去。对话框不断地显示对方正在输入，输入了好久，她妈发过来一句话：“别告诉你爸。”韩俊骁觉得她妈一定是知道了。从小到大，她妈看似什么都不管，但心里什么都知道。这也正是韩俊骁恨她的原因。她什么都知道，但却什么都没做过。

好不容易熬夜写完了稿子，韩俊骁一边充满期待地发给面试她的那个小姑娘，一边恨自己贱。但又有什么办法呢？她在心里暗示自己是屈尊接受这份工作，而不是李千书看在多年认识的分上网开一面——也不过是让自己脸皮厚一点，姿态放低一点，期待再少一点而已。如果她接受了，等着她的就不仅是和二十出头的小朋友们做同事，也不仅是在离开象牙塔五年之后从头开始，而是真真切切地要在李千书手下当一个被呼来唤去的小兵。

心高气傲的韩俊骁，终于还是在生存的压力下低了头。在等待回复的那些天里，她问了庄磊。“是李千书让你给我她公司招聘简章的？”韩俊骁开门见山。庄磊过了好一阵子才回复：“不是啊，你在北京，她也在北京，我觉得你学文科还算对口，就顺手发给你了。”权且相信他。韩俊骁想了想，还是觉得奇怪：“你这些年一直有她的联系方式？”

“是哈。”庄磊莫名发了一个害羞的表情包，看得韩俊骁突然起了鸡皮疙瘩，“听说她现在还挺红的？看来也并没有拉黑前任什么的，有点良心。”

“什么？”韩俊骁以为他打错字了，“谁的前任？”

“啊，”庄磊说，“她啊。我也算是跟她有过一段。好几年了，有点记不清了。”

他说得轻描淡写，但在韩俊骁的心里，造成的轰动效应不亚于当年住的家属院老楼在她眼前尽数倒塌。好一个李千书！似乎算准了她会去找庄磊叙旧，算准了她会自投罗网，甚至算准了庄磊会不经意地透露他当年和李千书曾经有过一段感情。

这一刀刀戳得真准啊。

庄磊是她年少的时候喜欢的第一个人，也是她这么多年唯一念念不忘的人。她对着心里的白月光男神，不敢问他是什么时候成家生子的，也不敢多说自己的近况，叙个旧都要如履薄冰，结果一说到李千书，男神就发来毁形象的害羞表情包。让人作呕。

韩俊骁没有再和庄磊说一个字，她在心里狠狠地咒骂了李千书一整天，发誓再也不想见到那张虚伪做作的脸。然后，在小姑娘发来信息问她什么时候可以去上班的时候秒回："明天就可以。"

生活所迫。她洗脑一样在心里跟自己说。别看李千书张牙舞爪的，树大招风，她迟早有倒霉的一天。但洗脑归洗脑，她第二天乖乖地去了公司，还为了和年轻的同事拉近距离特意化了妆，穿了显年轻的衣服。不过李千书没在公司，她和助理去广州参加活动了，两天后才回来。

"这两天你的稿子我来帮你把关，你有任何问题问我就好。"佳欣友好地把她领到座位上坐下，说。

韩俊骁在心里安慰自己，别嫌弃钱少，就当是个玩儿一样的活，等熬过这阵子，经济上不那么紧张了，再想别的办法。

结果第一篇稿子就被佳欣改了好多遍都没合格。佳欣耐心地说了好多次，让她按照自己说的要求去改，但韩俊骁就是怎么改怎么不对，还拿出自己的道理来，甚至把读博时导师说的话都搬出来反驳。佳欣被她说得实在没办法了，又赶着要稿子，索性放弃了，自己拿着稿子去改了。韩俊骁心里还不满着，出去上厕所，回来的时候听佳欣在打电话，开着免提，里面是李千书的声音。

“你不用顾忌什么，写什么都要有写什么的规矩。读几个博士都没有用，有错你就尽管给她指出来。”

“我都是尽量提建议了，但是……”

“什么建议？说话太轻了，写得不对就是错，大错特错！让她回去重写，这几天你辛苦些，多盯一盯她的稿子，尽快达到标准，咱们好多选题都还没时间写呢，不行就别浪费时间在她身上。”

佳欣远远地看韩俊骁过来，立刻把免提按掉了，但韩俊骁还是听得一清二楚。当然了，佳欣应该就是为了让她听见。她不由得在心里冷笑，难不成佳欣把她当成李千书的关系户了？骂不得教不得？就李千书这破地方，别人都不稀罕来，工资都发不出多少，还配有关系户？越想越气，她甚至当场就想拍桌子起身说不干了。她读了三十年的书，还轮不到李千书一个被学校开除的小混混来教她怎么写文章。

“韩姐！”她坐在座位上正在出神，一个声音从她头顶上方传来。她一抬头，佳欣正一脸温良无害地看着她。“韩姐，你下班记得去交行开一个户哈，咱们以后的工资都走交行。”佳欣微笑着说。

韩俊骁立刻就又投降了。

下班之后，她还在电脑面前研究以前专栏里的稿子。别人都走了，佳欣也走了，她盯着屏幕专心致志。突然背后响起了脚步声，她吓得一激灵，猛地带着身下的转椅转了一百八十度，腰差点扭了。眼前是个颇有风度的男青年，穿着看起来价格不菲的休闲西装，散发着淡淡的古龙水味，他看到韩俊骁，显然有些困惑。

“你……”他犹疑地开口，似是等着韩俊骁做自我介绍。

“啊，我叫韩俊骁，是新来的。”韩俊骁连忙说，心里想着，这应该不会也是个拿每月四千块工资的人吧。

“哦，我说呢。”他恍然大悟，径直走向了李千书的办公室，“出个门回来怎么多了我不认识的人。”

这回轮到韩俊骁疑惑了。

“我叫陶远。”他一边在办公室里翻找着什么一边说，“我是李千书的男朋友，也是她的合伙人。”他很快找到了他要的东西，一阵风似的出门，临走还审视地看了韩俊骁一眼。“你是李千书招来的？”他再次表示了质疑。

“……算是吧。”韩俊骁只得承认。

陶远礼貌的点头并不能掩饰他神情里的困惑，他转身出门，嘴里还在念叨：“我还以为要招个应届实习生呢。”

韩俊骁愣在原地，觉得尴尬却也无法反驳，毕竟职场上像她这个年纪的人，不是瞄准高管就是自己投资创业了，比她年轻的李千书、陶远们赶上并分得了新媒体发展的第一杯羹，只靠自己的个人 IP 就足够自成一家了。只有她，在不闻窗外事的象牙塔里活了三十年，在海市蜃楼般的婚姻生活里浑浑噩噩过了五年，然后手无寸铁地一头扎进这个刀光剑影的社会。

她回到电脑前，继续改起自己的稿子。这碗饭，她吃定了。只要能吃饱，吃相再难看都没关系。

6

李芊舒第一次认真地写“读书笔记”，洋洋洒洒写了两页纸，对于她这种平日里连书包都不带回家的人来说简直是太阳从西边出来了。收作业的女生很自然地略过了她，她不满地站起身，把自己支离破碎的作业本用力拍在一摞本子上面。

“你为啥不收我作业？”她没好气地跟那个说话细声细语的女孩说。女孩也没那么好欺负，瞪了李芊舒一眼：“你说呢？你交过作业吗？”李芊舒看着自己那皱巴巴的本子，觉得是有点说不过去。那天她回家，破天荒地问姥姥要零钱买了新的作业本。除了学校要交的钱，她从来不问姥姥要钱，也用不上。二年级那年冬天她妈回来过一次，她看到姥姥跟她妈要钱，说她长大了，以后用钱的地方越来越多。她妈还生气了，跟姥姥吵了一架，说姥姥不体谅她在外的辛苦。但她妈却又告诉姥姥，弟弟在广州长大，有好多好玩的玩具，吃的用的都是很好的，不比那些大城市的孩子差。

从那天起她就不再和姥姥要钱，她觉得是因为她的存在让姥姥难办。看她要钱买本子，姥姥特别高兴，连连夸着“我的外孙女儿终于要好好学习了！”说着，姥姥从床头她的那口实木箱子里摸出“小金库”，一个破旧的布包，从里面数出几毛刮花的硬币，郑重其事地递给她。她在校门口的小卖部买了崭新的本子，开开心心地上学去，觉得自己离变成韩俊骁似的聪明伶俐的女孩又近了一步。

拿到发下来的笔记时，她看到那两页纸上被老师用红笔画了很多波浪线。她在别人的本子上见过，红色的波浪线就说明写得好。每次语文课上站起来读范文的同学，他们的作文上都有好多的红色波浪线。她心里美滋滋地欣赏了好久，舍不得扔掉画了红色波浪线的旧本子，就把那两页撕下来，问别人借了胶水，小心翼翼地粘在新本子上。

那天放学她打算去韩俊骁家还书，书和她崭新的本子一起好好地放在书包里。她原本每天上学都抄近路从家属院的墙上翻过去，翻墙要先扔书包，为了不把别人的书弄皱弄坏，那几天她都规规矩矩地走了门。

就在她走进大院的时候，一个讨人厌的声音又阴魂不散地在她身后响起：“哎，这不是我妹吗？叫哥。”她厌恶地一回头，就看见李宏峰痞痞地笑着跟在她身后。她立刻警觉地看看四周，这一次他并没有和他的哥们儿在一起，旁边只有一个陌生的男生，没有穿校服，穿一件很酷的夹克衫，抱着个足球，头发也不像别的初中男生那样剃得很短，而是留出一个足够耍帅的弧度，就像那时小女生在街上音像店淘来的香港四大天王海报上的发型一样。

李芊舒好奇，忍不住多看了他一眼。

“叫哥啊，几天不见，想你哥没有？”李宏峰嬉皮笑脸。

李芊舒转身就走。进了大院里，到处都是来来往往的人，她才不怕他。“几天不见你怎么还没死？上次扫帚没给你戳瞎，便宜你了。”她恶狠狠地说。

“行，”李宏峰说，“给哥道个歉，哥给你买糖吃，要不要？”

“滚，谁稀罕你的糖，恶心。”

她前面走，李宏峰就跟在后面，上前几步轻而易举地拽住她的书包带。“别走吧，那么早回家干吗？”他说，“跟你哥在外面玩一会儿。有没有不会做的题？哥教你。”

“你别拽我！”李芊舒用力扯，想挣脱他，但力气终究没有他大。旁边站着的那个男生一直皱着眉头，终于忍不住开口说：“李宏峰，别闹了，赶紧回家吧。”

“我哪闹了？我就跟她玩玩，开玩笑的。她住我们家隔壁，大家小时候都一起长大的，关系好着呢。”

男生径自走开了。李芊舒以为他会帮自己说话，但他并没有，只是露出嫌恶的表情看着她和李宏峰，就像看着两只缠斗在一起的家禽一样。

就在她一恍神的当口，李宏峰一把把她的书包带扯断了。她大惊，下意识地喊：“你给我书包！”

李宏峰哈哈大笑：“给你干啥，你书包里有钱啊？我看看。”他一把就把书包撕开，但是里面除了书本什么也没有。他坏心顿起，四周一看，正好墙边几个老爷爷老奶奶正忙碌着准备入冬腌的酸菜，巨大的酸菜缸摆了一排，一棵棵的菜正在往里面摞。他抬手一扔，书包不偏不倚地飞进了其中一个酸菜缸里。李芊舒尖叫起来。他洋洋得意地大笑，转身就跑没影儿了。

飞降的书包把老人家们吓了一跳。“谁家的孩子这么不长眼？”“我的菜啊！都是干净的！这败家孩崽子！”

李芊舒冲到缸边，从泡着菜的水里把书包抢救出来，也不顾旁边的老人们指指点点地骂她，就在地上把书本都倒了出来。她的书包已经太破了，完全不防水，虽然只是掉进缸里几分钟，但里面所有的东西全湿透了。那一刻她真是杀了李宏峰的心都有。

她坐在地上不知所措。崭新的本子毁掉了，可以问姥姥要钱再买；但是跟人家借的书弄坏了，她不知道怎么赔。那个高傲的女孩韩俊骁，又要用那种上等人看下等人的眼神鄙视她了。

一只手伸过来拎起了那本湿淋淋的书。“李宏峰那人太混了，我下次替你骂他。”刚才那个抱着足球的男生又回来了，还伸出另一只手把李芊舒从地上拉起来，“别坐地上了，冬天都要到了。”

“这是韩老师家的书，我给弄坏了。”李芊舒还沉浸在失落里。

“韩老师？”男生问，“就是住在后面那个楼的韩老师？”

李芊舒抬头看着他：“对啊。”

“他女儿在我们班。”男生说，“我叫庄磊。”

后来李芊舒渐渐地知道，韩俊骁并不像看起来的那么高贵优越。听庄磊说，她虽然永远考第一名，但并没有同学真的愿意接近她，因为觉得她性格古怪又不好相处。她只要做错了事，回到家等着她的就是韩老师著名的“魔鬼刑罚”，他们学校的老师恨不得全体去跟韩老师取经，为了培养出一个个像韩俊骁一样优秀的学生。

李芊舒那时还不太明白为什么，但她自私地不想去问姥姥要钱重买一本书赔给韩俊骁，就想着先拖一拖，自己想办法。但面对高高在上的韩俊骁，她又莫名地自卑，忍不住用受罚的事来讥讽对方。被她说中了，她觉得韩俊骁似乎要被气哭了，转身就跑掉了，果然没有再问她还书的事。

韩老师看上去那么亲切和善又饱读诗书的人，为什么要那么严格地惩罚韩俊骁？她借了书不还，韩俊骁是不是又要挨罚了？

韩俊骁放学回到家门口，就看到在她家小院栅栏外面蹲着玩蚂蚁的李芊舒。她皱起眉头问："你在这儿干吗？"

李芊舒见是她回来了，连忙站起身。"我今天早上不是有意的。"她坦坦荡荡地道歉，"书过几天还你。"

"哦。"韩俊骁漫不经心地点点头就要进屋。

"要是我不还，你会挨罚吗？"李芊舒追上去问。

韩俊骁敏锐地看了她一眼。"不知道。"她说，"但是我今天测验没有拿到满分，反正也要挨罚，你还不还都一样。"

"没拿到满分？"李芊舒不可置信地瞪大了眼睛。她的测验如果有一次及格了都是奇迹，要是八十分以上，老师又要说她是抄同桌的了。

"嗯。"韩俊骁说，"我的笔没水了，最后一道题就没写，所以没拿满分。"

"那你就说你的笔没水了呗？"李芊舒说，"又不是你的错！"

"就是我的错。我爸说，任何突发状况都不是借口，就是错，大错特错。"韩俊骁严肃地说。

李芊舒忍不住嚷了一声："那我要是拉肚子了，毛毛虫掉领子里了，我同桌把我卷子抢走了，学校着火了，也都是我的错？"

"对啊。"韩俊骁认真地说，"认错才能领罚。"

李芊舒困惑地看着她。"那你就别回家呗！不回去就不用挨罚了。"她灵机一动，慷慨地说，"你去我家吧！我姥姥耳朵背，家里多个人她都不知道。你躲一躲，等你爸气消了再回来，不就行了？"

"为什么要躲？如果我今天没领罚，明天挨的罚更重，就不只是在书房关禁闭了。"韩俊骁轻蔑地看了李芊舒一眼，"你什么都不懂。"

"我什么都不懂？"李芊舒有点生气，感觉自己好心被当成驴肝肺，“我才不像你呢，凭什么不是你的错就要认错啊？我连我姥姥骂我都不一定认错呢！”

“你是你，我是我。”韩俊骁皱起眉头来不再和李芊舒闲扯，急匆匆地进了家门。韩俊骁的眼神就和庄磊看着她和李宏峰的眼神一样，是一种智慧生物看低等动物的眼神。

李芊舒被她晾在原地。那天晚上，她忍不住好奇又悄悄地来了韩俊骁家。离得很远，她就看到韩老师的书房亮着灯，也听到了韩俊骁的哭声。那是一种很奇怪的哭声，不像她，她哭起来声嘶力竭的，一定要让整座楼都听得见，一定要把自己的嗓子嚎哑，仿佛受了天大的委屈。但韩俊骁的声音就像是被捂在枕头里的小动物，断断续续的压抑的抽泣声时有时无，听得让人心都吊起来，担心她下一秒就会断气。隐隐地，她听到韩老师的声音吼了一句什么，然后那抽泣声就再也听不见了。

门响了一声，李芊舒连忙在栅栏旁边蹲下。是韩俊骁的妈妈出来了，穿着围裙，走到小院里低头莳弄地上种的豆角。门里温暖的灯光照在她身上，李芊舒清楚地看到韩俊骁妈妈眼里有不停滚落的泪。在李芊舒幼小的心里，韩俊骁的家一直以来是个神奇美好的地方，她做梦都想拥有。但从那天晚上开始，她莫名地觉得，她这辈子可能都不想、也不会成为韩俊骁那样的女孩了。

7

“还可以。”

李千书看完稿子之后点了点头，顺口问佳欣，“你改了几稿？”

佳欣说：“也没几稿。韩姐挺聪明的，一点就透。”

一旁站着的韩俊骁没接话。

“行。”李千书说，“继续吧。”

陶远推办公室的门进来。“忙呢？”他问。佳欣就示意一下韩俊骁，两个人一起出去了。

李千书和陶远经常吵架，但总会在或长或短的时间内和好。他们心照不宣，深谙彼此的死穴。即使陶远在两天前刚指着鼻子骂李千书心理变态，他也能习惯性地精准失忆，没事人一样走进来，拉了李千书旁边的椅子坐下，就着桌上带着李千书口红印的杯子喝一口咖啡。“下周你什么安排？”他翻看着李千书桌上的日程表，“上次那个访谈约在周三下午可以吗？”

“周三不行。”李千书从电脑屏幕前移开眼，看了一眼手机里的提醒，“周三我有事要出门。”

“什么事？”陶远问。

“你忘了？”李千书说，“侠姐过生日。”

“哦。”陶远说，“那你哪天行？我提前定下来。”

“还不知道，我到时让琪琪告诉你。”琪琪是李千书的助理，比她小一岁，从创办公司起就跟着她，有两年多了。

“琪琪不是要辞职吗？”陶远问。

李千书敲键盘的手一顿，这才想起来，琪琪上次出差之前就跟她说过了要辞职。她是四川人，在北京读书工作打拼几年了，今年决定跟男友回老家结婚，自己做点小生意，不打算再回北京了。李千书虽然难办，但是也理解，所以没有挽留。

“我才想起来。”她皱起眉头，“这段时间也没打算找新助理，我先凑合一下吧。”

“你不是上周刚招了个新人吗？”陶远饶有兴趣地蹬了下桌子，移到可以看见办公室门外工位的角度，看到韩俊骁背对着他们，对着电脑孜孜不倦地码着字。

“……是。但不是助理，就是招她来帮佳欣写专栏的。”她抬眼远远地看了一眼韩俊骁，“一个老乡。”

“老乡？”陶远好奇地把椅子转回来看着她，“认识你这么久了，还从来没听说你有老乡。广州人？”

“东北人。”李千书看了他一眼，“我又不是广州人。”

“有点意思。”陶远说，“你不如让她试试当你助理，反正也没别人闲着，佳欣的专栏她自己也能搞定。”

“你开玩笑吗？”李千书说，“人家可是顶尖大学的本硕博，给我当助理？”

“哟！”陶远笑，“我们李大小姐也有妄自菲薄的时候？她是名校博士，你也是文化名人，她还不是得给你打工？”

陶远这个人有时是讨厌了点，但这句话说得李千书还真是受用。陶远走后，她一个人坐在桌边又看了一遍佳欣之前发过来的稿子。她承认，她让佳欣对韩俊骁吹毛求疵，就是想杀杀韩俊骁的锐气。大大小小的公司那么多，韩俊骁愿意低声下气地跑到她这里来打工，必是走投无路到一定程度了。如今看到韩俊骁吃瘪，她竟有一种大仇得报的快感。

韩俊骁从小可是那么拔尖的女孩，偶尔考了第二名都哭得不敢回家，名字和照片永远放在学校光荣榜上最显眼的位置。她毕业之后，李千书考上了她就读的初中，还恰巧遇到教过她的班主任。在老师眼里，她是万里挑一的模范榜样，所有学生都应该是她那个样子。

李千书发着呆往办公室外看。琪琪正从外卖小哥手里接过一大堆奶茶，挨个儿分给同事们，最后分到韩俊骁手里，她道着谢接过，然后认真地问琪琪怎么用微信 AA 收款。琪琪教了她之后，她就一个人躲回工位上研究。那边琪琪和佳欣几个人说笑着什么，她完全没有在意。

琪琪拿着一杯奶茶推门进来，“千书，喝吗？低糖去冰。”李千书就笑，“你怎么这么机灵。”接过奶茶喝起来。琪琪在她对面坐下，说，“我下周就不来了。帮你约的日程都告诉远哥了，下周没有什么问题。”

“嗯。”李千书咬着吸管，“你走了我可怎么办呀。”

琪琪笑，“别跟我哭惨，我还不知道你？拼起命来一个人顶得上千军万马。”

“你看，没人给大家买奶茶了。”李千书摆出一副哭相。

琪琪故意绷起脸：“AA 收款给我付了。”

“哦。”李千书噘起嘴。

“说真的，”琪琪说，“有没有我你都利索得很。大不了再找个应届的小姑娘，活动什么的还是要有个人陪你去的，远哥也不可能一直在。”

“应届的小朋友都干不长。”李千书说，“你忘了去年你做手术的那一个月？那个姑娘还是名牌大学中文系的呢，陪我去参加了一次签售活动就不干了，说，凭什么订酒店叫车都要她来？她又不是当保姆的！还说我写的什么狗屎一样的东西，装腔作势，臭不要脸。”

两个人相视大笑。

“你说，”李千书若有所思地看了看门外，“新来的怎么样？”

“嗯？”琪琪回头看了看韩俊骁的背影，“你说她？当你助理？”

“你觉得呢？”李千书说。

“她是不是比咱们年纪大啊？”琪琪问。

“比我大五岁。”李千书说，“简历上填的是单身，不知道会不会像你这样有一天突然回家结婚生孩子。”

琪琪不好意思地笑起来。“我也是没办法嘛。”她看着韩俊骁，也叹了一口气，“虽然这话不好听，但是希望我到三十五岁的时候，不会混成她这副样子。”

这句话让李千书愣了一下。放在从前，李千书是怎样也不会想到这样的话会应用在韩俊骁这种人之翘楚身上。就像如今偶尔有人会在见到她的时候表示自己的羡慕，说也想成为她的样子，总会让她有一瞬间的错觉，觉得现在拥有的一切都是在做梦，哪天突然醒来，发现自己还是一个在破旧的家属大院里蹲在墙角玩蚂蚁的小脏孩。

“叫你。”琪琪走过韩俊骁位置的时候说。韩俊骁正戴着眼镜盯稿子，怔怔地抬起头，“叫我？”

进李千书办公室的时候韩俊骁有些困惑，因为她的下一篇稿子才刚刚开始写，可能也会被佳欣改上无数遍，不知道李千书突然叫她不是为了稿子，还能为了什么。

“你……找我？”韩俊骁站在门口问。

公司里的小朋友都叫她千书姐，平日认识的熟人叫她李老师或千书老师——虽然这年头是个人就可以被称作老师了。韩俊骁这个书呆子进公司快一星期，硬是从来没有叫过她，开口就是“你”。

“嗯，你坐。”李千书说。

韩俊骁局促地坐下。

“还适应吗？”她问。

“……适应。”韩俊骁还能说什么。

“是这样。”她说，“我助理琪琪下周就辞职回家了，我现在缺个助理。你有兴趣吗？”

“啊？”韩俊骁将信将疑地看着她，脸上的表情仿佛李千书在说一个她听不懂的笑话。

“也没什么，大部分的事我都可以自己来，你可以问问琪琪，她会告诉你都要做什么。”李千书说，“如果你不想每天对着电脑和书的话。”

“对着电脑和书也没什么不好，”韩俊骁说，“以前在学校的时候帮导师做事情，也不过就是每天对着电脑和书。”

“是哦。”李千书说，“你们名牌大学出来的博士，在我这个草根手下打杂，委屈你了。”

韩俊骁不可置信地盯着李千书，难以相信这句话从她的嘴里说出来是真诚还是讽刺，想了又想，还是没有接话。毕竟李千书如今是给她发工资的人，接下来的饭钱和房租还要拜托李千书的。

“那……工资多少？”她终于忍不住，小心翼翼地问。

李千书满意地笑了，似乎早就预料到韩俊骁会问这个问题：“薪水还是会高一点的，自由度也高。唯一的要求就是我可能会在非工作时间麻烦你。你懂的，咱们这行本来也没有什么工作时间和非工作时间。”

韩俊骁点头，“行。”

李千书倒还挺意外的，没想到韩俊骁这么傲气的人会一口答应下来给她当助理。毕竟文人心气都高，靠码字卖钱还能勉强放下面子，真给一个她本来就瞧不起的人当助理，韩俊骁能坚持得下来？她可不信。

“千书真的超好说话的，只要你办事靠谱。”那天下班之后，琪琪最后走，跟韩俊骁说，“你不要担心。我认识她两年多了，她是什么样的人我心里有数。”

韩俊骁在心里冷笑，我认识她二十年了，她是什么样的人我比你还有数。

晚上，陶远没打招呼就来了李千书的住处，不用说她也知道是为了温存一番。但两人在一起几年，陶远从来没在李千书这里留宿过。他也不是不想，只是李千书无论多晚都会把他从家里赶出去。

“你真让那个新来的当你助理了？”陶远从床上爬起来穿衣服的时候说。他最近肩膀受风，疼得厉害，就在后背上贴了一贴膏药，在皮肤上像个白色的补丁一样显眼。

“是啊。”李千书说。

“你今天还说人家不稀罕当呢。”陶远说。

李千书笑了笑，盯着那个白色的补丁，“她就是一张狗皮膏药。”她说，“只要她还缺钱，只要她混不下去，就什么都稀罕，赶都赶不走。”

“那倒也是。”陶远点了点头，“咱们年轻的时候，不也是这么过来的。”

“下周侠姐过生日，你不和我一起去？”李千书问。

“我有事。”陶远说。

“嗯，你每年都有事。”李千书说，“大家认识这么多年了，你何必因为当年的事恨侠姐？”

陶远深深地看了她一眼：“谁说我恨她了，我又不欠她的。”

“是吗？那难道她还欠你的？”李千书漫不经心地问了一句。

陶远没再回答，开门走了。李千书一个人窝在床上看手机，手机上是侠姐发来的信息：“丫头，到时见。”

她盯着聊天背景那张渣像素的照片出神。那是十年前的她，一个面黄肌瘦的黄毛丫头畏畏缩缩地站在美艳动人的侠姐身边，就像天鹅旁边的一只土鸡。

8

韩俊骁好几天都没看到李芊舒阴魂不散地在她家小院附近游荡，顿觉清静了很多。但没等她清静几天，一次放学回家的路上，她没回头就听到了那熟悉的踢踢踏踏声。她不耐烦地停下脚步，转过身，李芊舒果然拖着书包跟在她身后几步远的地方。“你又想干什么？”韩俊骁嫌恶地看着李芊舒。

李芊舒伸手在书包里掏啊掏，掏出了一本《城南旧事》。但韩俊骁一眼就看出这并不是她借给李芊舒的那一本，这本书没有那么新，封面皱皱的，还有被折过书角的痕迹。“这不是我家的书。”她毫不客气。

“我知道……”李芊舒有些没底气地说，“这个是我在旧书摊上找来的。”

“那我家的书呢？”韩俊骁瞪大了眼睛。

“对不起，你家的书被我弄坏了，毁得不成样，我只是想找一本一模一样的赔给你……”李芊舒心虚地说，“要是韩老师罚你，我去跟他道歉。”

韩俊骁不喜欢别人谈论她爸对她的惩罚，于是打断了李芊舒的话：“行了，拿来吧。”她劈手抢过李芊舒手里的那本书转身就走。李芊舒追上来几步，说了句什么，她也没有听清楚。回到家，她爸没在，她就把书放在书柜上，转身去自己的小房间写作业了。没过一会，她爸突然拿着那本书走进来问："这书是你放的？"

"是。"韩俊骁回答。

"是那天那个小姑娘还给你的？"她爸问。

"是。"

她爸饶有兴致地翻了翻手上的书："她念几年级？"

"不清楚，"韩俊骁说，"应该是四五年级吧，我听她说也想考五中。"

"有点意思。"她爸说。

这已经是她爸第二次认为仅有两面之缘的李芊舒"有点意思"了。韩俊骁有些好奇地走过去看了看她爸手里的书。李芊舒从旧书摊上淘来的书明显是盗版，虽然韩俊骁也不懂排版，但是看上面的字排得乱七八糟的，还有很多错别字。

让她爸觉得"有点意思"的是，李芊舒用铅笔把所有的错别字全都圈了出来，在旁边写了正确的，用得还是语文课上老师教过的文章修改符号。盗版书印得错字连篇，有些文字甚至直接变成了乱码，她全都在旁边写上了正确的。韩俊骁觉得李芊舒一定是脑子有问题，弄坏了她家的好书，拿一本假的来滥竽充数，难道错别字改过来就能跟原来的书相提并论了吗？

"下次要是见到她，叫她来家里玩吧。"她爸说，然后若有所思地翻着书出去了。

"韩老师这么说？！"李芊舒惊喜地瞪大眼睛问。

虽然韩俊骁很不情愿，但还是转达了："嗯。"

"我就知道！"李芊舒兴高采烈，差点没跳起来，"虽然我找到的那本书有好多地方不一样，但是我都改过来了呀，一点都不影响看！”

韩俊骁嫌弃地看了李芊舒一眼。“不一样的，”她说，“我家那本书是我爸在市里的新华书店买的，跟你那本几毛钱淘来的假书可不一样。”

“我没花钱！”李芊舒自豪地仰起脸。“我帮老板搬了好几天的书，他才答应把那本送给我，反正也没人买！”她又伸手往书包里掏，“他还送了我一本《萍踪侠影录》呢，只是后半本少了好多页，也有很多字不对，我也不知道对的是什么。不像这本，我看过了，才能改得对。”

“你是背着改的？你都记住了？”韩俊骁有点吃惊。

“是啊，”李芊舒小心翼翼地回答，“你那本书……呃，掉进酸菜缸里了，一拿起来就碎了。”

韩俊骁这才觉得李芊舒这个奇怪的小姑娘的确有点意思。

“不知道你们家有没有《萍踪侠影录》……”李芊舒得寸进尺，犹犹豫豫地问。

“我也不知道。”韩俊骁说，“你下次来家里玩，自己找吧。”

从那天起，李芊舒终于名正言顺地变成了韩俊骁家的常客。她总是会等韩俊骁放学回家后登门，如果韩俊骁还没回家，她就在外面游荡一会儿，或是在她家小院外面跟豆角和地瓜说一会儿话。韩俊骁进自己的小房间写作业，她就钻进书房拿一本书，也不在书房里待着，就坐在门外的地上不声不响地看。韩俊骁觉得她爸对李芊舒和来过她家里的其他任何一个小朋友都不一样。他对李芊舒弄坏了他的书再没追究，反而允许她随意在书架上拿书看。要知道，韩俊骁也只能看她爸指定的右侧书架上她能看的书。

他有时进书房，看到李芊舒坐在门口看书，会多问两句，问她看的什么书，看懂了什么。那副神情，韩俊骁在小的时候见到过：

她会背第一首唐诗的时候，会用火柴棍摆出第一道数学题的时候，会完整地弹第一首练习曲的时候，她爸脸上就是那样的神情。但后来她再也没见过她爸对她露出那样的神情。第几百首唐诗、第几百道数学题、第几百首练习曲，她面对的是她爸冷冰冰的呵斥和接踵而来的惩罚。

她的出生原本是家里最值得期待的事情。在等待她出生的时候，她爸就已经给她，或者说他，取好了名字，用了家里族谱辈分上排下来的“俊”字，加上她爸取的“骁”，是一个听上去就勇敢而强大的、他很满意的名字。但她是一个女孩。她听妈说，她爸从医院回来，把自己关在书房里三天三夜没出来，蓬头垢面，房间里全是烟味。

并无决定权的她最终还是被迫顶替了韩俊骁这个名字，也顶替下了她爸所有的骄傲和期望。在这些骄傲和期望之下，所有的苛刻都是理所应当，所有的惩罚都是天经地义。

后来，韩俊骁有点明白她为什么看到李芊舒的第一眼就讨厌她。虽然李芊舒是大院里出了名的野孩子，逃课、打架、没人管，大人小孩都避之不及，但那是李芊舒自己乐意的。反之，如果她乐意，也绝对能很轻易地得到任何人的喜欢。那时的韩俊骁还不知道，这是一种她穷尽一生也不会得到的能力。她就连讨她爸的喜欢都做不到。她在书房的角落里被罚站，李芊舒却在门外和她爸一本正经地讨论为什么保尔·柯察金最后没有和冬妮娅在一起。一个上小学五年级的小屁孩，她懂什么啊？她能看懂什么深刻的书啊？韩俊骁在心里忿忿地想。

青春期的女孩总觉得自己早熟得很。韩俊骁在初三备战中考的那一年偷偷喜欢上了同班同学庄磊。庄磊的爷爷是师专老师，他们家也住在家属院，但韩俊骁她爸管得严，她几乎不跟大院里其他小孩讲话，直到初二分班成了同班同学才认识庄磊。班里没有任何人发觉韩俊骁的这点小心思，但却让神出鬼没的李芊舒发现了。

“你这周有两天没从学校正门出来。”李芊舒拖着书包跟在她后面，很欠揍地说。

“关你什么事？”韩俊骁没好气。

“后门离足球场近。”李芊舒不慌不忙，“周二和周四下午有足球队训练。”

韩俊骁大惊失色。“这你都知道？”她说，“小小年纪管那么多干吗？”

“我没管啊，只是放学经过。”李芊舒说，“我明年也要考五中，关心一下学校环境。”

韩俊骁瞪了她一眼：“吃饱了撑的。”

李芊舒并不惧她，自顾自地说：“庄磊是校队的哦。”

韩俊骁吓得眼珠子都要掉出来了。李芊舒一定是魔鬼吧，她想。

“你瞎说什么？”她硬撑着为自己开脱。

“我没瞎说，他告诉我的。”李芊舒说，“他不是住在咱们大院吗？你和他同班，你都不知道？”

韩俊骁当然知道。但是她经常由她爸接送，每天上学只有从校门口到教室门口的那两分钟是自由的。放学庄磊又跑到操场上去踢球，她只好从后门走，远远地看他一眼然后出校门回家。在家属院里，她跟谁多说了一句话，不管是晾衣服的赵阿姨还是带孙子的王奶奶看到，最终一定会传到她爸的耳朵里。

情窦初开的少年心事像无法开闸泄洪的水，日升夜长，越积越高，在李芊舒无意的戳穿下，所有的愤怒和羞恼都爆发了。“你闭嘴！”一向温文尔雅、从来没和任何人发过脾气的韩俊骁突然在那一刻崩溃，冲着李芊舒大喊大叫，“你不许瞎说！我什么都不知道！不关我的事！从此以后你不许提！一个字都不许提！”

暴怒的韩俊骁把李芊舒吓了一跳。“我什么都没说啊，你激动什么？”她奇怪地问。

“你以后不要来我们学校，也不要跟着我！不要再去我家了！你就是一张狗皮膏药，赶都赶不走，真恶心！”

韩俊骁也不知道自己在气什么，似乎内心深处藏着一股无名火，一定要发泄出来才会痛快。吼完了，她才意识到李芊舒可能真的是无意的，毕竟五年级的小孩什么都不懂。她只好平复了一下，做出初三大姐姐对五年级小朋友的姿态，说：“你以后不要和别人提，好不好？我和庄磊一点都不熟，只是同班同学而已。”

李芊舒全程莫名其妙：“提什么？”

韩俊骁以为这件事就算过去了，毕竟她暗恋庄磊是一个只有她自己知道的秘密。但没过多久，李芊舒突然趁某天上学路上遇到，偷偷塞给她一本书。韩俊骁觉得奇怪，低头一看，是一本席绢的言情小说。一看就知道又是从旧书摊上淘来的，书页泛着旧，脏兮兮的。韩俊骁并没有在自己家的书柜里见过这样的书，即使见过，可能也是在她被明令禁止翻看的那个区域。她爸不允许她看这些“烂书”。她好奇地把那本书带进教室，还没来得及藏进书桌抽屉，就被隔着一个过道的女同学看见了。

“韩俊骁，你也看这种书？！”女同学像是发现了什么天大的秘密一样低声惊呼，把她吓得以为自己做了什么错事，连忙三两下把小说塞进了桌屉。女同学却像是地下组织找到了接头人一样，神秘地冲她挥了挥手，低声说：“席绢我早就看完了，最近大家都在看这个呢。”她一边说着一边掀开自己的语文书书皮，里面赫然是一本有着粉红色的卡通美少女封面的、她没来得及看清标题的青春言情小说。

好学生韩俊骁第一次在女同学的教导下把课本书皮包在了小说外面，然后堂而皇之地看了一整节课。她越看越觉得奇怪，为什么她家里有那么多书，但是从来没有过这样一本书，把少女暗恋的心思写得那么坦然。

那天下课她看到庄磊抱着足球满头大汗跑进教室的时候，不知不觉就红了脸。

9

韩俊骁打心眼里觉得委屈。她憋着一口气，发誓不让李千书看不起，认真地对待最简单的工作，幻想着有一天能脱胎换骨，让那些已经被她遗忘的光环和荣耀能够再度降临。但她刚刚开始适应，家里的电话好巧不巧地打了过来，似乎就为了不偏不倚命中她的新生活，不让她走上正轨。

“你尽快回家来一趟吧。”她妈在电话里说，“你爸病了，情况不太好。”

“啊？什么病？我上次回去不还好好的吗？”韩俊骁大惊。

“……你回来再说吧。”她妈说，但又迟疑地补了一句，“要是不方便，不回来也行。”

这两句自相矛盾的话让韩俊骁一头雾水，但她还没来得及问，电话就被挂断了。她妈那句话似乎还没说完。韩俊骁已经从小就习惯了对她爸的要求唯命是从，即使是她妈打的电话，她也知道一定是她爸的意思。

李千书这一周的行程排得很满，还有两个活动需要她跟着去参加。她还没跟李千书外出过，需要做什么都是琪琪告诉她的。她愁眉苦脸地看着日程表，实在拉不下脸来去向李千书请假。这才上班没几天，工资那么少，都不够她扣的。如果李千书把她辞了，那就干脆退了租的房子，打包回老家去算了。

她不敢。她是从那个小城走出来的，十年前，小城里几乎每个学生和家长都看过她的新闻，那是属于她这个榜样少女的时代。但那个时代早已把她抛弃了，灰头土脸、一文不值的她，也回不去了。

“你是不是有话要跟我说？”李千书突然在她后面幽幽地出声，吓了韩俊骁一跳。

“没有啊！”她连忙说。

李千书用下巴点了点她的电脑桌面。韩俊骁看到自己桌面上网页版微信打开着跟李千书的对话页面，鼠标停在输入框里，讽刺地跟她大眼瞪小眼。她手忙脚乱地关上。

“没有那我走了。”李千书走过韩俊骁的工位，说，“佳欣说你今天的稿子写得不错。”

“有。”韩俊骁硬着头皮开口。

“说。”李千书停下，转身看着她。

“我得请……几天假。”韩俊骁艰难地说。她即使再看不上李千书，这样刚上班就请假的事也觉得自己没理。

“有事？”李千书问。

“我得回家一趟。”韩俊骁说，“……我爸生病了，让我回家。”

说这句话的时候，她声音低了很多，小心地看着李千书的脸色。李千书眼神一冷，脸上原本仅存的一丝客套的笑容倏地消逝。“哦。”她说，“是请假还是打包回家？还回来不？”

“回来，回来。”韩俊骁忙不迭地说，“回家处理一下我就立刻回来，稿子会按时写，只是活动不能跟你去了。”

李千书面无表情地点了点头，韩俊骁也猜不透她在想什么，但点头算是默许了？她连忙把电脑里刚改完的一稿发给佳欣，收拾收拾出了门。一出门就看到李千书也背着包在等电梯。韩俊骁下意识地想转身回去，等她走了自己再走，但李千书在身后冷冷地说，“躲什么，不是着急回家吗？”她就只好尴尬地走过去。两个人毫无话说，沉默地看着电梯一层一层下降。

李千书清了清嗓子。“阿姨现在身体还好吗？”她的声音里透着一丝干涩。

“还好。”韩俊骁说。

如今，她不敢在李千书面前提到她爸，那个当年允许她乱翻藏书的、她充满崇拜地尊称一声“韩老师”的人。

韩俊骁到一层，李千书到地下一层。韩俊骁走出电梯之后，就看到李千书迅速地按了关门，像是需要尽快逃离有韩俊骁存在的世界一样。李千书果然也是个别扭的人，韩俊骁想。明明那么讨厌自己，不想想起和自己有关的一切，还要让她当助理，给她发工资，让她每天在面前晃来晃去，这不是自虐是什么？

她买了最近一班的高铁票回家，在路上发信息问她妈是回家还是去医院，爸怎么样了。

“回家。”她妈很快回复。

“不去医院？爸到底怎么了？”她再问，她妈没回复。

她心里觉得不对劲，但又说不出哪里不对劲，直到敲响家门。一开门就是她妈愁云密布的脸。她还没说话，就看到她爸坐在客厅沙发上阴沉着脸看她。

“爸？”她看到她爸正襟危坐，桌上茶水冒着热气，不像是生了急病的样子，“你不是生病了吗？”

“你过去，站好。”她爸一提拐棍，指指墙角。

韩俊骁离家去北京读大学，她们家不久就搬离了那个家属大院。她一度庆幸，不用再每天面对那间禁闭室了。但她想得太简单了，书房虽然不在了，但在她的家里永远有一个角落是留给她禁闭的。只要她爸一提拐棍，指指墙角，她的小腿肚子就不自觉地开始抽筋，像是无形中被牵着走的傀儡，乖乖地走到墙角去站好。

从前的书房角落里是个老式顶柜，修得有点低，日渐长高的韩俊骁罚站时要微微缩着肩膀弓着腰，才能在那个墙角站好。后来的墙角空空荡荡什么都没有，她却仍然习惯性地缩成一只虾米，似乎把自己更服帖地挤进那个墙角，就会更早得到她爸的赦免。但今天她爸很明显并不想赦免她。

“说吧。”她爸把拐棍重重地拄在地上，“什么时候离婚的？”

韩俊骁心里一沉，他们还是知道了。她瞬间反应过来她妈给她打电话的时候为什么自相矛盾地说话。她不想让韩俊骁回来受罚，但又不得不被她爸看着打那个电话骗她回来，多说一句就被她爸挂断了。

“上个月。”韩俊骁说。

“为啥？”她爸问。

韩俊骁紧咬着嘴唇，没有说话。

“还是因为孩子的事？”她爸不依不饶地追问。

她妈在旁边小声说了一句：“也不是她的错……”

“你闭嘴。”她爸瞪了她妈一眼，拐棍一指，她妈就再没说话，默默地去了里屋。

“是我的错。”韩俊骁说，“我去检查过了，是我的问题。叶晓楠不想为难我，也不想忤逆他妈，所以就离了。”

“叶晓楠说离的？”她爸仍然沉着脸。

“嗯。”

“他说离你就同意了？”

“嗯。”

“韩俊骁，你是不是有毛病？他说离你就离了？”她爸一拍桌子站了起来，大声冲她吼。

韩俊骁的耳朵里一阵一阵地嗡嗡响，她也不知道要怎么回答，反而在脑子里莫名其妙地想，这个中气十足的样子，可真是什么病都没有啊。他唯一的病就是我了吧，韩俊骁想。我早就不再是这个家的荣耀，我只是一颗毒瘤，拔不掉又治不好，只能给他们添堵。

“你倒潇洒，说离就离了！我告诉你，人家叶晓楠怎么说也是北京坐地户，三十出头离了婚，想给他生孩子的姑娘一大把！你呢？韩俊骁，你就看着吧，你就是一个没人要的破烂，离了婚没人要你！你回来的时候路过街口吧？你看到坐外边摆摊给别人修鞋的那个老王头没有？那种人都不会要你！你就是一个蠢货，蠢货！你真 ×× 给我丢脸！”她爸越骂越激动，仿佛刚离了婚的不是韩俊骁而是他。桌上的茶水被他的拐棍划拉到地上，杯子摔得四分五裂，滚烫的茶水四下飞溅。

韩俊骁一如既往地缩在墙角里，一动也不动。从前的惩罚总是相对更容易熬过去——这一次考差了，下一次考好点就可以；这一次题没有做对，下一次做对了就可以；这一次没有当上三好学生，下一次当上了就可以。是从什么时候起，惩罚开始渐渐地熬不过去了？这一次离婚了，再结一次婚就可以吗？这一次给他丢脸了，下一次怎样才能不给他丢脸？

因为她做不到了，所以她熬不过去了，没有盼头了。她也不想生不出来小孩，也不想离婚，也不想当了五年家庭主妇之后又跑出来从头开始工作。但她没有资格辩解。一切都是她的罪过，罪大恶极，让她爸甚至不惜谎称自己得了急病把她骗回来接受审问和惩罚。

韩俊骁正在神思恍惚的时候，听到口袋里的手机响了一声。她不敢动，罚站的时候是什么都不可以动、不可以碰的。但是她爸听见了声音，就说："谁给你发的？拿出来看。"她只得打开手机，屏幕上是佳欣传来的改稿意见。"你看一下，下一稿照这个再改改。加油。"佳欣说。

她爸趁她不注意，以超乎年龄的迅捷两步跨过来，抢走了她的手机。"这是什么？"她爸看着稿件文档，问。

"同事发的。"韩俊骁说。

"同事？"新的话题燃起了她爸新一轮的怒火，"你还有同事了？你还上班了？好啊，你当初嫁给叶晓楠之前我说什么来着？你堂堂的名校博士，毕业就在家里一蹲，给叶晓楠洗衣服做饭。现在倒想明白了，就你，你能找到什么工作？你那学历值几个钱？去商场保洁还是去饭店刷盘子？"

韩俊骁死死地咬着牙，没有答话，也无话可说。她爸把手机狠狠往她身上一摔，她顾不上疼，连忙伸手接住。屏幕又一亮，是李千书的信息。"哪天回？周六那个文化沙龙你得跟我一起去。"

韩俊骁立刻回复了一句："好。"

"家里还好？"李千书秒回。

韩俊骁愣了半晌，不知道要回复她什么，却鼻子一酸，掉下了整个晚上都死死忍在眼眶里的泪。她突然很想跟这个她一直讨厌的人倾诉些什么，却一时间无从说起。李千书早已不是当初坐在书房门口默默看书的那个小女孩，但她却要永远留在那个站不直也坐不下的墙角，接受着她也说不清为什么属于她的惩罚。

10

每隔一个月，李芊舒会帮姥姥做一件非常重要的事情，那就是去院外的小卖部用公用电话给爸爸妈妈打电话。因为姥姥耳朵背了，打电话听不清，她总觉得自己浪费电话费，就让李芊舒自己去打，说完话回来转告她。每次就那么几个问题：家里好不好，孩子好不好，什么时候回来看芊舒？后来李芊舒非常知趣地省去了最后一个问题。因为她问过几次，能感觉出来妈妈的回答听起来并不太热情的样子。

“等仔仔大一点再说。”妈妈总是这样说。

李芊舒没有见过那个弟弟，算起来比她小几岁，也快上学了。她也不喜欢妈妈叫“仔仔”的语气，透着北方人非要模仿南方口音的硬拗出来的矫情与做作，让她觉得陌生与厌烦。从那以后她就不问了，她知道，爸爸妈妈并不想回来看她。如果不是她每月刻意打电话去，他们也并不热衷于和她维持这样紧密的联系。

但这一次不同。这一次除了例行问的问题之外，她有一个惊天动地的喜讯要告诉妈妈。

上学以来，她第一次小考考了一个双百。语文数学全都是一百分，李芊舒从来没有想过这样的奇迹能发生在自己身上，何况还是在例行打电话的这一天，充满了恰到好处的仪式感。李芊舒觉得，可以把喜讯分享给妈妈，然后趁着妈妈高兴，问问她，什么时候会回来看她。

她一整天都兴高采烈的，连班里讨厌的男生又趁着午休时间把她的水壶扔进了垃圾桶都破天荒地没有生气。

她翻来覆去地看那两张卷子，那两个一百分怎么看怎么好看，恨不得剪下来贴在家里墙上。每一节课都过得比平时慢了很多很多，她一直盯着墙上的钟，期望下一秒钟就放学，她就可以用最快的速度跑回家去打电话。

下午第二节课，班主任老师进来，扫了一眼全班说，来，我们总结一下这次小考成绩。

李芊舒心里一喜。除了本子上偶尔的波浪线之外，她还没有得到过任何老师口头上的表扬，更不用说是在全班同学面前的表扬了。她兴奋起来，把两张卷子工工整整地摆在桌面上，眼睛眨也不眨地盯着老师。

老师先是照例批评了不及格的，然后批评了明显退步的，重点点了几个太马虎犯严重错误的，然后才是表扬了进步明显的，最后表扬了语文和数学分别得满分的几个同学。

李芊舒充满期待地望着老师，却一直到最后都没有听到老师说自己的名字。她不自觉地挺直了腰板，挺得再直一点，以为老师是把她给忘了。

但老师并没有忘。老师说完了所有的话之后，目光终于落到了眼巴巴的李芊舒身上。

"李芊舒。"老师看了看李芊舒，说，"你起立。"

李芊舒终于被点到，虽然有点摸不着头脑，但还是听话地站了起来。

“李芊舒，”老师走过来，和善的眼神看着她，拿起了她桌上那两张卷子，“你觉得你这一次考得怎么样？”

李芊舒不明白老师问的是什么意思。谁还能比100分考得更好呢？

“……挺好。”她诚实地答。

“嗯。”老师点了点头，保持着和善的神情，循循善诱，“那你觉得，你考的这个成绩和刘莉莉语文考的100分，陈宇数学考的100分，有没有什么关系呢？”

刘莉莉坐在她左边，隔了一个过道。陈宇是她同桌，坐在她右边。但是他们考多少分，和自己有什么关系？李芊舒虽然成绩向来不好，但并不笨，出于一个差生的敏锐，她立刻意识到了自己遇到的难题。老师理所当然地以为，她抄了刘莉莉的语文和陈宇的数学，造就了自己完美的“双百”。

李芊舒原本还沉浸在即将被表扬的欣喜中，现在大脑一片空白，竟不知该怎么回答，耳边莫名其妙地想起韩俊骁曾经说过的话：“任何突发状况都不是借口，都是自己的错。”但李芊舒才不是韩俊骁。这不是她的错，她也不会认。

看李芊舒没回答，老师满意地笑了，继续和蔼地问：“明白自己错在哪儿了吗？如果你承认了错误，以后继续努力学习，迟早会得到你自己的满分。”

李芊舒咬紧牙关看着老师，斩钉截铁地说，“我没错。这就是我自己的满分。”

这反应可不在老师的意料之中。老师惊异得退了一步，才有点难以置信地说：“李芊舒，我平时不管你，你可不要得寸进尺了。你是几斤几两我清楚得很，别想拿作弊这一套来蒙我！”

老师一发火，大家就知道又有同学遭殃了。李芊舒也害怕，但她即使心跳得快飞起来，也硬撑着不露出一点惧色。她在桌子底下握紧了拳头，就像是要上战场的战士。但对于她来说，那并不是战场，而是刑场。

老师当着全班同学的面撕碎了那两张满分的卷子，顺着窗扔了出去。教室在三楼，碎纸屑迎风飘扬，惹得一楼二楼正准备放学的低年级同学纷纷出来看热闹。

“你不是说那是你自己考来的吗？”老师说，“去捡回来。”

李芊舒的眼里盛满了怒火，但她没有吭声，而是闷头冲出了教室。

“这就是你们的教训。”老师对剩下鸦雀无声的同学们说，“一个人犯错，全班引以为戒。以后再遇到这样不尊重考试、不尊重老师的学生，受到的惩罚会比今天还要严厉。明白了吗？”

“明白了。”学生们齐齐答。

那么好看的两个一百分，她想第一时间拿给姥姥看的，然后电话里告诉妈妈，等妈妈来看她的时候，也就可以拿给妈妈看了。李芊舒心里想着。

教室窗下是一片灌木丛，她一心一意地在树杈的缝隙和墙角的泥里寻找着每一片碎纸屑，抚平叠好拿在手里。低年级的同学已经放学了，三五成群地从楼下走过，看着登高爬低的她吃吃窃笑。她努力地从人的脚步中穿过，在他们没踩到纸片之前把它们捡起来，但总归没有脚步快。有些碎纸挂在了灌木上，她怎么够都够不到，就在地上扒拉到一根稍长一点的树枝，伸长了手臂去戳，好不容易给戳了下来，却比撕的纸片更碎。

她攥着每一片碎纸进了楼，躲到没有风的墙角以防纸片被风刮跑，然后一点一点地试图把卷子拼起来。但是纸被撕得太碎了，她捡回来的不够，手里的这些根本就拼不回去。下课铃响，她还是拿着那一把碎纸回了教室，心里憋着一股火，要向班主任老师证明那是她自己考来的成绩。

但她一进门，发现全班同学该课间休息的课间休息，该出去上厕所的上厕所，值日生在往黑板的角落写第二天的课程表，班主任正坐在讲台前，一边翻教案一边跟下节课的老师说话，一切仿佛什么都没发生过。她走到讲台前，轻声却一字一句地对班主任老师说："我捡回来了。"

班主任老师仿佛才注意到她似的，轻描淡写地看了她一眼，笑道："我说过你捡回来我就信你的话吗？你问问，说你考了双百，哪个人会信？"

上课铃还没有响起，教室里人声嘈杂，没有人理会她，只有远处她座位旁边那个午休时把她水壶扔进垃圾桶的男生，此时正在试图把她刚翻出来的水壶再次扔回垃圾桶去。

来上课的另一个老师看到她的脸被树杈刮得乱七八糟，惊讶地说："这孩子怎么了？"

班主任挥了挥手，示意李芊舒回座位去："没怎么，作弊被我批评了。"

上课铃响了，在教室里乱跑的同学们纷纷回归座位，班主任拿起教案离开教室，任课老师站上讲台准备上课，李芊舒拿着那堆纸也回到了自己座位上。她没有哭，也没有像个战士一样战斗，但她隐隐地觉得，自己心里的某一个部分在这个刑场上被处决了。

那天放学，她没有在外面游荡，也没跑到韩俊骁家去蹭书看，早早地就回家了。那是每个月的重要日子，姥姥给了她几张毛票，让她去打电话。她把书包往里屋一扔就噔噔噔地跑下楼，姥姥在身后喊："别忘了问啥时候回来！"她一路跑到公用电话那里，轻车熟路地拨了号码。一长串铃音之后，传来了妈妈的声音。

“喂？”

“妈，是我。”李芊舒乖巧地回答。

“芊舒呀。”妈妈那头似乎在忙着什么，李芊舒听到了弟弟在那边哭喊着要什么东西，又听到了杯盘打碎的声音。

“妈，姥姥的身体挺好的，就是耳朵越来越背了。”李芊舒说，“姥姥问你和爸爸好不好，弟弟好不好。”

“好，挺好的，都挺好的。”

“姥姥问你有没有什么话让我带给姥姥。”

“没了没了，芊舒啊，妈妈去忙了，给姥姥带好！”

“妈……”李芊舒顿了顿，却什么都没有说出口。那边妈妈匆忙地挂了电话。不说就不说吧，终究也不是什么喜讯。

李芊舒垂头丧气地回到家里。

“姥，我打完电话了，妈挺好的，爸也挺好的，弟弟也挺好的。”她一边喊，一边探头看了看饭桌上姥姥晚饭做了什么。饭桌上摆着热腾腾的饭菜，但姥姥并不在，李芊舒奇怪地走进里屋，看到姥姥坐在小板凳上，低头翻看着什么，旁边她的书包打开着。

她走近两步，才看到姥姥手里拿的是她胡乱塞进书包的那堆碎纸。在姥姥手里，那堆纸虽然残缺不全，却拼出了两个几近完好的 100 分。

“我的外孙女儿考了两个 100 分呐！”姥姥透过老花镜，一边费劲地看着，一边脸上的褶子都笑开了花，“怎么不跟姥姥说呢？两个 100 分哪。早点跟姥姥说，姥姥今天晚上给你买肉吃啊。”

那一瞬间，李芊舒站在原地，所有的委屈和不甘随着眼泪夺眶而出。她觉得她什么都不怕了，只要有姥姥相信她，她才不在乎在老师和同学面前永远当一个罪大恶极的人。

11

凌晨，趁韩俊骁她爸还没醒的时候，她妈把迷迷糊糊的韩俊骁推出家门。

“你说你回来干什么？”她妈半是埋怨半是心疼地说，“回去有钱买火车票吗？”

“没有你给我吗？”韩俊骁清醒过来，怼了她妈一句，她妈就不说话了。韩俊骁知道她妈手里几乎没有什么私房钱，退休金什么的都在她爸手里。临走的时候，她妈拉着她的手突然哽咽了一下，说：“要不，你以后别再回来了。”

韩俊骁没说话。

“要我是你，我就不回来了。”她妈说。

“那你呢？”韩俊骁问。

“我这辈子就这样了。”她妈说。

说实话，韩俊骁从小到大并不太关心她妈这辈子到底是什么样的，她没有注意过，似乎和别家的小孩子不同，母亲在她的成长中反倒扮演了一个若有似无的角色，负责给她喂饱穿暖，此外没有什么特别的功能。

她十二岁小学毕业那年，被评上了校优秀毕业生，在全校表彰大会上骄傲地接过老校长亲手颁发的奖状和礼品。她特意穿了一条最喜欢的白裙子，衣袂飘飘地走上台，一板一眼地背诵着她爸给她写好的致谢词。离台子最近的是一二年级的小朋友们，韩俊骁背着背着就觉得不对劲，不知道那些小孩为什么都指着她的身后窃笑。她一慌神，背得滚瓜烂熟的致谢词也想不起来了。就听底下有一个小孩特别大声地说："优秀毕业生拉裤子啦！"她的脑袋一片空白，下意识地扯了一下裙子，往自己身后一看，发现洁白的裙子上赫然印着黑红色的一大块污迹。她不记得自己是怎么冲下台跑回家的，奖状和礼品全都不要了。她躲进厕所号啕大哭，满腔仇恨地把身上的白裙子撕下来，摔在地上用脚踩，扔进厕所用水冲。

后来的很多年，她都恨她妈当时为什么不在家。就因为她妈不在家，所以她被她爸从厕所里揪出来，衣衫不整、满身脏污地在墙角罚站，她爸甚至都没有意识到她不是拉裤子而是第一次来月经。

那是她记忆里唯一一次她妈和她爸吵了起来，而不是一看到她爸罚她就躲得远远的不闻不问。"别的我什么都没管过，我只求你把她当成一个有自尊的女孩看，行不行？"那句话她妈是哭着说的。然后她妈陪她在厕所冲洗，告诉她她没有拉裤子，不要觉得丢脸。但是她的脸也丢尽了。唯一庆幸的是之后大家都毕业了，上了初中，韩俊骁还是那个得到众人羡慕、老师夸奖的好学生，除了她自己，没人会记得她出过的丑。

那是第一次她明白，女孩在成长的过程中也有事情是需要妈妈来教的，爸爸不行。也是从那时起，她开始恨她妈，因为她知道，不管她妈在不在家，她受到的屈辱都不会好到哪里去。她妈这辈子就这样了，但是她呢？她活到三十五岁的这个样子，还能怪谁呢？

在回京的高铁上，佳欣不断地催她改稿子，她硬撑着困倦的眼皮拿出电脑来赶稿。邻座是个老太太，看到她抱着电脑工作，就友善地跟她搭话。“我也是去北京看我姑娘，”老太太说，“她天天加班，就像你一样。你们年轻人啊，为了赚钱身体健康都不要了，不用这么拼，多为家里面的父母想想。”

韩俊骁只能尴尬地笑。

回到北京已快下午六点。虽然已经下班了，但韩俊骁还是直接去了公司。合租房环境不好，她想着正好公司没人，趁清静把稿子改完再回去。进了公司发现李千书的办公室门开着，里面有人在聊天，还有笑声。她想着如果李千书在，还是打一个招呼，不要偷偷摸摸像做贼一样，就小心地敲了敲门。

“进。”李千书的声音。

她就推开门，看到办公室里不只有李千书，还有一个陌生的女人。淡妆，穿戴得简约素净，但很可能是价格不菲但韩俊骁并不认识的什么牌子，脸颊瘦削，透着一种不怒自威，笑起来却眼睛弯弯的，虽然看上去有四十岁左右，但神情里却透着不输年轻女生的生动活泼。两个人像闺蜜一样看着手机里的照片，正说什么说得起劲，哈哈大笑，看到韩俊骁开门，齐刷刷望向她。

韩俊骁想着自己一天一夜没休息的脸和没换的衣服，顿觉无地自容，尴尬地冲李千书点了点头：“……我回来了，因为稿子没写完，想着公司安静，过来写完了再走。”

李千书露出她标致的看不出情绪的微笑，说，“这么用功呀？看来佳欣把你催得太紧了，慢慢来，压力不要太大。”

韩俊骁只得点头。

“明天活动的资料我发给你了。”李千书说。

韩俊骁继续点头。

“去忙吧。”李千书说。

韩俊骁转身出门，就听李千书对旁边的女人说：“侠姐，那是我新招的助理，还在磨合中。”

“琪琪不干了？”女人问。

“回家了。”李千书用一种韩俊骁从来没听过的撒娇语调说，“都回家了，不帮我干活，好气哦。”

看起来李千书和那个女人应该是很亲近了。韩俊骁从来没有想象过李千书这种人也会对朋友这样亲密地说话，就像任性的小女孩一样。或许是因为自己从来就不是她的朋友。

第二天的活动是由高校人文协会和多家新媒体联合主办的一个文化沙龙，邀请了李千书这样的年轻媒体人，也邀请了在高校任教的文化学者，算是一次跨界 KOL 们的思想碰撞。

候场的时候李千书让韩俊骁坐在自己身边，看着手机里的流程，似是不经意地说：“昨天给你发的资料看了没？”

“看了。”韩俊骁连忙答，生怕李千书说她不称职。但实际上她这个助理坐在这儿也确实不知道干什么。琪琪是个八爪鱼，什么活都能干，她就是寄居蟹，占着坑也没什么用。

“哦，就是跟你说一声，”李千书一边拿出小镜子照着自己的妆容，一边轻声说，“有个嘉宾临时不能来，缺席了，据说是换了别人。”

“哦。”韩俊骁莫名其妙地应了声，不知道这件事和她有什么关系。

李千书就冲她意味不明地笑了笑，正好工作人员过来叫她，就起身到台上去了。韩俊骁正在奇怪，看到嘉宾一一上场落座，她立刻就明白为什么李千书要那么说了。

李千书身旁坐着的人，是她五年没见但是再熟悉不过的、她的博士生导师，陶妍教授。陶妍教授是著名的史学家，近几年不仅仍然在学校带课题指导博士生，还编了不少文化丛书，完全没有研读历史的诘屈聱牙之感，反而通俗易懂，深入浅出，很是获得了不少好评。

以前还在陶老师门下的时候，她就经常鼓励韩俊骁他们。历史系学生少，留校难，就业更难，出路也少，但她总是尽自己的能力帮学生们铺路，也总是劝他们要有自信，不要泄气。

韩俊骁毕业前，陶老师很认真地找她谈过一次。

“学术这条路苦，你不愿意走也就罢了。”陶老师说，“希望你能找到你真正想做的，然后去做，别白费了你这些年读书做研究的辛苦。”

韩俊骁没有听进去。毕业之后，她就和叶晓楠结婚了，以为可以家庭美满，三年抱俩，结果两个人大眼瞪小眼一下子五年就过去了。以为工作可以再找，但当她真正出来找的时候，整个世界已经把她遗忘了。

台上的李千书既美丽又迷人，谈吐风趣、顾盼生姿，整个人都在发光。陶老师温文尔雅、落落大方、妙语连珠，散发着具有文化底蕴的魅力。以前在学校时，她们女同学私下里都说，如果自己过了三十年能活成陶老师的样子，那这辈子就真的什么都值了。如今五年过去，陶老师比从前更加有活力，她却只能坐在台下仰望。

中间休息的时候，李千书特意走过去和陶老师打招呼。陶老师虽然不认识她，但也因为与会，多少了解了些，就也和她友好地握手。

“我认识你们系的学生，”李千书说，“韩俊骁。”

“哦？”陶老师笑，“你认识韩俊骁？她是我的博士，可是离校好几年了，都没怎么联系，你们是朋友？”

“她挺好的呀，”李千书也笑，一边给陶老师递过去一张自己的名片，“她现在是我的助理，工作非常努力，常常赶稿子赶到忘了时间。我手下那些刚毕业的小孩儿根本比不上她用功。”

“哦！”陶老师明显有些意外，“我记得她毕业就结婚了，我当时还劝她来着。”

李千书原本也并不知道嘉宾换了，但她一听说是韩俊骁她们学校历史系的教授，就猜到韩俊骁一定认识，没想到真是她的导师。

韩俊骁入职时信息表上填的是单身，李千书不知道她的婚姻状况，竟然还是在陶老师这里听到的。看来从当初毕业就结婚的韩俊骁，到现在跑到她公司来当助理的韩俊骁，中间确是经历了很多别人不知道的波折。

“那我就不清楚了，”李千书故意说，“她今天也来了，等散场我叫她过来，你们叙叙旧？也是好久没见了吧？”

陶老师微笑应允。

休息时间结束后，嘉宾们又回到场上坐好。李千书往台下望去，之前候场的地方，韩俊骁的椅子空荡荡的。她就在心里冷笑了一声，一定是看到自己导师觉得见面尴尬，就跑掉了。

沙龙办得还算成功，活动结束之后，李千书把自己美美的照片发在微博上，一边嫌弃韩俊骁连修图拍照都不会，一边拿出手机给韩俊骁打电话，响了很多声，没有人接。此时的韩俊骁一个人躲在厕所里，李千书的电话响了很久，屏幕终于暗了下去，一条信息发了过来：“果然，韩俊骁，你还是那个临阵脱逃的人。”

12

终于立志要好好学习却被不相信她考了双百的老师讥讽的少女李芊舒，和一直看不惯她，自认为比她成熟懂事得多的少女韩俊骁，第一次达成友好互助的联盟，是在那年格外寒冷的冬天。

北方入冬快，下第一场雪的那天，韩俊骁走到家门口，看到在外面张望的李芊舒，没有像往常一样目不斜视地进门，而是停下了脚步。

“天冷了，”她说，“你进来吧。”

李芊舒对于韩俊骁突如其来的友善有点困惑，但因为太冷了，还是缩着手脚跟在韩俊骁身后蹦了进门。她在门口抖掉裤脚上细密的雪花时，韩俊骁看到她明显穿短了的校服裤子里露出一小截脱了线的毛裤。

东北的孩子冬天都会早早地穿上家里人给做的棉衣棉裤，棉花絮得厚厚的，才足以抵挡寒冷。已经下雪了，韩俊骁早就穿上了妈妈新做的棉裤，看到李芊舒单薄的小身板，韩俊骁不由得从心里生出一阵同情。

“你怎么不穿棉裤？”韩俊骁问。

李芊舒哦了一声，满不在乎地说：“去年的小了，姥姥说今年用旧棉袄给我改一条，但是还没做好。今年雪下得太早了。”

“我有一条旧的，你要是怕冷，就借你穿。”韩俊骁一边说着，一边向厨房喊，“妈，我那条旧棉裤放哪儿了？”

韩俊骁妈妈闻声从厨房里出来，擦擦手，对李芊舒笑。“小丫头来啦？”上来捏了捏李芊舒的小肩膀，“穿得太薄了，回去告诉姥姥，给你多穿点。”说罢进里屋去找出了韩俊骁的旧棉裤，晒得干干爽爽，叠得平平整整，虽然是穿旧了的，但絮得好，看起来也不比新的差。

“你不穿吗？”李芊舒问韩俊骁。韩俊骁指给她看自己身上穿的棉裤：“我有新的。”

韩俊骁妈妈把棉裤塞到李芊舒手里：“别感冒了，今年特别冷。”

“我不怕冷。”李芊舒嘴上说着，但还是乖乖地接过了棉裤，“谢谢阿姨。”

回家后，姥姥看到棉裤，觉得人家好心，很是过意不去，第二天李芊舒一回家，姥姥就让她带上自己腌的咸菜去谢谢韩俊骁和她妈妈。李芊舒不满地埋怨她：“人家稀罕咱们的破咸菜吗？我就是拿了她不要的棉裤，反正不穿也是浪费，姥姥你就别当回事了，咸菜咱自己留着还能吃好几天呢。”

“那可不行。”姥姥非让李芊舒带着，但李芊舒应对姥姥的策略早已驾轻就熟，趁姥姥不注意，转身就绕进了厨房，利索地把咸菜倒回姥姥的咸菜缸里，拍拍手跑出了门。她一溜烟跑到韩俊骁家，看到她正在练琴，两只眼睛肿得和兔子一样，估计是又挨罚了。

“你咋啦？”看客厅里没人，李芊舒偷偷问她。

“还能咋？”韩俊骁一开口，把李芊舒吓了一跳，她嗓子哑得像砂纸磨过了一样，几乎出不来声。

“你怎么说话这样？”

韩俊骁断断续续地花了好多天看完那本言情小说，又回味了好多天，满脑子都是里面男主角和女主角甜蜜浪漫的场面。尤其是男主角表白时给女主角写的那封信，她反反复复地看了好多遍。她幻想着有一天，庄磊站在她面前，微笑的眼睛看着她，一字一句地念出那些动人的情话。夏日干燥的风吹得她脸红心热，迎着他炽烈的目光，她眼泪盈眶地说出那句“我愿意”。

昨天晚上李芊舒走后，韩俊骁她爸从她书包里搜出了那本包着课本书皮的言情小说，史无前例的新罪名诞生了。

“你不是喜欢看吗？”她爸把书摔到在墙角罚站的韩俊骁脸上，说，“你今天晚上就给我站在这儿念，一个字都不要落，大声念，念完一遍从头再念，念到背下来为止。你要是背不下来，以后就别让我在你书包里翻到这种垃圾！”

于是，她缩在墙角，拿着被她爸摔散的书，咬牙切齿地念那封肉麻的信时，在心里绝望地发誓：她一辈子都不会再希望有人对她这样表白了。

“你是不是傻？”李芊舒难以置信地说，“谁会把这种书拿回家啊？你藏学校哪里都行，被别人发现了还可以说不是你的，多简单的事！”

我怎么就没想到呢？韩俊骁在心里想。她一个比我小好几岁的小屁孩，怎么什么都懂？！

李芊舒似乎也和往常不太一样，没有一进门就跑到书房里去拿书。她看了看周围，小心翼翼地靠近韩俊骁，轻声说：“我不想上学了。”

“什么意思？”韩俊骁有些错愕，在她的字典里还从来没有见过这样的遣词造句。

“我们老师说我考的双百是抄的，我怎么说她都不相信。我不想写作业了，也不想考五中了。”李芊舒说。其实她不知道自己为什么要把这样的事告诉韩俊骁，不过她也没别人可说。但是在做重要的决定之前，她想着，总要装模作样地告别一下。

“不想念？那你能去哪儿呢？”韩俊骁不解地问。

“我们楼上有个去年没考上高中的男生，后来在市里打工，今年据说攒了不少钱，给家里换了个电视呢。我想，我要是出去打工，也能趁姥姥眼神还可以，给她买个电视看。”

“那可是高中的年纪，那可是男生。”韩俊骁说。

“高中怎么了，你不也快到高中的年纪了？”李芊舒说，“你就没想过离开家出去看一看？”

韩俊骁愣了一下，似乎以前有人问过她这句话。你爸为啥要罚你站？你要是不服，可以跑啊？那人说。

“没有。”韩俊骁嘴上说着，心里的某一个部分却似乎隐隐地苏醒了。

“哦。”李芊舒倒也没在意，“那，再见。”

她就像是每天回家前打招呼一样，轻描淡写地挥挥手，转身就准备出门了。

“等等。”在她出门的时候，韩俊骁哑着声音喊住她。

不知是言情小说的桥段带给她的勇气，还是冥冥之中的冲动，循规蹈矩的好学生韩俊骁和叛逆的坏孩子李芊舒，第一次达成了一致，策划了一次人生中最重要的离家出走。可不像临时起意的韩俊骁，李芊舒为了这次出走做好了万全的准备。她先是谎称学校要交辅导费，狠下心来问姥姥要了十块钱，这在她看来就已经是从未见过的巨款了。然后又偷了家里的两块烙饼和几件冬天穿的厚衣服，都塞在了她那个破烂书包里，甚至还从家里找到一个不知道年代留下的破手电筒，跑到院外小卖部死皮赖脸问老板讨了两节电池，装进去，还真的能亮。

韩俊骁和李芊舒商议好接头地点时间之后，李芊舒就回家去了。韩俊骁佯装镇定地继续练琴，手心却不自觉地一阵阵冒冷汗，接连弹错。她妈听出来了，走过来看她，一摸她的额头全是汗。“怎么了？发烧了？生病了？”她妈奇怪地问，还去拿温度计来给她试。她当然没有发烧。

那天晚上韩俊骁因为屡屡弹错琴又被她爸用尺子打了好多下手背。毕竟是离家出走的前一个晚上，她以为自己会睡不着，结果头挨着枕头就睡过去了，还做了好多混乱的梦。她梦见庄磊和她表白，说我喜欢你，我们一起走吧。她问去哪里，庄磊也不说，就拉着她一路飞奔，渐渐地北方的雪景不见了，取而代之的是言情小说里写的绿树成荫的南方夏日，但她却还穿着妈妈做的棉衣棉裤，热得满头大汗，呼吸困难，一激灵醒过来，发现天还没亮，只是被子盖得太厚，暖气又烧得太足了。

李芊舒那晚却没有睡着。她枕头底下枕着那十块钱，想着姥姥如果知道她这么胆大包天，会不会着急犯病。

虽然姥姥平日里不管她，但有一年冬天她因为被大孩子们反锁在学校厕所出不来，直到深夜还没回家，姥姥害怕了，拄着拐棍挨家挨户地敲门，求他们帮她找孩子。有的人一看是她，敷衍两句就把门关上了，有的人答应着，却在家里面吃着热乎的饭，半晌都没有动弹的意思。姥姥真的急了，自己下了楼。院外小卖部的老板正在上门板，看到老太太自己冒着风雪要出门，问明白缘由，二话不说裹上军大衣就要帮她去找。还好李芊舒自己从厕所窗户翻出来，跑回了家，迎面撞上在大院门口拿着老板给的手电筒焦急张望的姥姥。姥姥劈手给了她一巴掌，抱着她就哭，眼泪都冻成了冰坨坨。

隔着一扇薄薄的门，李芊舒躺在床上能清晰地听到姥姥睡着时熟悉的呼噜声。她实在睡不着，翻身拧亮床头昏暗的小台灯，拿出笔和纸。“姥姥，我没被欺负，你放心，我就是想出去看看。我会早点回来。”她写道。

为了躲开大院里的所有熟人，李芊舒和韩俊骁决定约在离家走路二十分钟的汽车站。那也是她们俩除了家属院和学校之外，唯一知道的外界的标志性地点。按照约定好的，两人都按平日上学的时间出门，到汽车站汇合，然后一起坐车去市里。

早上，风雪罕见地停了，天气一片晴好，阳光照得夜里攒下的雪痕闪亮亮的。李芊舒把纸条压在了枕头底下，穿着韩俊骁给她的厚棉裤，背着书包出了门，下楼时还吼了对她挤眉弄眼的李宏峰，就像每一个平常上学的日子一样。

她在汽车站等了韩俊骁两个小时，没有等到。已过中午，又累又饿的李芊舒吃掉了仅有的两块烙饼，确信韩俊骁不会来了，抹了一把嘴巴，独自登上了去市里的汽车。

此时的韩俊骁正坐在教室里接受着老师的表扬，她是五中历史上唯一从没考过第二名的学生，学校都指望她中考能考市里最好的高中，为学校争光。

13

活动后是个周末，临阵脱逃的韩俊骁回到家里，生无可恋地睡了一整天。醒来之后她越回忆越觉得丢脸，心想，实在不行就辞职吧，好的饭碗找不到，差的还找不到吗？何必要留在这里当个小丑，受李千书的愚弄？

她打开微博，看到李千书已经转发了活动上的照片，众多嘉宾的合影里，她和陶老师挨着，笑得一见如故。微信里是李千书发的接下来的工作流程，和佳欣发来的改稿意见。

韩俊骁一赌气，全都给删了。

和李千书重逢以来的这一个月，她受到的批评和质疑比过去三十五年加起来还多。当然，来自她爸的除外。

这一次，韩俊骁或许是彻底让她爸失望了。她也想过，到底要什么时候她爸才能意识到一个事实：她根本永远都不可能成为她爸希望她成为的那种人。她不过是一个顶着韩俊骁这个名字过了三十多年的傀儡。

但她爸显然还没有放弃。韩俊骁在周末接到了叶晓楠的电话，他开口就问："你要说什么？"

韩俊骁一头雾水："什么要说什么？"

叶晓楠说：“你爸特意给我打电话，特别诚恳，说你有话要跟我说。还让我别跟你一般见识，原谅原谅你，给你个机会。”

韩俊骁立刻就明白了。她爸竟然屈尊给叶晓楠打电话，无非就是试图替韩俊骁挽回一下，看他俩的婚姻还有没有可能复合。她倒挺意外的，一直以来她爸都是一个在外人面前特爱面子的人，这一次为了她失败的婚姻竟然放下颜面去求叶晓楠，简直是天大的付出。她回想起婚礼上她爸全程的黑脸，又想象着她爸给叶晓楠打电话时的语气，心里发堵。

“……我没有什么话说。”她艰涩地咽下一口气，说，“是我爸自作主张，对不起，打扰到你了，我替他跟你道歉。”

“那，你最近怎么样？”叶晓楠问，“钱够花吗？找到工作了吗？”

新鲜。结婚五年他都没问过她钱够不够花，现在反倒关切起来了。

“工作还行。”韩俊骁努力遏制住言不由衷的语气，“你呢？最近怎么样？”

“我还这样呗。”叶晓楠说，轻描淡写地，就像他以前的样子。

挂了电话之后，韩俊骁点进她之前屏蔽的叶晓楠的朋友圈，看到他几天前发了张合影，搂着一个还算漂亮的女孩，照片上还有现在年轻人流行的爱心贴纸。底下他自己发了条评论：“统一回复：官宣。”附了一个龇牙笑的表情。

她和叶晓楠甚至都没有能在朋友圈看得见评论的共同好友，偏偏叶晓楠又是一个特别愿意“统一回复”的人，虽然能给她很多窥视他工作或外出时间的机会，却更让她看着那些不明所以心照不宣的回复抓心挠肝。她琢磨着这句话是不是给照片里合影的那个女同事的，又猜想着那个表情是回给哪个她看不见的好友的，就那样消磨着时间经过无数个无所事事的白天黑夜。如今离了婚，那些胡思乱想便瞬间失去了颜色，落成灰扑扑的尘埃，除了留存为她虚度时光的证据之外一无是处。

果然，到了晚上，她妈又在她爸的授意之下打来了电话。“跟叶晓楠聊了吗？”她妈问。

隔着电话，韩俊骁都能想象到她爸划拉着拐棍站在一旁的样子。

小的时候韩俊骁不懂，也不太在意，只觉得在家里她妈是一个习惯性隐身的人。但结婚之后有一次被婆婆嫌弃，说她什么都不懂。“你妈没教过你怎么做儿媳妇吗？”她婆婆问。

那天起她开始埋怨，甚至恨起她妈来。虽然她不知道一个合格的妈妈到底应该教女儿些什么，但至少她妈什么都没教过她。在她爸的威严之下，她妈最多只能在某些她爸允许的状况下做一个间歇性的代言人，就像现在这种时刻一样。

“聊了。”韩俊骁回答，“我俩没有什么复合的可能了，他找了新的女朋友。”

“她怎么聊的？”那边立刻响起她爸的声音，“我就说她改不掉那臭脾气，就服个软能怎么的！……”一阵杂音打断了她爸的话，听起来像是手机在抢夺中被摔到了哪里。韩俊骁默默地等了一会儿，仍然是杂音，不知道是手机坏了还是他俩忘记了电话还接通着，就自己挂了电话。

这一次从家出来之后，她莫名地想起了一些小时候的事。她记得初三那年的冬天，李芊舒要离家出走，她当时不知道自己怎么想的竟然要跟李芊舒一起去，结果毫不意外地放了李芊舒的鸽子。

上大学前她没离开过家，上大学之后，她也一直没觉得自己离开过家。似乎不管她走到哪里，只要她爸一挥拐棍，她就会乖乖地回到墙角站好一样。

她小时候在一本书上看到过，马戏团的驯养员训练刚出生的小象的时候，会用一根铁链把它拴在木头桩上，小象力气小，挣不开，等它习惯了驯养，驯养员也不会去换更粗的铁链、更重的木桩。它渐渐长成了大象，轻轻松松就可以挣断铁链，但它从来都不会去试着挣开，而是甘愿永远地被拴在那里。

十几年之后，她突然想，如果当时她真的和李芊舒一样离家出走了，又会发生什么样的事情？大抵什么都不会发生。她会以最快的速度被她爸抓回来蹲墙角。这个墙角，她真的要蹲一辈子吗？她可以像长大了的小象一样，试着去挣脱从小到大的束缚吗？

手机突然“嘀”的一声，她瞟了一眼，抓过手机。是银行自动发送的短信提示，她第一个月的实习工资存进了银行卡里。看着卡里的余额，韩俊骁又后悔把手机里李千书和佳欣发来的资料删除了。她纠结了一整个晚上，然后厚着脸皮给两人发：“实在抱歉手机今天出了问题，之前收到的资料全没了，可不可以麻烦你再发一遍给我？多谢！”

她决定，即使周一上班时要经受李千书的嘲讽和白眼，即使下次李千书把陶老师和所有教过她的老师全都请到她面前来轮流批评她，她也不会再打退堂鼓了。

其实她也不得不承认，自己比这些年轻人多吃的几年饭毫无用处，要论脸皮的厚度和不达目的不放弃的轴劲儿，她还差得太远。都是普通人家出来的孩子，也都是毕业之后不服输非要留在北京做自己喜欢的工作，也都拿着并不高的薪水和别人合租着六环外的房子，也都为了完成工作每天熬到深夜，她又有什么可委屈的？是她自己先选择了吃闲饭的人生，就不要怨恨现在要加倍努力把浪费掉的时间找回来。

周一进公司，她低着头，谁也没看就坐到了自己的位子上，打开电脑装作在看稿子，耳朵却一直听着周围的动静。周末活动时她跑掉，李千书肯定已经跟所有人说了，她们虽然表面上风平浪静，实际肯定都在笑话她。

就那么度秒如年地煎熬了半个小时，只听到周围噼里啪啦的打字声和偶尔接电话的声音。终于，李千书风风火火地进了门，陶远跟在她身后，两个人兴高采烈地说着刚上映的电影进了办公室，佳欣紧跟着就拿了稿子找李千书说事去了，根本就没有人正眼看韩俊骁一眼。

整整一个上午，韩俊骁所预想的嘲讽和白眼都没有如期而至，她反而如坐针毡，浑身都不舒服起来。好不容易等到午休的时候，大家说说笑笑地出去吃午饭了，陶远也有事出去，只剩李千书在办公室。韩俊骁没去吃饭，坐了一会儿，起身敲开了李千书的门。

"嗯，"李千书说，"跟你说个事，私事。"

韩俊骁愣了一下。"……我是来说，周末的事……"她支吾着，就像当初在学校博士答辩的时候一样紧张。

"周末怎么了？"李千书奇怪地看着她，就好像什么事都没发生过一样。

"……周末的活动，我后来先走了，实在对不起。我以后不会这样了。"韩俊骁终于鼓足勇气，拿出自己的诚意说。

"哦，"李千书一副恍然大悟的样子，"你不说我都忘了。韩俊骁，你要知道，没有什么事是值得别人围着你转的。你该在的地方没在，该做的事没做，自然有别人去做，到时你被别人顶替就不要后悔。"

“我知道了，”韩俊骁一个劲儿地点头，仿佛被老师批评的低眉顺眼的小学生，“我以后不会再这样了。”

“还有啊，”李千书说，“大家都有正事忙，不会盯着你看。你又不是三好学生升旗手，做得好是应该的，没人给你发奖状。”

韩俊骁明白她又在明里暗里取笑自己小时候那些光辉事迹，但她忍住了，认真地点头，什么都没说。她点完头就转身要出去。

“我话还没说完呢，”李千书在她身后说，“跟你说个私事。”

“啊？”韩俊骁转回身，“私事？”

李千书说：“今晚有空吗，一起吃个晚饭？”

“晚饭？”韩俊骁一脸的不可思议，李千书为什么要约她吃晚饭？

“一个老熟人来北京出差，非要找我聚一聚，我想着你也认识，大家这么多年没见了，一起见个面，也是好事。”李千书不慌不忙地说。

韩俊骁疑惑地看着她，等着她的下半句话。

“庄磊啊。”李千书看她没懂，伸了个懒腰，慢条斯理地说。

14

那年的冬天格外冷。

李芊舒第一次离家那么远。平日里她总是听别的同学说市里怎么怎么样，别的城市怎么怎么样，但她从来都没有去过。在以家属院为圆心，到学校的距离为半径的范围内，她天不怕地不怕，但渐渐地视线所及的一切都开始陌生起来，她不由得有些担心了。

上车的时候，她脑袋里是对临阵脱逃的韩俊骁的气愤，忘记了问司机师傅去市中心应该在哪一站下，因为她上车的那个站点由于年久失修，站牌上的字迹都已经磨损了，她看不清楚。但当她在车上坐下，看着窗外的景色快速退去时，又不知道该怎么开口问了。市中心那么大，她该怎么说在哪一站下车呢？不能让人家发现她是一个人偷偷出来的，连去哪儿都不知道。

午后的阳光穿过结着霜花的玻璃照到她身上，暖洋洋的。昨夜一夜没睡着的疲惫感突然袭来，她一个劲儿地叮嘱自己不要睡着，不然就坐过站了，然后下一秒就睡着了。被人拍醒的时候她一脸茫然，揉了揉眼睛，发现车停着，车上的乘客都不见了，拍她的是司机师傅。

“闺女，别睡了，到站了。”师傅说。

李芊舒一骨碌坐起来，抱起书包就下了车。汽车开走时扬起一路灰尘，呛得她打了好几个喷嚏。

她看了看周围，觉得跟自己想象中的市中心的样子不太一样，没什么人，破旧的土路连家属院门前的那条都不如，街边也是跟自己上学时看到的差不多的破旧建筑。

她往前走了几步，问路边一个正在修补自行车胎的老头："大爷，这里是哪儿啊？"

老大爷说了个她没听过的地名。李芊舒莫名其妙地看着四周，又看看公交车开走的方向："可是那路车不是去市中心的吗？"

"啊？"老头抬头看看她，又指了指远处的站牌，"丫头，你车坐反了吧，那头才是市中心呢。"

李芊舒独自在汽车开走的地方又等了很久，也没等来返程去市中心的车，索性就近漫无目的地四处游荡起来。但她又不敢进陌生的地方，看到用奇怪眼光打量她的路人也下意识快步走开。她开始后悔自己穿校服背书包出来了，一看就是逃学的小孩，没人把她当作离家出走"闯社会"的大人。

她想起韩俊骁对她泼冷水的话，心想，或许真的有道理。即使街边破破烂烂的面馆招洗碗工，也要求十八岁以上，她长得面黄肌瘦、身材矮小，怎么看也不像是成年。

不知不觉就走到了太阳下山。她已经不知道自己在什么地方了，眼看着天色一点点暗下去，即使现在承认自己哪里都去不了，承认自己就是脑子一热从家里跑出来的小屁孩，也没什么用，她根本不知道该怎么回家了。

她没有手表，也不知道时间，随着黑夜的降临，她猜测着姥姥是不是已经发现了她没有按时回家，是不是看到了纸条，有没有像上次那样焦急地到处求人帮忙去找她。

一入夜，气温下降得飞快，在外面走了一整天的她又饿又累，很快就从头到脚都冻僵了。街上的店铺纷纷关门，她再也顾不上戒备，跑到一家马上要打烊的铺子门口，仰起眼泪鼻涕冻在一起的脸，可怜巴巴地对老板说："能不能帮帮我，我想回家。"

老板还算好心，看她穿着校服背着书包，又说出了名字和学校，就打电话跟派出所报了警。被几个派出所民警护送回家属院的李芊舒，算是成了那晚的名人。虽然天寒地冻，大家都躲在自己家里，透过窗子看着院里亮着灯的警车，但当民警带着李芊舒上楼的时候，家家户户都纷纷装作在走廊里掰白菜或是拣土豆，饶有兴味地看她一眼。连李宏峰都故意在走廊里踢他那只破足球，一边踢一边好奇地冲李芊舒笑，因为挡住了楼梯口的路被民警拨拉到一边去了。

原来姥姥根本就没看到李芊舒留下的纸条，家里的钟还正好因为没上弦不走了，根本就不知道时间，还以为李芊舒只是放了学又在周围玩，回来晚，正坐在餐桌边一边打盹一边等着她回来好热饭菜。一看家里突然来了好几个民警，老人家吓坏了，耳朵又背，死死拽着民警问了好多遍来龙去脉，生怕李芊舒在外面惹了什么严重的事。

好不容易民警们做完好事走了，李芊舒站在姥姥面前不敢吭声。

"下次还敢不敢了？"姥姥问。

李芊舒摇头。

姥姥就叹了口气："等你长大了，你跑到哪里姥姥都不管了，都管不了了。"她拉着李芊舒冻得冰凉的小手放在自己粗糙的双手里搓了搓，哈口气，又搓了搓。"学好本领，你将来才能去想去的地方。知道吗？"姥姥说。

“就像我爸妈那样？”李芊舒问。

“你比你爸妈都聪明，也会比他们走得更远。”姥姥说，“你不是上次考了双百吗？姥姥知道你如果想好好学习，一定能做到。以后再多考几个给姥姥看，好不？”

李芊舒梗着脖子没吭声，半晌，把兜里买车票剩的零钱拿出来递给姥姥。“姥姥，我撒谎了。”她说，“我没有辅导费要交。”

“留着吧。”姥姥说，“姥姥知道你听话，你跟姥姥保证，以后别再做危险的事了，姥姥就信你。”

大院里没有秘密。第二天，所有人都知道李家那个散养的丫头昨晚大张旗鼓地被警察送回来了。大人们指着她教育自己家的孩子，小孩们更是既好奇又小心翼翼地躲着她走，然后在背后叽叽喳喳地说笑。

李芊舒装作听不见，闷头往前走，突然一个急停，转过身狠狠地瞪向那帮嚼舌头的小孩，小孩们“哗啦”一下作鸟兽散。李芊舒注意到远处楼后面有个熟悉的身影，远远地躲在那里看她，看到她回头，那人就迅速背着书包跑开了。

是韩俊骁。她不敢面对李芊舒。

李芊舒回到学校，老师根本就没有问她为什么昨天一天没来上学，她的座位上也被同桌陈宇用自己的东西占满了。她放下书包，伸手拿起写着陈宇名字的作业本三下两下撕成了碎片，就像那天老师撕她卷子的手法一样。

“李芊舒，你有毛病吧！”陈宇从椅子上弹起来，暴跳如雷地喊，“你赔我作业本！”

“陈宇，你下次再占我座，你放什么我撕什么。”李芊舒瞪着他，一字一句地说。然后就要再拿下一本作业本，陈宇吓得连忙伸手稀里哗啦地把自己的东西胡噜回自己桌上。李芊舒满意地在椅子上坐下。从今天起，她要在这个没有人在意她的地方打拼出自己的一块“领地”了。

下午放学后，韩俊骁一出校门就看到了专门等着她的李芊舒。她想装作没看见绕道走，但李芊舒比她反应快，立刻堵住了她的去路。

韩俊骁只好尴尬地看着她。良久，两个人都没说话。韩俊骁知道李芊舒肯定是来质问她昨天为什么没去。今早上学的时候，整个大院都在议论李芊舒被警察送回来的事，她心惊肉跳，生怕任何人发觉她也差点成为这事件中的一员。早上她背着书包溜着墙根快步走，正好看到那些小孩追在李芊舒的身后窃笑。李芊舒回头的时候似乎看到了她，她连忙慌不择路地溜掉了，心跳得飞快。

但看李芊舒的样子却一点都不蔫头耷脑，反倒精神还挺好的，也不像是冲她撒气来了。不过，她也没打算跟李芊舒道歉。她又没有错，约定了就一定要去吗？那可是逃学啊，只有李芊舒那种坏孩子才能干得出来的事。没有人会相信韩俊骁这样的好孩子也会逃学。

两个人正在僵持，韩俊骁她爸骑着自行车从校门里出来了。“韩俊骁？”他叫了韩俊骁一嗓子，“还不回家，发什么呆？”

李芊舒看到韩老师，又看了韩俊骁一眼。“韩老师好！”她脆生生地开了口，“韩老师，昨天韩俊骁在家干吗啦？”

韩俊骁她爸在她俩身边停下，一脸疑惑：“昨天韩俊骁干吗了？没干吗啊，跟平常一样，写作业练琴。你不是总来吗？问这个干什么？”

李芊舒没回答，却不紧不慢地看了韩俊骁一眼。这一眼可把韩俊骁瞬间吓出一身冷汗。李芊舒真是个魔鬼，她想。如果李芊舒跟她爸告状，说她昨天本来想离家出走来着，她就真的完了。她永远都想象不到她爸为了用新的罪名惩罚她能想出什么新的招数。

“哦，”李芊舒故意说，“我忘了，我就问问。”

她爸摇摇头，蹬起自行车。“上来。”他对韩俊骁说，“赶紧回家。”

韩俊骁哆嗦着腿肚子坐到她爸的自行车后座上。李芊舒站在原地，也没说话，就那么诡谲地冲她笑了笑。

看着李芊舒小小的身影逐渐远去，韩俊骁的心里涌起了更深的危机感，这下她有把柄落在李芊舒手里了，比李芊舒当面骂她为什么临阵脱逃更可怕。

15

当晚的餐厅里，看到李千书和韩俊骁一同出现，庄磊的表情从错愕到尴尬，一时间连招呼都忘了打。还是李千书自然地走过去坐下，把挨着庄磊的座位让给了韩俊骁，说：“好几年不见了，庄总，现在越来越有气场了。”

庄磊的气场怕是多年有增无减的体重给的，韩俊骁记忆里那个爱踢足球、爱耍帅的运动小子，如今戴着金边的眼镜来遮挡皱纹，额角被汗水微微濡湿的发际线油光发亮，深色西装也挡不住显眼的啤酒肚。他挪开椅子站起身跟韩俊骁握手时，韩俊骁当年缩在墙角被罚大声念言情小说时的感受不知为何又从心里冒了出来。

和庄磊从上大学那年分别起，已经有十多年没见。家属院动迁之后，她也不知道庄磊他们家搬去了哪里，直到博士快毕业那年她才通过另一个同班同学加到了庄磊的微信。那时她已经认识叶晓楠，两人正在准备毕业就结婚，跟庄磊客套了几句也就把话头扔下了，从此再没联系。

“你没怎么变，还是老样子。”庄磊说，好像多年的老友重见只能说这一句标配的话。

韩俊骁看得出他的敷衍和不走心。她可变得太多了，以前那个高傲自大、目空一切的自己，早就在五年的婚姻生活里被埋葬，取而代之的是终于露出真面目的贫瘠枯萎的灵魂。相由心生这句话一点没错，她这几年虚度光阴的代价，由内而外，一笔一画地，都真真切切刻在了脸上身上。

庄磊并不太愿意在韩俊骁这里敷衍太多，而是转头笑着问李千书："之前订餐厅的时候，你可没说俊骁也来呀。"

韩俊骁虽然在某些方面迟钝，但也不傻，立刻明白了庄磊的言下之意。他原本只是想单独约李千书的，或许还在想着和当年的前任叙叙旧，但李千书明显并不想单独和他见面，更是为了避嫌，所以才叫了韩俊骁一起来。

如果说李千书是在重逢之后才让韩俊骁深刻地感觉到被羞辱和被鄙视的感受，那么当初庄磊在十八岁的少女韩俊骁心里留下的，就是困扰她多年的阴影，她的爱情幻想在长大成人的那一年，还没有开始成形就破灭了。

现在他就坐在韩俊骁的视线里，近在咫尺，挺着他的肚腩谈笑风生，看似早已忘记他当年曾是她心里的男神，更不知道他曾给她带来的伤害。

"话说回来，"庄磊看李千书不怎么接他的话，只好把目光再次投向坐在一旁沉默不语的韩俊骁，"上次还是我把千书公司的招聘发给你的吧？后来怎么样？"

韩俊骁脸一红，正在局促，李千书笑笑说："今天我俩一起过来的，你说后来怎么样？当然是在我这里工作呀。"

韩俊骁只好说："是啊，上次多谢你。"

"有什么可谢的，大家都是老同学。以前上学的时候，咱俩还都得感谢千书呢，你说是不是？"庄磊说，"后来在上海的时候，千书就不怎么愿意讲以前的事了。”

原来他们是后来在上海时在一起的，韩俊骁心里想。李芊舒那个满肚子都是鬼主意的人，一定会把当年所有的黑锅都推到自己身上。虽然庄磊从来没有喜欢过她，但如今想想，自己在十几年不见的男神心里留下的，就是当年分别时那个作恶多端的形象，她不免觉得窘迫起来。

下午下班前，韩俊骁想着晚上要跟李千书一起和庄磊吃饭，就跑到厕所去，偷偷拿出口红做贼心虚般地涂了涂，没想到一回来就被李千书发现了。

“一起走？”她随手带上办公室的门，扫了韩俊骁一眼，边往外走边说，“你不适合带粉调的颜色，下次试一下橘调的，迪奥红管 436 或者小胖丁 400，都可以。”韩俊骁连忙拿了自己的包跟上去，偷偷把李千书说的两个口红色号记在手机备忘录里。

坐在李千书的车上，韩俊骁手脚局促着不知道往哪里放。她觉得憋闷，刚想伸手把车窗按下来点，李千书突然开口问了一句：“你离婚了？”韩俊骁吓得手一哆嗦，车窗“唰”到了底，吸了一大口旁边车的尾气，连连咳嗽。

李千书瞥了她一眼，把窗关上，打开空调。

“……你怎么知道？”话一出口韩俊骁就觉得自己愚蠢。她可是李千书，她什么都知道。

“你入职时填的单身。那天我和陶妍教授聊了两句，她说你毕业就结婚了。”李千书倒没卖关子，“不难猜吧。”

韩俊骁没作声地默认了。

“什么时候的事？”李千书问。

“没多久。”

“你来我这之前？”

“嗯。”

“哦。那再之前呢？”

“什么再之前？”

“没离婚之前，你都做些什么？我看你履历上没怎么写。”

“……没做什么。”

李千书又瞥了韩俊骁一眼。

“难怪陶教授说起你，一副恨铁不成钢的样子。”她说，“我要是你，那天看到陶教授，我也躲得远远的，没脸见她。”

韩俊骁没说话。李千书说得一点都没错，她也没什么想反驳的。不过出乎意料地，李千书接下来并没有说什么嘲讽的话，反而伸手把车里的音响打开了。

过了好一会儿，韩俊骁犹豫着开了口：“……能不能，别提？”

“什么？”李千书问。

“……一会儿见到庄磊，能不能别提我离婚的事？”韩俊骁小心翼翼地说。

“怎么了，觉得丢人吗？”李千书面无表情地反问。韩俊骁没吭声。

“有什么丢人的。”李千书自顾自地说，“一个已婚，一个离异，一个单身，谁也不比谁丢人。”

说归说，晚餐的时候，李千书并没有刻意提起韩俊骁的事，反倒是庄磊没话找话地问起：“哎，我有点想不起来了，你家先生是做哪一行的来着？”

韩俊骁还没说话，李千书就接道：“你太太做哪一行的来着？”

庄磊愣了一下，打了个哈哈：“她，哈哈，生完孩子之后就在家了。”

“是吗？”李千书说，“庄总好男人啊，养家糊口不容易。”

“那当然，”庄磊说，“要不是因为要带孩子，两口子哪能就一个人赚钱？根本就不够花！”

“那你不生不就完了？”李千书说，“什么时候要的二胎？老大该上幼儿园了吧？听说上海的择校费也不少啊。”

“可不，”庄磊说，“那天给我们家老大报名，光是家长面试就给把我俩折腾得够呛，现在这年头啊，连幼儿园都不是有钱就能上了，管你有几套学区房……”

两个人顺势讨论起上海和北京的房价。韩俊骁在旁边悄悄松了一口气，心里有点意外，但还是对李千书多了一点感激。

庄磊这一次来北京是出公差，李千书问他什么时候回上海，他说不着急，准备多待两天，“好不容易有出差的机会喘口气，谁想回家啊。”庄磊笑得有些油腻，韩俊骁默默把眼神避开，试图靠印象里少年时的回忆来减轻她对现实的反感，却一时间连十几年前庄磊的样子都想不起来了。明明这些年来他在那群面目模糊的同学中间，是记忆里最清晰的一个。

趁着庄磊还没有喝多，李千书利落地起身去买了单，然后以要加班为由强行解散。庄磊问李千书要不要送，李千书没接话，给他叫了车。等到他走了，才转头问韩俊骁：“送你？你住哪儿？”

“不用了，”韩俊骁说，“前面就是地铁站。”

她刚刚换了一个住处，在通州，和两个女孩合租，一个是待业的毕业生，另一个在附近商场做美甲。她可不想让李千书知道她住在哪儿，更不敢让李千书屈尊送她回家。

“那我捎你到地铁站？”李千书问。

韩俊骁再拒绝就太假了，只好顺从地坐上车。

“你和庄磊后来一直没有联系吗？”李千书问，“你高中时那么暗恋他。”

还用问？和他有过一段感情的是你又不是我，韩俊骁心想。但她并没有生气，只是点点头，又摇摇头。即使她之前曾经好奇过，甚至愤怒过，再见到庄磊之后，那点好奇和愤怒也丧失殆尽。令她好奇的反倒是李千书。虽然她并不了解李千书，但她敢肯定李千书不像她，不会对着小说里肉麻的句子来幻想自己的恋爱，也不像她会喜欢上庄磊那样的中学时代女生们的男神。她甚至不知道李芊舒是怎么认识庄磊的。虽然同住在一个大院，但显然庄磊那个年纪的男生不会无缘无故地去接近李芊舒那个年纪的女生。不用说其他人，他连同班的女生都不太搭理，每天只热衷于足球队训练。

李芊舒似乎就有那个本领。认识她的那年，她还是个面黄肌瘦的小孩，整天穿着洗得掉了色的校服和不合脚的鞋，脸总是像没洗干净似的，动不动就对欺负她的同学推推搡搡、破口大骂。但是不知从什么时候起，她悄悄地变了样子，个子蹿了一大截，也有女生的漂亮劲儿了。小时候总笑话她没爹生没娘养的那帮臭小子，竟然也开始私下里偷偷地比较起她或者另一个班的某个女生谁更好看了。她不再是人人喊打的野孩子了，虽然韩俊骁这样的人依然是看不上她的，但她想搭理谁，就能搭理谁，韩俊骁就做不到。

韩俊骁从来都不了解李千书，她们分道扬镳的时候都还太年轻。

“你喜欢过庄磊吗？”韩俊骁问。

李千书笑了，韩俊骁不知道她的笑是什么意思。然后她反问：“你喜欢过庄磊吗？”

这句话问住了韩俊骁。她真的喜欢过庄磊吗？那些把他的样子幻想成言情小说男主角的臆想，就是喜欢吗？如果是的话，那些痛苦和伤害又算什么呢？

韩俊骁在地铁站附近下了车。李千书从后视镜里看到她并没有走进地铁站，而是走向了另一个方向的公交站。深夜的站点仍有许多跑通勤的年轻男女在等车，韩俊骁无声地钻进疲惫的人群之间，李千书很快就辨别不出她的身影了。李千书踩了一脚油门，身边的手机响起，她点了接听。

“到家了吗？”庄磊问。

“还没，刚把她送到地铁站。”李千书说。

“她是不是早就离婚了？”庄磊在那头说，“我刚才本来想问，你把我话头岔过去了。”

李千书没说话。

“你什么时候开始替她圆场了？”庄磊在那边说，“你不是一直都恨她吗？”

16

连着一整个星期，李芊舒都再没来过韩俊骁家。韩俊骁每次在客厅里练琴的时候，总是时不时地想转头去看看院外。冬天的菜地一片荒凉，并没有蔽身之处，李芊舒也不会大冷天地躲在外面装神弄鬼吓唬她，但她就是莫名地心里不自在。

虽然她一直告诉自己，李芊舒被警察送回家又不是自己的错，但毕竟理亏，心里还是虚的，她爸脸色一旦阴晴不定，她就眼皮突突直跳、手心发麻，担心是不是李芊舒把她差点离家出走的事告诉她爸了。

那段时间她爸确实脾气不太好，经常从学校回来之后就一个人闷在书房里不出来。韩俊骁在客厅练琴，他都不再提着尺子悄无声息站在她身后，冷不防地敲她手背了。

她当时并不知道是为什么，只好每天战战兢兢地尽量不惹他生气。她每一次模拟都考第一名，超出第二名许多分，老师们都希望她中考能拿一个状元回来，每天都像对待国家保护动物一样看着她。她的书包里再也不敢有任何“垃圾”，更不敢只为远远地看一眼在操场上踢足球的庄磊而绕远路从学校后门走。

周末的白天，韩俊骁所在的尖子班会为了中考冲刺加半天补习，韩俊骁虽然是尖子生中的尖子生，补习内容也是她早已烂熟于心的，但为了老师能当着全班同学的面夸一句“韩俊骁这样的都还坚持补习，你们有什么资格喊苦喊累？你们要是能考到韩俊骁这个成绩我绝对不让你们再补习”，她还是会每周按时参加。

那天下午她从学校回到家，刚进屋就听到她爸在书房里暴怒的吼声。她还觉得奇怪，自己都没在他冲谁吼？看到厨房和客厅里打翻了的碗盆和食物，她才意识到他吼的应该是她妈。她默默地进了自己的小房间，放下书包，在书桌旁坐下写作业，但耳朵却控制不住地去听书房里传来的声音。

她妈一声都没出，但从她爸口不择言的怒骂听来，他应该是因为今天她妈没打招呼就去了他学校而发脾气。她爸从来不让她妈去他学校，连韩俊骁的学校她也很少去，家长会基本都是她爸参加。自从韩俊骁记事以来，她妈就再没工作过，但小时候听她妈说过，她以前也是老师。她们家之所以能搬进家属院，不是因为她爸，而是因为她妈，而且还把她爸调进了师专。但后来她爸为什么又离开师专去了中学，她就不知道了。连她妈以前是教什么的，韩俊骁都不知道。

过了不知道多久，书房的门才打开。她爸一脸怒气地走到客厅里倒茶喝，看到门口韩俊骁的鞋子，就喊了一声：“韩俊骁！今天练琴了吗？”

韩俊骁连忙丢下笔跑过去。“还没，”她说，“今天补习留的作业多，我想先写完再练琴。”

她爸放下茶杯看了韩俊骁一眼，她便乖乖地把刚说完的话忘记了，跑到钢琴旁边坐下，翻到该练的那一页。还没开始弹，就听到她妈从书房里出来，走到客厅的角落，蹲下身收拾散落一地的东西。她忍不住转过头看了她妈一眼。她妈头发挽得低，遮住了脸，看不见脸上的任何一丝神情。韩俊骁又近视，隔着厚厚的眼镜片，微微眯了眼睛，还是看不清。

那一刻，她的心里突然闪过一丝莫名的恐惧。还来不及细想，她爸的尺子驾轻就熟地落在了她手背上。“走什么神？弹！”她爸吼道。混着茶叶渣子的口水飞溅出来，落在她指间黑白的键盘上。她嫌粘腻，却不敢擦，不得不忍着恶心随音符的变化把指尖或轻或重地落在那上面，像是徒劳无功地试图碾死懒得飞走的苍蝇。

很多年之后，韩俊骁回忆起她走神的那一瞬间，才意识到那时她的恐惧源自何处。她隔着那么近的距离，却突然不知道她妈究竟长什么样子了。十五岁的她莫名开始害怕，怕终究有一天，自己也变成那个看不清长相的人，就像她妈一样。

李芊舒再次出现在她家门口的时候，仿佛什么事情都没有发生过，冲韩俊骁一脸无辜地笑。“上次有本书我还没看完，”她说，“我能借回家看一晚上吗？”

韩俊骁她爸还没回来，她妈去市场买菜了。李芊舒跑进书房，精准利索地抽出了那本书。韩俊骁瞥了一眼，是雨果的《九三年》。

“你不是说你不念书了吗？”韩俊骁忍不住说，“还看这个，你看得懂吗？”

李芊舒停下了脚步，回头看着韩俊骁：“还不是因为你。”

“关我什么事？我去不去你都会被警察抓回来。我就说过不行。”

“那不一样，我被警察抓回来和你被警察抓回来能一样吗？我姥姥只会说我。你爸会怎么罚你？”

韩俊骁哑口无言了。她总是会被这个比她小好几岁的小孩说得哑口无言。

李芊舒看她吃瘪的样子满意地点了点头，说："想让我不告诉你爸也可以，你答应我一件事。"

韩俊骁疑惑地看着她，总觉得不是什么好事。

"你帮我补习。"李芊舒说，"我要考上五中，还要用很好的成绩考上五中。"

李芊舒花了一个星期试图来证明自己能再考一个双百，然而失败了。她不愿意承认之前的那个双百是碰运气，她从小混到大，碰巧一样地听了两天课，就考了一个双百。她觉得如果能把之前玩掉的那些课都听回来，就可以再考好多个双百。

她连课本都不全，作业也没怎么写过，好不容易鼓起勇气在课间到讲台前去跟老师提了一个问题，还被老师挥挥手打发走了。"李芊舒，你就算了吧，别跟着捣乱了。"老师说，"书都没翻过的人还问，问什么？讲了你能听懂吗？"她也不想问同桌陈宇，陈宇到现在还在为她撕了他的作业本而耿耿于怀。前天她午休时不小心胳膊肘怼过了"三八线"，陈宇竟然想用尺子敲她，还好她及时捞起圆规作势反击，他才作罢。没人愿意帮她，于是她想到了韩俊骁，一个老师和同学心中完美的学习榜样，一个毕业之后还会被各科老师屡屡讲起用来激励小朋友们的传奇人物。家里还有看也看不完的书。

"我不会。"韩俊骁说，"我从来不教别人。我们班同学有时问我这道题怎么做的，我讲完，他们也听不明白。"

"我能，我能听明白。"李芊舒连忙表决心，"我要是听不明白，你嫌烦了就不讲，我绝对不拿重复的问题来烦你。"

韩俊骁皱起眉头。她马上就要中考了，她爸如果知道她每天浪费时间在李芊舒这种闲散人员身上，一定会生气的。

"不会占你太多时间，"李芊舒说，像是能瞬间看穿韩俊骁心里在想什么一样，“就每天上学、放学路上，还有在你家看书的一小会儿。”

“那如果被我爸看到，怎么办？”韩俊骁问。

“就说随便聊天呗，怎么，你爸连说话都要管？”李芊舒说，“什么都听你爸的，多没意思啊。”

韩俊骁虽然觉得她这句话说得奇怪，但也想不出来哪里不对。

“行不行？求求你。”李芊舒又露出温良无害的表情来，一脸诚恳。这可是她第一次开口求韩俊骁。看韩俊骁还在犹豫，她就垂下眼睛，抠着自己的手指甲，故意装作漫不经心地说：“你要是不答应的话，那我也就只能跟韩老师说，那天咱俩约好在汽车站……”

“行吧行吧，”韩俊骁连忙打断她，“我答应。”

李芊舒一下子笑开了，瞪大眼睛看着韩俊骁：“真的？答应了就得做到。”

“嗯。”

“太好了！”李芊舒一蹦三尺高，“那个，你以前的课本还在吗？借我用用。”她立刻迫不及待地提出了第一个要求。

那天趁大人不在家，李芊舒抱了一大堆韩俊骁几年前的旧课本回家，把她的破书包都快撑散架了，她呼哧呼哧地捧着书包出门，看不见脚下，在院门口一个趔趄，差点绊了个跟头。

“你行不行啊？”韩俊骁在后面看着她说。

“行，行！”李芊舒顾不上回头，“你得说话算话！”

看着李芊舒瘦小的身影消失在视线里，韩俊骁心里第一次对李芊舒有了些刮目相看的感觉，也第一次意识到，她们是如此不同的两个人。

到后来她也不知道李芊舒那天为什么回来，她甚至猜想，如果不是被警察带回来，李芊舒会不会真的从此不回来了，能走多远就走多远，直到变成一个即使在街上擦肩而过也完全认不出来的陌生人。

那是她从来不敢去想象可能会发生在自己身上的事情，不知为什么，想象它发生在李芊舒身上就很自然，似乎李芊舒天生就该是一个浪迹天涯的人。而自己，只能在夜半惊醒的时候独自去辨认噩梦里那张面目模糊的脸。

17

不知道是不是因为晚饭时被庄磊左劝右劝不情不愿地喝了两口酒的关系，韩俊骁一整夜都没有睡好。但她近来几乎没有睡好过，做梦都在想着佳欣什么时候能认可她写的稿子。佳欣说，如果这一次的选题写得满意，这个原创专栏以后就是她的了。她也算能在李千书面前证明自己不比那些刚毕业的小姑娘差。

她忍着宿醉的头疼迷迷糊糊睡过去，倒也不怕第二天早上迟到。李千书对迟到早退这种事并不在意，按时出活就可以。佳欣她们经常到得比韩俊骁晚好多，也没见李千书说过她们。

早上韩俊骁起床，意外地看到合租的另一个刚大学毕业的女孩竟然早早起来了，占着洗手间化妆。平日里韩俊骁从来不用担心抢浴室抢厨房，那两个女孩一个没工作，一个中午才上班，只有她需要去挤早高峰的地铁，厨房更是除了韩俊骁没有人会去动。今天突然起这么早，估计是找到工作了。

“琳琳，要早起上班呐？”韩俊骁象征性地问了一句，希望她能够理解自己的言外之意，赶紧用完洗手间赶紧撤。

“嗯！”姑娘响亮地应了一声，妆才刚进行到粉底那一步。看来是并没理解韩俊骁的暗示：“我找到工作啦！不是特别远，我得六号线倒五号线。”

韩俊骁看了一眼客厅里扔着琳琳熨得平平整整的连衣裙和摆在一边的高跟鞋，什么都没说。过了今天之后，琳琳就会知道，这样的穿着打扮是没有办法在早高峰的地铁上存活的。她有一万种不同的方式被踩掉脚后跟，被蹭花精致的妆容，被扯皱平整的裙摆，被勾坏光滑的丝袜，被车厢里的汗味香水味早餐味腌制成一条熏鱼，被挤得前胸贴后背连咸猪手都不知道是谁，等到了上班的地方，早就耗尽了一整天的精力。然后就会吸取血淋淋的教训，从下一天开始，穿得像个真正久经沙场的地铁通勤族。

当然，这样的教训，韩俊骁也是不久前才深刻体会到的。现在她和佳欣她们一样，放一两套体面点的穿搭在公司，如果偶尔需要就换上，平日里的衣服仍以能让自己健步如飞为标准，甚至摸清了换乘地铁时从靠近车尾的地方上，能让自己在下车往出口走的时候少走一整趟列车的距离。这些都是她从来不曾了解的。她出了象牙塔就躲进了家庭的保护伞，连最基本的生活常识都要向身边的年轻人学。但看着兴高采烈化妆的琳琳，她也并不想故作姿态地提醒她，反正她迟早要明白。

由于琳琳的磨蹭，韩俊骁整整晚了半个小时才出门，到公司的时候别人都已经开始忙了。陶远和李千书在办公室里不知道商量什么，佳欣一看到她来，就笑盈盈地走过来，说：“韩姐。”

“哎。”韩俊骁包都还没来得及放下，“你说。”

“今天起咱们这个专栏就交给你来写了，”佳欣说，“虽然大部分是我改过的，但是毕竟你来的时间也不短了，可以主笔了。”

“真的啊？”韩俊骁喜上眉梢，“太好了，谢谢你啊，佳欣。”

她忙不迭地打开电脑看排好版的稿子，心里美滋滋的。

上次的活动之后，她的邮箱里久违地收到了一封陶妍教授写来的邮件。没有用即时通讯的形式，或许陶教授是怕她难堪，问了她的近况，还说希望常联系。陶教授没忘了她，这让韩俊骁觉得既心酸又感动。她也很想告诉陶教授自己的“近况”，但她甚至不能像佳欣那样随便跟别人说“这个文化专栏是我写的”。她很想告诉老师她的底子没扔掉，也还是有事可做的，但她想来想去，还是把删了又写的邮件回复给删掉了。

她决定等今天的专栏发布之后再回复陶教授的邮件，告诉她专栏是自己写的，以后甚至还可以和陶教授约个稿，毕竟陶教授算她的“人脉”，可不算李千书的。

上午工作的时候，她又收到了她妈发来的信息。自从得知她离婚之后，她妈每天给她发一条信息，也没有什么特别的话，要么是今天降温，多加衣服；要么是注意身体，别熬夜。她不知道怎么回，索性每次都只回一个 OK 的表情。

她妈以前从来不这样。她读书的时候还每周打一个电话回家，结婚之后电话也很少打了，她妈也不怎么问，只有在她爸授权打电话的时候才会主动打给她。韩俊骁一度觉得是因为她在北京没了丈夫也没有朋友，所以她妈才开始担心她哪天突然失联或者死在外面没人通知家里人，所以才开始了规律性地每天发一条信息。

说起来，有丈夫的时候，她无数次拿着手机，想跟她妈说一说家里的事，说一说自己夫妻俩的事，但是最后什么都没说。那段时间正好看到一个新闻，有个丈夫把妻子杀了冻在冰箱里，然后每天拿妻子的手机给妻子父母发短信聊天问候，坚持了好多天才被发现。她看了那个新闻后心惊胆战了好多天，给自己的手机设置了好多复杂的密码，每天都换。

那些疑神疑鬼她妈没有机会知道了。一个在她的成长中缺席的母亲，也没有和她共担惶恐的资格。

“工作还顺利吗？”她妈问。

韩俊骁一直没有告诉她妈和李千书的重逢。虽然很多年了，家里再也没有提起李芊舒这个人，但他们不可能忘记。

“还好。”她说。

“受了委屈别硬抗，回家来吧。”她妈说。

真是世界上最讽刺的安慰。韩俊骁很想问她妈一句，我受了委屈，你什么时候帮过我？但她还是忍住了。从小她一直以为她是父母的骄傲，后来才明白，她就像一只被强行推上枝头假扮凤凰的土鸡，什么都不是。她的委屈和困惑，他们从前知道，以后也不会知道。

她丢开手机继续干活，没注意时间，直到李千书走过她旁边的时候问了一句“不去吃午饭？”她才意识到已经到了午休时间，佳欣她们已经约着出去吃饭了。

“不吃了，今天胃不舒服。”她说。她今天确实不舒服，昨晚喝了酒之后今早还吐了一次。要不是她吐了，估计琳琳还赖在洗手间里不走呢。

李千书转身进了办公室，过了一会儿出来，递了个杯子到她面前，冒着微微的热气。“养胃茶，”她说，“喝吧。我以前喝多了之后喝这个，挺醒酒的，管用。”

韩俊骁说谢谢，拿起杯子来，凑到嘴边吹着喝了一口。

“庄磊为什么都知道你离婚了？”李千书不经意地问，“他又不是专门扒你丑事的狗仔。”

韩俊骁愣了一下：“他问你了？”

“嗯。”李千书说，“但是我没说什么，觉得你应该不会希望他八卦你。”

“谢谢你。”韩俊骁由衷地说。

她也不知道庄磊为什么会知道，但是前两年她和叶晓楠因为想要孩子想得走火入魔了，叶晓楠甚至鬼迷心窍，觉得她在外面有人，扣了她的手机，查了通讯录里面所有的异性，或许庄磊也在其列吧。从那以后她才开始杯弓蛇影地每天换密码。

喝了李千书的茶之后，她下午真的舒服了不少。快下班的时候，她看到今天的专栏更新了，兴致勃勃地打开，却一下子心凉了——作者的位置赫然写着佳欣的名字。她打开文章仔细地看了一遍，的确是她的稿子，佳欣并没有替她改稿，只是在她一开始写之前跟她说了些要注意的问题。

反正也是同事，算了吧。她想。毕竟佳欣之前也帮她改过很多次的稿子，她刚来的时候，改完的稿子面目全非到她自己都没法说是自己写的了。就当是学习经验好了，她这样想着，什么都没说，看着对面的佳欣一边收拾东西准备下班一边和旁边的人说笑，心里想着今天晚点走，再查一会儿资料，就听李千书在办公室里叫："佳欣。"

"哎！"佳欣应着过去了。没过一会儿，从办公室里探出头来冲她喊："韩姐，叫你。"

韩俊骁不明所以地走过去，看到李千书的屏幕上正打开着她写的那篇专栏。

"今天起不是换成韩俊骁写了吗？"李千书问，"怎么还是你的名字？"

"啊？"佳欣一愣，满脸什么都不知道的样子，"是吗？这是韩姐自己弄的吧？我也不清楚，不过我是帮她改了不少，基本上相当于重写一遍了……"

"你帮她改过的稿子我也不是没看过，"李千书打断她，轻描淡写地说，"今天这篇不是你写的，是她写的，我看得出来。"

“那，那可能是排版的时候搞错了，用了之前默认的样式……”佳欣连忙说，“明天起我会盯着，不会再出错了。”

李千书点了点头：“今天这篇删了，明天重新发。”

“别吧？”佳欣有些为难，“那今天的专栏就……”

“亲同事也得明算账，”李千书说，“是谁的就是谁的。不用跟我打太极，你们几个，从字迹到语言风格，到爱用的标点习惯、分割线的位置，我都知道。做事情有先来后到，老人带带新人是理所应当的，人家没必要对你感恩戴德，你更不能把人家出师后的成果据为己有。”

佳欣低着头不说话。

“回吧，”李千书说，“以后别错了。”

韩俊骁全程没说话，直到佳欣走了，她才不可置信地问李千书：“你真能分出来？”

李千书看了看她。“别人不信，你还不信？”她把脚跷上桌子，摆了一个舒服的姿势，没有正面回答她的问题，“你不记得小时候的事了？”

18

妈妈要回来了。

李芊舒打完电话之后，脚不点地往家里跑，冲进门就大喊着向姥姥宣布了这个好消息。

“真的？”姥姥从厨房里出来，以为自己耳朵背听错了，“你妈要回来啦？”

“嗯！”李芊舒兴高采烈地说，“妈说八月份回来，那时候我肯定已经考上五中啦！”

她已经有整整一个小学的时间没有见过妈妈了，她希望等妈妈回来的时候，可以骄傲地告诉她自己不是坏孩子，自己很努力地学习，用好成绩考上了五中。连姥姥都看得出她像是变了一个人。她开始每天都窝在自己的小床旁边写作业，按时交作业，即使老师不愿意搭理她也死皮赖脸地凑上去问问题，每天放学后不再四处疯跑不回家，而是拿着书本去堵韩俊骁。

韩俊骁已经从五中毕业了，以全校第一名的成绩考上了市里最好的育才高中。高中离家远了点，她爸不让她住校，她就每天坐几站公交车回来。高中开始学校要求晚自习到九点，但她爸亲自跑到学校去跟老师申请特权，韩俊骁可以不上晚自习，六点半就放学回家。

她每天从公交站走回家的那段时间就是李芊舒的问答时间。一开始李芊舒问的全是小学课本里以前落下的东西，韩俊骁每每给她指点之后都要笑话她一番，她也不介意。

但很快韩俊骁就发现李芊舒问的问题不再“弱智”，甚至有些时候她都要去特意回想一下那是什么时候的题目，是小学六年级的还是初中的。有时李芊舒没头没脑地问她一些从她家的书里看来的稀奇古怪的问题，把韩俊骁问得莫名其妙，就烦躁地让她闭嘴。

“你都是哪来的这些问题？”韩俊骁说，“我敢肯定小学的时候老师根本不讲这些。”

“老师不讲不代表我不知道。”李芊舒就骄傲地把小脑袋一扬，“你看，也有我知道你不知道的东西吧？”

“切。”韩俊骁嗤之以鼻，“你那些乱七八糟的东西，考试又不考。”

然后她就会故意气李芊舒，拿出来一道初三的几何题让她做。李芊舒当然连看都看不懂，瘪着嘴理亏地嘟囔：“那你这不是欺负人吗，你都念高中了。”韩俊骁找回一点优越感，这才感觉良好了一些。

那天放学的时候，李芊舒一反平日里喋喋不休的常态，走在韩俊骁旁边一言不发。韩俊骁原本等着她问问题，倒觉意外了，问：“你今天没有问题要烦我？”

“没有。”李芊舒闷头说，“我今天测验全考了满分。”

“那不是好事吗？”韩俊骁奇怪道，“你有什么不高兴的？”

李芊舒沉默了半晌，说：“我们老师又说我抄。”

“还抄？”韩俊骁奇道，“你现在天天按时写作业，还总考一百分，你们老师怎么那么过分啊？”

“不是。”李芊舒说，“她说我的作文是抄别人的，不是我自己写的。”

“为什么？”韩俊骁问。

李芊舒就从书包里掏出两张有点皱的作文纸，写得密密麻麻的，超出了原本的格子好多行。不看不知道，一看把韩俊骁吓了一大跳。如果不是从李芊舒的书包里拿出来，她还以为是自己写的。

“你……你的字？”韩俊骁惊讶地问。

“我的字怎么了？”李芊舒理直气壮，“我觉得你的字写得好看。你借我那么多课本，上面全是你的笔记，我就学了。我还可以学陈宇的家长签字呢。有一次陈宇忘签字了，我帮他签的，老师完全没发现，后来他就跟我停战了。”

韩俊骁从小被她爸逼着练过一阵子书法，后来上中学课业忙了就不练了，她爸总说她的字没筋没骨，立不起来，反倒被李芊舒这个鬼机灵学去了精髓。

那篇作文题目是《我的妈妈》。里面写了一个温柔善良贤惠的妈妈，给了她从小到大无微不至的关爱和鼓励。最后是小学生作文的标准结尾：“我有一个世界上最好的妈妈。”

但是李芊舒的老师们都很了解，他们六年来都没见过她父母。别说老师们了，李芊舒自己都没见过几次，哪里来的平日里无微不至的照顾？

“你这是假的呗。”韩俊骁诚实地给出客观评价，“你妈本来就不这样啊。”

李芊舒撅起嘴，觉得不服：“我妈确实不这样。但老师凭什么说我作文是抄的？就是我自己写的！”

“那你为什么要这样写你妈妈？”韩俊骁不解地问。

李芊舒就不吭声了，过了好久，她才低声说：“我希望有一个这样的妈妈，也不行吗？”

韩俊骁愣了愣。从小在父母身边的她，从来没有想过李芊舒是怎样长大的，没有想过任何一个除了自己之外的孩子是怎样长大的。她躲在自己的角落，听从她爸的教导，认为其他人的童年是和自己无关、不需要去关心了解的事，那时才渐渐意识到，每个小孩的快乐和难过都是不一样的。

“你写得其实挺好的。”韩俊骁说。她说的是真心话，以李芊舒的水平来说，那篇作文远远超出了同龄学生的标准。如果她是李芊舒的老师，或许也会认为是李芊舒从哪本范文大全上随手抄来的。

“真的吗？”李芊舒犹疑地看了看韩俊骁。

“真的。”韩俊骁说，“你们老师说你是抄的，是因为你写得太好了，不是因为你写的是假的。”

“是吗？”

“嗯，”韩俊骁说，“不信你去看你同学的作文，肯定没你写得好。不用说小学生了，很多初中生都写不了。我们班语文不好的学生，到现在还有人考试作文交白卷呢。”

李芊舒的大眼睛眨巴眨巴，滴溜溜一转，原本无精打采的神情突然一扫而空，仿佛心里又打起了什么小算盘。

“怎么了？”韩俊骁本能地疑惑起来，从她身边挪远了一步。

那个夏天，李芊舒靠名列前茅的成绩考上了五中，成了她们那一届老师和同学都惊掉下巴的一个奇迹。家属院里那些跟她年纪相仿的孩子的家长们，虽然还是会好奇地在背后议论她的家庭，却再也不会说她带坏他们家孩子了。甚至有孩子比她小几岁的家长在院里遇到她，还会跟她打个招呼，客套地问一声姥姥身体怎么样，然后说一句："成绩是怎么提高这么快的？我们家孩子要向你学习呀。"

只有韩俊骁知道李芊舒是怎么做到的。她聪明，只要肯琢磨，没有什么不开窍的，仅此而已。当时的韩俊骁还并不懂，单凭这一点，已经有机会从芸芸众生的小镇少年中脱颖而出了，在所有人的起跑线都不够有优势的时候，想要靠学业这条路改变原有的生活环境，头脑是最重要的资本之一。

韩俊骁那时还以为自己是唯一的天之骄子，毕竟她出身书香世家，又有她爸对她从小的魔鬼训练，她觉得自己才是最优越的那一个。直到她爸有一天翻看她的卷子，看到了两张不一样的作文纸。

"这是你写的？"她爸拿着那两张纸问韩俊骁的时候，她正在忙着做让人头疼的物理作业。

"啊？"她看了看那篇作文。熟悉的字体，毫无破绽，就连她自己都差点被瞒过。高中的课业繁重，每天自己都数不清做了多少套题目，自己写过的作文也不会记得那么清楚。

"是。"韩俊骁答道。她几乎不敢在她爸面前撒谎，但那时她下意识地脱口而出。

她爸看了看她，竟没发脾气，也没说什么，若有所思地把那两张纸翻来覆去看了几遍。

"写得真不错。"她爸说。

韩俊骁看着她爸脸上隐隐浮现出了似曾相识的那种神情，是小时候会背第一首唐诗、会做第一道数学题时出现的那种神情。

但她清楚地知道，那神情不是因为她。那篇文章下面是老师红色的评语："质朴而生动，佳作偶得，实属珍贵。"

为什么是“偶得”呢，因为她后来再也没写出过那样的文章。

以前她爸总告诉她“字如其人”，但当她发现李芊舒可以毫不费力地模仿好多人不同的笔迹时，她就不再相信字如其人了。

但她爸也告诉过她“文如其人”，所以她该知道，即使字迹毫无破绽，她爸一早就猜到，那篇文章不是她写的。李芊舒写了作文没写名字，让她帮着看看，那两张纸就那样留在了她的书包里。

那时她才真正感觉到李芊舒的可怕。她轻轻松松地就可以得到自己从小到大经受了这么严苛的训练才能得到的关注和认可，她比自己年纪小那么多，却可以写出自己的老师都赞不绝口的文字。那时她第一次猜想，如果她们两个互换，她是那个从小没有父母教育、跟着姥姥长大的野孩子，而李芊舒拥有一间琳琅满目的书房，会怎么样？她会不会被老师和同学欺负到抬不起头？李芊舒会不会在书房的角落因为背不出书而被罚站？

她不敢去想。

但是后来有一天，她爸破天荒地问起：“李芊舒很久没来家里了。”

因为她早就没有问题需要问韩俊骁了。虽然她对韩俊骁一直感恩戴德，觉得是韩俊骁帮了大忙，让她考上了五中，但韩俊骁自己心里很清楚，她靠的只是她自己，谁也不需要帮她。

“嗯。”韩俊骁回答。

“有空叫她常来吧，”她爸说，“我可以教她。”

19

第二天韩俊骁给陶教授发了邮件，还附上了自己写的专栏文章的链接。没想到陶教授很快就回复了，说会继续关注她的专栏，还邀请她有空可以回学校去给学弟学妹们做讲座。韩俊骁虽然连忙婉拒了，但心里还是有些飘飘然的，仿佛当年被众星捧月般夸赞的感觉又回来了。

下了班在地铁上，她接到琳琳打来的电话。

“韩姐，你在哪儿呢？”那边急吼吼地问。

“我刚下班，还在地铁上，怎么了？”韩俊骁提心吊胆地问。自从开始自己租房子住，她最害怕的就是屋里因为水管漏了马桶堵了门锁坏了东西丢了之类的事把她们全都叫回去。

但只要还能住，她就也忍了。不过这一次是最糟糕的情况。

韩俊骁刚从电梯里出来，就听到琳琳大声争吵的声音。走廊堆满了家具和乱七八糟的物品，从电梯口一直堆到客厅里。

和琳琳争吵的人她认识，一个四十多岁的男的，姓王，当时就是他把其中一间卧室租给韩俊骁的。韩俊骁以为他是房东，结果今天发现他也只是租了房东房子的租客，现在房东临时要收房，今天就有大批的物品寄送过来，要求她们过了今晚搬出去。

“凭什么？我们签了一年的合同，押一付三，刚住了不到一个季度，凭什么让我们搬出去？”琳琳叉着腰站在门口，上班的装束还没换，脸上的妆早就花了，头发也出了汗，在额头上打着绺。看到韩俊骁来了就像看到战友一样，连忙把她拉过去。“她才搬进来一个多月，”琳琳说，“就算你让我们明天就搬也行，把之前押一付三的钱还给我们。”

“反正你们先搬吧，”姓王的敷衍着，“明天必须得把房子空出来，别的我不管。”

“你不管我的钱我要管啊！”琳琳立刻瞪起眼睛，“我昨天才找着工作，不把押金拿回来，我哪有钱再去租别的房子？”

但她们租不租别的房子又不关姓王的什么事，他趁着送货工人忙进忙出的当口闪身就没了影，韩俊骁和琳琳打他的电话，立刻就关机了。

另一个合租的女孩还没回来，她在商场工作，每天要十点钟才下班。琳琳给她打了电话，她在那头一下子就急哭了：“我昨天才把刚攒下的钱打给家里，手头一点闲钱都没有，这不是让人睡大街吗？！”

闹归闹，当天晚上房东就来人换掉了门锁，琳琳拖着行李去找她的大学同学借宿了，另一个女孩晚上回来之后，也打包了仅有的东西去投奔一起打工的同乡姐妹。只剩下韩俊骁面对着自己仅有的一个行李箱头疼。

“韩姐，你有地方去吗？要不你跟我一起去我同学那儿挤一挤？但是她那里地方小，估计只能在客厅打地铺。”

“没事，你走吧，我去朋友家。”韩俊骁说。

但她哪有朋友呢？

没什么时间让她伤春悲秋。她拖着自己的行李箱出了门，赶最后一班地铁回到了空无一人的公司。公司有间小储物室，里面有张折叠床，是琪琪留下的，琪琪说她以前有时太晚了没车回家或是要赶早班飞机时就会在那里凑合一宿。

韩俊骁想，她先凑合过了今天，明天再去找房子，应该也没人发现。

但琪琪并没有告诉她每天早上她们上班前保洁阿姨会来。

阿姨上午八点钟提着拖把和水桶“嚯”地拉开储物室的门，惊醒了熟睡的韩俊骁，韩俊骁一声尖叫从折叠床上滚了下来，把阿姨也吓了一大跳。上午的时候，佳欣去储物室找东西，发现了韩俊骁放在里面的行李箱。

“谁又把自己东西放储物室了？挡在门口我都过不去。”佳欣开着玩笑抱怨，“是想卷铺盖走人了吗？我去告诉千书姐了啊。”

“哎，别，”韩俊骁连忙站起身一溜小跑过去，挪开了自己的箱子，给佳欣腾出位置，“不好意思啊，是我的。以前琪琪说这里可以放东西，我就今天临时放一下，下班就拿走。”

“哦……”佳欣点了点头，进去找东西，看到靠墙放着的折叠床，“韩姐，你不会是昨天没回家吧？”

立刻，同事们好奇的眼神齐刷刷地投过来，韩俊骁的脸唰地红了。“我……我昨天临时有点事，太晚了，怕今天早上过来晚，就在这儿凑合了一晚上。”

佳欣恍然大悟，自然地把箱子帮韩俊骁推过去在床边放好。“你早说呢！这个床不舒服，琪琪腰椎不好才睡这个，太硬了。你去睡小会议室里那个沙发，那个舒服。”

“对，那个沙发好睡多了，就是别不脱鞋就行。”一个同事笑着说。

“韩姐，没看出来嘛，你夜生活还挺丰富的。”另一个同事说。

“韩姐，我们周末去蹦迪，一起不？”每一个同事都加入了聊天。

李千书推门进来，听了个话尾。“谁要去蹦迪？活儿嫌少了是不？”

大家哈哈大笑，互相嫌弃着回自己位子上干活去了。韩俊骁连忙帮佳欣把储物室的门关好，正要溜回去，被李千书审视了一番。

“你是昨晚去蹦迪了？这么大俩黑眼圈。”李千书毫不客气地说。

“没没没有，”韩俊骁连忙摆手，不顾年轻同事的窃笑，解释道，“我昨晚是在这儿凑合了一晚，今天不会了。”

李千书就没有再多问。

白天的时候，韩俊骁在手机上查租房的信息，但是没找到合适的，有一两个说今天可以看房，但看房也要等她今天下班，估计七点钟以后了。韩俊骁想着实在不行就再凑合两天，等到周末用一整个白天把能看的都看一遍，然后定下来就搬进去，省得更加麻烦。反正别人也在公司凑合过，她想，自己也没什么可丢人的。

只是她还是想给自己留点脸面，下班的时候大家都走，她也跟着大家一起收拾包出了门，在外面晃荡了一个小时，心想不会有人了，再一个人摸回公司。结果刚进门，就看到李芊舒办公室的门大开着，她和陶远在办公室里激烈地吵架。陶远把桌子上所有的东西全都推到了地上，李千书把一叠文件摔了陶远一脸。

韩俊骁想关门出去，但已经晚了，他俩听到声响，同时转头过来看着韩俊骁，像是从暴怒中回到了现实世界。陶远整了整狼狈的衣服，伸出脚踢开了地上的一片狼藉，从办公室走了出来，没有理韩俊骁，径直往门外走去。

“陶远，”李千书在身后叫了他一句，“你考虑清楚了。”

“我考虑什么不用你来告诉我。”陶远说，然后头也不回地走了。

李千书叹了口气，像没事人一样蹲下来收拾好了东西，在桌子上归了位，然后才想起韩俊骁，问：“你怎么还不走？”

被看到了，韩俊骁也没有什么可躲的，就如实说了自己被房东赶出来的经过。她一边说，李千书一边在桌前坐下看一份稿子，时不时用笔在上面写些什么，也不知道她有没有在听。

说着说着，韩俊骁突然犹疑地停住了。她看到李千书写字的时候用的是左手，字迹挺拔隽秀，但和小时候不一样了。虽然现在大家都不怎么用手写字，要么用手机要么用电脑，但韩俊骁记忆里的李芊舒并不是左撇子，她们小时候还讨论过是不是天才就一定是左撇子。李芊舒有一阵子痴迷金庸，天天要给她演示左手画圆右手画方，却没有一次成功。

李千书注意到韩俊骁盯着她的手，下意识地放下笔，把一旁的右手放到了桌子下面。“所以，”她抬眼看着韩俊骁，“你这两天无处可去，打算在储物室里睡两晚是吗？”

“嗯。”韩俊骁如实点头。

李千书把稿子装进包里，起身。“走吧。”她说。

“你要回了？”韩俊骁问。

“我说咱们。走吧。”李千书说，“你吃晚饭没呢？”

“我吃了。”韩俊骁立刻撒谎，但肚子却响亮地替她唱了反调。

“路口商场里新开了一家日料。”李千书说，“一起去吧。”

“……不了。”韩俊骁小心翼翼地拒绝。

“又没有庄磊。”李千书说，“你想喝酒就喝，不想喝就不喝。”

于是两个人在饭桌上都喝了点酒。李千书眼睛有点红，她揉了揉眼睛，盯着杯子里的酒出神。坐在她对面的韩俊骁却盯着她的手。她用左手拿着酒杯，右手放在桌上，无名指上戴着一枚精致的戒指，样式连韩俊骁都认得是某个奢侈品牌，一个戒指足够她几个月的工资了。

她还是没有忍住，咽下一口酒，说："我记得你以前不是左撇子。"

李千书似乎猜到她要问，笑了笑，说："我当然不是。我以前模仿你的字特像。我模仿别人的字也可以，他们都看不出来。这个别人不记得，你难道会不记得？"

"那你……"韩俊骁欲言又止。

李千书摇了摇头，打断了她的话："你恨我吗？那时候。"

韩俊骁愣住了。这本来是她想要问李千书的话。

"哪时候？"韩俊骁说。

"……我也说不好。反正，我觉得你恨我。你也觉得我恨你吧？连庄磊都觉得我恨你。"

"……我也说不好。"韩俊骁觉得自己又喝多了，思维变得有些迟缓，成了李千书的复读机，忘记了自己本来想问的关于左撇子的问题。

那天晚上，她觉得她和李千书之间隔着的那座冰山，似乎有了一点点融化的迹象。李千书甚至慷慨地让她在家里借宿两个晚上，直到周末找到房子之后再走。

李千书家里整洁敞亮，装修风格既简约又时尚，各种家具用品都透着人民币的贵重感，但韩俊骁还是不能控制地回想起了小时候她第一次去李芊舒家的那一天。

那一天她明白了，在幼小的李芊舒心里，希望有一个什么样的家，也见证了这个希望从萌芽到枯萎的过程。

20

李芊舒的家在走廊的最里头，韩俊骁跟在她身后，左转右突地绕过了逼仄狭窄的走廊里各家堆放的杂物。李芊舒哐哐地砸门，震天响。

“这么大声干什么？”韩俊骁皱起眉头，觉得李芊舒太没有教养了，自己来这里简直掉份儿。

“我姥耳朵背，我不砸门她怎么听得见？”李芊舒看了一眼韩俊骁，又抬手一顿狂拍，终于，姥姥开了门。

“姥，这是韩俊骁姐姐，住在后面楼，育才高中的，成绩可好啦，就是因为她帮我我才考得上五中！”李芊舒说得韩俊骁都别扭起来，冲姥姥笑了笑，在身后扯了一下李芊舒的袖子，“你得了吧，还姐姐，你什么时候叫过我姐姐？”

姥姥倒真的把韩俊骁当大人，听明白了李芊舒的话之后，一个劲儿地跟韩俊骁道谢，又搓着手说家里没有什么可以招待她的，让李芊舒去院外的小卖部买冰棍给她吃。李芊舒也没当回事，拉着韩俊骁就进了里屋。看姥姥在厨房里忙活，她急匆匆地掩上门，从床边的柜子底下掏出一个沾满灰尘的铁盒。

“这是什么？”韩俊骁问。

李芊舒掀开盒盖，迎面而来的灰尘让韩俊骁忍不住伸手捂住了鼻子。

等灰尘散去了，她看到盒子里是一堆“破烂”：一叠大小不一的手画贺卡，有的颜色都已经褪去，边缘磨得七零八落的，像是有年头了。

李芊舒小心翼翼地吹了吹灰，拿起最上面的一张递给韩俊骁。韩俊骁有些嫌弃，但还是接了过来。从这幼稚的笔画和配色来看，估计是几年前李芊舒还是小孩时的“作品”了，上面歪歪扭扭地写着“生日快乐”，底下还画着粗糙的蛋糕和蜡烛。

“谁生日？”韩俊骁一头雾水，不解地问。

李芊舒蹲在盒子旁边，有些无措地把手上的灰在衣服上蹭了蹭，说：“我妈。”

韩俊骁疑惑地看了她一眼，她立刻改了口：“……不是，其实是我的生日。”

李芊舒并不知道妈妈的生日，但是姥姥说，生她的时候妈妈遭了不少罪。见不到妈妈的这几年，每次她过生日的时候，自己并没有贺卡，只有姥姥给她煮的一碗面，但她会给妈妈做一张生日贺卡。她想，等见到妈妈的时候，就可以把攒起来的这几张贺卡都送给妈妈。

“但是以前我都是用作业本剩下的纸做的，都坏了。”李芊舒指着那一叠灰头土脸的贺卡，满脸的失望。“你字写得好看，还会书法，能不能帮帮我，给妈妈做一张好看的贺卡？”

韩俊骁拿了家里的卡纸，还冒着被她爸发现的风险拆开了一盒她爸朋友送给她的水彩笔。那个时候不管是小学生还是中学生，都以拥有一整盒水彩笔为傲，十二色是基础，二十四色是标配，谁要是拿出花花绿绿一大板三十六色的水彩笔，那简直比考了第一名还让人羡慕。韩俊骁她爸不让她玩乱七八糟的东西，那盒水彩笔就一直放在她房间里没拆开。

“我告诉你啊，”韩俊骁一边挑着颜色给李芊舒递过去，一边说，“如果我爸发现了，别想让我承认，我绝对会说是你偷的。”

李芊舒毫不客气地推开韩俊骁递给她的水彩笔，自顾自挑了另外两种颜色。“知道了知道了。”她说，“你就往我身上推就行了。”

妈妈回来的那天正好是李芊舒放暑假的第一天。她根本无心睡懒觉，一大早就缠着姥姥问妈妈什么时候到。姥姥说她也不知道，反正是今天到，让她自己玩去，但她根本就不想玩。她穿上自己唯一的一条裙子，还用水把毛毛躁躁的头发抚平，自己笨手笨脚地扎了个辫子，有点歪，但是和平时的样子相比已经体面太多了。她忍着没有跑出去玩，连姥姥给她留的西瓜都没吃，生怕汁水溅到白裙子上。

从早上盼到黄昏，她比耳朵背的姥姥更早听到行李箱的轮子当啷啷地滚过走廊的声音，三步并两步地冲到门口，未加多想便打开了门。

面前站着的女人有她记忆里的样子，却因为多年没见而变得陌生了许多。女人身后探出一个乌黑发亮的小脑袋，眨着眼睛看着她。

“芊舒。”女人一愣，立刻熟络地笑开，伸手来摸她的头发，仿佛从来不曾和自己的亲生女儿一别数年。她下意识地想要躲开，又硬生生停住，脸唰地红了。

那天的晚饭格外丰盛，但那个陌生的小男孩在椅子上左扭右扭，皱着鼻子把口水吐在饭桌上，不愿意吃饭。后来姥姥捧了西瓜出来给他，他才安静下来，拿了勺子到一边剜西瓜去了。

“芊舒现在成绩可好了，他们说，五中的孩子都能考上高中，咱们芊舒也能。”姥姥说。

李芊舒吃得很快，然后就趁她们都在吃饭，跑进里屋，偷偷拿出了自己准备好的贺卡，藏在了妈妈晚上要睡的枕头下面。她的心怦怦跳，但却像是做完了一件了不得的事一样开心。

她的画功并不好，画的时候韩俊骁看不懂，她还要一直解释。她画了一座房子，房子里面有姥姥、妈妈、爸爸，还有她自己。为了讨妈妈欢心，她还画上了弟弟。所有人都顶着一张巨大的笑脸，手拉着手。

“这才是我想要的家。”她对韩俊骁说。

晚上她偷偷去问姥姥：“我能不能和妈妈睡一屋？”

姥姥就笑：“你自己去问。”

李芊舒却退缩了，她低下头，轻声说：“那，姥，我还是跟你睡一屋。”

“你去问问妈妈。”姥姥说。

她走到屋门口，看到那个小男孩正在床上蹦，妈妈试图给他把弄脏的衣服换下来，他不仅不配合，还大喊着用力向反方向挣脱。

妈妈看到李芊舒进来，哄了小男孩一句，就站起身。“芊舒，”她说，“妈妈去上个厕所，你帮妈妈看一下弟弟，妈妈马上回来。”

李芊舒和小男孩在一间狭窄的屋里面面相觑，她这才发现男孩手里拿着的，就是她晚饭时藏在妈妈枕头下的那张贺卡。她和韩俊骁花了好几天的零碎时间一点点画好的贺卡，被男孩的手攥成奇怪的形状。她的火一下就冒出来了，一步跨到床边。

“给我。”她伸手就去抢男孩手里的卡纸。男孩可能从来没有遇到过这样的阵势，愣住了，被李芊舒超乎他想象的力气给推了一个趔趄，但手还是攥着卡纸没有松开。

“给我！”一招没成功，李芊舒更愤怒了。要不是看在他是妈妈带来的分儿上，她可不管这孩子跟大院里任何一个跟她过不去的小屁孩有什么区别。李芊舒抬腿爬上床，再次伸手去抢他手里的卡纸。男孩尖着嗓子撕心裂肺地大哭起来，喊着妈妈。

妈妈冲进屋的时候，李芊舒正一只脚压在他身上，另一只手按着他手腕，试图掰开他的手指。她手刚碰到那张卡纸，就觉得自己整个人顺着衣领被提了起来。那条白裙子是去年的，原本就有一点小，领口略紧，这么一被提，她顿时体会到了书里面上吊的人被勒住脖子的感受。随即她的身体就悬空了，瞬间从床上移动到了床下，她还没站稳，就得到了一记响亮的耳光。

姥姥闻声进屋来，把李芊舒护在身后。“怎么回事！”姥姥瞪起眼对她妈吼道。

“你问她！”她妈一边把床上鬼哭狼嚎的男孩扶起来检查手脚有没有受伤，一边看了一眼被她打得眼冒金星、一脸呆滞的李芊舒。“我就说不应该把仔仔带回来！你看，我刚回来，这丫头就在我眼皮底下搞鬼！”

姥姥看了看仍然呆滞的李芊舒：“芊舒，怎么回事？怎么跟弟弟吵起来了？”

李芊舒回过神来，刚想开口辩解，就看到她妈从男孩手里抽走了那张皱巴巴的卡纸，连看都没看一眼，随手就扔到床下面去了。男孩仍然在哭，哭得上气不接下气，她妈连忙伸手在他胸口抚着，嘴里还在喃喃地哄着他。

最终李芊舒还是什么都没说。

那晚她和姥姥睡一屋。睡觉前，姥姥从厨房拿来一块西瓜，递到她面前。“姥姥给你留的。今天咱们芊舒还没吃着西瓜呢，是吧？”

李芊舒接过西瓜，在床边的小板凳上坐下，咬了一大口，汁水溅到了她的白裙子上，她看都没有看一眼。

姥姥靠在床头，轻轻摇着蒲扇，微风一下一下，都吹在了李芊舒的身上。她忍不住抬起头看着姥姥，问：“姥，我和弟弟，到底有什么不一样？”

隔壁男孩的哭声终于渐渐停了。姥姥摸了摸李芊舒早已散掉的歪辫子，说：“当然不一样。咱们芊舒，和所有别的小孩都不一样。咱们芊舒，比他们都要更聪明、更懂事，以后呢，也会比他们都要更好。”

“真的吗？”李芊舒盯着手里吃剩的西瓜皮，问。

“真的。姥姥只是年纪大了，耳朵不好使，可从来没跟咱们芊舒说过假话啊。”

21

“真的吗？”李千书的妈妈在电话里问。虽然看不到，李千书仍然能想象到妈妈脸上的表情，那是透过声音传递出来的发自内心的喜悦，无法伪装。

“真的。我什么时候跟你说过假话。”李千书说。

妈妈完全没有在意她话语之间的淡漠，欣喜地在那头说：“我马上就跟仔仔说。千书，真的多亏你了！我替仔仔谢谢你！那，那你先忙吧！我就不打扰你忙了！”

李千书淡淡地答应了一声就挂了电话。

如今她非常享受这种感觉。他们忽视了她二十几年，只有在需要她出钱出力的时候才会赔着笑脸讨好她，说好听的话，尽管她妈叫了二十五年“仔仔”的好儿子，李千书的弟弟，从未亲自打电话来向姐姐表示过一声感谢。

挂下电话，李千书转过椅子来，看到陶远不知道什么时候进了办公室，坐在她对面，神情了然地看着她。李千书立刻就猜出他下一秒要说什么。果不其然，他摆出一副“我就知道”的样子：“又是你们家那位祖宗？”

“不关你的事。”李千书挪到电脑前，开始做自己的事。

“这次又是多少？”陶远不依不饶。

李千书的弟弟从外国语大学毕业之后，考了两年研没考上，非要出国留学。她爸妈近几年做了点小生意，她并不知道他们手头到底有多少钱，只是在他们又一次打来电话让她帮弟弟出钱的时候仍然一口答应了。

“留学？那得要几十万吧？你说给就给了？”陶远大惊，忍不住伸手一拍桌子，“你这钱还真是来得快去得也快啊？”

李千书白了他一眼。“怎么说话的？”她说，“我自己的钱，我爱给谁给谁。”

“那也得讲点原则吧？你家那位祖宗今年多大了？二十好几了吧？没那个水平还非要考研，在家吃了几年闲饭也就算了，现在嫌钱花得太少了是吧？李千书，你能不能有点骨气，你除了给他们当摇钱树，你还能干什么？”

李千书听他说这话脸色就变了：“陶远，你有脸说我吗？你堂哥去年结婚跟你借了多少钱？你叔叔今年盖房子跟你借了多少钱？你就可以接济你们家三姑六婆的，我就不能供我弟弟上学？”

陶远被她一激，一下子从椅子上跳起来：“你怎么知道的？”

“你别管我怎么知道的。”李千书说，“你是你，我是我，自己的钱自己花，谁也别碍着谁。”

“李千书，”陶远也气愤起来，指着李千书的鼻子说，“行，当初要跟我一起开公司的时候你怎么说的？说将来要一起赚钱过好日子的时候你怎么说的？”

“当初？”李千书反倒被气笑了，“当初我拿了多少，你拿了多少，侯姐又借了我多少，你不会不记得吧？”

陶远被李千书的话噎住，半晌，才赌气一般地说：“行。李千书，你行。也别干了，分了算了，你现在翅膀硬了，谁都不放在眼里了。”

“分了？”李千书毫不畏惧，“分公司？还是分手？”

“都分！”陶远气急败坏地说。

“你说真的？”李千书问。

“废话！”陶远说。他一脚把转椅踹到了墙上，又把桌上的东西稀里哗啦推到了地上。

“你别给我犯浑！”李千书大声说，一抬手把一叠文件摔了陶远一脸。

门突然响了，两个人同时转过头去，看到了推开门一脸尴尬的韩俊骁。

早上看到韩俊骁一脸憔悴地归置储物间时，李千书心里其实是有些幸灾乐祸的。她不止一次地看到佳欣他们几个年轻人经常凑在一起说笑或是约着去玩什么，单单把韩俊骁晾在一边。倒也不是存心孤立她，只是她实在是没有办法强行融入，大家聊的东西她也都没听过，自然而然地就被排除在话题之外了。

幸灾乐祸之余，她却也没有自己想象中的那么开心。没见的这些年她也猜想过韩俊骁在做什么，但现在真切地看到韩俊骁生活的困境，她反倒有些别扭了。不知是难以接受印象中光芒四射的韩俊骁如今的落差，还是韩俊骁的窘迫总让她回想起小时候疯狂嫉妒韩俊骁的她自己。

说出让韩俊骁借宿两天的话后，她清晰地看到了韩俊骁眼里一闪而过的惊讶和小心翼翼。当年韩俊骁第一次邀请自己去她家里的时候，自己脸上的表情应该也是这样。

但她们心里隔着的那座冰山，真的那么轻易就能融化吗？

第二天，李千书捎韩俊骁去公司，在路上接到了陶远的电话。

“起了吗？”他问，“今天几点来公司？”

陶远几乎不会在上午来公司，他是个夜猫子，常常凌晨睡下午起，更是从来没有在早上问过她“起了吗”。

李千书皱起眉头。“怎么了？在开车。一会儿就到了。”她说。

“啊，没事。”陶远说，“那我先挂了。”

一旁的韩俊骁默不作声。从停车场出来等电梯的时候，她才开口说：“你先上去吧，我下一个电梯。”

“啊？”李千书脑子里正琢磨陶远的事，一时没反应过来她是什么意思。

韩俊骁只好指了指自己：“不想给你丢脸。”

李千书就也没管她。电梯门打开，她往公司走，发现门关着，就觉得奇怪。都这么晚了，她又不是第一个来上班的，大白天的关着门干什么？

按开了密码锁，她一开门，“砰”的一声，一个礼花在她头顶炸开，接着许多彩带哧哧地喷出来，落了她一身。李千书当场石化。等到她看到同事们纷纷带着不得不配合的假笑把她围在中间，然后陶远从办公室里走出来，手里捧着一束玫瑰花的时候，整个人的情绪降到了冰点。

“你这是道歉？”她冷冷地看着陶远，“况且，今天不是我生日。”

“我知道。是道歉。”陶远脸上是讨好的神情，“但是也不只是道歉。”

韩俊骁在李千书身后进来，正看到陶远从花束里掏出一枚戒指，然后单膝跪在李千书面前。李千书像触了电一样，瞬间往后弹开一大步，差点撞在韩俊骁身上。

“千书，”陶远说，“我们结婚吧，我以后保证再也不惹你生气了。”

李千书的困惑和尴尬毫不掩饰地浮现在了脸上。“这又是你和好的新招数？”她问，“以前没用过啊。”

陶远也强忍着尴尬，但又不想打破自己亲手营造出来的自以为浪漫的气氛，只好硬撑着把戒指往李千书面前又送了送。“我是认真的。”他说，“昨天说的是气话，我立刻就后悔了。我不想跟你分开，以后也不想分开。”

李千书没说话，同事们看两个人气氛不大对，也没敢说话。所有人都僵持在原地好一会儿，李千书终于开口了。“那个，”她说，“下午的采访谁把资料给我看一下。”

同事们仿佛得到了特赦，呼啦一下子散开，各自回到工位上去了，四下里顿时响起了敲键盘声和哗啦啦翻纸张的声音。

李千书默默地绕过陶远走进了办公室。“佳欣，”她说，“昨天稿子我说的问题你改了吗？”

韩俊骁默默走到自己工位坐下，看到陶远一个人留在原地，尴尬地站起身，把戒指揣进口袋。她看到他脸上阴晴不定，打了一个寒颤。

陶远立刻就走了，当天没再来公司。看着陶远出门，佳欣悄悄松了一口气，在一旁说：“我的天，这简直是我见过的最尴尬的求婚。远哥都已经这么注重个人品位了，怎么求个婚还这么土啊？”

另一个同事也悄声说：“我看啊，远哥和千书姐虽然在一起好几年，他根本就不知道她喜欢什么。你没看刚才彩带沾到千书姐脸上那样，她脸都绿了。这求婚，要是我我也拒绝。”

“拒绝归拒绝，我看他俩也分不成。要分早分了。”另一个说。

韩俊骁又回头看了看办公室里的李千书。隔着玻璃，她看到的李千书波澜不惊，跟每一个平常的工作日上午没有任何区别。而她身边的墙上，还留着陶远前一天晚上把转椅踹过去留下的痕迹。

李千书表面上按部就班地做着事情，心里却有些不舒服。她和陶远在一起也不是一天两天了，他这几年从来没有提过想要结婚，而这正是她所心安的。她不知道陶远突然来这一招是什么意思，但心里莫名地觉得有些抗拒。

下午李千书接受一家媒体的采访，聊了些创业的心得、在国外读书的经历和她的少年时代。韩俊骁一直坐在她对面摄影机的后边静静听。其中一个问李千书的问题是，少年时期有没有过让她感恩的老师，是否认为自己受到了比同龄小孩更好的教育。李千书听到这个问题时愣了一下，然后侧过脸来，视线穿过工作人员和摄影机，看了韩俊骁一眼。

韩俊骁觉察到她微微笑了一下，客套而礼貌。“有啊。”她淡淡地说，“不过我最应该感谢的老师是我自己。”

22

妈妈没待几天就带着弟弟走了。

原本她在电话里说要待一整个暑假的，李芊舒知道都是因为她。后来的那几天，妈妈像防贼一样防着她，不再让她和弟弟共处一室，甚至姥姥让她拿给弟弟的吃的，妈妈都要先咬一口再塞到弟弟嘴里。

而那个被她吓到的小男孩，从此看李芊舒的眼神就像兔子见了狼。她所到之处，他都严严实实地躲在妈妈身后，害得妈妈只好不住声地哄他，说没事没事，妈妈会一直在你身边保护你。就好像她真的是个会吃人的大灰狼。

妈妈走的那天，李芊舒没有问她什么时候再回来，更没有去送，而是躲了出去，去敲韩俊骁的家门。韩俊骁刚从学校参加暑期补习回来，看到她过来，就顺口问了一句，“你的贺卡给妈妈了吗？”毕竟那张贺卡是她牺牲了自己的水彩笔倾情赞助的。

李芊舒不说话，径直进了书房，从书架上抽了本书，坐在地上看。韩俊骁她爸过来，示意她进自己的房间做作业，她也就知趣地闭嘴没再问了。等她写完作业从房间出来，发现不知道什么时候，她爸正坐在书房里，李芊舒站在旁边，桌上摆着一堆她以前的教材和其他书。

那天李芊舒从她家走的时候又抱了一堆书回去，这一次不是韩俊骁瞒着她爸偷偷给的，而是她爸允许的。李芊舒走后，她爸若有所思地抽了好多根烟，说："这孩子不简单，等开学我去找找她的班主任，看能不能让她跳个级。"

从小她爸就想让她跳级。最开始是一年级升二年级的时候，那时她虽然在她爸的教导下连三年级的课程都学完了，但她个子太矮，自己的书包都不会整理，老师说的话也记不住。班主任没让她跳，说担心她年纪太小没有办法和同学相处。第二次是初中的时候，她爸仗着自己就是学校的老师，好说歹说，但学校最后还是没有同意，因为觉得她跳级之后不久就要中考，太冒险，踏踏实实读到初三或许还能给学校考个状元，上育才高中。意思就是韩俊骁并没有那么厉害，厉害到跳了级之后还是天才神童的级别。

这件事让韩俊骁她爸一直耿耿于怀。在他眼里，韩俊骁从小就比别的小孩出色那么多，就是要享受天才神童的待遇，现在还远远不够。而这样的期盼，在韩俊骁上高中之后，他却在还读着初中的李芊舒身上看到了。

那天起，韩俊骁暂时失去了在书房关禁闭的资格，因为她爸要在书房里给李芊舒辅导，就让韩俊骁到别的地方去罚站。有一次她妈正在客厅拖地，她爸直接把房门打开，说："你到走廊里去站着。"

他们平日里都从小院出入，走廊里人多，整个楼的人进进出出都要从一楼走。韩俊骁站在门口，每个路过的人都好奇地看她一眼，然后跟旁边的人说，稀奇啊，韩老师的闺女今天跑到外面来罚站了。韩俊骁很不喜欢这种感觉。她是享受别人的目光，但前提是那目光代表着崇拜和赞赏，而不是幸灾乐祸和指指点点。

她觉得浑身上下都不自在，想找个地缝钻进去。等到她妈拖完地，开门叫她进来的时候，她泄愤似的故意把在走廊里踩脏的鞋踩在她妈刚拖干净的地面上，瞬时出现了一串泥印。也就只能在她妈面前泄愤。只有她妈从来不抱怨，不会骂她，但也不能因此挣得韩俊骁对她的丝毫感激。

韩俊骁她爸不在的时候，李芊舒就在书房里看书，看的也不是韩俊骁的课本，而是她不知道从书柜的哪个角落翻出来的奇奇怪怪的书。韩俊骁觉得气愤，自己从来没得到过可以乱翻书柜的特权，更不能在没写完作业的时候就去看闲书，李芊舒却大摇大摆地坐在她爸的椅子上，就像在自己家里一样。

“你为什么没跳级？”她还毫不知情地问。

韩俊骁的脸一阵红一阵白。“因为我不想跳。”她说，“我更熟悉原来的班级，不想去陌生的班级。”

李芊舒翻着面前一本《浮生六记》，眼都没抬，说：“你不想跳韩老师就同意了吗？”

韩俊骁没吱声，心想自己真的不擅长这种顺手拈来的撒谎。何况她不管在哪个班级，周围的同学都是一样的陌生。

但她不想跳级是真的，学校不同意之后，她爸发了好几天脾气，她却在内心悄悄松了口气。她知道如果自己跳了级，没有老师把她当重点保护动物似的培养，没有同学问她不懂的题目，没有远远超过第二名的分数，她所有赖以生存的高高在上的优越感就全都没有了。

李芊舒不一样，她天生不懂得优越感是什么，连着考了许多次满分之后，她学会了故意错几道题目，想考多少分考多少分，以免老师又来挑她的刺。同桌陈宇自从求李芊舒帮着写了家长签字之后，和她一泯前仇，甚至在某次数学考试时，陈宇最后一道格外难的附加题不会，还偷偷求助李芊舒。李芊舒写完让他照抄，然后自己把答案擦掉，装作不会做。

“为什么啊？”李芊舒把这件事讲给韩俊骁听的时候，她百思不解。“你明明会，给他抄就算了，还自己装作不会？让他分数比你高？为什么啊？”

李芊舒却漫不经心地回答：“他想高就高去呗，他要是考差了，跟你一样，他爸会打他的。”

“那你也没必要把自己的擦掉啊。”韩俊骁说。

“我不擦掉，全班估计也就我俩答出来了，老师又要一顿琢磨，是他抄我还是我抄他。烦。”她一边翻着书，一边小大人一样地摆摆手，“不想惹事。”

韩俊骁若有所思地点点头。

“不过，”李芊舒抬起头，眨眨眼，露出促狭的骄傲表情，“现在老师也会考虑有没有他抄我的可能性了，我真是太开心了。”

这有什么可开心的？韩俊骁考试时从来没有人敢抄她的答案，况且要是被她爸知道了，非要追到学校去把那个抄她的人腿打断不可。李芊舒还觉得别人抄她开心，真是莫名其妙。

后来，韩俊骁她爸果然去找了李芊舒的班主任。班主任不信李芊舒能跳级，说她平日成绩确实还行，但不稳定，忽高忽低，没好到那个程度。韩老师就让班主任和别的任课老师给她考了一次试。

“别偷懒，”韩老师点了点李芊舒，“这是你的机会来了。”

自从李芊舒听韩老师说过韩俊骁原本想跳级，她就动心了。不为别的，姥姥告诉她，只要考上大学，读了该读的书，她就可以想干什么干什么，还可以工作。她惦记着像别人一样赚钱给家里买一台电视、安一个电话，让姥姥开心。要是可以的话，她真想今天就去上大学，明天就毕业赚钱。

“那我能跳几级？”她一脸天真地看着韩老师，“我要是多跳几级，不是很快就能考大学了吗？”

“也不能跳那么多级，你以为你是谁呢？”韩老师说，“再说了，你长这样，上大学的时候比别人小好几岁，个子矮一截，不怕被欺负吗？”

“欺负我不怕。”李芊舒一本正经地挽起袖子，“我可以打架。别看我长个儿晚，我打架可在行了。”

但说归说，真的跟着韩老师站在老师们面前的时候，她还是认真起来，知道这不是她耍小聪明的时候。生平第一次，她感到了一种期盼，一种可以凭借自己的能力改变生活的期盼。

后来的很多年，五中的老师们都还记得韩老师“凭一己之力教出了两个天才学生”，他们都这样说。但韩老师心里很清楚，韩俊骁和李芊舒是完全不同的两个孩子，教韩俊骁，他靠的是恨铁不成钢的过高期望和存天理灭人欲的严苛训练，把她硬生生地塞进自己设计好的模具里，指望她能长成他规划好的样子。而李芊舒则是剥落的大理石中野蛮生长的灵魂，每一笔雕刻都只是为了她的自由。

那一年，李芊舒如愿以偿地跳了级。她再也不用给陈宇模仿家长签字了，也不用担心老师怀疑她抄袭别人了。她可以堂而皇之地不听课做自己的事，也有同学好奇地在课后拿着不会做的题来问她了。她觉得像做梦一样，一夜之间就从全班同学和老师都嫌弃的野孩子变成了有如韩俊骁当年一般的人物。

她的新班主任还特意去她家家访，把姥姥吓了一大跳，以为李芊舒又惹了什么麻烦，一个劲儿地弯腰鞠躬给老师道歉。等到老师和李芊舒好不容易把来意解释明白，姥姥愣了好久都不敢相信。

“您老是怎么教育孩子的？父母都不在身边，怎么把孩子培养得这么好？”老师凑在姥姥耳朵边，拼命地大声问道。

姥姥反应了一会，脸上的褶子笑开了花。“我没培养，”姥姥说，“我没培养。她都是靠她自己。”

23

访谈结束后，对方媒体带来的一个年轻的实习生趁大家都在做收尾工作，掏出一本李千书前两年出的书，小心翼翼地凑到她面前，问能不能给签个名。

“我特别喜欢你的这本书。”小姑娘说，“我就是看了你的书之后申请了留学，今年实习完就要去伦敦了。”

李千书友好地笑了笑，给她签了名。

“哪个学校？”李千书问。

小姑娘不好意思地笑着摇摇头：“也不是什么出名的学校。”

李千书抬头看了她一眼：“学校出不出名和你自己学不学得成，没有什么绝对的关系。不要迷信学历，信你自己就行了。”

小姑娘一个劲儿地点头。站在一边的韩俊骁莫名觉得脸上发烫，但李千书根本就没有看她一眼，按部就班地回办公室做自己的事情去了。

自从和李千书重逢之后，有一个问题就一直萦绕在韩俊骁的脑子里没消失过。她清楚地记得李芊舒当年被学校开除了，后来她离家去念大学，就再也没有过李芊舒的消息。

从小只考第一名的韩俊骁，完全无法想象被学校开除的李芊舒，是怎样一步一步走到今天的样子。

网上能搜到的李千书的经历只能追溯到2013年。她在国外分别取得了文化艺术和工商管理双硕士学历，2015年回国后就创办了自己的公司。韩俊骁对李芊舒的记忆停留在2003年，那一年李芊舒被学校开除，没能考上高中，而她成为高考状元，风风光光地离开家去了北京读大学。这中间十年的空白，李芊舒是怎样过来的？

在李千书家住的那两天，除了晚上临时叫她对对工作，李千书也不怎么跟她说话。韩俊骁寄人篱下，自然能不动就不动，能不问就不问。但她心里的问题却与日俱增。说不清是好奇还是怀疑，韩俊骁晚上睡不着的时候，就趴在床上用电脑查李千书这几年来的履历和简介，竟还真的被她查到了些端倪。

李千书的简历里写她在英格兰的某所大学读文化艺术硕士，但其实那所大学的艺术与人文学院并没有名目这么宽泛的“文化艺术硕士”，而是更加具体的语言类、文学类或是传媒类专业。她简历里的另一个工商管理硕士学位是在荷兰某大学取得的，但那个大学根本就没有工商管理学院。不同网站和媒体给她写的个人简介更是五花八门，有的写欧洲某名牌大学博士，有的写旅欧作家，若是让一个完全不知道李千书的人来看，硬是没办法从这些林林总总的信息里拼凑出一段真实的人生轨迹。

韩俊骁只出过一次国。读博士的第二年，她跟着陶教授去罗马开会。原本没想告诉父母，心想短短一周的时间，不过就是少打几次电话，应该没什么事。结果她爸给她打电话时她在飞机上没有接到，等到十几个小时后落地，整个学院的老师和同学基本上已经被她爸的电话狂轰滥炸了个遍，系里领导甚至直接给陶教授打电话，让她赶紧告诉韩俊骁打电话给她爸报平安。韩俊骁尴尬得无地自容，只好私下里跟老师和同学挨个道歉。

那次从罗马回来之后，她还在学院里做了一个小讲座，讲了讲自己与会的论文和国外的见闻。讲座的照片被院里同学拍下来写成新闻放在了学院网站上。

原本以为那件事就那么过去了。时隔两个月后，她暑假放假回家，在家附近遇到以前初中时教过她的老师，也是她爸的同事。老爷子一看到韩俊骁，满脸欣慰，连连夸奖她："咱们老家也算是出了一个大人物了，韩老师没白费心血啊！你啊，将来一定要大力改革中小学基础教育，国家的未来、少年儿童的发展，就靠你了！"

韩俊骁被老爷子拉着挨了一大通夸，一头雾水。直到第二天，她蹬着家里的旧单车出门，路过五中门口，被光荣榜上贴得满满的硕大照片吓得差点没从单车上摔下来。

后来她才知道，她不在家的日子里，她爸每天都会看他们学院的网站，任何有韩俊骁名字的新闻，任何她写的论文，任何和学校有关的消息，他都让学生手把手地教他用电脑看，然后把有韩俊骁名字或照片的那一页打印下来。得知韩俊骁去国外开会之后，她爸更是把和会议有关的所有消息都查遍了，同事们问他在忙啥，他就说，韩俊骁去国外开会了。以讹传讹，一来二去，去国外开会变成了去国外教学，又变成了文化外交，到最后，连来五中开教研会的外校老师都听说了：当年的高考状元韩俊骁现在被教育部派到欧洲去弘扬中国传统文化，说不定下一任教育部部长就是她了。

莫名被当上教育部长候选人的韩俊骁，看着光荣榜上随风飘扬的自己的照片，欲哭无泪。她甚至都可以想象得到她爸是怎么力排众议把人家光荣榜上原本的字和海报盖掉，厚脸皮地贴上自己打印出来的既丑又模糊的照片，还会在走过路过的人驻足留意的时候再说一番教育部长候选人云云的美好蓝图。

她趔趄着从单车上下来，趁着学校放假，周围没有人，上去就撕照片。无奈照片背后的胶水涂得太厚实，她怎么撕都撕不下来，越撕越着急，满头大汗，指甲都磨秃了，才好不容易撕得看不出是自己了。

她爸还郑重其事地和她谈了一次，话题非常严肃，主要围绕中国教育改革的成就和创新。韩俊骁听得一愣一愣的，心里想，别人不知道她几斤几两，她爸还不知道她几斤几两吗？难不成还真把她当成教育部长候选人了？到最后，她实在如坐针毡，听不下去了，鼓起勇气打断了她爸的滔滔不绝。

“爸，”韩俊骁说，“我真的跟教育部没有关系。去开会也只是因为陶老师参会的论文带了我的名字。”

她的话让她爸激昂的情绪被泼了一盆冷水，瞬间清醒了起来。“一点关系都没有？”他似乎有些不可置信地问，“但是你们学院新闻里都写了。”

“那是教育部的交流政策，跟我们的会议没有任何关系。我们的会议就是学科上的，讲的都是史学研究的论文。”韩俊骁说。

“……哦。”她爸应了一声，仿佛还有点不甘心，“那，你们以前的那个院长，他不是后来当了副校长吗？”

“……是啊。”韩俊骁回答，并不明白她爸这句话的意思。

“你们校长不是当过教育部的副部长吗？”

“是啊。”韩俊骁想，这些她都搞不清楚，她爸是怎么知道的？他每天要刷学校网站多少遍？

“那就是了，”她爸点了点头，根本不像是在开玩笑，“你以后就当你们学院的教授，然后当院长、当校长，当教育部长也不是没可能。”

虽然韩俊骁从小就听她爸说一些漫无边际的理论，但那一刻韩俊骁是真的觉得她爸的脑筋可能出问题了。或许那也是她博士毕业后没能成功留校，反而决定要结婚的时候，她爸为什么那样震怒的原因吧。三十年了，他早该发现，韩俊骁根本就长不成他期望的那个样子。他以为自己能培养出一个上天入地无所不能的超级英雄，而结果毫不意外地背道而驰，韩俊骁长成了一个一无所长的懦夫。

不要迷信学历，信你自己。李千书跟小姑娘说的话让韩俊骁觉得是在含沙射影地讥讽自己。她查着李千书以前的介绍和访谈文章，脑子里突然冒出一个念头：李千书的学历就一定是真的吗？她这样虚与委蛇地隐藏自己的人生轨迹，会不会是因为她原本就是一个半路出家、没有资本的人？被好奇心驱使的韩俊骁又去查了李千书履历所写的学校的校友名录，找到了他们的留学生校友会，甚至还找了一个同在欧洲读书的同学，问她要了学位证书的图片。

在李千书家借宿了两天之后，韩俊骁顺利找到了房子，和另一个做互联网的女生合租，离公司比之前还近些。

搬出去那天晚上，韩俊骁说想请李千书吃饭，为了表达感谢。李千书毫不犹豫地拒绝了。“你省省吧，自己还得吃饭呢。”她不留情面地说。

韩俊骁就也没坚持。

“对了。”她说，“我想问你一个事。”

“什么？”

“你那天给那个小姑娘签名的时候，她问你是哪个学校毕业的来着。”

“对啊。怎么了？”

“我想知道，荷兰的学位证书，上面是英文还是荷兰语啊？”

李千书不解地看了她一眼：“你想问什么？”

韩俊骁立刻心虚起来：“没，我就是好奇一下。我没在国外读过书，没见过。之前跟佳欣聊起来，她说法国的大学学位证书都是法语的。”

“你是想看我的证书？”李千书犹疑地看了她一眼，“怎么，你是教育部的还是查户口的啊？”

韩俊骁连忙摇手：“不不不是，算了，当我没问。”

李千书径自进了书房，在一摞文件夹里翻翻找找，还真找出一张证书来，甩到韩俊骁面前。“喏，”她说，“就这个。”

韩俊骁看着手里的证书，跟她从同学那里拿到的看起来一模一样。

“跟打假的似的。”李千书说，“证书有什么好看的？能当饭吃还是能当钱花？”

韩俊骁像烫手一样把证书还给她。

“你是觉得我的学历是假的吗？”李千书看着韩俊骁，“你自己的学历镶着金边，就觉得别人的全是山寨的？”

韩俊骁被她说中了，一下子脸通红。

李千书脸上露出让人捉摸不定的表情，似笑非笑：“那我告诉你，这是我花五百块钱买的。你信吗？”

24

韩俊骁放学回来，一眼就看到李芊舒霸占着书房，靠在书柜旁边坐着，抱着厚厚的一本《红楼梦》，整个人缩成一小团。

“你放学这么早？作业写完了吗？”韩俊骁忍不住说。

“语文作业写完了。数学老师说我不用做。”李芊舒并没有觉察出韩俊骁语气中的讽刺，认真回答道。

韩俊骁回到自己房间，把书包往桌上一放，发现自己的一本练习册打开着。她一翻，觉得不对劲。今天打算要做的两页练习里，有两道大题已经被写上了具体的解题步骤，一看就是李芊舒的手笔，她不模仿韩俊骁字迹的时候，韩俊骁也是能认得出她的字的。

“李芊舒！你过来。”韩俊骁没好气地喊。

好半天，李芊舒才抱着书慢吞吞地挪过来。“怎么了？”她像是还沉浸在自己的世界里，神游天外地问。

韩俊骁就把练习册往她面前一戳。“你说怎么了？”她一看李芊舒那副什么都不怕的样子就气不打一处来，“这是我的练习册，你干什么呢？”

李芊舒愣了一下，就解释说，“昨天做题的时候问韩老师双曲线，韩老师说你练习册里有，我就翻出来做了。”

“你都开始学解析几何了？！”韩俊骁一脸的不可置信，“你疯了吧你？爱学什么学什么去，写我练习册干吗？”

“啊，那我给你擦掉，我用铅笔做的。”李芊舒完全没觉出韩俊骁生气了，伸手拿了桌上半块橡皮就要上去擦，被韩俊骁一下子把练习册夺走了，“你别动！”

李芊舒伸出的手僵在原地，这才反应过来韩俊骁是生气了。“那……对不起。”她看着韩俊骁的脸色，犹豫地说。

韩俊骁并不想理她，把她从房间里赶出去之后，自己坐下来却静不下心。她用力地拿橡皮擦掉李芊舒做过的那两道大题，擦得纸都破了洞。

李芊舒知趣地回书房去了。韩俊骁做到那两道题时，却鬼打墙一样没了思路，盯着被擦破的纸一筹莫展。隔着房门，她清晰地听到她爸回来了，在书房里跟李芊舒一起滔滔不绝地讨论着什么。她试着屏蔽那些声音，把注意力集中在自己面前的难题上，却无能为力。

后来李芊舒回家去了，她爸的注意力就转向了她。她今天在固定的时间里不仅没有完成应该完成的作业，还错了一大堆题目，那两道擦破了的题目也没做出来。

“我没法做，纸擦破了。”那次韩俊骁极其罕见地找借口顶撞她爸。

“纸为什么擦破？”她爸问。

“因为李芊舒做了我的练习册，我把她的字擦掉了。”韩俊骁答。

“是因为她做了你的练习册，还是因为你自己不会做？”她爸问。

韩俊骁咬着嘴唇不吭声。

她爸拖了个凳子在她书桌旁边坐下来。“现在做，我看着。”他说。

韩俊骁原本就艰涩得转不动的大脑现在更是一片空白。她哆嗦着笔头艰难地撑了几分钟，然后放弃了。

“你罚我吧。”她颤抖着声音说。

不知道为什么，这句话触发了她爸的怒火。他劈手就把练习册摔在了她脸上，吼道：“罚你？你现在学会领罚了？韩俊骁，你长到现在，到底明不明白我为什么要罚你？”

吼声震得韩俊骁的耳膜微微发痛，她眼眶酸热，却不敢流下泪水来。说到底，她是真的从来没有想过，她爸到底为什么要罚她。

“我都是为了你好，为了我们老韩家好！我就你这么一个女儿，不培养你培养谁？你以为我愿意罚你？李芊舒那种野孩子，小学全是玩过来的，她为什么能随随便便补习半年就考上五中，跳了级还能考年级前几名？你呢？我辛辛苦苦教育你，你什么时候让我省点心、给我长长脸？”

那天之后韩俊骁明白了，她爸虽然慷慨地给李芊舒开小灶，帮她跳级，但从内心深处，他是有气的。气这个聪明伶俐的孩子不是他们家的女儿，气他辛苦培养的韩俊骁没有办法让他老韩家扬眉吐气。

“你连她都不如，我养你有什么用？”她爸的话从那晚起一直在她的脑海里回荡。

后来在大院里遇到的时候，李芊舒发现韩俊骁的眼角破了皮，还有点淤血。李芊舒自然不知道那是拜她所赐被练习册砸的，反而兴高采烈地跟韩俊骁打招呼。

“老师说我明年也能考上育才。”李芊舒说，丝毫没有注意到韩俊骁神色的变化，“要是我上了育才能再跳一级就好了，我就能早点念大学了。”

“你为什么想早点念大学？”韩俊骁问。

“念不念的我倒无所谓，但是姥姥说一定要念。”李芊舒说，“我只是想早点赚钱，姥姥身体不太好，但她每次都不让我打电话跟妈妈说。我才不听她的，我就跟妈妈说，姥姥要去医院检查，要花钱，让妈妈给我钱，但她还是没给。”

在李芊舒的世界里，考不考第一名、念不念育才，是最不重要的事情。这让被她在最不重要的事情上生生压了一头的韩俊骁有气也无处可撒，宛如拳头打在棉花上。

李芊舒恨她妈。她一直想不明白，同样是妈妈和女儿，她从小离开妈妈长大，每天都想妈妈想得流眼泪，姥姥也是妈妈的妈妈，她为什么不想念姥姥，不回来看她？

姥姥总是让她多体谅妈妈，说妈妈不容易，她也不想几年才回一次家，她还要照顾爸爸和弟弟，还要赚钱。自然不能把精力放在一个孤老太太和一个试图“霸凌”弟弟的李芊舒身上。

但李芊舒上了初中之后，姥姥的身体明显一日不如一日了。前几年夏天天气好的时候，她还能搬个凳子在大院里晒晒太阳，跟街坊奶奶阿姨们说说话，去买点菜，现在她连夏天都要穿着厚厚的衣服，动不动就咳嗽，腰也酸、腿也疼。李芊舒现在包揽了所有做饭的活儿，因为姥姥连站着在厨房里忙完一顿饭的时间都坚持不下来。李芊舒平日上学，执意要在中午跑回来给姥姥做饭，姥姥非说不让，说自己中午找点干粮喝口热水就可以凑合，但李芊舒还是毫不在意地翘掉上午的最后一节课，回来做饭给姥姥吃。哪怕是一口没有油水的清汤面，祖孙两人也吃得很开心。

李芊舒把自己的成绩单在姥姥床头贴了满满一排，让姥姥不用起身就可以戴着老花镜一一看过来。“等我考上育才，考上大学，每一年的成绩单你都要看呢。”李芊舒跟姥姥说，“我听别人说，长大后工作了，就不是成绩单了，就是工资单了，是不是？”

“嗯，”姥姥答应着，“姥姥要是等不到看你工资单的那一天……”

“肯定能等到！”每次姥姥这样一说，李芊舒就生气，“姥，你再说这个，我明天就不念了，明天就去工作！”

“好好，不说，不说。”姥姥咳嗽了几声，叹了口气，“你好好读书啊，比什么都强。”

“真的吗？”李芊舒忍不住反问，“你看韩俊骁，她从小就好好读书了，不还是每天被她爸罚得哭一晚上？”

站在墙角的无数个夜里，韩俊骁终于开始思索这个问题。在李芊舒的世界，除了考试和学习，还有很多事情值得她担心，比如多年不能见的妈妈，比如视她如洪水猛兽的弟弟，比如身体欠佳的姥姥，比如不能工作赚钱的焦虑。这些在她的世界里从来就没有出现过。

“你真幸运。”李芊舒曾经和她这样说。

她原本就对李芊舒憋着怒气，竟觉得这句话是讽刺。“我有什么幸运的？我哪像你，跳了级还能考第一名？”

李芊舒奇怪地看了她一眼。当初她们都还小的时候，她也用这样看低等动物的眼神看过李芊舒，那时她觉得李芊舒既蠢又笨，什么都不懂。很久以后，她才明白既蠢又笨的是她自己。

“你当然幸运了，”李芊舒说，“你有妈妈爸爸在身边，还没有弟弟。”

韩俊骁自然知道她出生前他们全家都盼着是个男孩。但她出生后，她妈又上了几年班，不能冒着超生被罚的危险再生一个。等到她妈因为身体不好不上班了，健康状况也不允许她再生一个了。

“要是我有一个弟弟，是不是我就不会再受罚了？”她天真地问李芊舒。

李芊舒了然地看了她一眼。“是吧，”她幽幽地说，“那你就像我一样了。你愿意吗？”

韩俊骁愣了好久，实在没有办法假装她愿意。

“所以你才幸运。”李芊舒说，“我一直都羡慕你。”

自己真的幸运吗？韩俊骁那时还想不明白。但从那时起，只要坐在考场上，她的脑海里就不自觉地回想起她爸的那句话。“你连她都不如，我养你有什么用？”

“我养你有什么用？”

寂静无声的考场上，她却听见响彻校园的广播喇叭里反复播放着这句话。低头看试卷，上面密密麻麻写的也全都是这句话。再一抬头，她爸就站在讲台上监考，她一个哆嗦，她爸就怒气冲冲地吼：“我养你有什么用？！”

韩俊骁浑身发抖，汗湿衣背，手心生生握断了一根铅笔。她捂住耳朵，面色苍白地呜咽起来。

25

韩俊骁走了之后，李千书回到书房，一个人坐在桌前盯着那张证书发呆。

刚才韩俊骁错愕的表情让她想起来就觉得好笑。她不由地想象，如果陶远听她说自己的学历是五百块钱买的，脸上会是什么表情。

自从那次被她当面泼了冷水的求婚之后，陶远好几天没和她说话，私人层面上的“话”。他们正常在微信上发工作资料，在群里和同事沟通日程、敲定细节，他甚至还对她周末参加一个活动要穿的衣服发表了一下建议。但除了这些，他们一句话也没说。陶远似乎这一次没有失忆，没有装作什么也没发生的样子嬉皮笑脸地回办公室蹭咖啡，回家里蹭饭，回床上蹭温存。

这原本是她最喜欢陶远的一点，他是个非常拎得清楚的人，不会让任何私人感情上的问题影响到工作和生活。换作从前，为了求婚起个大早这样的事李千书都不大相信他能愿意做。也正因此，他突然求婚的举措让李千书心生疑惑，下意识地拒绝。他和她一样，喜欢把自己缩在壳里，不到万不得已绝对不会放下自尊和身段，诚邀另一个人和自己沆瀣一气共度下半生。李千书怎么也不相信他会在这样一个人生中平凡得不能再平凡的节点突然想开了，或者说，突然想不开了。

“他跟我求婚来着。”李千书点开和侠姐的聊天页面，写道。然后她起身，把证书收回文件夹，扔进书柜里。回来看到手机里侠姐的回复：“我猜你没答应。”

李千书苦笑了一下，果然还是侠姐比较懂她。

“嗯，”她回复，“但现在就很尴尬。”

“有什么尴尬的？”侠姐立刻回，“仁义不成买卖在。”

这倒是颠扑不破的真理。这几年，身边的朋友分分合合结了婚又离，反倒是一直坚持不结婚的她和陶远，怎么吵都没散伙，或许真的应了侠姐当年得知他俩在一起时说的那句话。“丫头，挺有魄力。”侠姐当时对她说，“有能耐你就别分手。”

时间过去几年了，李千书依然没有能耐夸下这个海口，她早已经习惯了不再依赖自己以外的任何人，也不再相信任何一种关系可以长久。但和陶远的相处让她有一种错觉，只要她止步于此，不再付出更多的真心，或许也可以把现状一直维持下去。

陶远连着好几天没来公司。但李千书知道他不可能一直不来，工作上的事好多都需要他过来处理。她不想跟陶远碰面，就说自己约了人，没过中午就出去了，直到下午都没回来。陶远进门的时候，办公室里只有韩俊骁在帮李千书找资料。

韩俊骁自从问了李千书关于学历的事之后，一直有些心虚，但想起李千书的回答，又疑窦丛生。她细细地看过李千书之前所有有关于那段时间的访谈和她书里的记录，发现她也曾经细致地讲过自己求学的经历、上的课、写的论文，甚至在学校图书馆打工的经历、差点挂科的风险，看起来所言非虚。说到底，自己只是不相信一个被学校开除的人能够从低谷爬起来，重新变成人中龙凤而已。李千书聪明得像个外星人，还有什么事是她做不到的？

“忙呢。”陶远倒是不见外，看到韩俊骁在，漫不经心地走到李千书的椅子上坐下来，“她出去了？”

“嗯，她今天约了人，下午不在。”韩俊骁连忙说。

陶远打量了她片刻：“你现在是接了琪琪的活？”

“是。”韩俊骁答，“也写专栏。”

“那挺不错啊，”陶远说，“千书还挺看重你的。她说你是名牌大学的博士，比我们这些草根出身的人有学问多了。”

韩俊骁心虚得连连摆手：“可别这么说。书读得多了也不一定是好事。她小时候特别聪明，那时老师们都说她将来一定有大作为。”

“你说千书？”陶远抬眼看看她。

“对啊。”韩俊骁说，“我们是同一个家属院长大的，念了同一个小学和初中。”

“哦！”陶远突然好奇起来，把椅子一下子转到韩俊骁面前，饶有兴趣地摆出一副要和她促膝长谈的样子，“我说呢，当时你刚来，千书就说你是她老乡，我还以为只是同乡，原来是发小啊！”

韩俊骁觉得称李千书为自己的发小实在是太别扭了，但又无法反驳。

“我和千书是在广州认识的，”陶远说，“我从来没听她说过在东北老家的事，也没见她有老家那边的朋友，你是我知道的第一个。”

他若有所思地看着李千书办公桌上的合影。韩俊骁看他盯着照片，也不由得注意了一下，那张合影是李千书和另一个女人，那个韩俊骁曾经见到过，和李千书在办公室里像闺蜜一般说笑聊天的女人。

“你说她小时候很聪明？”他问。

“嗯。我爸是老师，他觉得李芊舒是他见过的最聪明的小孩。”韩俊骁诚实地回答，“所以后来真的觉得很可惜。”这个想法，她当时没有说出口，时隔十几年提起，反而觉得发自真心。

“什么可惜？”陶远问。

韩俊骁犹疑地看了他一眼：“当然是她被学校开除的事啊。我们都觉得很可惜。”

陶远一愣：“她被学校开除？为什么？”

韩俊骁也一愣：“你不知道？”

陶远说：“我为什么会知道？”

话音未落，办公室门被推开，李千书走了进来。“聊得挺热闹的。”她面无表情地说。

韩俊骁连忙退开两步。“资料我给你放桌上了。”她说。

她转身走出办公室，心里莫名觉得后悔，不该跟陶远说刚才那些话，也不知道李千书听到了没有。不过看起来，即使在相处多年的陶远面前，李千书仍然对自己的过去语焉不详。她到底还隐瞒着多少秘密？

陶远把椅子挪回原位。“还以为你下午不在。”他说。

“那你不是专门趁我不在才回来的？”李千书反问。

“总不能一直冷战下去吧。”陶远说。

“谁说在冷战了？不是还照样工作吗。”李千书说。

李千书知道，陶远喜欢她的也正是这一点，不矫情，也不会哄不好，即使被他骂心理变态也不怎么生气，即使他道歉或是求和的招数拙劣又无聊，在她身上也往往有效果。只有求婚这件事在她这里是碰壁的，不是哄得好哄不好那么简单，如果陶远以前还不明白，碰了一次壁之后，现在他也应该明白了。

下午她一直和佳欣聊工作，陶远又有事，没待一会儿就匆匆走了。她原本没太在意，过了下班的时间，就一个人往楼下走。她今天限号，没开车，就从电梯下到一楼出去，路过写字楼一排底商，好巧不巧地看到常去买咖啡的那家店里，靠着窗的卡座坐着两个人，正是陶远和韩俊骁。

下午来办公室的时候她清清楚楚地听了个话尾，陶远向韩俊骁问起她被学校开除的事。她以前的事从来没有和陶远讲起过，他又怎么可能知道？一定是韩俊骁告诉他的。

她脸上神色没变，脚步也没停，走路带风地出了大厅叫了车。坐在车上，她故意给韩俊骁打了个电话。

“喂？”韩俊骁很快就接了。

“你已经走了吗？”李千书问，“帮我买杯咖啡来。”

“哦好，”韩俊骁完全没有觉出端倪，“还是冰美式吗？”

“对。”

“不好意思啊，我帮她送杯咖啡上去再回来。”韩俊骁对陶远说。

她买好咖啡上了楼，公司里没有人，她按了门禁密码，却一直显示错误，开不开门。韩俊骁一头雾水，隔着门往里看，李千书办公室的门锁着，里面并没有人。她给李千书打电话，也没人接。

还坐在咖啡店里的陶远左等右等没等到韩俊骁回来，却接到了李千书的电话。

“可以啊，”李千书说，“开始旁敲侧击了是不是？”

“你又阴阳怪气干吗呢？”陶远莫名其妙。

“韩俊骁跟你说了什么？”李千书问。

陶远这才明白过来，忍不住怼道：“你疑神疑鬼什么？是有什么亏心事不让她跟我说？”

李千书提高声调："你少管！"

"我跟谁说话你也管？你管那么宽？"

于是两个人又在电话里掐了起来，全然忘记了还在公司门口等的韩俊骁。李千书在她买咖啡的时候故意用手机改掉了门锁的动态密码，韩俊骁站在门口迷茫了好久，直到手中咖啡的冰块完全融化，她总算反应过来，应该是李千书看到了她和陶远，才故意作弄。

她默默地把那杯咖啡放在了走廊的垃圾桶上，独自按电梯下楼。回到刚才的咖啡店，陶远早已不在原处。她就一个人出门回家。奇怪的是，她竟然也不觉得被耍有多生气，反而在心里第一次觉得和如今的李千书有了某种意义上的共同点。

为了维持体面的表象，需要掩盖多少不为人知的秘密，每个人心里都有一个天平。然而秘密太重，再光鲜的形象也压不住，总在防卫最薄弱的时候呼之欲出，让天平的两端忽上忽下，岌岌可危。

26

韩俊骁终于打破了自己的纪录，也打破了她在老师和同学心目中多年以来的神话。

那一次考试她突然发挥失常，让所有的人大跌眼镜。考第一名的时候，她通常比第二名的同学多出几十分，但那一次她比第一名少了两分，屈居第二。

她像是虎落平阳的英雄，一下子从遥不可及的宝座上掉了下来，把无往不胜的光环摔得粉碎。

先是各科老师轮番找她谈话，问她最近是不是心情不好，生活上遇到了什么麻烦，同学之间是不是闹了什么矛盾。面对老师们慈祥的目光，韩俊骁战战兢兢地一一否认。她很想求老师们不要告诉她爸，但她心里很清楚，即使老师不说，她拿着迟早要到手的成绩单回家也没有办法解释。

放学回家的路上，她哭着对李芊舒说："我完了。"她再也顾不上自尊心和颜面："明天成绩单就要拿回家让家长签字，我完了。"

"怎么就完了？"李芊舒说，"这又不是高考，再说了，高考都能重考一次。要不，我帮你想想办法，做个假成绩单什么的？"

韩俊骁绝望地摇头。“没有用的，”她说，“我爸每周都会给班主任老师打电话。各科老师都找我谈过话，班主任肯定会告诉他的。我从来没有考过第二名，还不如杀了我。”

这是她爸亲口说过的话：“你要是不能保证每次都考第一，就别让我费事了，自行了断吧。”

李芊舒大大剌剌地说：“杀了你干吗？他还不如去杀了那个考第一的，那你不就是第一了吗。”

这可怕的想法让韩俊骁吓得一个激灵。“你别胡说。”她哆嗦着说道，胆战心惊地往左右看了看，似乎担心她爸躲在哪个角落里把这话听去了一样。

那天晚上她就做了噩梦，梦见她爸提着一把斧头去学校，把教室门关得死死的，挨个揪住人领子问：“是不是你考了第一？是不是你？”所有人都吓得躲在桌子底下，韩俊骁也缩在墙角，眼睁睁看着她爸把那个考了第一的同学揪着头发拖上讲台，一斧子就劈下去。

她惨叫一声惊醒了，一头冷汗。

那是韩俊骁人生第一次不想去上学。她知道等着她的不是照例的赞扬和数不清的羡慕，而是老师和同学以为她出了毛病的殷切关心，和那张她不想看到的成绩单。

一天从来没有过得那么快。临放学的时候，同学们陆陆续续地出教室，班主任唯独把韩俊骁叫住了，仍然是带着殷切关心的眼神，慈爱地对她说：“韩俊骁啊，我今天已经跟你爸私下里沟通过了，你们回家好好商量，然后告诉我。”

班主任还是轻声在她耳边说的，仿佛这是一个天大的秘密，不能让其他同学听到一样。

韩俊骁听得浑身鸡皮疙瘩都起来了，跟我爸告状也就罢了，什么叫好好商量，然后告诉她？这是在给我“量刑”吗？！她想。

从公交车站回家的路她恨不得走上一整夜。李芊舒跑过来，正看到她像蜗牛一样在原地磨蹭。

“你又来看我笑话？”韩俊骁没好气地说。

“没有啊，”李芊舒说，走到她身边一起磨蹭，“你要是真的害怕，我陪你一起回家。”

“你陪我也没用的。”韩俊骁说，“你又不能替我受罚。”

“但我可以帮你撒谎呀。”李芊舒认真地说，“你就说，你考试的时候肚子疼，手扭了，冻感冒了……”

韩俊骁无奈地说：“我就算肚子疼，手扭了，冻感冒了，也比第二名考得好。”

“哦。”李芊舒说，“那你就说，你的卷子少印了一边。我上次就是这么干的，直接扔了一张卷子说给我少发了一张。”

“可是我爸会查卷子的。”韩俊骁苦着脸说，“他还会逼我做一晚上我错的题。”

“所以，”李芊舒好奇地看看她，想问又不敢问，“你到底为什么没考好啊？”

韩俊骁张了张嘴，却不知如何说起，脑海中又回想起自己考试时听到的那些声音和晚上做的噩梦。“好吧，你不愿意说就不说吧。”李芊舒说。

回到家里的时候她爸就在书房。韩俊骁拖着沉重的脚步走过去，身边的李芊舒灵巧地凑近门。“韩老师！”她轻车熟路地喊。

“嗯，”她爸正坐在书桌前思索着什么，仿佛没工夫理李芊舒，“自己拿本书看去吧。”

李芊舒看他神情严肃，心想插科打诨、转移视线不太好，只好拿了本书出去，还对韩俊骁眨了眨眼睛。

"别害怕。"她说，"又没什么大不了的。"

韩俊骁站在她爸面前，没等他问，就颤巍巍地掏出自己的成绩单双手献上，然后闭上眼睛等待如约而至的疾风骤雨。等了半天，成绩单被她爸拿了起来，却瞟了一眼就扔到一边去了。

"第二啊。"她爸说。

这句话振聋发聩，却没有紧跟着劈头盖脸的责骂。

"给你个将功补过的机会，"出乎意料地，她爸说，"这次你要是考好了，既往不咎。"

"我……我下次一定……"韩俊骁以为她爸开恩，下次考好就行，连忙保证，但话还没说完，就被她爸打断了。

"我说的不是下一次。"她爸说，"是这一次。这一次很特别，你把这次的机会把握好了，以后有你炫耀的。"

"什么？"韩俊骁没听明白，有什么好炫耀的？

她爸就拿出一张试卷一样的东西来，上面是"选拔考试细则"。

这件事在当年看来并不算大，后来的学生也记不得是从什么时候开始的，但对于韩俊骁和她爸这样，认为自身成绩拔群，期望借由考试和学业走上人生巅峰的学生和家长来说，那无疑是一次历史性的创举。她爸通过各方渠道打听到名牌大学会在高考前选拔成绩突出的高中生自主录取，名额会分到各省的重点高中，如果最终入围，不仅高考酌情降分录取，还有可能因为某一科极其突出而破格录取。

"为了这事，我特意去问了招生办的老师。"她爸说，"有一个江苏的小孩，才十三岁，因为数学成绩突出，就被破格录取了。据说他连大学的高数和线代都自学完了，是当地的神童。"她爸滔滔不绝地说着，满脸心驰神往。"这政策要是早出几年就好了，你也能试试，十三岁念大学。"

韩俊骁小心翼翼地问:“所以……这个考试,我也可以参加?”

“不是可以，是必须参加！”她爸说，“虽然要求是高三才可以，但我今天特意跟你们班主任沟通了，她跟学校商量，决定破格给你一个机会，和高三的学生一起参加，这要是入围了，你就能提前被大学录取了！”

韩俊骁心惊胆战地听着：“跟高三一起考？”

“对啊！”她爸兴奋地说,“你不是早就学完高中课程了吗？”

“可是我才高二。”

“肯定没问题。不管你几年级，成绩好就行。你必须给我考上。”她爸恨恨地念叨着，“那些老古板当年非说你不能跳级，我倒要让他们看一看。”

她爸沉浸在勾画新蓝图的喜悦里，那天难得地没有因为考第二而惩罚韩俊骁。韩俊骁从书房出来，李芊舒正坐在门口的地上看书，一看她出来就站起身，打量着她。“哎？没挨罚？”她问。

这比没挨罚还可怕。韩俊骁心想。

那天晚上韩俊骁不出所料又做了噩梦，梦见自己坐在考场里，所有人都在低头答题，突然冲进来一队全副武装的人，挨个把人揪起来审问。她虽然不知道他们是什么人，却觉得他们是来抓她的，她把试卷挡在头上，弯腰爬过一张张桌子，试图不被发现，却被一只手抓住，揪了起来。她吓得连忙举起手中的试卷说：“别抓我，求求你，我答了题的，我都会答。”

那个人面目模糊，看不清表情，却听他说：“你都会答？你自己看看。”

她就把试卷翻过来低头一看，发现上面一片空白，顶端成绩栏赫然写着一个鲜红的零分。

“我不敢考试了。”第二天上学的路上，她跟李芊舒说。

她如实讲了她听到的声音、看到的幻象，和这几天做的噩梦。

“那怎么办呢？你这一次再考不好，可就逃不过了。”李芊舒说。但她心里却无法控制地想着另一件事。前一天晚上，她就坐在书房外面，听到了韩俊骁她爸跟她说的每一句话。她听到他说，只要能被大学破格录取，就能提前念大学。只要成绩好，不管你是几年级。

破格录取。这个崭新的名词穿过门缝溜进她的耳朵里，让她整个人都兴奋了起来。

她并不敢在韩俊骁面前露出这种兴奋，毕竟韩俊骁是育才的学生，而她只是个初中生，连入围的门槛都够不着。但这不妨碍她的心思被这一簇希望的小火苗偷偷地点燃了，还呲呲啦啦地响着，挠得她心痒痒。

27

韩俊骁猜想，李千书一定是听到了些她和陶远在办公室里的对话，觉得自己在她背后跟陶远搬弄是非，说了些有关她的不好的事情。但李千书表面上一如既往，跟她对工作时仍然带着礼貌又客套的笑，滴水不漏，还在同事面前好几次表扬她做事细心有条理，跟琪琪一样靠谱。她一开始还心存忐忑，但后来看李千书神色如常，不像是故意嘲讽她的样子，就也渐渐地放宽了心。

不管怎样她是要感谢李千书的。如果没有这份工作，她心里根本就没有底，不知道自己还能不能重新走进这个社会，和各种各样的人打交道，稍微捡起以前的底子，靠自己的专业写写文章，重新和以前的老师同学恢复联系，甚至现在大家聊起热点话题时，她也能插话说上几句，不会显得那么不合群、跟不上时代了。

白天上班的时候，李千书没在，韩俊骁正在自己桌前盯着电脑，微信上李千书给她推来一个人的名片。她想自然是工作需要联系，就顺手加了。

没过一会儿，李千书打了电话来。

“刚才给你推了个人。”

“嗯，加了，是什么事？”

“啊，就是刚才跟朋友聊起，那个人是XX网站公开课的策划，看了你的专栏，想邀请你去当一期讲座嘉宾，你先和她聊一聊，咱们回头再商量。”

那边效率高得很，没两天就跟韩俊骁约定了见面。韩俊骁头一次以自己的身份，而不是李千书助理的身份为公司“发光发热”，心情十分激动，回家做了好多功课，李千书也给了她不少建议。沟通下来对方也很认可，觉得如果讲座效果好，想请她开一门文化类的公开课。

“对公司对你都是好事，要是之后顺利，占用你时间多，我就再招一个助理。”李千书说。

韩俊骁不由得心生感激。她正在愁没有额外收入，当然是来者不拒了。

李千书似乎看出来她想什么，说：“别总想着钱多钱少的，你可是名牌大学的博士，目光不要那么短浅好不好？”

你当然不用想。韩俊骁在心里说。

工作了这么长时间，她根本就没存下来钱，光是房租和吃穿用度就几乎把她微薄的薪水消耗一空了。加上上一次临时搬家，那个二房东从此不见了踪影，她又损失了没能追讨回来的押一付三，重新租了房子之后，手头一直都过得紧巴巴的。她也索性破罐破摔，反正李千书对她的情况一清二楚，她没必要自欺欺人。她省吃俭用的样子便都被李千书看在眼里。平时佳欣她们叫下午茶，晚上加班叫宵夜，她从来都说减肥，不用带她的份。衣服鞋子也总是常穿的两身。不过自从工作忙起来之后，她倒是肉眼可见地瘦了好几斤，显得精神了不少，即使总熬夜，早上也没那么难爬起来了。

身边的人盘算着省钱来装修新房子、省钱换辆车、省钱给孩子报早教班，或是省钱给自己添置一件奢侈品，每个人都有自己的目标和意义，她却也不知道自己的目标和意义在哪里。从小到大，她的意义都是外界赋予的，不需要她去思考，也不允许她去思考。现在她拥有了思考的资格，却似乎失去了思考的方向。

“不用多想，坚持下来做好就行，”李千书说，“反正你也不可能一直在我这儿当助理，我招谁都是招。你有你的才华，以后肯定会有更好的出路的。”

韩俊骁第一次听她这么诚恳地鼓励自己，不知道从哪天起，李千书不再像韩俊骁刚来时那样天天挑她的刺，反而真的像是一个认识了多年的老友，知道她的弱点和长项，也知道她的自卑和担忧，不会再嘲笑她一无是处，却也不会盲目地让她去够力所不能及的东西。

讲座办得很顺利，韩俊骁也拿出了自己的底气，表现得很好。李千书并没去，韩俊骁问她要不要听回放提点建议，她也没听。

“你自己做主。”李千书说。

不过做主归做主，她第二天仍然要作为李千书的助理陪她去参加活动。在路上时李千书还跟她说，一定要把握这个做公开课的机会。“你好好做，将来说不定比你们的陶教授还要厉害。”她说。

韩俊骁的神色却极为反常，昨天还高高兴兴跟她报告讲座的事，今天虽然做事没出差错，但整个人有点恍惚，眼睛也是肿的。

“你今天怎么回事？”李千书奇怪地问。

“……我，”韩俊骁犹豫了一下，还是没说，“等活动结束了我再跟你说吧。”

“别，”李千书不悦地看了她一眼，“我最讨厌拖泥带水，有话就说，省得耽误我的事。”

“……我得请假回一趟家。公开课的事，可能暂时没办法立刻上手了。”韩俊骁弱弱地说。

“又来？开什么玩笑，合同这周就要签了，你说你不干？”李千书立刻不满起来，却还忍住了脾气没发火，“这不是第一次了，你也不是实习生了，能不能不要总是把工作当儿戏？我们虽然是小公司，但也不是你想来就来想走就走的地方。”

韩俊骁的脸立刻涨得通红。“我知道，”她连忙说，“我知道，但是这一次真的是家里有事。”

李千书皱起眉头：“怎么，你爸又急病了？”

那天韩俊骁做完讲座结束回家，晚上就看到了微博和公众号上的内容推送。自己光鲜的照片和履历摆在一起，虽然是以公司的名义，但自然半个字不会提她只是个助理，而是名牌大学的博士和专栏作家。韩俊骁美滋滋地欣赏了好一会儿，突然收到了她妈发来的信息。

“最近忙吧？瘦了，别不按时吃饭。”她妈说。

韩俊骁心里顿觉一软。但又转念一想，她妈怎么知道她瘦了？

韩俊骁的微博没有什么人关注，是一个只有工作内容的无情转发机器。她点开关注自己的人，不费吹灰之力就找到了那个用她小时候照片当头像的小号，ID是她妈生日。看注册时间是她刚进公司的那几天。没想到记忆里连电脑都不会用的妈妈，竟然学会了使用微博，还一直默默关注她到现在。

想到当年和自己谈论素质教育改革的她爸，和看了照片说她瘦的她妈，韩俊骁突然心酸起来，觉得这些年对妈妈的关心确实太少了。她打了个电话回去。她妈平日里从来不会主动给她打电话，如果打也是她爸授意的，所以她也几乎不往家里打电话。但不管她爸在不在旁边，她都突然很想跟妈妈说说话。

出乎意料地，她妈很快就接了。

“妈，你手机刷微博太累眼睛了，有没有把字号设置得大一点儿？”韩俊骁问。

她妈明显愣了一下，立刻反应了过来。“对不起啊，女儿，”她妈说，“妈妈不是故意想看你的微博，是怕你一个人在外工作不顺心，生活不舒服。你别生气，你要是介意，妈妈以后不看了。”

“我没生气。”韩俊骁说，“我爸没在你旁边？”

“……我没在家。”她妈说。

韩俊骁正奇怪，听到她妈那边一阵人声嘈杂，就问：“你在哪儿呢？这大晚上了，怎么没在家？”

“……在外面。你最近忙吗？”她妈问。

“马上就小长假了，可以休几天，但是要先忙完再说。怎么了？”韩俊骁说话的时候听到那边传来一阵混乱的哭喊声，更加疑惑起来，“妈，你到底在哪儿？家里没什么事吧？”

隔了一会儿，她妈说：“你爸住院了。”

韩俊骁愣了一下，立刻回想起上一次她被诓骗回家后的那场审讯，便不满地说：“妈，我难得打个电话，我爸没在你旁边，你还要骗我吗？”

那边沉默了好久。韩俊骁努力去听，只听得到乱七八糟的杂音。她妈终于开口说，“……这次是真的，中风。现在还在治疗，不知道会留下什么样的后遗症。”

“为什么好好的会突然中风？”韩俊骁问。以她爸提着拐棍敲打她的矫健身姿来看，她曾以为她爸十年二十年内任何大病都不会有。

但她妈没有回答，良久，说：“你有空的话，回家来一趟吧，我有重要的事情想和你说。”电话旋即被挂掉了，比每一次她爸的不可抗力都要坚定。

韩俊骁想了想，又觉得疑惑，她爸要是真的住院了，她妈还能在那边刷微博，看她照片，观察她瘦了没有？她越想越觉得不对劲，不知道她妈在隐瞒什么。

李千书看韩俊骁一直沉默，无端生起气来，不软不硬地讽刺道："那你倒是说说，你上次回家探病，然后呢？"

韩俊骁咬着嘴唇不说话。

车子停在了地下车库，李千书从车上下来，看了一眼韩俊骁。"别人不知道，我还不知道你家里都是什么样的人？"她说，"韩俊骁，不是我说你，你如果对待工作一直是这个态度，就别怪别人说你烂泥扶不上墙。"

"你说谁烂泥扶不上墙？"韩俊骁明显被这句话伤到了，抬起头，红着眼睛盯着李千书。

"你啊。"李千书风轻云淡，"一手好牌打得稀烂，不说你说谁。你就是一个一辈子都离不开家的巨婴，永远没断奶。"

韩俊骁终于被彻底激怒了："我至少受到了最顶尖的教育！你一个被学校开除的人，凭什么说我？"

"凭我雇你啊，"李千书转身往电梯走，"不然谁给你的吃饭钱？你倒好，这边拿着我的工资，那边就去陶远那儿说三道四，有意思吗？很有成就感是吗？"

她果然还是这样想的，表面的云淡风轻都是装的，她就是恨自己私下里和陶远说了话。"我没有。"韩俊骁咬牙切齿地说，"不管你信不信，我没说。你为什么瞒着他？你敢把你的学历告诉陶远吗？你敢把你过去的事都告诉他吗？"

李千书的脚步一下顿住了，没有回头，但脸上的神色瞬间冷了下来。"行啊，你厉害。明天起你不要来上班了。"随即走进了电梯，高跟鞋踏得铿锵作响。韩俊骁一个人站在原地看着电梯门缓缓合上，李千书根本就没有回头看她一眼。

以前的韩俊骁总是不理解为什么有的白领走在街上接了个电话就会突然崩溃地坐在路边委顿得起不了身；也不能理解为什么晚上最后一班地铁里背着包的年轻人啃着一个早就凉了的饼啃着啃着就哭起来；更不能理解为什么衣着光鲜的姑娘要跟小吃摊的老板因为多算了两个烤串的价钱而吵得不可开交。这一次轮到了她自己，她总算明白了家人和工作不能两全时是怎样的感受。

她妈打电话过来："女儿，车票买了吗？哪天回来？"

韩俊骁终于忍不住对她妈爆发了，哭着大吼道："为什么啊？为什么非要我这个时候回去？为什么总是这样？每次我以为我稍微顺利了一点点的时候，你们就要来打击我、阻拦我，你们就这么看不得我好吗？！"

电话那边静悄悄的。只有她自己的声音穿过地下停车场的墙壁，又反弹回来，在风中九曲回环地变了调，只剩下若有似无的低沉回声。

28

早上上学的时候，韩俊骁穿过大院远远地见到了庄磊，他抱着足球，背着书包，风风火火地就往外赶。

庄磊也考上了育才，不过是擦着分数线进的，在普通班，和韩俊骁的尖子班隔着一整个走廊，平日里也难在学校碰见。他懒得来回跑，早早就住了校，只有周一早上和周五放学韩俊骁才有可能在院子里看到他，但也只是有可能。上高中以来，她还没跟他说上过话。

即使是这样的小概率事件，看到庄磊的时候，韩俊骁仍然犹豫着，无法鼓起勇气上前去跟他打招呼。就像任何同学之间那样，上学路上遇到了，同走几步，聊两句，再自然不过的事，但她做不到。

就在她盯着庄磊越走越远的背影沉浸在自己的世界里时，她看到庄磊停下了脚步，向一个方向挥了挥手。接着，她就看到楼后面走出了一个熟悉的身影，轻快地走到庄磊身边，从书包里掏出什么东西递给他。庄磊一边大咧咧地塞进书包，一边说着话，两个人一同走出了大院。

李芊舒什么时候跟庄磊变得这么熟了？韩俊骁气恼地想。明明自己才是他的同学，他为什么会愿意跟一个比他小好几岁的小屁孩有说有笑？韩俊骁走在他们身后，恨恨地盯着他们说了一路，直到李芊舒拐到另一条路往学校走了，庄磊站在路边等公交车，她才默默走过去，远远地站在他后面。

两个人前后脚上了同一辆公交车，隔着一个座位的距离站着。韩俊骁小心翼翼地盯着庄磊的后脑勺，一动不动。车子一个转弯，庄磊似乎在走神，手里的足球不小心掉在地上，滚到了韩俊骁脚下。

她低头拿起球，递给他，不知道哪根筋搭错了，没头没脑地问出了一句："体育特长生高考加分吗？"

问完她就后悔了，因为庄磊接过球的一刹那满脸都是错愕。他惊疑地盯了韩俊骁好久，这才恍然大悟地一拍脑袋，大大咧咧地说："啊，是你啊！上高中之后都没怎么见过你，你在哪个班啊？"

韩俊骁真是悲喜交集，喜在终于跟他搭上话了，悲在再不搭话他就彻底忘了自己是谁了。

"我在一班。"韩俊骁只好说。

"哦，也对，你总考第一名，当然在尖子班。"庄磊说，"我记得中考的时候你就考了咱们学校第一，是吧？"

"嗯。"韩俊骁点头，偷偷窃喜，心想他还算记得自己的光辉事迹。

结果他下一句紧接着就说："听李芊舒说他们今年中考改革了，特难，估计育才的分数线也要往上提了。"

李芊舒李芊舒，又是李芊舒。韩俊骁心里一时憋着气，竟没能成功地把话题延续下去，一拖就拖到了下车时间。她只能看着庄磊大步流星的背影暗暗捶胸顿足。

李芊舒每天早上起来都能看到姥姥床前的废纸篓里有沾血的卫生纸。她心里怕得要命，瞒着姥姥给妈妈打了好几个电话。妈妈一开始不愿意说话，总是找借口挂断，李芊舒终于忍不住，在电话里第一次和妈妈哭出声来。

“妈，你不回来，姥姥会不会死？”她问，“我不知道怎么办，你回来帮帮姥姥，好不好？”人生第一次离生老病死如此近，她也只是一个十几岁的小孩，平日里再野、再不听话，也还是会慌张失措。

没想到她妈也哭了。“不是妈妈不回去，”她带着哭腔说，“妈妈没有钱，钱……都在你爸那里，他今年的生意不好做，全都赔进去了，我们也实在没有办法……芊舒，你好好照顾姥姥，如果能回去，妈妈一定尽快回去……”

但她又能怎么照顾呢？端茶倒水又不会让姥姥好起来。她恨自己无能，恨不得明天就变成成年人，靠自己的手脚赚钱，带姥姥去医院检查治疗。

同楼住着师专退休的一对老夫妻，女儿比李芊舒大十岁，是医院的护士。李芊舒偷偷地去问过她，如果像姥姥这样的老人去医院做一次全面的身体检查，要花多少钱。护士姐姐问了她的情况，也没给个准数，只是说，如果身体没大问题的话倒不会太花费，最多千八百，怕的就是有大问题。但李芊舒一个小孩，根本没有办法去预想结果是好是坏。

早上上学的时候，她看到庄磊，打了招呼，从书包里拿出练习册：“给。”

庄磊没有读书的脑子，只愿意踢足球。但高中课业紧，他要是自习课的时间溜出去踢球，作业自然就写不完，直到他发现了李芊舒的“天分”。自从写了韩俊骁的练习册惹她生气之后，李芊舒除了仍然会去借韩老师的书之外，再也没有碰过韩俊骁的东西，反而通过几次帮庄磊写作业，跟他很快地熟悉了起来。

“谢了。”庄磊漫不经心地说。

李芊舒想了想，说：“哎，我总帮你写作业，你给我什么好处啊？”

庄磊奇道：“你还要好处？之前你不是说纯粹是因为你学得多闲得没事吗？”

“之前是之前，”李芊舒说，“以后不行了。收费。”

“收费？”庄磊说，“我零花钱都拿去泡网吧了，没有钱给你。”

“那你就别想让我帮你写作业了。”李芊舒说。

“……别啊，”庄磊说，“……你那么缺钱吗？要多少钱啊？”

放学时，韩俊骁走到大院门口，正看到李芊舒从小卖部打完电话出来，垂头丧气地往家里走，看到韩俊骁，她反倒打起精神凑了过来。韩俊骁不愿意搭理她，就加快了脚步，她也不生气，只是小跑了几步跟上。

“你真的要去参加那个选拔考试？”李芊舒问。

韩俊骁立刻警觉起来：“选拔考试？你怎么知道的？”

“那天我听到韩老师跟你说的。”李芊舒说。

韩俊骁想起考试的事，又开始头疼。

“我问我们老师了，”李芊舒神情略显失落，“被怼回来了。她说，连高中生都很难通过的考试，你一个初中生，瞎起什么哄？再说了，只是育才和另外两个市重点高中联考，根本不关我们的事。”

“本来就是啊，”韩俊骁说，“我们学校高三的都不一定能去考呢。我听说，高二的学校也只给了几个名额，要特别优秀才行。”

"你会考上吗？"李芊舒问，眼里都是羡慕和憧憬。

换在以往，韩俊骁自然是摆起架子装模作样地教育她一番。但今天被她这么一问，韩俊骁心里的恐惧又回来了。

她跟老师说了愿意参加之后，老师还挺高兴的，让她回去好好准备。"不过你也没什么需要额外准备的，"老师说，"你爸把你教育得那么好，那么上心，你只要放平心态，绝对没问题。咱们育才非常重视这次选拔，只要入围了初选，不仅学校会给你们发奖金鼓励，还会由学校老师带队陪你们去大学复试。"

不过她的心态已经放不平了，只要想起她爸说的话，她就会陷进熟悉的反复的恐惧之中，手脚发麻，注意力无法集中。

但她没有办法和任何人说，韩俊骁不敢考试了。这可是天大的笑话，别人知道了会怎么看她？她爸会怎么罚她？她不敢想。

后来韩俊骁回想过，如果可以重来一次，她会不会还愿意把自己最怕让人知道的秘密全都告诉每天不知道在打什么主意的李芊舒。她就像是一个难以捉摸的小怪物，没人能知道她脑袋里五花八门地装了些什么，那些天马行空的想法和奇葩的点子都是怎么冒出来的，也没有人能知道她将来长大会变成什么样子。

韩俊骁觉得无论重来多少次，她还是会告诉李芊舒。说起来让人难堪，她从小到大周围没有和任何同龄的同学成为朋友，反而和李芊舒见证了彼此少年时代里那些无法言说的迷茫与困惑。

但李芊舒毕竟是李芊舒，她不费吹灰之力就能抓住韩俊骁所有的弱点，也能抓住自己每一分转瞬即逝的希望。

"入围就给一千块奖金？"李芊舒听韩俊骁说完了所有的事，惊讶地提高了音调，眼睛都亮了。

韩俊骁说了那么多自己的困扰和恐惧，结果李芊舒就只听见了"一千块奖金"五个字，她不满地看了李芊舒一眼。"你大惊小怪干吗？”她说，“育才要跟别的高中比，当然希望自己有学生入围了。”

李芊舒突然又不说话了，沉默了好久，不知道在打什么如意算盘。韩俊骁正在奇怪，李芊舒看了看四下无人，凑近韩俊骁，狡黠地冲她眨了眨眼睛。

“你觉不觉得你欠我一个人情？”她突然没头没脑地问。

“我什么时候欠你人情了？”韩俊骁说。

“你想耍赖？那年咱俩约好了离家出走，你把我一个人晾那儿等了你一上午。你忘了？”李芊舒理直气壮地说。

韩俊骁理亏，只好服软：“你又想干吗？”

“我想了一个计划，”李芊舒眨了眨眼，用天机不可泄露的语气说，“你要不要听听？这一次我不耍赖，你也绝对不许耍赖。”

韩俊骁一脸惊恐地看着她。

“你不是不想去考试吗？”李芊舒说。

“嗯。”韩俊骁老老实实地答。

“我替你去考。”李芊舒说，她的眼睛里闪着信心满满的光，仿佛在计划一件改变世界历史进程的大事。那年她跟韩俊骁计划离家出走的时候，就是这样的眼神。韩俊骁被她的样子唬住了，愣了半晌，顿时吓出了一身冷汗。李芊舒看到她表情变化，得意地扬起下巴，一副天底下自己最聪明的神情。

“我替你去考。”她又重复了一遍，“但是如果我能入围，你的奖金要给我。”

29

“开了？”

坐在写字楼下的咖啡厅里，侠姐饶有兴味地看着面前盯着电脑处理工作的李千书，说：“我记得你不是这样的人啊，以前琪琪也犯过错，你可没发那么大脾气，说开人就开人。要是别人不知道，还以为你小小公司架子摆得比谁都大呢。”

“我哪有架子可摆？你就别笑话我了，侠姐。”李千书抬眼看了侠姐一下，犹豫片刻，还是开口说，“你还记不记得，以前在广州的时候，我跟你讲过一点我小时候的事。”

“记得啊。”

“我说过有一家人对我的影响很特别，如果没有他们，我不知道读到几年级就会辍学。”

“记得。”

“……就是她。”李千书说，“韩俊骁就是那个，我跟你说过的，考上了名牌大学的状元女孩。”

“哦！”侠姐果然露出一副恍然大悟的样子，“你特意把她招进来的？你们当年不是闹掰了吗？”

李千书皱了皱眉头，像是不知道怎么回答这个问题，思索良久才说：“她读到了博士，也不是没有才华，也不会一直在我这里当助理、当写手。”

“但你还是把她开了。”侠姐说。

“是。”李千书说。“这么多年，她还是陷在她那个家庭里出不来。这样看来，还是我比较幸福。”

“你幸福？”侠姐笑了笑，“你就每次你爸妈伸手要钱的时候最幸福！别的时候他们想得起来你吗？你生病住院的时候谁给你端茶倒水来着？谁风里雨里帮你跑前跑后的？还不是人家陶远？难怪他跟你生气。”

李千书难以置信地看了一眼侠姐。“你还替他说话？”她问，“他这几年不是都不联系你吗？每次我聊天时说起你，他连话都不接。”

“他不联系我，我可以联系他啊，毕竟他是要跟你结婚的人。我是谁，能跟他一般见识？”侠姐笑道。

“没结婚。”李千书纠正。

“好，没结婚。”侠姐说，“话说回来，你们和好了没有？”

“又没生气，和什么好？”李千书问。

“你不是都拒绝他求婚了吗？还叫没生气？非要拍桌子骂人才算生气？”侠姐说，“结婚那事就那么完了？”

“就那么完了。”李千书说。

“你啊，你啊。”侠姐轻叹口气，“说到底，你们两个还是不愿意各自放下身段，服个软，往前一步。”

“他愿意了，不然怎么会跟我求婚？是我不愿意。”李千书故作轻松地说，“我还是没办法说服我自己。当然，同事可能以为我不愿意是因为他那求婚太尴尬了。他如果了解我，本来就应该知道我的决定跟他求不求婚没有什么关系，何必非要做个样子。”

陶远是个极爱面子的人。在别人面前，他总是想不动声色地彰显自己独特的审美品味和良好的才华修养，但这些都是最没有办法彰显的东西，越炫耀越匮乏，往往弄巧成拙。

新认识的人只知道他是年轻有为的社会精英。只有李千书知道，不管他在人前多么左右逢源，一接电话，一逢年过节回家，他仍然是那个从山村里走出来的孩子。他牢记着所有拼命挣生活所付出的代价，也保留着所有证明他出身贫寒的习惯。

“但他还是愿意去做这个样子，说明他至少有心。”侠姐说。

李千书疑惑地打量了侠姐好一阵。“你今天不太一样，”她说，“你是不是知道什么我不知道的事儿？”

侠姐看了看她：“他爷爷今天去世了。”

李千书猛地抬头：“你说什么？他爷爷去世了？我怎么不知道？”

前几天因为他又听到了她要给家里钱的电话而吵起来的时候，他还说她家是个无底洞，再多钱都填不满；她也口不择言地反击他，说他家里老少亲戚虽然都住在乡下，要钱可不比城里人要得少。他爷爷已经九十多岁了，住在医院靠治疗续命已有一段时间，她却从没听他说过是什么时候病势转恶的，更是完全不知道过世的消息。想到那天吵架时也说了很多伤人的话，她顿觉有些愧疚。但转念又一想：“他爷爷病危，他怎么没早早赶回去陪着？”

她直接拿起手机给陶远打电话。那边过了有一阵才接，背景里传来机场的广播声。

“你辞了一个助理能不能赶紧找个新的？我又不负责你的日程。”陶远的声音有些不耐烦地传来。

“……你怎么没早点回家？”李千书不想跟他没好气地说话，语调不由得就软了下来，“……还能见爷爷一面。”

陶远那边一愣，声音就变了：“侠姐跟你说了？”他略显焦躁地叹了口气：“我就知道。”

“要我跟你一起回去吗？”李千书问。

“不用了。”陶远说，“你是我的什么人呢？”

李千书发愣的工夫，那边已经挂断了电话。

我是他的什么人呢？女友、同事、合伙人，反正不是应该跟他一起回家面对家人的人。她突然对陶远近些天来经常无缘无故发脾气和没头没尾的求婚有了逐渐具体的猜想，或许，他想要等到一个她的答复，让临终的老人能够合眼，给家里的亲人一个交代。

陶远和他家人的情感维系之紧密一直是李千书所羡慕的，他是个极其孝顺的儿子和孙子，和她靠给家里钱来满足自己的虚荣和成就感不同，他是真心实意地认为三代单传的自己是全家唯一的依靠，他的家人也真心实意地把他培养成了全家的骄傲和希望，仰仗他、依赖他。他们刚在一起的时候陶远就对她说过：“我是为我家人活着的，不全是为了自己。无论什么时候，家人都排在我心里的第一位。”既高尚得让自己感动，又单纯得让人不忍苛责。

李千书并不介意。他的家人始终拥有对他的权利和义务，她只是一个在生活上能够和他分享一点点陪伴和了解的同类。即使是一点点陪伴和了解，也非常有限。她甚至从来没有和他一起回老家见过他的家人，他也从未见过她的父母和弟弟，当然他们也不会特意来北京看她。

对她来说，侠姐知道她所有不想提及的过去，是有如长辈和导师般的知遇恩人。陶远是可以同甘的战友、亲密的伴侣，正因为他们互相知道彼此的死穴，但永远不会去触碰，这样的关系才可以稳定且长久。

无论他突然求婚的原因是什么，现在想来，她都不难理解了。

“你觉得，”她若有所思地问侠姐，“我是不是太冷血了？”

“我觉不觉得没有用，”侠姐说，“那要看你对待的人值不值得。”

陶远在老家整整待了一个星期。李千书知道，他没能见到爷爷的最后一面，要陪过了头七才能回来。那些天她没有用任何工作上的事情去烦他，也叮嘱同事不要以任何理由去烦他。他回来的那天，从机场直接来了公司，进了办公室第一句话就说：“我还以为我也被你开了？”

李千书起身给他倒了杯咖啡，有些烫，他放在了桌角。

“我哪敢啊。不过是告诉你我辞了助理也能忙得过来，让你放心。”她说。

每一次他们之间的争执和吵闹，都以不知为何就翻了篇的“和好”而告终。也没有谁先道歉，也没有谁不原谅，生活总是继续过下去。

但这一次李千书心软了，她对自己拒绝求婚的冷漠感到内疚，也对陶远宁可自己扛着也不愿意跟她过多分享家里的事情而心酸，看到陶远没几天就凹陷下去的眼眶和来不及刮的胡茬，她想，是不是有可能换一种相处的方式，柔软一点、坦诚一点，就像侠姐说的那样，放下身段，各自往前多走一步，或许就能换来更多的陪伴和了解了。

“你回家歇着吧，这儿有我呢。”李千书说，“你没在的这周，我签下了一个新节目。”

“嗯，”陶远点点头，“看来我这个男友兼经纪人不太合格，都扔你自己出去独当一面了。找个新助理吧，帮你忙点杂事。”

“嗯。”

陶远像是想起什么似的：“其实那天，我和韩俊骁在咖啡厅也没说什么……”

李千书很快地打断了他的话：“不是因为那件事。韩俊骁家里有事，回老家了，是她自己的原因。”

陶远点点头：“那没什么事我先回了，这几天几乎没有睡，事太乱。”

“等一等，”李千书在他要出门的时候叫住了他，“上次的事，对不起。”

“哪件事？”陶远困惑地回过头。

李千书反倒被问得尴尬起来，只好说：“……你那天的求婚，我不应该那么对你。”

陶远的神色动了动，想说什么，却最终没有开口。

“你最近要忙家里的事情，等过了这阵子……”李千书说，“我想，我们可以试着考虑一下。”

这句话看起来倒是在陶远的意料之外，但他的神色里没有任何轻松和愉悦，只透出被疲惫和艰难压得喘不过来气的沉重。他像是思索了很长时间，然后摇了摇头。

“不了，”他说，“求婚，我收回。”

这下轮到李千书愣住了。他转身出了办公室，轻轻带上了门，没有体现出任何脾气或是心情不好的发泄。

李千书僵在原地。那杯放在桌角的咖啡仍然徐徐冒着热气，她却第一次意识到，她开始看不懂陶远了。

虽然自诩同类，他们始终都不是最了解彼此的人。

30

“胡闹。”韩俊骁掉头就走，她觉得李芊舒是疯了。

“谁胡闹了？”李芊舒立刻跟上来，如影随形地尾随在她身后。“你不是说这个是联考，在别的学校考吗？没有人会发现的。”

“那也不行。”韩俊骁说，“我爸会打死我的。”

“我们不让他知道啊，他就当你去考试了，不会发现的。”

“那我去哪里啊？”韩俊骁说。

李芊舒眼珠一转。“有了，”她笑起来，“我真是天才。”

“什么？”韩俊骁问。

“你还喜欢庄磊不？”李芊舒突然没头没脑地问。

韩俊骁吓了一大跳，脸上立刻发起烧来，以为是早上李芊舒看到她跟在庄磊后面上了同一辆公交车。

“你干吗？”她警觉地瞪着李芊舒。喜欢庄磊这件事情，除了诡计多端的李芊舒之外，没有任何人发现过端倪。当然，她可是韩俊骁，老师和同学也并不会在意她身上除了考第一名之外的任何端倪。

“你怕什么？我又不干吗。”李芊舒观察着韩俊骁的表情，“所以是还喜欢了？”

韩俊骁又瞪了她一眼。

“你让我去考试，我让你去约会。怎么样？”李芊舒胸有成竹地说。

韩俊骁这下更对李芊舒刮目相看了。“和庄磊？”她的嘴已经先于她的大脑迫不及待地问出了口。

“成交？”李芊舒问。

想到她爸对她恨铁不成钢的表情，想到一旦她这一次再考砸即将面对的惩罚，又想到似乎可以梦想成真的第一次约会，想到早上她盯在眼里、放在心里的庄磊的身影，韩俊骁心动了。

“我想想吧。”她故作冷漠，甩开李芊舒独自回家，甚至忘记了追问李芊舒，她为什么神通广大到可以让庄磊跟自己约会。

李芊舒是摸准了韩俊骁的死穴。她甚至都没有再特意问韩俊骁，韩俊骁就自己找上门来了。敲开门的时候，李芊舒正在帮姥姥喝水拍背。韩俊骁目光扫到一边小桌上李芊舒摊开的习题和教材，全都是高中的内容。

后来她回想起当时李芊舒的处境才明白，那样聪明伶俐的李芊舒，在无能为力的大环境下，想要靠自己赢得改变生活的机会太过艰难。即使她能等到，姥姥也不见得能等到了。不用说治疗，就是去检查需要的第一笔钱，对李芊舒来说就已经是个天价数字。但当时的她，被她爸的高压刑罚逼到了崩溃的临界点，又被对庄磊的朦胧幻想冲昏了头，从来不曾站在李芊舒的立场考虑过。

“你怎么能让庄磊跟我约会？我那天在车上跟他说话，他差点连我这个人都不记得了。”韩俊骁问李芊舒。

“那你别管，我有办法，总之肯定让你实现愿望就是了。”李芊舒说，她盯着韩俊骁的眼睛，似乎想从中检测出任何有可能动摇韩俊骁意志的畏惧和退缩。“你要先答应我，这一次不许突然反悔。如果你反悔了，咱俩就都死定了。”

“那你也得答应我，”韩俊骁虽然没有李芊舒冷静，但并不傻，“你得保证考好，否则我爸会打死我。”

“当然，”李芊舒说，“我还想要钱呢。”

“成交。”韩俊骁坚定地说。

“成交。”李芊舒也说。

两个人的眼神中都带着跃跃欲试的憧憬和斗志，似乎一个足以改变世界的宏大计划即将由她们联手开启。

其实李芊舒比韩俊骁还要紧张。她只是一个初中生，要混进一群陌生的、比她大好几岁的男生女生里，到一个陌生的学校，顶着别人的名字去考试，还要考得比他们都好，即使她再自诩聪明，这也是一件她并不知道有无把握成功的事。但既然在韩俊骁面前做了保证，又为了能拿到钱，她不得不赌上自己所有的勇气。

考试那天是个周末。韩俊骁像往常一样背着书包出门，她爸上下打量了她一阵，说，“状态还行。好好考，别给我丢脸。”韩俊骁不敢直视她爸的眼睛，匆匆点了头，就忙不迭地从家里溜了出来，生怕多留一秒就会被她爸拆穿。

李芊舒两手空空地从家里出来，姥姥问她干吗去，她说出去玩儿。姥姥让她把早上没吃完的半个馒头吃完，她摆摆手说不吃了，三步两步地出了门。

两个人一前一后地走出了大院，又装模作样地隔了一段距离，等到周围没有人了，李芊舒就迅速跑过来，韩俊骁把书包递给她。

“学生证在前面口袋里。”韩俊骁说。李芊舒依样拿出来看了一眼。

“号码背下来了吗？”韩俊骁问。

“早就背下来了。”李芊舒说，“你的班级和老师我都背下来了。不会有人问的。”

“嗯。”韩俊骁点点头，“我的名字千万不要写错了。”

“没问题。”李芊舒说。她把学生证放好，把书包背在身上，沉重的书包压着她瘦小的肩膀，看起来有些滑稽。

“你知道五中后门往东湖走的那条小路吗？”她问韩俊骁。

“知道，怎么了？”韩俊骁说。

“庄磊说他在湖边等你。”李芊舒说。

两个人各自走向相反的方向，韩俊骁往五中走，李芊舒坐上公共汽车去了联考的学校。韩俊骁回头的时候，汽车刚刚开走，李芊舒透过车窗向她摆了摆手。那一瞬间，她真的有一种命运互换的错觉。

以前读五中的时候，她爸就严禁她去东湖边玩，说每年都有小孩在湖里淹死，如果被他发现她去过，就别回来了，在湖里淹死算了。但东湖是附近的人从夏到冬唯一的消遣去处，夏天划船乘凉游野泳，冬天凿鱼溜冰玩冰车，大人小孩都开心。她从来都是放学就回家，连通往湖边的那条小路都不曾踏上过一步。

这样史无前例的违禁活动让她对即将到来的约会莫名多了一份期待与兴奋。

当她走到湖边的时候，真的看到了庄磊熟悉的背影。听到脚步声，他回过头来，还是熟悉的大大咧咧的笑容，说：“来啦！今天早，人少，我们去划船吧。”

很久很久之后，韩俊骁仍然能够想起那天清晨的阳光透过湖边斑驳的树影落在水面上的样子，风吹过耳边，船桨荡起的水花溅得老高，落在她的脸上和身上，冰凉冰凉的，空气里沁透着草木和湖水的味道，她从未注意过的鸟鸣和蛙叫的声音都是那样悦耳。那些小说里原本只存在于想象中的画面全都在眼前一一实现的时候，比想象还要美好千万倍。

那一天，她在庄磊的带领下欢乐地把几乎所有的禁令都违反了个遍。他们划了船，捉了鱼，韩俊骁干净的衣服和鞋子踩在湖边潮湿的草地里，沾了泥、进了水，但丝毫没有阻挡她轻快的脚步。玩累了之后，他们回到街上，吃了平时韩俊骁她爸从来不让她吃的烤串和冰棍，从五中门前经过的时候，差点就撞见了一个以前教过他们的老师。两个人吓得匆忙逃窜，慌不择路地钻进了校门口的小书店。

结果冤家路窄，那个老师正是往书店里来的。韩俊骁的心怦怦跳，如果被老师认出来，告诉了她爸，就彻底完了。还好庄磊反应快，拉着她就往书架后面钻，两个人躲进了最里面那排书架的后面，庄磊还扯过梯子挡在面前。

逼仄的书架角落，空气中弥漫着纸张陈旧腐败的味道。韩俊骁的鼻子痒痒的，忍不住想打喷嚏，庄磊连忙对她使了个眼色，她硬是忍住了。就听外间老师对书店老板说要什么什么书，老板说，你自己进去找吧，在历史文化那一排。

于是，老师的脚步声越走越近，韩俊骁清晰地听到自己的心脏怦怦跳的声音。还好，脚步声离他们隔着一排书架就停住了，短暂的翻书声之后，老师重又向外间走去。

两个人都不由得松了一口气。韩俊骁这才意识到她和庄磊挨得如此之近，他身上的衣服脏兮兮的，全是在湖边把摔跤的她扶起来时弄脏的，两个人的肩膀紧紧地靠着，韩俊骁的衣服也被蹭脏了，但她却一点不觉得懊恼。就在她悄悄地偷看庄磊，希望这个时刻可以无限无限地延长的时候，她突然发现自己头顶上方的书架不知道什么时候变成了家里书房的那排书柜，而自己仍然缩着脖子蹲在墙角，等待着不知什么时候到来的惩罚。她打了一个冷战，立刻从梦境回到了现实。

“老师走了，我们出去吧。”庄磊小声说。

为了防止再被熟人撞见，两人的约会也结束了，从书店门口就装作互不认识，各自回家。庄磊走在前面，韩俊骁走在后面。她看着庄磊的背影，心中充满了平静与安宁的满足。直到快走到大院门口，她才意识到，整整一天，她竟然就没再担心过顶替她去考试的李芊舒怎么样，有没有穿帮，有没有被学校发现，有没有考砸，有没有按时回来。

一个晃神，庄磊已经走进大院不见了踪影。韩俊骁站在原地，在李芊舒按时出现之前的那十几分钟里，她意犹未尽地回味着她人生中最美好的一天，觉得能逃脱一次考试，还能换来这样的一天，简直是世界上最值得的事。

31

一切都不一样了。

韩俊骁即使再迟钝也能察觉到，她相处多年的父母不一样了，她习惯赖以生存从未想过逃离的家也和从前不一样了。

她直接去了医院，虽然在路上时已经从她妈那里大概了解了一下情况，但还是一进病房就被她爸的样子吓住了。不是因为她见到平日发起脾气来中气十足的父亲精神萎靡地躺在床上，浑身上下只有右手和右脚可以活动，连话都说不清楚，一张嘴就有口水不断地流出来，而是因为她爸一看到她跟在她妈身后进来，神色即刻大变，拼命地抬起右手，把旁边护士刚往他手上绑的一个打吊瓶前的压脉带都给挣脱开了。

那个神情很陌生，她从来没有见过。她在她爸脸上读到过很多神情，有过期待和赞许，但那是她很小很小的时候了；也有过冷漠和失望，那是她见得最多的样子；有过愤怒和残忍，那是她每一次被责罚时深深印在脑海里的样子。但从来没有过这样的神情。韩俊骁很困惑，她知道有中风后遗症的患者会心性大变，变得不太能与家人和睦相处，但她爸的眼神不是病后的痛苦和恐慌，更多的是看到她之后一种莫名其妙的仇恨。

对，是仇恨。莫名的仇恨，让韩俊骁不明所以地打了一个寒战。而面对在病房里忙前忙后的她妈，她爸也并没有区别对待，只要她妈一靠近他，他就脸憋得通红，用不太听使唤的手极力把她推开。

韩俊骁手足无措地站在门口，护士和其他床的病人家属从她身边来来回回，一片嘈杂之中，她注视着她爸的神色，脑海中突然浮现起一个念头。这个念头原本埋藏在她幼年的记忆里，从来没有被想起过，却在这样的时刻撞进了她的意识里。

她记得她很小很小的时候，目睹了一次父母吵架。当时她还小，不太清楚是因为什么，但她妈很快就辞职了，没再工作过，一直在家里照料她和她爸的生活。后来她长大些了，听大院里的阿姨们隐约提起过，是因为她爸闹到了单位，说她妈跟别人有什么不清不楚的问题。事情闹大了，她妈没脸再继续留在单位，只好辞了职。

即使是如今六十多岁的人了，她爸还是像以前一样，即使是她妈出去买菜晚回了两个小时，他也要气势汹汹地拄着拐棍出门骂街，说她跟哪个跳广场舞的老头跑了。

有时韩俊骁回忆起从前大家对她们一家人的态度，会觉得有些魔幻。大家都毕恭毕敬地叫爸爸“韩老师”，说他有才华、会教育、文质彬彬、温文尔雅。但只有她和她妈知道，他在家里的时候，在她们面前的时候，是什么样子；他发脾气的时候，揪住别人一个错误不放的时候，偏执易怒的时候，因为各种理由狠狠地责罚她的时候，是什么样子。她也见过别人和妈妈说，你可真幸运，老公这么好，女儿这么优秀，每当听到这样的话时，妈妈总是会敷衍地露出礼貌的微笑，那微笑在她转过脸往家里走的下一秒钟就消失殆尽，取而代之的是韩俊骁看不懂的复杂神色。就像别人告诉她，你真幸运，有这样一个好爸爸，把你教育得这么成功的时候，她脸上的表情一样。

事情过去二十多年，韩俊骁的记忆已经模糊了，只是记得妈妈从那时起就再也没有发自内心地笑过。她每天在柴米油盐的生活中隐了身，所有的喜怒哀乐也不知不觉地隐了身，让韩俊骁再也不曾感知到。

但时至今日，那个可怕的念头不知为何在她的脑海里出现了。她心里想，难道是妈妈真的做了什么错事，让她爸发现了？毕竟从小到大，她爸从来不惮于在她面前“细数”她妈的罪状，连韩俊骁都早已被洗脑了。

她妈看起来平静得很，跑上跑下地办了手续交了费之后，就跟韩俊骁说：“你跟我回一趟家，给他拿点换洗的衣服，咱们娘俩做口饭吃，再带点到病房来。”

不容置疑的命令让韩俊骁没敢反问就乖乖跟在她妈后面走出了医院。她妈也不一样了，韩俊骁习惯了看她在家里低眉顺眼，完全不适应她平静却坚定地向自己发号施令。但看到她妈不知熬了多少夜的憔悴的脸，她又觉得不该以那样的恶意去揣测。

踏进家门的一刹那，韩俊骁下意识地躲了一下，仿佛她爸就坐在沙发上，阴沉着脸盯着她，手里的拐棍一挥，她就要乖乖地到墙角去罚站。

家里冷清得可怕。韩俊骁在门口站了好一会儿，才注意到家里一片狼藉，茶杯翻倒在沙发上，凝固的茶渍早已不再新鲜，深深地渗进了沙发的表面。地板上散落着本应好好摆在房间各处的杂物，被撕碎的书从客厅散落到卧室，厨房里电饭锅的盖子开着，菜板上的胡萝卜只切了一半。

即使是她爸突发急病，家里也不应该是这副样子。

“到底怎么了？”她终于开口问道。

她妈背对着她，像每一个平常的日子一样，蹲下身把地上的杂物一一归置，又进了厨房，清理台面开始做饭。

“妈。”韩俊骁追进厨房，心里憋着一口气，烦躁地说，“不是你叫我回来的吗？因为这个，我把好不容易得来的工作也给丢了。我现在证明了，我一无是处，在北京根本就混不下去，你满意了吧？现在我爸也被你气病了，你就不打算给我解释一下为什么吗？”

听到她说出这句话，她妈顿住了正在洗菜的手，把哗哗流淌的水龙头关上，转过头看着韩俊骁。韩俊骁从来没见过她妈这么严肃而冷淡的表情，仿佛站在她面前的、躺在医院里的，都不是她的家人，而是毫不相干的陌生人。

“你怎么知道你爸是被我气病的？”她妈问。

这句话把韩俊骁噎住了。她一时间也不知道该怎样回答。

“真是老韩家的好女儿啊。”她妈盯着她的眼神也变得那样陌生，韩俊骁觉得自己像是掉进了一个平行世界，虽然这里仍然是她长大的家，面前的人仍是她熟悉的亲人，但她却从来不曾真正认识过他们一样。

“没错，”她妈说，“你爸就是被我气病的。”她转过身，继续打开水龙头，把菜洗干净之后摆到菜板上，拿出锃亮的菜刀，利落地剁了下去。

“但他是自找的。”她语气淡淡的，却掷地有声，“这么多年，他也该清醒清醒了。”

韩俊骁猜得果然没错。事情的起源，便是她爸又一次的无中生有，因为在窗口看到她妈买菜回来跟楼上的邻居多说了几句话，他就疑神疑鬼起来，第二天趁她妈不在跑到人家门口去“兴师问罪”。楼上的老爷子早年丧妻，跟儿子一家三口住在一起，莫名被上门指责，当然咽不下这口气，争执之下犯了心脏病。人家儿子回来，自然不会善罢甘休，就到家里来索赔，她妈这才知道她爸闹出了这么大的事。

“我受够了。”她妈不紧不慢地切着菜，手起刀落的光影中，韩俊骁看不清她的表情，似乎她又变成了那个面目模糊的人。

“即使我把存的钱拿出来，替他赔了人家，他还是不依不饶，说我跟人家有什么不清楚的关系。”她妈说，“女儿，你还记得你上小学的时候，你爸从师专离职出来，去了五中教书吗？”

“记得。”韩俊骁答。

“他让我瞒着，谁都不许告诉。但师专里有谁不知道他那点破事？他和一个女的一直搞在一起，还想让人家给他生儿子。”

这倒像是她爸，韩俊骁想。这么多年来，他始终因为她是个女儿而耿耿于怀。她妈身体不好，再也没能生育，原来他一直都没死心。

“这样我都没怨过他，在你面前，也从来没说过他半个字的不好。我总想着，你也不在家了，也这把年纪了，能好好过就好好过吧。但是他不想好好过，怨不得我。”

她妈把菜下锅，滚烫的油点溅到了手臂上，也溅到了韩俊骁的身上。她没有躲，一动也没有动。“妈。”她说，“你电话里跟我说，有重要的事要告诉我。是什么？”

她妈炒着菜，没看她一眼，说：“里屋，我的床头柜抽屉里有一个相册，去拿来。”

韩俊骁她爸的确是被她妈给气病的。但不是因为他害得邻居犯心脏病，也不是因为她妈替他赔了人家一万块钱，更不是因为就这件“出轨”的乌龙她爸和她妈吵翻了脸。

“女儿啊，妈妈对不起你。”她妈把热腾腾的饭菜摆上桌，在她对面坐下，面对拿着相册一头雾水的韩俊骁叹了口气。“你爸被我气病，是因为有一件事我瞒了他三十五年。这件事，是他所有的盼头、所有的期望、所有生活的意义。我现在告诉他，他就什么都没有了，他的努力全是白费，一下子经受不住打击，整个人就垮了。”

隔着食物氤氲的热气，韩俊骁陷入了更加深长的迷惑中。她妈到底在说什么？

她下意识地打开手里的相册。这本相册她很熟悉，里面放的都是她从小到大的照片，在那个家里还没有照相机的年代，她的满月照、百日照、周岁照、每年的生日照，值得纪念的每一张照片，都被收录在这本陈旧的影像集里，她看过无数遍，哪张照片放在哪里都记得很清楚。

但第一页打开就多了一个陌生的东西，夹在她的人生第一张照片——满月照的旁边，是一条泛黄卷了边的手环，看起来像是医院用的。上面用圆珠笔写着依稀可以辨认的字，“许芳仙，7月21，男。”

许芳仙是她妈的名字，7月21是韩俊骁的生日，但那个“男”是怎么回事？

韩俊骁惊恐地抬起眼看着她妈。她这才隐约意识到，她妈要告诉她的这件重要的事情，或许比她想到的最严重的事情还要严重，比她人生中前三十五年经历过的所有事情都要严重。从今以后，她赖以生存的家、她曾朝夕相处的父母，全都和从前不一样了。

32

李芊舒的计划简直完美。

去参加联考的同学除了韩俊骁以外都是育才的高三学生，果然没有人认识“韩俊骁”是谁，也没有人仔细查验她学生证上的照片是不是本人。她轻松地混进了考场，坐在一堆陌生的学生中间，心怦怦跳得几乎飞出了胸口。但她不觉得害怕，反而浑身憋着一股兴奋的干劲，就像是即将到擂台上大展拳脚的冒牌选手，明知危险，却满心激动。

她全程模仿了韩俊骁的笔迹，在每一张卷子上都写下了韩俊骁的名字、学校、班级和学号，一切都很顺利，没有什么题目能够难倒她。她偷眼去瞟过道那头咬着笔尖发愁的陌生同学，有一种居高临下的成就感。

全部考试都结束的时候，育才学校有一位老师散场时站在教学楼外面，把他们学校的学生一个个叫过去，问大题答出来了没有、怎么答的。李芊舒不认识老师，也不认识同学，正想从她们身边溜出去回家时，听到他们在说谁答对了，谁答错了。

“听说高二也来了一个学生，特别厉害，跟神童似的。”一个男生说。

“得了吧，都是他们瞎传的。哪有神童？就是提前学了高三的课程而已。你让她现在考，150分能考135，等她明年高三的时候，最多也就考个140。没什么区别。”另一个男生推了推鼻梁上厚厚的眼镜，故作老成地说。

“我认识她，叫韩俊骁，高二一班的，总考第一，据说是特意塞进来跟高三一起考的。老师您看到她了吗？”另一个女生问。

那位老师像是突然想起来似的，一拍脑袋：“哎，我还真没看见，不知道今天来没来。”

“肯定没敢来。你看见了吗？”那个男生问女生，“你不是认识她吗？”

“没看见，”女生摇头，“应该是不敢来了吧。”

李芊舒背着韩俊骁的书包从他们身边步履轻快地跑过，一溜烟跑出了校门，内心升腾起隐秘而又满足的快乐。

远远地就看见韩俊骁等在大院门口，李芊舒一边跑过去，一边注意了周围没有人，迅速地把书包摘下来塞回给韩俊骁。

“怎么样？”

“怎么样？”

两个人异口同声地问。这时一个买菜回来的老爷爷带着小孙子说说笑笑地走过，两个人又不约而同地噤了声，装作偶然遇到，一前一后地走进大院。

“特别顺利。”李芊舒说，虽然压低了声音，但语气里却是无法掩饰的骄傲。

“特别顺利。”韩俊骁也说。

李芊舒立刻表示了不满：“你约个会哪有可能不顺利！我又不会骗你！”

韩俊骁不吱声。但李芊舒看她脸上的表情便知道这一天的约会在韩俊骁的生活中起了多大的影响。

“你真的考得不错？”韩俊骁努力让自己的头脑从喜悦的氛围中苏醒过来，问。

“我说不错就是不错。”李芊舒说。

“那，真的能入围？”韩俊骁问。

“那我可不敢保证，”李芊舒说，“万一你们那个破考试变卦了，育才一个人都入不了围呢？那就不是我的错了。”

韩俊骁知道现在木已成舟，担心也没用，便点点头。

李芊舒看了她一眼，话锋一转：“不过说好的，如果我真的入围，你的奖金别忘了。”

“少不了你的。”韩俊骁说，“我要钱又没用。”

或许是快乐的约会给了她重新面对生活的勇气。那天她超常发挥，在进门前意识到自己的衣服鞋子都弄脏了，竟急中生智，三步两步在家门口种的菜地中间穿过，还毫不做作地摔了一大跤，连裤脚都被刮坏了，除了遭到她妈一顿埋怨之外，没有任何破绽。在她爸的审问下，她不仅没有说漏嘴，还让她爸真的认为她状态还不错，考试考得也还行。那天晚上，她听到她爸在书房里给她们班主任老师打电话，无非是说一些继续努力、请老师多多关照之类的客套话，她没有受罚便早早地去睡了。逃过一劫，又想着白天意犹未尽的快乐，她那晚睡得极为踏实，连梦都没有做一个，直到天亮。

但第二天在学校却遇到了一个小难题。班主任特意把她叫到办公室问她昨天考试的情况，题难不难，大题是物理还是化学，作文写的是什么，考完试有没有跟高三的同学沟通，云云。韩俊骁这下惊出了一身冷汗，李芊舒根本就没跟她说这些细节的东西，她支吾了半天，只好说，她昨天回家不舒服，睡了一觉之后什么都想不起来了。老师倒也没再过多为难她，看她精神紧张，以为只是考试压力太大，就放她回去了。

入围考试的名单是在一周后放出来的。参加联考的几所学校一共有几十人入围复试，其中育才有九人入选，韩俊骁的名字赫然在列，除了她之外，另外八个人都是高三尖子班的学生。韩俊骁的班主任老师喜出望外，花了一整节班会课的时间好好地在班里夸了韩俊骁一顿，又在课间广播时全校通报表扬了一顿。那一天，全校同学都知道高二的韩俊骁考得比几乎所有高三生都要好，如果复试也能通过的话，即将被全国重点大学破格录取。

那天韩俊骁还没到家，班主任老师的电话就先报喜了，韩俊骁进门的时候，她爸露出了久违的笑容。“你们老师打过电话了，”他说，“说你们入围的那九个人虽然没有排名，但你的成绩绝对在前列。”他兴奋地踱着步，踱到书房去喝了一口茶，又踱出来，“我就知道，我就知道。当初就应该让你跳级，都怪五中那帮老废物不识货。”

韩俊骁不敢说话，怕说多错多，只好配合地一边点头一边在心里想：自己到底是个什么“货”呢？她爸费心费力这么多年，到底想要一个什么“货”呢？

她走到自己的书桌前放下书包，她爸也跟着踱了进来。“啊，听你们老师说还有一千块钱奖金？”他一边说，一边顺手往她书包的内兜一摸，那个装着一千块钱的信封就躺在那里。“还真有！你们育才倒是下血本啊？明天去问问你们老师，进复试给多少钱奖金？要是将来被大学破格录取了给多少奖金？不加几个零咱们可不收。”

韩俊骁还没来得及反应，那个信封就已经被她爸揣进了怀里，他的心情显得格外不错，哼着小调踱到书房继续喝茶去了。

韩俊骁愣在原地，一下子连手心的冷汗都冒了出来。她不是一个言而无信的人。虽然对李芊舒她确实言而无信过，但这一次，她们是信誓旦旦的约定，不可以反悔的。何况，李芊舒按照约定替她考来了入围名额，而她也已经得到了李芊舒承诺的约会。但这一千块钱，她还来不及偷偷转手给李芊舒就被她爸拿走了。原本进行得完美的计划，在最后这一步出现了两个人都始料未及的意外。若是跟李芊舒讲，她即使相信也不会甘心。

第二天早上上学前，李芊舒按时等在了大院门口。一看到她过来，就兴高采烈地跑过来。

“我听庄磊说了，”她兴奋地说，“我入围了，啊不对，你入围了！是不是！”

韩俊骁只得硬着头皮点点头。

“钱呢！”李芊舒立马把手伸过来。

韩俊骁一脸尴尬地僵在当场。李芊舒一看她神情不对，也不像是痛快地要给她钱的样子，放下手，犹疑地盯着她：“怎么回事？”

她没办法跟李芊舒撒谎，因为撒谎也不能凭空变出一千块钱来，她只好哭丧着脸说：“钱被我爸没收了。”

“怎么会？！”李芊舒立刻炸了毛，瞪大眼睛，连声音都霎时间高了八度，“不是说好不要告诉你爸，直接给我吗？”

“我没告诉……他昨天跟老师通了电话，知道有奖金，我一回家，他就拿走了。”韩俊骁说，“我也不是有意的，但是他拿，我也不能不给……”

李芊舒瞪着她，像是不可置信似的，也气呼呼地呆了半晌。“那我不。”她一甩手，赌气地说，“考试是我考的，你是同意的，就应该遵守约定给我钱。”

“可是我没有钱了啊，”韩俊骁委屈地说，“我也想给你，那我有什么办法？”

“我说了我不管！”李芊舒生气了，撒起泼来，“不管你想什么办法，你把那一千块钱给我！否则……”

“否则什么？”韩俊骁有些害怕地看着她。

“你说呢？”李芊舒恨恨地盯着韩俊骁，“否则，我就告诉你爸、你们老师、你们学校的所有人，考试的不是你，是我。你，韩俊骁，是一个不敢考试的假尖子生、假神童、假天才。我，李芊舒，才是真正的天才。”

34

李千书仍然清楚地记得她第一次在办公桌的另一端坐下，微笑着审视对面拿着自己的简历礼貌地跟她打招呼的年轻人时的感受。

她看了一眼他的简历，看到他毕业的院校所在的城市她去过，好奇地顺口问了一句，对面的男生就小心翼翼地解释了好多，无非是自己不是985或211毕业的，是因为高考考砸了，所以拼命考研考到了全国顶尖大学的研究生，就是为了要证明自己。

那男生戴着眼镜，头发梳得一丝不苟，衬衫熨得顺滑平整，眼神敏锐却不露锋芒，从头到脚都透着温文尔雅的知识分子气息，虽然有些不够自信，但每句话都说得妥帖礼貌，举手投足无不露出良好的家教和素养。

而那时她刚刚回国，虽然有陶远帮忙，开了自己的公司，但心里完全没有底气，甚至比对面来面试的人还紧张。后来她又面试过很多人，也有很多是高学历出身，就像当年的韩俊骁一样，傲称自己从小到大都是人中龙凤，言辞犀利，态度高高在上。

琪琪也是她那时认识的，大学本科在老家那边读了一个极其冷门的理工科专业，成绩不好，也没有相关经历，读研的时候硬是抗住了家里让她早早结婚生子的压力，跨专业考到北京来读了传媒。那时李千书所有的工作都自己去谈，琪琪正是和她对接项目的实习生，李千书看她心细脑子快，做事也利索，学什么都好上手，两个人年纪相仿又聊得来，李千书就问她毕业之后愿不愿意一起工作。

“我自己也是摸着石头过河，承诺不了什么，你不来我也理解，只是想交你这个朋友。”李千书说。

她后来还是来了，并且一直陪着李千书走过了起步的两年。“能常年共事的人，多少还是有相似性的吧。”琪琪后来说。

对于李千书来说，她表面上淡然处之，但内心仍然很怕看到那些真正优越的人，仿佛别人的谦虚或高傲都是为了衬托自己故作姿态的卑微，别人的风光或落魄都比自己的拼命还要高贵。那些失去的，或许会以其他的方式或多或少地回到生活中，但生活却不可能再回到失去之前的样子。那些失去之前不曾渴望拥有的，即使后来拥有了，也无法填补心里失去过的那块空缺了。

同事们并不清楚韩俊骁为什么突然辞职，只知道没过几天，李千书就迅速找了一个新助理，是个刚毕业的大学生，嘴甜手快，办公室上上下下都夸她聪明伶俐。

只是韩俊骁辞职前还有几篇专栏的稿子没有交，李千书原本叮嘱了佳欣处理，但是佳欣告诉她，这几天韩俊骁仍然像以前一样，按时把稿子发到了她邮箱里。李千书要来看了，无可挑剔。既然都把人家开了，没理由还免费用人家的劳动力，李千书叮嘱佳欣按约稿的稿酬给韩俊骁按时打过去。

陶远有好几天没来她家了。她很想问问他最近怎么了，从老家回来之后如果心情不好，需不需要聊一聊排解情绪，也想问问他求婚的事究竟是怎么考虑的，又因为什么反悔。但她终究还是什么都没问出口。那不是她和陶远的相处模式，他们可以一起省吃俭用过苦日子，可以一起熬夜为了工作拼命，可以一个唱红脸一个唱白脸地在别人面前打配合，也可以在赚了钱后庆祝的聚会上跟朋友勾肩搭背地喝酒吹牛。但他们不可以知道对方小时候最害怕的事情，不可以认识对方二十几年的老朋友，不可以指责对方和家人的关系，不可以问起对方在认识自己之前是一个怎样的人。他们以为拒绝对方的过去，才可能拥有共同的未来。

回家时，李千书拐去了菜市场，原本只想买点蔬菜水果，却转去了水产摊位，挑了新鲜的鱼和虾。电话响起的时候，她正看着摊主在砧板上帮她处理那活蹦乱跳的鱼。

“千书呀！在忙呢？”那边是她妈热情的声音。

这几年，每次她妈热情地打电话来，李千书都会想起小时候每个月她跑去小卖部给她妈打电话的时候。那个小卖部夏暖冬凉，夏天要在太阳下暴晒，冬天打电话的那几分钟就能从头到脚冻个透，还好老板人好，也不管她是不是每次打完电话零钱都有剩，夏天给她半截棒冰，冬天就是一把瓜子或几块泡泡糖，但她每次都是说句谢谢就匆匆跑掉，因为心里总惦记着姥姥让她嘱咐妈妈的话。

那时候，妈妈从来没有这样热情地跟她说过话，更不用说主动打电话给她了。她需要这种被需要的感觉，哪怕心里清楚明白妈妈这样的热情是为了什么。

“妈，”她说，“没忙。你说。”

“千书呀，是这样子。仔仔今年九月就要去留学了，暑假我们也没让他闲着，还找了一份实习呢，但是工作单位离家好远的，想给他买辆车……”

面前的鱼在砧板上翻滚跳跃，被摊主的手利落地开膛破肚，内脏哗啦啦地流出来。李千书用对面听不到的声音叹了口气，说：“不是马上要出国吗？就暑假这么两个月，还要买车？”

“那不是也能开两个月嘛？每天要上下班呢。”

“爸不是可以把车借给他开吗？”李千书说。

“哎呀，跟他说了，他嫌他爸的车旧了，开了好多年了，非要买辆新的，说是在同事面前没面子。”

李千书心里就有些别扭了，“留学的钱要我出，闲着没事又要买车，他不能坐地铁吗？不能坐公交？”

“坐公交要一个多小时呢，这么大热天的，每天上下班的……也不用买贵的，他说他看好了，全算上二十来万就够。”

“二十来万？就够？”李千书还是没控制好自己的语气，“我的钱就是大风刮来的？”

“千书啊，你不能这么说。你看，咱们家都还指望着你呢，也就你混得好，将来能够多帮仔仔，都是一家人，谁用还不是用？你也在北京有房子有事业了，不差那么一点的……”

摊主把鱼装进袋子递给李千书，一个不注意，垂死挣扎的鱼尾巴一下甩出袋口，带着腥味的水滴溅到了她脸上和衣服上。

“那你们也不能得寸进尺吧？该给他花的钱我少花过吗？”李千书的声音提高了八度，一边转身往市场外走，一边不得不用手死死捏住还不停扑腾的鱼，“还一家人，除了要钱的时候，你们把我当过一家人吗？过年过节的时候有问过一句我在哪儿吗？你还知道我生日是几月几号吗？”

那边她妈像是被她突然爆发的脾气惊住了。李千书对他们的要钱行为几乎有求必应，从来没有因此发过脾气，或许在他们心里早就成了理所应当。过了好久，李千书气呼呼地出了市场，把买的菜一股脑扔进后备箱，然后坐进车里，关上车门，四周一下子安静下来。她听到电话那边她妈小心地说："11 月 13。农历十月十六，妈妈记得的。冬天冷，那时候你姥爷还在，把我裹在被子里骑车带我去的医院。我不会使劲，接生的大夫一边骂我笨，一边往我嘴里塞煮鸡蛋。你出生的时候瘦，才四斤五两，跟个小老鼠似的，看过的小护士都说，不知道能不能活。"

妈妈说得很平静，李千书心里却涌上一种难以名状的情绪。小的时候，姥姥怕一提起妈妈的事她就闹，从来没有跟她说过。长大后妈妈更是没有说过，没想到会在这样的时机下，听到这些年代久远的细节，竟有一种穿越了岁月的陌生感。

"妈妈记得的。"她妈说。

李千书鼻子有点酸，心也软了。从小就是这样，她每每气呼呼地跑到小卖部去给妈妈打电话，心里记着要责问妈妈，为什么不回来看她和姥姥，但只要妈妈在电话里稍微软下声音说，芊舒呀，你真听话，真懂事，如果不是你帮妈妈分担，妈妈都不知道怎么办。等妈妈回去的时候，给你带漂亮的洋娃娃和小纱裙。她就什么控诉都说不出口了。虽然她妈从不知道，她从来不喜欢洋娃娃和小纱裙，只喜欢韩俊骁家里罕见的拼图和九连环，但她喜欢妈妈跟她说话时温和的语气，那才是她想象中妈妈和女儿说话时的样子。

就在她的道歉几乎要脱口而出的时候，她妈在那边又说："仔仔下个星期就要去实习了，你看，能不能……"

她的眼泪还没来得及憋回眼眶，就猝不及防地落了下来。"妈，你真的够了。"她说，"我最后说一遍，再问我要钱买车，留学的钱你也别想我出了。"

没等她妈再说话，她就利索地挂掉电话，把手机往旁边一扔，发动了车子。

34

韩俊骁有点害怕，但又心存侥幸地觉得李芊舒不会把她们做的这件事捅出去。毕竟没有人会相信，一向品学兼优的韩俊骁会让一个初中生来替自己考这么重要的一个考试。

她爸拿出了所有的时间和精力帮她准备复试，韩俊骁每天放学回到家，都要开启另一轮的魔鬼训练，不能拒绝、不能喊累，非要把她送进大学破格录取的直通车不可。韩俊骁晚上睡不着的时候想，如果李芊舒能替她把剩下的试都考完就好了。

但她实在是太贪心了，即使是一次考试，现在她都已经不知该如何收场了。李芊舒每天都阴魂不散地追在她后面要钱，追得她晚上直做噩梦，也没办法凭空变出一千块钱来。

自从那次约会之后，她有时会特意从走廊的另一侧走，路过庄磊他们班时，有时能够看到他，他总是趁下午自习课的时候抱着足球溜到操场上去，反正是普通班，他的成绩又不好，看起来老师也不太管他。但让韩俊骁失望的是，约会之后，庄磊似乎又回到了平日里和韩俊骁见面不识的状态，有一次在走廊里迎面遇到，他竟然只顾着跟旁边的哥们儿说话，看都没看见刻意放慢了脚步和他擦肩而过的韩俊骁。

仿佛那天的约会是一个梦，陪她在东湖上划船玩水、在小书店逼仄的角落里并肩而藏的那个人，只是一个和庄磊长得一模一样的人。而现在的这个庄磊，仍然连韩俊骁在哪个班都不一定想得起来。

韩俊骁的疑惑在心里越堆越高，终于漫过了理智和矜持。她在一次放学时留到了最后才走，走廊里几乎没有什么人了，庄磊从走廊尽头的男厕所出来，看到韩俊骁在厕所门口正等着他。

“庄磊，我有话问你。”她说。

庄磊一脸莫名其妙，但还是点点头：“你说啊。”

“那天……去东湖，”韩俊骁努力让自己的声音显得平静，却还是透出了无法掩饰的紧张，“为什么？”

“什么为什么？”她突兀的问话让庄磊摸不着头脑。

“……李芊舒跟你说了什么，你会答应她去东湖等我？”韩俊骁问得更直白了些，旁边一个男生从厕所里出来，听出了话里的暧昧，嬉笑着拍了拍庄磊的肩膀，识时务地闪人了。

“啊，”庄磊这才恍然大悟地一拍脑门，“你说这个啊！唉，还不是李芊舒威胁我，说要是我不答应的话，她以后再也不帮我写作业了。我想考体育院校，每天校队都要训练的，哪有时间写作业？”

韩俊骁心里就忽闪了一下。“你是说，”她小心地重复，“因为她帮你写作业，所以你才答应她陪我，陪我……”

她实在是说不出“约会”这个词。

现在回想一下，那算什么约会呢？去湖边划个船玩个水，街上闲逛吃东西，是每一个正常的青春期少年都不可或缺的课余活动吧？只有她才会愚蠢到把那天当成最完美的约会体验，在庄磊眼里，或许他跟每一个班里的可爱女生出去玩的时候都是一样的，没准还更开心，毕竟她们比她要活泼可爱得多，不会因为从来没划过船而紧张得溅了自己一身水，也不会因为怕遇到熟人而往书店角落里躲。

李芊舒啊李芊舒，她心里想，你可真是神通广大。

回家的时候她远远看到李芊舒又跟过来，便没好气地瞪了她一眼。

李芊舒立刻就不乐意了。“哎，”她说，“明明是你欠我钱，你在这跟我摆什么脸色？”

韩俊骁也没示弱：“我今天问庄磊了，你是不是帮他写作业，所以才威胁他答应你的条件，让我考试那天能跟他出去玩？”

李芊舒没有任何意外，理所当然地点头说：“不然呢？”她用好笑又好奇的神情看着韩俊骁：“难道你以为庄磊真的愿意跟你约会？你不是自己都说了嘛，他连你在哪个班都不记得。”

韩俊骁被她这句不加任何安慰的大实话戳中了痛处，一时语塞，竟不知道该说什么，整个人满脸通红地愣在原地。

“这样已经不错了好吗？”李芊舒完全不懂韩俊骁的痛处在哪儿，“你都没见过他追别的女生的样子。再说了，我不是答应让你跟他约会了吗，我又没骗你。倒是你，答应给我的钱什么时候给我？”她再次理直气壮地伸出手来。

虽然韩俊骁心里明白她说的原本就是事实，但韩俊骁听在心里，还是莫名觉得受了天大的委屈，她不甘心地问李芊舒：“你怎么知道他追别的女生？你又不是我们学校的！”

“我怎么不能知道？他是五中毕业的，踢球又好长得又帅，谁不认识他？”李芊舒并不想在这个话题上多做纠缠，她只惦记韩俊骁什么时候能给她钱，但她漫不经心说出的话，无疑都句句扎在韩俊骁一颗难得怀春的心上。

“你胡说，”她恨恨地说，“你懂什么？庄磊不是那样的人。”

“哪样的人？”李芊舒奇怪地看着她，“你不会真以为他喜欢你才答应我跟你约会吧？拜托，你又不是小孩了，也太天真了吧！”

被一个比自己小好几岁的小孩说“你又不是小孩了”的感受真是格外复杂。李芊舒还伸着手不依不饶地戳在韩俊骁鼻子前面要钱，韩俊骁甩开她的手，径直往家里走。

“你到底什么时候给钱？”李芊舒在后面问。

“不知道！”韩俊骁愤怒地喊。

“韩俊骁！”李芊舒也生气了，“你是打算耍赖到底了是吧？”

“我没有耍赖！”韩俊骁也回头冲她吼，“我要是能给你还会赖到现在吗？你要是真急着用钱，你自己想别的办法去，天天跟着我有什么用？”

“好啊，你是过河拆桥是不是？我就白替你考试了是不是？什么好处都让你拿了？”李芊舒的声音尖锐，韩俊骁吓得连忙往四周看了看，还好附近没有人。

“这件事已经过去了，你再喊也没有用！”韩俊骁瞪着李芊舒，“不许再提了！”

看着韩俊骁的背影迅速往家里跑去，李芊舒没有再追，而是站住了脚步。她算是明白了，即使再盯着韩俊骁，每天跟她要债，也不会有结果。

但是这件事没有过去。韩俊骁轻易地就得到了考试入围的名额，又得到了约会，还把奖金收入囊中；而她，不仅担惊受怕地替人考了试，应得的钱还一分都没有拿到。韩俊骁以为这件事过去了，她李芊舒可不会罢休。

晚上韩俊骁她爸看着她复习的时候，突然不知道想起什么似的，说了一句："李芊舒那孩子怎么最近不来了？她拿了我的《古文观止》好多天没还。"

韩俊骁手一哆嗦，笔尖差点把纸戳出一个窟窿。

怕什么来什么。她一张卷子还没写完，那边门就被敲响了。她听到她妈去开门，然后是李芊舒脆生生的声音响起："韩老师在家吗？我来还书。"

韩俊骁的手心瞬间泛起一层细密的冷汗。她有一种不祥的预感，李芊舒今天来并不是为了还书，而是为了要债。

韩俊骁她爸倒是心情挺不错，泡了杯新茶，还让李芊舒自己去书房待着，就像平时一样。看到李芊舒熟门熟路地钻进书柜里翻找，还慈祥地笑了笑，故意装作不经意地说，"马上就要中考了，跳了级还跟得上吧？吃力吗？"

"跟得上。"李芊舒一边找书，一边乖巧而狡猾地回答，"反正我高中的课程也学了，再跳两级都跟得上。"

韩俊骁她爸忍不住笑了。"小丫头还挺狂。"他说，"真让你跳两级，看你不被那些大孩子支使得团团转。"

韩俊骁听着，心里不是滋味。把她这个"大孩子"支使得团团转的李芊舒，分明就是一个神通广大的小怪物。她表面上不动声色地继续写着自己的作业，心里却愈发紧张。她用余光瞥着李芊舒的背影，祈祷着她不要再开口多说一个字，拿了她要借的书就赶紧消失。但李芊舒就是铁了心要和她作对，找完书之后，故作姿态地站起身来看了韩俊骁一眼。

"哇，"她脸上佯装的惊奇既稚嫩又做作，落在韩俊骁的眼里却只剩下了恐怖，"韩俊骁姐姐在做高考模拟题呀。"

韩俊骁她爸巴不得她说出这句话。"不是，是大学提前招生的考试练习。"说实话，她爸已经很久没在别人面前，尤其是李芊舒面前，露出对韩俊骁的一丁点骄傲和赞许了，但这久违的褒奖对韩俊骁来说却是上刀山下火海般的煎熬。“韩俊骁通过了大学招生的初试，比高三的学生考得都要好，要是复试也过了，就能被大学破格录取了。这可比跳级厉害得多。”

李芊舒也不说话，一边听着韩俊骁她爸毫不知情地夸女儿，一边盯着韩俊骁的眼睛。韩俊骁被她盯得浑身发毛，终于忍不住腾地一下从书桌旁站了起来。“我要学习了！你借完书就走吧。”她努力控制着自己的情绪，尽量平静地说。

但李芊舒没有走的意思。她把手里的书放回书柜原处，看着韩俊骁她爸，一字一句地说：“韩老师。那天去考试的人，不是韩俊骁，是我。”她语气平静，透着和她的年纪并不相符的冷漠与居心叵测。韩俊骁的耳边轰一声炸开巨响。她还是说了，她什么都敢说。韩俊骁在心里想，一切都完了。

36

韩俊骁在过去漫长的三十多年里从未仔细想过，她的父母在她出生之前，过着怎样的生活。她的出现，定义了父亲长久以来主宰着恶魔“刑罚”的判官身份，也定义了母亲隐藏在家里各个角落却依旧神色模糊的面孔。这些印象毫不费力地刻在她脑海里，就没再变过。

但那天，她把相册里自己的旧照片全都抽出来，看到每张照片的背后还有另一张更加久远的照片，有很多是黑白的，还有很多是那个年代特有的拿去照相馆上了色的，尽管红脸蛋和花衣服的颜色已几乎褪尽，却仍能依稀分辨得出当年的明艳亮丽。

每一张都是母亲。韩俊骁从来不知道母亲年轻的时候竟然那么好看，像老电影里摇曳生姿的俏佳人，身段婀娜、巧笑倩兮、美目盼兮。那个时候的母亲是有表情的，生动鲜活，即使在模糊的老照片里，眼神也亮得像是能冲出画面。有的照片里她穿着高跟鞋兴高采烈地跳起来，有的照片里她调皮地甩起裙摆，无一不是青春时期的少女怎样夸张都不显做作的样子。

还有好多张舞台上的照片。韩俊骁到今天才知道，母亲以前是师专的舞蹈老师，是系里的台柱子，全校师生都认识她，一到大型的晚会和节目，万人空巷地去看她。那些排练室里随意抓拍的照片、化了妆在台上翩翩起舞的照片，由于拍的距离过远，韩俊骁看不清脸上的表情，但那苗条的身段和充满活力的动作，让她完全没有办法把照片里的那个人和面前早已发福、满面憔悴的家庭妇女联想到一起。

的确，那样的一个人后来再也见不到了。韩俊骁翻到了相册的下一页，是母亲和父亲的结婚照。

母亲说，和父亲认识，是在系里的一次文艺晚会上。父亲是跟朋友去的，看到了母亲，对她一见钟情，展开疯狂追求，一度每天上门游说她姥姥和姥爷。父亲本就多才多艺，也的确出身书香世家，两家觉得般配，很快就结婚了，母亲还帮忙把父亲也调进了师专。父亲自视甚高，原本因为家里历史的原因没有太像样的工作，觉得怀才不遇，进了师专之后，总算觉得自己做上了体面的知识分子，当年两人也是大家眼中男才女貌、天作之合的一对。

但人生是从什么时候逐渐变成了一条越来越艰难的路？母亲并没有细说，或许是从父亲开始因为她经常参加文艺汇演而发怒、经常让她辞职的时候开始；或许是从姥姥姥爷早逝，她孤身一人，受了委屈再也没有娘家可回的时候开始；或许是从爷爷奶奶迟迟未得长孙而对母亲极尽嘲讽，甚至经常从亲戚那里弄来奇怪的生子秘方给她喝的时候开始；或许是从她总算怀孕，为了不受打扰离开爷爷奶奶家，搬进师专家属院居住，父亲却连她身体不适时连饭都不做、热水都不烧的时候开始。

韩俊骁一直觉得母亲懦弱。父亲打她的时候，母亲只是躲在一旁，从来不敢帮她说话。父亲打母亲的时候，更是逆来顺受，几乎没有见过她反抗。她并不知道母亲其实是反抗过的。“当时我真的想不和他过了。”母亲说起这句话时，平静得很，却并没有后悔的样子。“我连他不想离婚的办法都想好了，如果他不同意，我就说，我去单位闹。他很在意他的职位，即使不要婚姻也不会愿意辞职。”

“那为什么没有提？”韩俊骁问。

母亲看了她一眼：“因为发现怀孕了啊。去检查，大夫说，要是这一次不要，我的体质，再怀就难了。说到底还是抱了最后一丝希望，即使婚姻不顺心，这辈子有个孩子也行啊。”

父亲对母亲怀孕的这件事整体上并不关心，但他唯一一次陪母亲去检查的时候，趁她去上厕所，偷偷问大夫能不能给查一下，看看是男孩还是女孩。母亲之前跟大夫特意提过说不想提前知道，大夫记得，就不露痕迹地拒绝了父亲。

“我第一时间就跟大夫说了，说我不要知道。或许也是冥冥之中觉得，如果是个女孩，不知道又要面临怎样的变数。”母亲说。

母亲预产期那天，父亲去单位参加书法协会举办的比赛了。母亲问他能不能别去，万一她要生了，得有人及时送她去医院。但父亲说，整个协会可就盼着他写的《兰亭集序》拿奖呢，怎么可能不去？说完甩手就走了。临走的时候说，等生下儿子，往单位打电话告诉他一声。

是邻居夫妇陪母亲去的医院。母亲疼了一天一夜，父亲拿了亮闪闪的玻璃奖杯回家，连一条毯子一口热饭都不曾送到医院去过。

“实在生不出来，我拉着陪我的一个小护士哭，小姑娘刚参加工作，见的少，眼窝子浅，只知道跟我一起哭。”母亲淡淡地说，“我跟她说，要是不生这孩子，不管离不离婚，我还有命，现在为了这个孩子，我连命都要没有了。然后我脑筋也不清楚了，开始说胡话，死死抓着小姑娘的手，小姑娘心地好，也不动，后来我才知道她的手被我抓的全是血痕，心里很是过不去。”

三十五年前那个炎夏的清晨，母亲生下一个男孩，因为脐带绕颈导致缺氧，抢救无效，在出生几个小时之后死亡。那个手环，是唯一可以证明他来过这个世界上的东西。母亲后来出院时跟小护士要了来，偷偷地藏了下来，一藏就是许多年。

“我从来都没有想过我的想法可以那么恶毒。或许人从鬼门关走过一趟之后，心就凉了，什么都不在乎了。得知孩子没了，我的第一个反应竟然是幸灾乐祸。我笑他老韩家，千盼万盼就盼的这个长孙，被我这么一个恶毒的人给弄没了，是他们的报应。这下我不用再担心离婚了，肯定离得特别顺利，他们巴不得一脚踢开我这个丧门星。”

“我一想到马上就解脱了，仿佛一下子就从绝望的状态里活过来了，我把自己偷藏的钱全塞给小姑娘，让她替我去弄吃的、弄水喝，我要快点好起来，快点出院，快点结束这一切。孩子没了，我和他们家所有的关联也就没有存在的意义了。”

人的精神一回来，身体就恢复得快。母亲当天就想试着下床，但腿一软就往地上倒。还好小护士匆匆忙忙跑进来，姑娘虽然年轻不懂事，但力气大，一把就把母亲捞上了床。

“你往哪儿跑呀？我给你爱人单位打电话吧，叫他来接你。”

“不用了。”母亲说，“他不会来接我的，只会接他儿子。”

母亲惦记着早点恢复，非让小护士扶她去走廊里上厕所。走得艰难，好不容易满头大汗地挪到走廊尽头的厕所门口，却看到好几个护士围在里面不知道叽叽喳喳说些什么，母亲以为是厕所人多，又走不动了，就精疲力竭地靠在门口歇息。

小护士往里面看了一眼，小声跟母亲说，“又一个呢。”

“什么又一个？”母亲问。

“扔孩子啊。妇产科经常有这样的事，那些女的，来的时候没有家人陪，生下孩子人就跑了。”

母亲听她说到没有家人陪，瞬间想到自己，眼泪就下来了。

“我的……”她小心地说，“我的孩子，你们，把他放到哪里去了？”

小护士看她神色凄惶，只好摇头说：“这个不归我们管，你不要难受了，养好自己的身体要紧。”

生下孩子的时候，她泪眼模糊地昏睡过去，什么都没看清。孩子走的时候，护士怕她难过，也没让她看。她自始至终没见过孩子的模样，也没听过他哭的声音，所谓的生了孩子，不过是经历过了一场死去活来的疼痛而已，什么都没带来，也什么都没带走。

就在她靠在墙上怔怔流泪的时候，厕所里闹哄哄的护士说话声中突然传出了响亮的哭号，中气十足，把里面几个人都吓得噤声了一秒钟，进而七嘴八舌而又小心翼翼地感叹起来：“活下来了！”“这是个命大的！”“命大有什么用？还不是……”

母亲突然不知道哪里来的一股力量，她扶着墙一步步地走进了厕所。透过几个护士之间的缝隙，她看到了那个孩子。浑身都是脏污，却张开大嘴不管不顾地哭号着，比她进妇产科这两天听到的别的新生儿的哭号都要大声。

那一瞬间，她忘记了自己发过誓要离婚，忘记了自己前一秒还在为他们老韩家失去了孙子而幸灾乐祸，她没来得及看到的那一眼，和没来得及听到的那一声，竟奇迹般地与面前这个孩子的面容和哭声重合了。

她觉得，她失去的那个孩子，上天又还给她了。

她这才意识到，自己做母亲了。

那天傍晚，父亲还是在爷爷奶奶的催促之下赶来了医院。一进门，他就看到母亲坐在床上，怀里抱着个又小又丑的婴儿。婴儿蜷在她怀里，闭着眼睛，睡得很香甜。

“恭喜你呀，生了个女儿。”小护士看他走到床边，立刻嘴很甜地说。

父亲愣了半晌，转身就出门去了，头也没回。

他们并没有离婚，这韩俊骁是知道的。她不知道的是，母亲后来辞了职，专心在家照顾她，即使多年求医问药，也没有再怀上过孩子。一直不死心的父亲后来终于放过了母亲，跟外面认识的一个女人搞在一起，妄想着让人家给他生儿子，被人捅到了单位，才从师专离开，到中学去教书。

父亲终究没有得到一个属于他们家族血脉的儿子，而她也阴差阳错地顶着父亲赐给她的名字，活了下来。

“为什么？”韩俊骁问母亲。

“你明明可以解脱的，为什么？”

“你恨他，现在你又让我也恨他，让他也恨我，为什么？”

“为什么要让我活下来？为什么要让我活成这个样子？”

“为什么？”

36

“为什么？”

让李芊舒意外的是，她说出这句自以为一定能让韩俊骁她爸大吃一惊的话之后，他没有愤怒，没有责骂，没有反手就给韩俊骁一个耳光，或是让李芊舒立刻滚出他的书房永远都不要再来，而是问出了一句“为什么”。

他在质疑。以他多年来对韩俊骁的魔鬼教育来看，韩俊骁完全没有动机和胆量做出这样大逆不道的事。如果韩俊骁不愿意，李芊舒再怎么打鬼主意都没用。

他要知道为什么。

李芊舒没有说话，而是转身看了韩俊骁一眼。她还站在桌旁，手紧紧地攥着笔，紧闭着嘴唇，什么都没说。但李芊舒知道，韩俊骁总是比她表现出来的要更加紧张。

既然你不承认，那我就帮你承认好了。她想。于是她把事情的前因后果都说了，但唯独略去了韩俊骁和庄磊约会的那一段。虽然她知道即使自己不说，韩俊骁也不会对自己心生感激，但她终究没有说。

让她心里没底的是，韩俊骁她爸并没有暴怒，自始至终，他若有所思地听着李芊舒说话，一声都没吭。直到李芊舒说完了，她胸有成竹地眼见着韩俊骁的脸色以肉眼可见的速度委顿下去，整个人跌坐在椅子上，瘫作一团。你可别怪我。李芊舒在心里想。我只是想拿回我应得的钱，谁让你食言。

但韩俊骁她爸还是一句话没说，直到他手里端着的那杯茶渐渐地失了热气。

李芊舒原本抱着幸灾乐祸的心理，想着韩老师一定会暴怒，打韩俊骁一顿，然后把那一千块钱给她，但她还是太天真了。她自诩古灵精怪，却并不能看出，从问出“为什么”那一刻开始，韩老师就根本不可能站在她这一边。韩俊骁是他的女儿，是他付出多年心血打造的一个完美小孩，他不容许韩俊骁的成长过程中有任何失误，即使有，他也绝不会承认。

过了不知道多久，韩老师把冷掉的茶放在桌上，不紧不慢地开口了。“你说的这些，是谁教给你的？”他问。

李芊舒被他问愣了，聪明的小脑袋瓜根本没有料到韩老师会问这样的问题，她一时间发蒙，原本伶俐的舌头也打了结。“什么，什么谁教给我的？”她问。

“你啊，就是鬼心思太多。跳级什么的，能帮你的，我已经帮了。你看你，不但没有感激的心，还天天想这想那。是谁告诉你你能考高中生的试？是不是你们教数学那个刘老太太？我告诉你，她明年就退休了，老糊涂了，在她眼里冬瓜都会解方程。你呢，再聪明，也得踏踏实实学习，别天天听风就是雨的。”

李芊舒愣在那里，还不知道要反驳什么，便转身看了一眼韩俊骁。韩俊骁下意识地强撑着坐直了身体。

“还有你！”他突然一声吼，韩俊骁吓得一个激灵。

“让你在学校交朋友是这么交的吗？考什么试都告诉别人，

将来你高考报志愿的时候也逢人就说是吗？韩俊骁，我平时是怎么教你的？”

韩俊骁听在心里，一下子反应了过来，竟比李芊舒还抢先一步，领会了她爸的意图。她一后背的冷汗，但心里却彻底清楚，李芊舒不会得逞了。

她求生心切，下意识地开口说，“考试的事都是我跟她说的，我最近不让她动我的作业了，她气不过，才跑过来胡说八道。爸，你别信她。”

话音落了她才发现，她从来没有想过自己的想法可以那么恶毒。她为了逃避她爸的惩罚，毫不犹豫地用虚伪的谎言颠倒黑白，把李芊舒所说的事实全盘推翻。

一开始李芊舒还难以置信地看着韩俊骁，直到她说完话，李芊舒脸上的神色终于变了。那张努力装作镇定却仍然透着幼稚的脸庞，终于逐渐被仇恨和愤怒的阴霾笼罩。她的情绪开始失控，尖着嗓子对韩俊骁喊：“你说什么？！韩俊骁，你说什么？！”

她张牙舞爪地扑向韩俊骁，却被韩俊骁她爸提着衣领，像拎一只小鸡崽一样提出了书房。“回家吧，想想你姥姥，别成天想没用的事。”韩俊骁她爸说，然后就打开家门，把疯狂喊叫的李芊舒丢进了黑夜里。

直到她爸回来，韩俊骁都不敢相信自己真的存活了，她爸信了她，没信李芊舒，她该感到幸运吗？她小心翼翼地看着她爸的眼神，刚才的骄傲和赞许早已消失殆尽，剩下的是既愤怒又恨铁不成钢的咬牙切齿。他阴沉着脸走过来，一指墙角，韩俊骁就本能地站了过去。

韩俊骁这才明白，她爸不是不相信，而是不想当着李芊舒的面相信。她是她爸教出来的，李芊舒的高中课程都是她爸给的，即使是一篇字迹完全相同的作文，她爸也能隐隐猜出是李芊舒写的不是她写的。他对她们两个人太了解了，他只是不愿意承认，她们两个人能做出这么让他丢脸的事来。

不，是她让他丢脸，不是李芊舒。

最重要的是，如果他承认了，韩俊骁这偷来的进复试的入围名额，她就没有资格再要了。她爸那么好面子的人，会亲自去向学校和老师承认试不是她考的、而是别人考的吗？会承认他教出来的永远考第一的韩俊骁，实际是个不要脸找人替考的骗子吗？

这个委屈，他宁可咬碎牙齿自己吞。不过只是李芊舒一个人的胡言乱语而已，一个小孩，没有人会相信她，她除了跑到家里来闹一通，也无计可施。这件事很快就会过去，韩俊骁仍然是完美的好学生，高考也会考上理想的大学，光宗耀祖；李芊舒也仍然是那个古灵精怪但却没人真正把她当回事的小屁孩，一切都和从前一样。

那晚韩俊骁又被痛打了一顿。她爸平日里虽然打她，但都有板上钉钉的理由，比如没评上三好学生、没考上第一，等等，不仅他要说清楚了再打，也要她听清楚了再挨打。他总说，这样才能让她把惩罚记得更清楚。只有那晚的痛打，他没说为什么，韩俊骁也不会问，但打的和挨打的都心照不宣。

即使韩俊骁再挨打，也不会让李芊舒心里的愤怒减轻一丝一毫。她一整夜没有睡，满腔都是无处释放的怒火。她不明白韩俊骁为什么可以睁着眼睛说瞎话，明明是她没有履行承诺，昧了给自己的钱，却又能在她爸面前颠倒是非，把责任推得一干二净。明明韩老师清楚她的能力，却非说她一派胡言、异想天开。

她怎么想都想不通，明明是那么完美的一个计划，怎么最后韩俊骁得到了所有，自己却什么都没有？可她说过了，她不会罢休。属于她的东西，她一定要讨回来。没有人相信的真相，她也一定要大白于天下。

早上上学的时候，她顶着一夜没睡的黑眼圈，无精打采地差点被凹凸不平的地面绊倒，还好庄磊走过来，一把把她提了起来。

“丢了魂了？”庄磊问。

李芊舒看了他一眼。

“你可别丢了魂，”庄磊说，“你丢了魂谁给我写作业？我下周要跟校队去踢比赛了，那天在操场上踢球被教导主任看见，我们跟老头子说，要是真踢赢了，让校长把我们高三的作业全免了！哈哈哈！”

庄磊自顾自地在那里为自己踢球的英姿沾沾自喜，李芊舒的心里却冒出了一个念头：既然韩俊骁和她爸不愿意承认真相，她就去找有资格承认真相的人。

37

“晚上过来吃饭吧，做了你爱吃的。”李千书给陶远发了个信息。没选择打电话，是因为担心他那边装作正在忙，顺口就给拒绝了。从看到信息到回复的时间可短可长，尽量容他想一个完美的借口。

她在厨房里盯着砧板上的那条鱼发呆，手里拿着刀，半晌，想着陶远应该不会过来了，就放下刀，准备把鱼扔进垃圾桶。刚拎起鱼尾巴，手机不偏不倚地响了一声，是陶远的信息：“好。”

李千书清楚地记得陶远的喜好。他爱吃鱼虾，不爱吃香菜和榴莲，讨厌健身餐，不讨厌甜食。但她偏偏会好巧不巧地忘掉一些理应很重要的事情。比如他们在一起的纪念日，永远要靠电脑里的日程提示或是陶远的提醒她才能想起；比如他们每一次吵架的原因，第二天早上醒来总是不知道昨天晚上到底是谁先冷的脸，谁先发的火，谁先指着对方的鼻子骂的第一句话。

她很聪明，她也知道自己很聪明，所以她聪明地选择留下那些她想记住的，那些她不想记住的或是不知道该不该记住的，就心存侥幸地丢掉，等着它们在角落里悄悄落灰，然后被遗忘。于是她就真的忘掉了，等到她想要找回来的时候，连丢在哪里都不记得了。

陶远进门的时候，鱼刚刚上桌。

“你喜欢的糖醋口味。”李千书摆着筷子，说。

两个人一边吃饭一边神色如常地聊工作，甚至还调侃了最近有新恋情的同事和微博上刚看来的八卦新闻。李千书的心里一直在琢磨，要怎样问出口。但陶远却先提了话头，“对不起。”一如既往的开场白。

李千书已经听腻了这三个字。“这又是为的哪件事对不起？”她忍不住问。

“……之前有一次吵架，我口不择言，跟你说了分手。那一次对不起。”陶远说。

“哦，那一次你已经道过歉了，我也接受了。我不接受也没用，因为你第二天就跑来跟我求婚了。”李千书直白地说。

陶远低下头沉默了一会儿，抬筷往李千书的碗里夹了一个虾仁。

“我为我的冲动再次道歉。我想说，那次的求婚，我是真心的。”陶远说。

“所以？现在的拒绝也是真心的了？”李千书盯着自己碗里的虾仁，问。

“对。”陶远说。

李千书不知道自己是从什么时候起变成了今天这个样子。小时候，她虽然发育不良、面黄肌瘦，但仗着胆子大，在大院里威风凛凛、大杀四方，连比她大的小孩都躲着她。遇到不爽的事，撕破脸皮也要和对方死杠到底，非要刨根究底搞出个名堂来。那个时候她什么都没有，反而什么都不怕。现在她什么都有了，却连质问陶远的心气都没了。

原本她以为，自己在结婚这件事上的松口会是两个人关系的一大促进，甚至她都计划好了，安排了时间，打算和陶远一起去度个短假散散心，让他从家里那些繁枝错节的琐事中挣脱出来，喘口气。毕竟即使陶远不说，她也深知和家里人的关系能影响个人情绪到什么程度。她手机上现在都还有她妈十几个未接电话和语音信息，她不想打开，不想再被所谓的“亲情攻势”烦到免疫。

这几年两人因为各自家里的事情也没少吵过架，但归根究底，谁也说服不了谁。原本因为同样的艰难和责任在一起的他俩，对待家庭时，各执一词的态度却从来没变过。

“我不打算供家里那位祖宗留学了。”李千书说。

陶远一愣，他还以为李千书多少会在求婚那件事上强求他的解释，没想到她突然转向了别的话题。

“啊。”他犹疑着说，“你自己决定，到底是你的家人。”

“我妈今天给我打电话，说孩子实习，非要让我给她二十多万买车。我跟她发火了，说要是再让我买车，留学的钱我也不会出了。”李千书说。

“你跟你妈发火了？”陶远惊异，“你不是从来对她要钱都是有求必应的吗？”

“你也一直觉得这样不对，我太懦弱了，不是吗？”李千书反问，“人总要成长的，花钱买了教训也总要用在自己身上。以后如果不是意外或者养老送终，我不会再给他们钱了。”

这番话倒是让陶远颇感意外：“你今天是怎么了？”

“想通了。”李千书说，“对了，你看到我把日程调整过了吗？”

“我还想问你来着，你下周要干吗去？怎么把时间都推后了？”陶远问。

“想放松几天，出去度个假。要一起吗？”李千书问。

陶远愣了愣，没说话。

“我知道，你最近家里事情多，爷爷走了，你心情不好，我理解。我们去散散心，好不好？”李千书放软了语气说。

以前家徒四壁的时候，他们总是做梦，想着等赚了钱要买什么用什么玩什么，但真的赚了钱，工作却也忙到两个人连同时休假的时间都很少了。逢年过节，陶远要依例回老家去“救灾扶贫”，李千书又从来不回家，两人的步调几乎从来都没在同一个节奏上。

“我最近……家里确实出了点事。”陶远咬了咬牙，说。李千书看得出他说得艰难，却也没办法开口多问。

“你去休假吧，公司的事情都交给我。咱们俩总得留一个人在不是？”陶远说。

“下周没有什么事，有事他们会给我打电话的。”李千书看他拒绝，不死心地说。

陶远仍旧摇头：“对不起，我现在真的没有心思。”

“你最近到底怎么了？”李千书忍不住问，“有什么心事不能跟我说一说吗？”话一出口，她自己便觉得讽刺。这句话以前陶远总跟她说，是因为他嫌她什么事都不跟他说，认识这么久了，男女朋友却还像陌生人一样。

算了。她想。我有什么资格让他跟我说？

两个人都好久没动筷子。菜凉了，李千书突然笑了，问陶远：“你总说我健忘，永远记不住每一个纪念日。但是你知道吗，你比我还健忘。”

“啊？”陶远愕然地抬起头。

李千书用筷子轻轻夹起碗里的虾仁，盯着看了几秒钟，又放下。

“你知道我对广州的第一个印象是什么吗？”她悠悠地说。

那年她十四岁，第一次离开寒冷的东北老家，跟着陌生的妈妈去往温暖如春的广州。但她心里没有期盼，没有好奇，没有兴奋，只剩下一无所有的绝望和恐惧。

她对广州的第一印象，不是眼花缭乱的早茶，不是听不懂的方言，不是潮湿闷热的天气，而是医院。虽然东西南北的城市各有各的样子，但不同地方的医院却相似度高到让人恍惚。

跟着妈妈回到广州的家，她第一次坐在饭桌边，和妈妈爸爸弟弟一起吃饭。妈妈为了维持表面的和善，给她夹了不少菜。结果当天晚上，她手脚发痒，满脸肿胀，浑身上下都起满了发红的疹子。妈妈吓了一跳，连夜带她去了医院。

过去的十四年里，姥姥从未给她做过新鲜的海鲜，连她也不知道自己海鲜过敏，她妈更不可能知道。

到广州的第一个夜晚，她独自一个人打着吊瓶在医院里度过，妈妈因为要陪弟弟写作业，赶着回家去了。她趴在医院大厅的窗口沉默地看着广州的夜，一轮硕大的月亮挂在当空，左看右看，都没有觉得比家乡的月亮更圆。

“其实，很多事我只是不想记得。我想记得的，怎么都不会忘。倒是你，给你做了这么久好吃的，你永远都不会记得我海鲜过敏。”她笑了笑，“我是这个世界上最不健忘的人。如果有一天我老了，得了阿尔兹海默症，那或许是我幸福生活的开始。”

她没有再试图邀请陶远同行，第二天就一个人飞到国外去休假了。公司的事情全都交给了陶远，他虽然固执，但至少靠谱，让她放心。

她在机场读完了韩俊骁发来的最后一篇稿子。陆续有不同的人来问她韩俊骁写的这个专栏，有人邀她出书，有人邀她去做活动。她想了想，把手头的邀约汇总，发给了韩俊骁。

直到她登了机，又落了地，也没有等来韩俊骁的回复。那天她在停车场说韩俊骁的话，事后想起当时韩俊骁被激怒的表情，她有过一瞬间的懊悔。韩俊骁是没断奶的巨婴，她是没饭吃的野孩子，两个人谁也不比谁高贵，年少时的那些嫉妒与同情，不过是横亘在她们之间的一道墙，彼此都想拼命翻过去，却又同时嘲笑着对方是翻不过去的懦夫。

离开老家的那些日子里，她仿佛是一个顺行性失忆症患者，对昨天发生的事茫然无所知，却对越久远的记忆越了如指掌。

人生中所有重要的细节，只要她想记住，她就都可以牢牢记住。这个独有的能力，陶远从来不知道，周围也没有人知道。那些永远用“我忘了”来搪塞的日常琐碎，是她应对这个健忘世界的保护伞。

只有当年的韩俊骁知道。

38

韩俊骁每天早上都是最早到班级早自习的人，比住校的人还早。自从她开始因为考试而紧张之后，就更强迫自己每天必须比别人都早到，仿佛这样就可以显示自己的优越，回到从前永远只考第一名的状态。

那天上午课间的时候，班主任走进门，叫了韩俊骁出来。韩俊骁以为只是叫她说句话，但老师领着她就往外走。刚走到走廊上，上课铃就响了，走廊上四散的同学纷纷回到班级。韩俊骁觉得奇怪："老师，下节是数学课。"

"我知道，"老师应了一句，"你先不用上。"

韩俊骁更加奇怪，直到老师带她上了楼。

李芊舒是在那天清晨混进育才的，她没有穿校服，被门卫大爷拦下来之后，就索性跑到没有人的地方翻墙进了学校。趁着学生们陆陆续续地在教室进出，她就走进教学楼四处踅摸，找到了位于五楼走廊尽头的校长室。校长室的门关着，她想试着敲一下，抬起手又犹豫了。

等到早自习的铃声敲响之后，学生们都回班级了，走廊没了人，鬼鬼祟祟的李芊舒才被从教导处出来的主任抓了个正着。

“你哪个班的？怎么不穿校服？都上早自习了还在这瞎溜达，赶紧给我回去！”主任离老远就在走廊里喊。

李芊舒也不跑，就站在校长室门口。

主任走过来，疑惑地打量着她：“怎么回事？”

李芊舒掷地有声地说：“我要见校长。”

主任差点气笑了：“你哪个班的啊？闯了什么祸就要见校长？”

“我不是哪个班的，我也没闯祸。”李芊舒虽然有点怯，但说话清楚，毫不惧场，“我不是育才的，我来这里是想见校长。之前的四校联考自主招生考试，是我替你们学校高二一班的韩俊骁考的，入围的是我，不是她。”

“哪里来的这孩子？胡说八道什么呢？”主任一头雾水，“你不是育才的？那赶紧该是哪儿的回哪儿去，别在学校里胡闹，学生都上课呢。”

主任扯着李芊舒的书包带把她往楼外揪，李芊舒一看说话没有用，就扒住校长室的门死命挣扎，正在争执不下的时候，校长办公室的门突然开了，李芊舒没有防备，抓着门把的手一下子滑脱，摔了个屁股蹲儿。主任把她揪起来，她抬起头，就看到校长从里面出来。

“怎么回事？”校长问。

“不知道从哪儿混进来一个小孩，在校长室门前闹。”主任说。

“你不是育才的？”校长问。

李芊舒小心翼翼地看了看校长，看他不像是发火的样子，戴着眼镜，挺儒雅地笑，就鼓起勇气说：“我是五中的。”

“五中的？”校长说，“你也没穿五中的校服啊。”

“我就是怕门卫拦我不让进，才故意没穿校服。”李芊舒说，

“结果还是被拦了。”

“那你怎么进来的？”校长问。

“……翻墙。”李芊舒小声回答。

主任在一旁忍不住说：“行了吧，赶紧回你学校去，初中生跑这里来捣什么乱？”

“我没捣乱！”李芊舒梗着脖子，把刚才的话又说了一遍。原本校长也没把她当回事，但听她提到四校联考的时候，校长转过头，饶有兴趣地多看了她一眼。

“你是怎么知道的？”校长问。

“我什么都知道，我知道韩俊骁是唯一一个跟高三一起参加考试的高二学生，我知道入围的话下个月会有复试，我知道你们学校给了韩俊骁一千块奖金。”李芊舒说。

“你还知道得不少。”校长说。“回去吧，再不回去，你给她们老师打个电话。”他对旁边的主任说。

“别打电话！”李芊舒连忙认怂，“求求你们别打电话，逃学要被通报批评的。”

“那就赶紧回去！”

李芊舒转身往楼梯走，主任跟在她后面。

“老师，你不用跟我了，我真的走。”看李芊舒一副听话认错的样子，主任也不稀罕跟着她，等她乖乖下楼了，就自顾自回到教导处去了。

李芊舒噔噔噔地跑下了一层楼，停住了脚步。她琢磨了片刻，看了看周围没有人，转身就跑回五楼走廊。她在校长室门口坐下来，从书包里掏出纸笔，飞快地写了起来。一张纸很快就写满了，她又掏出一张，空白的纸用完了，她就拿自己平日里演算纸的背面。纸一张接一张地摆在走廊的地上，她用自己的书包、铅笔盒、橡皮、水壶等东西压住边角，以防写好的纸被风吹走。

自从她可以随意进入韩俊骁家书房的那年起，那一整面墙数也数不清的书，便成为了她最初探索世界的宝库。看过的，没看过的，只要提起来，每一本书放在什么位置她都记得清清楚楚。她知道《城南旧事》放在《边城》的旁边，就幻想着英子长大了，说不定有一天可以离开北京去湘西玩，会不会遇见等待傩送的翠翠。她知道《格列佛游记》放在《堂吉诃德》的旁边，就猜想堂吉诃德如果去了大人国，会不会真的遇见比风车还要高的巨人。不知不觉地，她养成了一个习惯，所有的东西在她脑海里都变成了一面墙，只不过那面墙比韩家的书房还要大，她把自己记忆里所有的东西，都按照自己的喜好分门别类地放进了那面墙里。有从书房里读来的；有从课堂上知道的；有在学校门口旧书摊上翻到的；有左一句右一句不知道从哪里听来，总被韩俊骁斥为胡说八道的。想拿出来的时候，她就知道从哪一行、哪一列、哪一本书、哪一页笔记里拿出来。

人生中所有重要的细节，只要她想记住，她都可以牢牢记住。

联考那天的每一张试卷、每一道题，从第一科数学，到最后一科语文，她一字不差地完整复写出了每一个字，密密麻麻写满字的纸按顺序摆在走廊里，形成一条蜿蜒的道路，显得在道路尽头蹲在地上辛勤劳作的她既滑稽又心酸。等到校长再次从办公室里出来的时候，她终于写完了最后一个字，抬起头，毫无惧色地看着校长，脸上是远远超出她年纪的冷静和坚定。

她看着一脸震惊的校长，指了指面前自己的作品。“您要是不相信，我全都写出来了。”她说，“您可以随便叫一个考了试的高三学生来，他就会知道我是不是那天真的考了试。”

校长半信半疑地随意拿起一张纸，看了几分钟。

“当然，您要是叫韩俊骁来，让她把同样的内容复写出来，我也奉陪。”李芊舒说。

看完李芊舒写的那张纸，校长的神色逐渐变得严肃起来。他重新打量着李芊舒，既审慎又好奇地问：“这些题都是你做的？你为什么会做？”

“韩俊骁所有的高中教材我都学过了，”李芊舒说，“她会的我都会，我会的她未必会。”

校长被她的话惊到了，或许他从来没有见过这么轻狂自大的学生。“你叫什么名字？”校长问。

“李芊舒。”

韩俊骁从楼梯走上五楼，一眼就看见了走廊里一排写满字的纸。李芊舒就站在这条蜿蜒道路的尽头，站在校长室门口，似笑非笑地盯着她。

韩俊骁的脑袋“轰”的一声冷汗就下来了，两只向前挪动的脚也像是突然被人抽去了筋，差点不听使唤。

“韩俊骁，你认不认识她？”两个人并排站在校长的办公桌前，校长看着脸色煞白的韩俊骁，仍然保持着亲切的微笑，问。

“……认识。”

“你们怎么认识的？”

“都住在师专家属院。”

“哦，也是师专的？”校长看看韩俊骁，又看看李芊舒，“她说，上个周末是她替你考的试，你怎么说？”

韩俊骁的心跳得几乎要冲出胸口。但她清楚地知道，如果她承认了，她爸不会放过她，学校也会处分她，在老师和同学面前的所有荣耀和骄傲也都将不复存在。

“……她说谎。”韩俊骁拼命压下自己忍不住颤抖的声音，“是我自己考的试。”

“哦？”校长奇道，“同一个考试，你们两个还能说出两个事实来？到底是谁在说谎？”

韩俊骁紧紧咬住嘴唇，一声不吭。

“那你去看看那些纸，”校长说，“是不是你那天考试的内容。”

韩俊骁不敢不从，小心地走到走廊外面，故作镇静地拣起李芊舒写满字的纸，盯着那上面跟自己一模一样的字迹，脑袋里嗡嗡直响。

“你那天考的是不是这些？”校长踱步出来，问她。

“……我记不清楚。”韩俊骁说，“我平时考试从来都不记题的，语文老师因为这个说过我，她说等高考考完要估分，到时连作文写完出来都得给她再默写一遍。”

校长看着僵持不下的两个人，倒也没着急，一边收拾桌上文件，一边把她俩一起赶出了办公室。

李芊舒急了：“干吗？！这就完了？”

“没完，”校长看了她一眼，“你这个小孩倒真的有点意思。回你学校吧。”

“啊？”李芊舒大惊。

“你也回班级上课。”校长对韩俊骁说。

“啊？”韩俊骁也没反应过来。

“还不走？我要出去开会了，办公室要锁门。”校长把她俩撵到走廊里，亲手把李芊舒写满的纸都收了起来，装进了随身带的文件包里。“你们俩不是都不承认吗？”校长说，“我倒还好奇起来了。不就是考一次试吗？就你们俩，就在我的办公室，明天，我亲自给你们再考一次试，看看谁在说谎。怎么样？”

校长的皮鞋声从楼梯口逐渐远去。韩俊骁不自觉地转头去看李芊舒，但她连看都没看韩俊骁一眼就径自走了。看着她的背影，韩俊骁觉得自己的生活陷入了绝望。她不知道她们俩闹出来的这个一败涂地的计划，究竟要怎样收场。

39

推开病房的门，里面急匆匆地走出来两个家属，嘴里骂骂咧咧的，韩俊骁顺势躲到旁边，看着她妈走进了病房。

那天从她妈口中得知真相之后，她整整两天没有合眼。倒也没有像想象中那样一哭二闹三上吊，只是整个人放空了，一片迷茫，不知道要做什么。她甚至打开电脑，完成了欠专栏的几篇稿子，发到了佳欣的邮箱。虽然李千书把她开了，但那专栏从头到尾都是她写的，不能有始无终。她抱着电脑，蹲到墙角心无旁骛地工作，其他的什么都不想，连当年在学校熬夜写毕业论文的时候都没有这么认真过。

在她心里，从小到大的回忆交织在一起，被她妈亲手残忍地打了个死结，如果想试着解开，就会勒得更紧，让她喘不过气来，她索性放弃了。她也不再想去医院看她爸。她终于明白为什么那天她风尘仆仆地赶回来直接到了医院，一进病房，她爸即使瘫痪在床，却在看到她的那一瞬间脸上浮现出她怎么也看不懂的神情来。

那莫名的仇恨如今有了来处。三十五年来，她言听计从地在她爸费时费力设计好的模具里长大，拼了命地成为他想要看到的样子，却仍然让他失望了。而今，她却又得知一切都是阴差阳错，那个理应拥有韩俊骁名字的孩子根本未曾活过，自己不过是个不该活下来的傀儡。

她妈再次过来问她要不要一起去医院的时候，她刚刚敲下邮件的发送键，合上电脑，抬起头，站起身。“不去。”她说。

“你不要这样。”她妈说，“他好歹是你……”

“是我什么？！”韩俊骁突然爆发了。她从来没有用这样的语气跟她妈说过话。似乎从她爸倒下之后，整个家都变了，她和她妈都像挣脱了多年的诅咒一样，露出了性格里从来不为人知的另一面。

“你觉得，我应该感激你们，是吗？！”她歇斯底里地大吼，泪水喷薄而出，带着压抑得不知多深的委屈和不解一并发泄出来。“你觉得你遇到我是救了我，你们把我养这么大是我上辈子修来的福气，是吗？！”她哭道，“我告诉你，我不稀罕！”

一直以来，在她的心里，这个家就是她的天，她爸的管教就是她的法律。这一切都建立在为人子女的基础上，她从未质疑过。但是现在什么都没了，她就像得知真相的她爸一样，所有的盼头和精神都一下子被抽空了。

“妈也只是想让你活下来。”她妈努力保持着平静，说，“想给你一个家。”

“我宁可不要！”韩俊骁哭道，“你为什么要现在告诉我，你瞒我一辈子不好吗？小时候你们说我是全家的骄傲，长大了，我成了你们眼里的懦夫，这我都认了，我就是这么没用，你就让我一辈子没用下去不行吗？为什么一定要让我恨你们呢……”她无助地靠在墙上，就像以前被她爸罚站的时候那样，站累了，双脚发软，人就不由自主地缩下去，在墙角委顿成一团。

她妈没有再强求，给她身上盖了个毯子就出门去了。

那些一熬就熬到了天亮的日子里，她迷迷糊糊地睡过去，醒来时总会看到身上多了她常盖的毯子。她妈没了工作之后，再也没有试图提起过离婚的意愿，一个从前那样美丽张扬的女人，就那样扎起头发、戴起围裙，在灶台锅铲和琐碎家务中度过了三十年。她是懦弱，但韩俊骁又有什么资格去指责她？她不过也是在丈夫和孩子中间艰难求生而已。

第二天，她顶着两只红肿的眼，沉默着帮她妈做了一餐饭，装在保温杯里，和她妈一起去了医院。但她妈进了病房之后，她还是瑟缩了，转身躲在门外，迟迟没有进去。

病房里传来嘈杂的人声，听起来像是在谈论她爸。韩俊骁探头看了一眼，是爷爷家的二叔二婶来了。叔婶早在爷爷奶奶过世时就已经跟她爸断绝关系，多年来不曾来往。这一次想是她妈觉得凶多吉少，还是通知了他们。

韩俊骁刚出生的那几年，她爸看也不看她，管也不管她，更是迟迟没去给她上户口。那几年正赶上爷爷奶奶相继去世，原本答应要给长孙，也就是韩俊骁她爸的儿子的遗产，因为她的出生泡了汤，房子和钱都给了第二年就生下儿子的韩俊骁她二叔。她爸因此气愤不过，在祖宅前和二叔大吵了一架，二叔说她爸没能耐生儿子就要认输，她爸气得在门框上把手指砸成了骨折，回来几天几夜没说话，从此和二叔家再不往来。

她妈看他生气，根本不敢说话，抱着牙牙学语的韩俊骁躲得远远的。但那天她妈盯着烧开的锅，没注意韩俊骁，她一个人歪歪扭扭地跑进了她爸充斥着烟味的书房。在那之前，她爸从没抱过她，也从没跟她说过话。

她小心地向坐在书桌旁边看报纸的她爸走过去，途中还被扔在地上的一本书绊倒了，摔了一个嘴啃泥。但她竟然没有哭，而是爬起来继续向她爸走去，然后努力地手脚并用，踩着椅子爬上了书桌。

她爸从报纸上抬起眼皮瞥了她一眼，没发火，但也没理她。

小小的人儿在书桌上摆了一个舒服的姿势坐下。看到旁边还有一摞报纸，就也学着她爸的样子拿了一张摊开。报纸太大了，她把两只手拼命伸长也展不平，几乎像盖被子一样把她包起来。她用力伸着胳膊举着，还时不时露出两只小眼睛偷偷看看她爸。举了一小会儿，她像是发现了什么不对劲，盯着手里的报纸想了想，把报纸上下翻了个个儿。

原来是拿反了。

她的一举一动她爸都看到了，嗤笑了一声，没作搭理。但过了半晌，她爸突然意识到了什么，扔下手里的报纸，探身过去仔细看了看被她举在身上的那张报纸。疑惑地皱起眉头，立刻在旁边的一摞报纸里特意找了一张，递给她。她兴奋地接过，举在手里，看了看，又上下翻了个个儿，然后津津有味地“读”起来。

如果她那时记事，那该是她第一次看到她爸对她露出表情，有好奇、有赞许、有名不副实的期望。

她妈把烧开的锅关了火从厨房出来，就看到了让她难以相信的一幕。小小的人儿坐在书桌上，报纸摊开在面前，她爸细声慢语地一字一句给她读上面的新闻。她两只眼睛骨碌碌转着，全神贯注。

“这孩子有希望。”她爸说，“我好好培养她，她绝对有希望。将来，我让老二他们看看，绝对要比他们家养的小兔崽子强。我迟早要让老韩家知道，谁才是能光宗耀祖的人！”

韩俊骁那时只有两岁，还不识字，却能自己把上下颠倒的报纸翻过来，她爸以为是她认得报纸上的图片，特意又挑了一张完全没有图只有字的报纸，她还是能准确地把报纸摆正。她爸觉得有趣，也第一次觉得这个孩子或许真的有些可造之处。

后来她爸抱着她去上户口的时候，人家看着韩俊骁这个名字，又看看被她妈打扮得扎着粉红蝴蝶结、穿着小裙子的韩俊骁，奇怪地问，“你这是女孩？怎么起个男孩名字呢？”她爸就没好气地怼回去：“按辈分排下来的！就叫这个！怎么的！”人家便也不再作声了。

当年韩俊骁扬眉吐气考出家乡去读大学时，她二叔家的堂弟早就从初中辍学，在家门口的汽修厂给人打零工。她爸不解恨，特意给二叔家送请柬让他们来吃韩俊骁的谢师宴，他们也没来。

韩俊骁已经不太记得二叔二婶长什么样了，但今天见到却意外地发现，即使多年不见，岁月在他们脸上身上刻下的沟壑，走势相同的、紧锁的眉头和眼角的皱纹，却意外地让他们显得和他爸更像是一家人了，就连挖苦起别人来那卑琐又算计的神色都如出一辙。

言语之间，韩俊骁听出，邻居上门索赔的时候，她妈走投无路，跟他们借了钱，现在她爸卧病在床，他们却借探病找上门来，想让她妈立刻还钱。韩俊骁走进病房，众人的眼光就都落在了她身上。

“哟，这不是韩俊骁吗？你们老韩家的大姑娘，怎么，离了婚还不回家，还在北京耗着呢？”她二婶的消息倒是灵通。

“我妈借了你们多少钱？”韩俊骁不想跟他们扯别的，开口就问。

“一万。”二婶说。

韩俊骁吓了一跳。不是因为太多，而是太少了。她一直以为家里有她爸的退休金，不用说衣食无忧，至少也能小有余存，结果她妈连一万块钱都要开口跟久未见面的叔婶借，这些年他们两个人到底过的是怎样的生活？

她偷偷在心里计算了一下自己卡里的余额，说，“我到外面去找个提款机取给你。”

“女儿。”她妈惊讶地扯了一下她的袖子。

韩俊骁没说什么，带着她叔婶出了医院，取了钱给他们，他们立刻就头也不回地走了。韩俊骁回到病房问她妈：“医院的钱你那边够吗？还缺多少？”

她妈欲言又止，犹豫了很久，摇了摇头。“不够，”她说，“他现在的状况……”

“我的卡你先用着吧。”韩俊骁把卡递给她妈。

两个人就在病床前算钱，韩俊骁偶然抬起头，看到她爸正看着她。她瞬间就打了个激灵，下意识地往后退了一步，脚后跟磕到铁床角，一阵钻心疼。但下一秒钟她就意识到，一切都变了，她爸再不会提着拐棍吼她去墙角罚站了，不会下手打她了，不会骂她愚蠢得一无是处了。那个主宰了她整个人生的人，那个以父亲的名义把她培养成完美小孩的人，那个跟她毫无血缘关系的人，如今一动也不能动地躺在床上，再也不能把她怎么样了。

韩俊骁这才鼓起勇气，抬起双眼直视着她爸的眼睛。

她爸说不清楚话，只能定定地直视回来。

像是不甘示弱一样，韩俊骁眼睛眨也不眨地盯着她爸。不知道过了多久，她爸垂下了目光，双眼缓缓闭上，艰难地把脸转向了她看不到的方位。但她还是清楚地发现，一滴浑浊的泪水悄悄地从他的眼底爬了出来。

韩俊骁怔怔地呆了半晌，终于崩溃大哭。

40

李芊舒又惹姥姥生气了，因为她放学又回家晚了。现在姥姥身体不好，她放学就回家，哪里都不去，但那天天黑了很久她才回家。姥姥问她干吗去了，她又什么都不说。姥姥已经很少冲她发火了，也没有精力发火，但在她的安全问题上还是毫不让步。

李芊舒就说，她去韩俊骁家看书去了。姥姥虽然足不出户，但对李芊舒却了解得很。“不是。”她说，“你最近根本没怎么去韩家看书，韩家那个小姑娘也不来了。你们是不是好朋友闹矛盾了？”

谁跟她是好朋友。李芊舒在心里愤愤地说，但她还是听话地跟姥姥承认了错误。

第二天早上，她和平日里一样出门，却在一只脚迈出门外后又跑了回来。“姥，你放心，我很快就带你去医院检查。”她拉着姥姥的手，一字一句地保证道。

“你呀，天天净想这些没用的。姥姥岁数大喽，没几年好活喽，医院不医院的，早一天晚一天的……”姥姥每次都这样说。

但李芊舒摇摇头，凑在姥姥耳边，像是怕她听不见似的，又大声说了一遍：“我很快就带你去医院检查！我保证！”

再次来到育才门口的时候，李芊舒看到昨天差点把她赶出去的那个教导主任正在跟门卫大爷说话。看到她过来，主任冲她招招手，“李芊舒，过来！”

李芊舒跑过去：“你怎么记得我名字？”

“我能不记得吗？”主任说，“校长说他把你昨天写的那些题都看了。”

“真的？”李芊舒问。

“这不，我刚想过来跟门卫说一声，让他今天看见你就放你进来，别翻墙了，你就过来了。”主任说。

跟着主任往学校里走时，主任问她：“今年中考？”

“嗯。”

“想考育才不？”

“想。”

“行，好好学习，明年就来了。”主任说。

“好。”

李芊舒跟在主任身后穿过校园走进教学楼。她喜欢育才，有她们五中没有的漂亮的塑胶操场、干净的大理石台阶，还有室内的体育馆，听庄磊说，连食堂都比五中的好吃多了。

在校长室门口再见到韩俊骁的时候，两个人都没有说话，只是意味深长地互相看了一眼。韩俊骁注意到了李芊舒布满血丝的眼睛，李芊舒注意到了韩俊骁微微发抖的嘴唇。两个人并肩站立，在沉默中等待着这场让一个人扬眉吐气，又让另一个人一败涂地的审判。

良久，韩俊骁艰难地开了口。“不许反悔。”她的声音是沙哑的。

“不反悔。”李芊舒回答。

校长的办公桌在办公室的一端，另一端是为来访客人准备的沙发和长几。校长让她们两个人在长几的两端坐下，遥遥相对，然后分别给了她们准备好的试题。“来。”他饶有兴味地看着这两个剑拔弩张的小姑娘，仿佛是裁判在开赛的前一秒放开两名运动员蠢蠢欲动的拳脚。

两个人同时低下头，开始在试卷上作答。校长回到自己的办公桌前，一边办公，一边偶尔抬起眼来打量着她们。题只是校长昨天找高三的老师临时出的，难易程度相仿，但题量并不多，成绩优秀的高三学生预计需要两个小时左右可以答完。

上午的第二节课还没有过去，李芊舒就停下了笔。她先是抬眼看了看远处的校长，看到校长没有注意她们，就又看了看韩俊骁。韩俊骁也停了笔，两人对视一眼，韩俊骁就起身，拿着自己的卷子走到李芊舒面前，一把抢过了她的卷子，然后拿到了校长面前。

“答完了。”她把卷子放到桌上，平静地说。

校长有些惊讶地看了看表：“这还只有一个半小时。你俩都答完了？”

李芊舒也站起身，收拾了东西，背上书包，沉默地站在原地点了点头，什么都没说。

校长低头看了看面前的两张卷子。一张是韩俊骁的，字迹因为写得飞快有些潦草，但所有的题都做了，包括两道格外难的高三奥赛题也都做对了。而李芊舒那张，只做了少部分的选择题，所有的大题全都空着。“什么意思？”校长疑惑地看着李芊舒，“你这叫答完了？”

李芊舒紧紧咬着嘴唇，良久，说：“我不会。”

主任此时敲门进来，看到摆在桌上的卷子：“考完了？怎么样？”

校长看了看李芊舒，又点了点卷子。“你过来。”他说。

李芊舒就走到办公桌前。

“那你昨天那些是怎么写出来的？”校长问。

“问了别人，别人帮我写的，我背下来的。”李芊舒说。

“你为什么要说谎是你替韩俊骁考的试？”校长的神色严肃起来，问。

“因为……因为她说有一千块奖金，我想问她借钱，她不借。”李芊舒轻声说。

“胡闹！大学招生考试能由得你胡闹吗？借钱借到这来了？”校长忍不住厉声说。

“怎么回事？”主任问。

“她撒谎。”校长看着李芊舒，“那些题她根本就不会答，就是来捣乱的。”

主任也有些错愕。

“校长，主任，我可以回班级上课了吗？”韩俊骁问。

主任挥了挥手。韩俊骁就转身出了校长室，看都没看李芊舒一眼。

校长疑惑地打量了李芊舒好久。这个昨天在走廊里洋洋洒洒写满那么多张纸的小姑娘，浑身上下都透着一股不服输的劲儿，今天却整个人都沉默了，眼里也没有了光。

“这不行，必须要给她们老师打个电话。小小年纪，有点歪才也就罢了，打着招摇撞骗的幌子跑到育才来胡闹，成何体统。”主任说，“我这就去给她们老师打电话。”

李芊舒一直努力忍着，终于憋不住，眼眶红红地说：“对不起，我错了，能别告诉我们老师吗？”

看校长和主任都不为所动，她眼泪就掉了下来：“我姥姥病了，但是没有钱，不能去医院做检查。我爸妈都不在身边，我没有办法，才会犯错误的……我以后不会了。求求你们，要是老师告诉了我姥姥，她会受不了的……”

“那你也不能干这种事！看你小姑娘聪明伶俐的，怎么净琢磨邪门歪道？亏我还鼓励你中考考育才，我告诉你，育才不会收你这样品行败坏的学生！”

那一天，李芊舒独自离开校长室，走下楼，路过韩俊骁的教室，她抬头往里面看去。老师在讲台上侃侃而谈，韩俊骁坐在第一排最显眼的位置，神色自若，仿佛一切都不曾发生过，仿佛她真的是那个和高三学生一起拿到了复试资格的人；而李芊舒，正像校长和主任所说，只是一个品行恶劣为了区区几个钱就诋毁别人的坏孩子。

李芊舒回到学校，还没有来得及回班级，就被班主任老师揪着去了教导处。她花了那么久的时间在同学们面前总算找回了些自尊心，这一下，全校的人都知道了她为了讹诈别人的奖金就去谎称自己替别人考试。好在并没有产生什么严重后果，也没有记过，只是全校通报批评。

一切都尘埃落定，没有人越俎代庖，也没有人才不配位，大家都还是原来的样子。

只有一个人对这件事情表达了适度的疑惑。当春风得意、扬眉吐气的韩俊骁在走廊里再次遇到庄磊的时候，他没有像每一次那样装作没看见径自走过去，而是停在韩俊骁面前，挡住了她的脚步：“你是怎么做到的？”他倒也没有问责的意思，只是好奇，但韩俊骁的心里却咯噔了一下。“李芊舒那么倔一个人，她怎么会受这样的委屈？”庄磊问。

原本能够和庄磊说一句话就可以开心一整天的韩俊骁，那一刻却无法回答，落荒而逃。她因此明白，庄磊不是不认识她，而是根本不稀罕认识她。在他眼里，和韩俊骁约会只是一个不得不完成的任务。他自有他看重的，比如，李芊舒的委屈，或许在他心里就比什么都重要。

韩俊骁是赢了，赢得无可指摘。但她明白，和李芊舒开战，她永远是输家。

41

在接了家里打来的不知道第几个跨国电话之后，李千书一气之下把她爸妈的电话全都拉黑了。

原本他们并没把李千书的话当真，毕竟好几年来无论他们要多要少她都照单全给，从无二话。但李千书不愿再当那个电话亭里几句好话就能哄得破涕为笑的傻孩子，她说到做到，再也不打算无怨无悔地履行提款机的职责。然后她就毫不意外地接到了一个陌生号码打来的电话，劈头就问:“你是不是把我爸妈拉黑了？”

李千书立刻怼回去：“什么叫你爸妈？不也是我爸妈吗？”

从小这个孩子就没有叫过她姐姐。不知是不是第一次回老家那年对她的第一印象太过深刻，他后来一直有些怕她，就仿佛她还像小时候那样会欺负他一样。直到长大之后，李芊舒离开了家，不仅再也不能在他家里“作威作福”，还能在他爸妈的要求下定期给他生活费，他的脾气才渐渐硬了起来，虽然连她的联系方式都没有，却也能在她妈打电话的时候凑在一旁虚张声势地叫嚣几句了。

“哦，你还知道是你爸妈，怎么，不愿意给钱就躲起来，连电话都不接？不就是买辆车吗，什么时候变得这么小气了？”

李千书哭笑不得:“赵如轩，你搞清楚你跟我说话是什么态度。我不愿意给钱？我小气？我凭什么应该应给你钱？你自己算算，我这些年在你身上花了多少钱，你现在倒好，反过来说我，被爸妈洗脑了吧你？”

“你等我告诉爸妈，你以后别想回家了！”

“你爱告不告！”

李千书挂断电话，把这个号码也扔进了黑名单。

她仍然记得第一次打工赚钱给爸妈的时候，他们脸上欣喜的神情，那是她人生第一次感到自豪，感到自己是这个家里不可或缺的存在。她不知道的是，随着她这些年打回家里的钱越来越多，他们早就已经习惯了一边有什么事想都不想就开口跟她要钱，一边精打细算地攒下钱来给弟弟留着买房子娶媳妇，仿佛她就是他们家取之不尽、用之不竭的小金库。

她不知道的是，在她拉黑家人所有联系方式的第三天，她父母和弟弟就出现在了她们公司门口。

佳欣是早上第一个到，看到等在门口的一家三口，疑惑地问了一句：“请问你们找谁？”李千书的朋友们从没见过她家人，更没听她提起过，也不会想到面前这穿着打扮入时却透着掩饰不住的精明市侩之气的一家人能和李千书扯上什么关系。

“我们找李千书。”她妈说。

“哦，”佳欣打量着他们，“是约好了时间聊事情吗？”

“对。”她妈回答。

佳欣就觉得奇怪起来，李千书明明出国休假去了，不会在这几天约人到公司来聊工作。但看这一家人的样子，一时也看不出是从事什么行业的，就答应着把他们请进来坐下，一边倒了水给他们，一边给李千书发信息。

“你约了人来公司聊事情？”她问。

但李千书那边隔着时差，一时间并未回复。佳欣就一边忙着自己的事，一边远远地扫一眼他们。只见他们没坐多久就站了起来，像是在自己家后院一样到处溜达起来，一会看看墙上贴的海报，一会摸摸架子上的绿植，一副优哉游哉的样子。

佳欣心下更加起疑，但李千书那边没回，她想了想，又给陶远发了一个信息：“你今天过来吗？这边有几个人说是千书姐约来聊事情的，看起来怪怪的。”

陶远倒是很快就回复了：“她没有约啊，这几天她的事都是我来处理的。”

“那我就不知道这些人是谁了。”佳欣说。

“我一会儿就过去。”陶远说。

陶远原本也在来公司的路上，没一会儿就到了。刚出电梯就听到公司门口有吵闹声，他连忙三两步跑了过去，就看到几个同事都在，写字楼的保安也在，围着几个陌生人，七嘴八舌地嚷嚷。

“怎么回事？”他推开人群，拨拉开被那中年女人拽着袖子的面红耳赤的佳欣。

“你来了啊！”佳欣慌忙说，“这几位，说是……千书姐的家人。”

“啊？”陶远惊道。

他自然也没见过李千书的家人，但他在李千书家里见到过她书柜里摆放的照片，一家三口，爸爸妈妈和儿子，虽然是多年前的，但总算是依稀和面前的这三个人对上了号。

“好像确实是她家人。”他对佳欣说。

中年女人这才松开了扯着佳欣袖子的手，“你看看！这个姑娘看着机灵，怎么做事不过脑子呢？我都说了我是她妈，这是她爸，她弟弟，我们又不是坏人！这姑娘一根筋，还叫保安来赶我们走？！你们小白领都是这么给老板赚钱的啊？”

“我没有，”佳欣有口难辩，“我看他们到处乱翻，还要进千书姐的办公室，我怕丢了东西什么的，又不认识他们……才叫了保安来。”

“没事。”陶远一边向一家三口道歉，一边跟保安说是误会，这才把闹哄哄的事态平息了下去。他让同事们都去忙，引着三口人去会议室。

“咱到办公室去聊呗？那不是李千书的办公室吗？”她妈上下打量着陶远，“你是她什么人啊？是她给你打工，还是你给她打工啊？”

陶远微微皱起眉头。他也算是庆幸他和李千书互相从来不过问家人的事情，否则还不一定能和平相处到今天。“我是她男朋友。她也不给我打工，我也不给她打工。”他说。他不动声色地关上了办公室的门，还是把三口人请进了会议室。

“李千书不在。”他开门见山地说，“你们特意来公司找她，是有什么要紧的事吗？”

“不在？不在是什么意思？你是说她今天不来上班？那她住哪儿？”她妈一连串的发问让陶远的眉头皱得更紧了。他低头给李千书发了几条信息，但那边由于时差一直没回复。

“她有事出门了，根本就不在北京。你们是她的家人，不知道吗？”他问。

这一问算是问在了李千书她妈心坎上：“你还说呢！她把我们全都拉黑了，打电话也不接，你说说，这是对自己家人能干得出来的事吗？”

陶远没作声。他虽然不了解，但李千书临走之前才跟他说过，不想再无限制地接济家里了。他想，这三口人一定是因此跟她闹翻了，才气势汹汹地杀到北京来兴师问罪。

“都是一家人，我们也把她从小养大了，她现在出息了，翅膀硬了，不记恩，我们也认了。就是想让她帮衬仔仔一把，她就这么绝情，还说要断绝关系，你说这个姑娘，她这心怎么这么狠呐！”她妈一边说，一边眼圈就红了，放下手里陶远倒给她的茶水，伸手拉住他的袖子，“你是她男朋友？你们处多长时间了？准备结婚吗？那她的心思你应该了解吧？你看，你替我们多劝劝这个孩子，要不然，多让我们寒心呐……”她妈情真意切，一副恨铁不成钢的样子，陶远只能尴尬地抽回了自己的袖子。

她爸和她弟弟一左一右坐在她妈旁边，虽然并没有被赋予发言的权力，却总在她妈发动情感攻势的时候在旁边沉默地点点头，似是对这场演出无声的支援。但李千书不在，他们再攻略陶远也没有用。磨蹭了个把小时，一家三口终于依依不舍地走了。临走，她妈还跟陶远要了他的联系方式。

人刚走，李千书的电话总算打了回来。“怎么回事？”她上来就问。

“你父母和弟弟来公司了。”陶远也没打算隐瞒，“他们怎么知道咱们公司地址的？”

“啊？”李千书那边显然大吃一惊，“可能查的吧。他们来干什么？”

“也没干什么，被我应付走了，应该就是你之前说不给钱的事吧。你是不是后来又跟他们闹翻了？”陶远问。

“是。”李千书说。

本以为他们找上门来无果就不了了之了，谁想到，接连几天，他们每天都到公司来等李千书。占着会议室，喝着茶水，甚至还叫着外卖，就像在自己家一样。同事们气不过去，偷偷跟陶远说，能不能把这几尊佛请走，但陶远也抹不开面子。他没告诉李千书，怕她在外面胡思乱想，但意外地，李千书竟然比计划提早三天就回来了，也没提前跟陶远说。

她从机场直接回来，拖着箱子，铿锵有声地踩着高跟鞋走进公司。一家三口正在会议室的桌上津津有味地吃着海底捞，还开着门，满公司都飘着麻辣锅底的香味。

李千书也没说话，把箱子拖进自己办公室放下，转手拿了衣帽架上一把备用的长柄雨伞，在手里掂了掂，面无表情地走进会议室，手一抬，伞一横，往会议桌上一扫，满桌的锅盆碗盘肉食蔬菜稀里哗啦落地，一片狼藉。扫完了，李千书挥起雨伞，往门口一指。

“滚。”她说。

42

“你是怎么做到的？”

班里总有同学带着钦佩的目光问韩俊骁，她一个高二的学生怎么考得比高三的学生还要好。班主任老师甚至在班里夸下海口，说韩俊骁或许会是育才第一个被大学破格录取的非应届生。但韩俊骁的心里却只回想着庄磊在走廊里问她的那句话：“你是怎么做到的？”

只有庄磊知道李芊舒替她考了试。他自然向着李芊舒，因为他还要寄希望于她帮他解决作业。也只有他相信李芊舒绝不可能在两个人对决的那场考试中败下阵来。

李芊舒独闯育才的那天晚上，韩俊骁去敲了她家的门。

李芊舒有些意外，但还是问：“什么事？”

“我爸想跟你聊聊。”韩俊骁说。

“你不信守承诺，韩老师也不会承认真相，我跟你们没有什么可聊的。”李芊舒说。她的目光决绝，透着让韩俊骁感到陌生的果敢和冷酷。

来李芊舒家之前，韩俊骁她爸已经在书房骂了她一顿：“你去把她叫来，我就有办法。你还要不要前途了？要不要脸了？你不要我还要呢！赶紧给我去，下跪也好磕头也好，把李芊舒给我叫来，否则你就别回来了。”

“……算我求求你了。”韩俊骁抖着声音说，眼泪都掉了下来。她从来没有这样放低姿态求过李芊舒。用韩俊骁她爸的话说，李芊舒聪明伶俐，天生遇事会求人，知道脸皮厚点，膝盖软点，嘴巴甜点，总能得到想要的。“她不要脸，你得给我要脸。”他对韩俊骁说。

看到韩俊骁哭了，李芊舒也有些意外。

“你哭什么？”她忍不住说，“你什么都有了，我什么都没有，我还没哭呢。”

从小韩俊骁的确觉得自己什么都有，但如今这句话被李芊舒当作客观真理说出来，她觉得对，又觉得不对。如果自己真的什么都有了，为什么面对什么都没有的李芊舒，自己会这么委屈，这么害怕，这么卑微地乞求她手下留情？

“……我求求你了。”她越想越困惑，哭得泣不成声，只会不断重复这一句话。

李芊舒被她哭烦了，叹了一口气，说：“韩老师让你来找我的？”

韩俊骁点点头。

“我要是不去，他又要罚你了？”李芊舒问。

韩俊骁又点点头。

那天晚上，韩俊骁她爸和李芊舒在书房里谈的时间不长，但韩俊骁在写作业，什么都没有听见。李芊舒出来的时候眼睛红红的，像是哭过。她没跟韩俊骁打招呼，就低着头回家了。

韩俊骁小心翼翼地看着她爸，她爸阴沉着脸点了点头，说：“就按我说的。”

她不知道她爸到底跟李芊舒说了什么，但她爸告诉她，按他说的去做。她不敢相信，直到第二天在校长室门口见到李芊舒的时候，两个人意味深长地互相看了一眼。她仍然怕她爸的安排落空，就跟李芊舒说了句“不许反悔”。

“不反悔。”李芊舒回答。

韩俊骁故作镇定地答题，按照她爸说的，只答了前面的少部分题，所有大题全都空着。她拿笔的手止不住地发抖，她想，如果李芊舒不按计划来，她就真的被李芊舒害死了。

李芊舒停笔准备交卷的时候，韩俊骁紧张得心都要跳出胸口，她忍不住起身抢了李芊舒的卷子作势要一起交，但却低下头，屏住呼吸，盯住了李芊舒的试卷。答得密密麻麻的试卷顶端，赫然用韩俊骁的笔迹写着韩俊骁的名字。而韩俊骁，在自己那张没怎么作答的试卷上，写下了李芊舒三个字。

她终于松了一口气，把两张卷子一起拿到了校长面前。

“答完了。”她故作平静地说，手心的冷汗却已经把试卷濡湿。

离开校长室的时候她没敢看李芊舒，飞快地穿过走廊，跑下楼梯，直到回到自己的班级，坐在自己的座位上，她才相信这场风波过去了。她韩俊骁还是数一数二的好学生，可以和高三学生一起参加复试，可以报考最好的大学。

她故意全神贯注看着讲台上讲课的老师，装作没有看到走廊里落寞地走过去的李芊舒。但她感到李芊舒的目光死死地盯在自己身上，灼得她浑身发疼。

她不知道她爸那晚跟李芊舒说了什么，让那么固执非要挣这口气的李芊舒选择了妥协，配合她还原了这虚假的真相。不过她更没想到，李芊舒自己都看似把这一页翻过去了，前来跟她兴师问罪的唯一的人竟然是庄磊。

她避而不谈的第二天，庄磊又在走廊里把她拦下来。

“你昨天没跟我说。”他直来直往，“你和李芊舒的那个考试怎么回事？”

“没怎么，”韩俊骁努力装得云淡风轻，“就是你知道的那样。”

“根本就不是。”庄磊并没有那么好应付，“虽然我成绩不好，但你们成绩好的也别想把我当傻子啊。明明那天是李芊舒去考的试，咱俩去东湖划船了，你蒙谁呢？”

韩俊骁一愣。庄磊主动提到他们去东湖划船的事，这让她有些意外。但他提到的语气里没有丝毫温暖和亲近，只有刨根问底的急迫和焦虑。她不免有些生气起来：“关你什么事？”放在以前，她可从来没想过自己会用这样的语气跟庄磊说狠话。但庄磊竟然没生气，反倒支吾起来：“……没有，我就问问。那不是，她总帮我写作业，我也挺过意不去的。”

那表情和神色，总算是让韩俊骁有了似曾相识之感。李芊舒在她面前提起庄磊的时候，她可不就是这副样子，支支吾吾的，耳朵根还会红。

这隐秘而微妙的发现让韩俊骁既羞恼又气愤，但她不是李芊舒，不会像她质问自己那样质问庄磊：“你是不是喜欢李芊舒？”她只能恨恨地瞪他一眼。

“你少管！”这回的狠话绝对真心实意。

“我管怎么了？你就说是不是吧，她替你考的试，为什么她这回反倒没考好？你俩怎么当着校长的面作假的？也太神通广大了吧？”

“……我没有！”韩俊骁满脸通红，拼命反驳，“是不是李芊舒跟你瞎说什么了！”

“李芊舒才没跟我瞎说，是我自己猜的。”庄磊狡黠地笑着，还有点小得意，“韩俊骁，你今天不告诉我也行。要是哪天真被我弄明白了，你可别后悔。”

韩俊骁急了：“庄磊，我不是……你不能这么想，我不是那样的人。”

“你是哪样的人？”庄磊看着她，“在我心里，我看到你是什么样的人，你就是什么样的人。李芊舒也一样。”

他转身走了，韩俊骁愣在原地，心里漫上数不清的委屈。在东湖划船的那一天，是她这十几年的学生生活中最快乐的一天，那都是因为有他。枉她还一直错觉他对自己真的有意，现在看来，她在他心里留下的只是虚伪和质疑。

那天晚上她回家跟她爸报告了结果，她爸没有表现出任何意外的神色，满意地点了点头就进书房去了。

韩俊骁没忍住，跟在她爸身后问了一句：“为什么她会答应？”

她爸回头看了她一眼：“你想知道？”

韩俊骁点点头。

“告诉你也没什么。”她爸漫不经心地摇了摇头，“我跟她说，只要她答应，她姥姥以后的医药费我来出。”

韩俊骁恍然大悟。李芊舒一直以来的目的，都只是为了给姥姥的病攒钱，所以才拼命跟韩俊骁讨那一千块。她从来都不是为了她自己，即使她真的以初中生的身份考了试，入了围，也不见得真的有资格被大学破格录取。她只是不甘心韩俊骁违背了承诺，昧了该给她的钱。

这件事到此为止，就真的可以翻篇了吧。韩俊骁想。李芊舒也得到了她应得的，不会再记恨自己了。

“谢谢爸。”韩俊骁不由自主地跟她爸说。

她爸立起眼睛：“你谢我干什么？”

“谢谢你帮她。”韩俊骁说。

她爸脸上闪过一丝古怪而复杂的神色，良久，又恢复了平日里阴沉的样子。“你省省吧。要不是你惹出这个事，丢我的脸，我何至于？”他冷冷地说，“从今天开始，你给我多长几个心眼，如果复试进不了，你就等着吧。”

韩俊骁打了一个寒颤，自觉自动地回到了书桌前。

43

早上韩俊骁去医院跟她妈换班的时候，她妈在走廊里把银行卡还给了她。

"我不是说你先用着吗？"韩俊骁说，"还我干什么？"

"用完了。"她妈为难地说。

韩俊骁一愣，觉得自己比她妈还尴尬。"我再想想办法。"她只好接过卡，放回钱包里，转身出去打热水。

"女儿。"她妈追出来，拉住她。

"怎么了？"韩俊骁问。

"……不能这样。"她妈说。

"哪样？"韩俊骁不解。

她妈低下头抹了抹眼睛："你跟妈说实话，你在北京过得怎么样？手里还剩多少钱？"

"怎么了？"韩俊骁说，"因为回家，还把我唯一的工作给丢了，你说我过得怎么样？"想起这事她心里就堵得慌，忍不住想发火，但看着她妈憔悴的面容，又说不出口了。"钱的事我想办法，你别管了。"

"不行。"她妈说，"妈的意思是……我们两个老的，这辈子就这样了，但是你将来还有好长的路要走，要生活，你得存钱、成家，不能把你耗在这儿。”她妈哽咽了，习惯性地想拉韩俊骁的手，又收了回去。“你心里怨妈，妈知道道歉也没用，后悔也没用，过去的事是妈不对，以后，你想过什么样的生活，你开心，妈就知足了。”

韩俊骁没想到她妈会说出这样的话。说实话，这些天她虽然跟着她妈在医院忙得脚不点地，但那天之后，她们一直都没有好好聊过。怨，是一定怨的，但真正从此脱离这个家，跟叫了三十多年的父母从此陌路，她却也没有真的这样想过。太难了，她最初的成长、所有的记忆、生活的点滴、塑造成今天的她的林林总总，都已经盘根错节地在这个家里生长成参天大树，若是连根拔起，每一片叶子也就没命了。况且，如果她甩手不管，她妈一个人要如何是好，她终究不忍心。

等她妈回家之后，她去医院附近的银行查了自己的账户，看到打给她的那笔稿费，虽是杯水车薪，但还是取了出来留作备用。回到病房，她一个人坐在走廊的长椅上发了许久的呆，然后拿出手机，再次从通讯录里一个一个翻起来。

上一次这样做，是她刚刚出来找工作的时候。如今联系人比那时又多了近百个，但能开口相求的却有减无增。她从头到尾翻了两遍，实在艰难地开口问了她的研究生同学、她的本科室友，还有她初中老师，也是她爸以前的同事。没有一个人答应借她钱救急，隔着手机屏幕韩俊骁都觉得自己既尴尬又难堪。

她甚至鼓起勇气想问问叶晓楠，但在按下语音通话之前犹豫了，退出去看了一眼他的朋友圈。果然，叶晓楠的最新一条朋友圈是一张照片，两只手交叠在一起，其中一只纤细的手上戴着精致的钻戒。

她放弃了。

最后，她点开跟李千书的聊天页面。自从辞职，她把李千书的微信设置成了免打扰，不想第一时间看到她的信息。点开页面她才看到李千书几天前给她发了好长一段文字，全是有关她写的专栏的各种邀约，因为免打扰错过了，她到今天才看到。但韩俊骁没有心思伤春悲秋，她犹豫了一会儿，拨通了李千书的电话。

那边响了好久才接。

“说。”李千书的声音迅速传来，就像是平日里一边忙一边接助理的电话一样。

韩俊骁倒不知道怎么开口了。想了半天，她问：“最近还好？”

“好，”李千书说，“我找了个新助理，怎么不好。”

“嗯。”韩俊骁只好应道。

“有什么事？没事挂了，我这儿忙着呢。”李千书不耐烦起来。

李千书正在公司楼下大堂跟保安交涉。自那天把她爸妈弟弟从公司赶出去之后，她亲自去跟保安说过，以后只要再看到他们仨，不要把他们放进写字楼来。但今天一大早，他们不知道为什么又来了公司门口，大声吵闹，言语中责骂李千书，闹得同一层的其他公司员工纷纷出来看热闹。李千书的同事没办法，就报了警。派出所来了人，问清楚确实是一家人，也没造成什么严重后果，只得把人劝走了事。李千书跑到保安这边来，想知道他们怎么又能混进楼。保安说不是他值班所以不知道，李千书要调监控，保安说没那个权限，一时间僵持不下。

韩俊骁打来电话的时候，陶远刚刚赶来，一边劝着李千书先回去再说，一边又跟保安赔了几句好话。李千书一边接电话一边气冲冲地往电梯走，陶远跑了几步追进电梯，正听到她在电话里跟韩俊骁说：“借钱？”

韩俊骁知道李千书这个人不喜欢绕弯子，自己更没有什么理由假模假式，脸皮一厚，心一横，就直接问她能不能借自己点钱救急。“如果不是真的急……我真的不会问你借的。”韩俊骁补了一句。

“这倒是，”李千书说，“你跟谁借都不会跟我借。”

韩俊骁无从反驳。

“又是家里的事？”李千书问。

“嗯。”韩俊骁说。

“你爸真的生病了？”

“嗯。”

“阿姨还好吗？”

“嗯。”

李千书并不是一个薄情寡义的人，至少韩俊骁知道，李芊舒对韩俊骁她妈心里是有感激的。如果不是当年的事，她对韩俊骁她爸本应该感激更多。他知道她聪明，愿意教她，还让她看了那么多书，如果没有那些日子，李芊舒或许也不会成为今天的她。有那么一瞬间，韩俊骁很想扔下借不借钱的事，跟李千书聊一聊小时候，聊一聊父母隐瞒自己的真相，回到家的这些天，她心里攒了很多很多话，却完全不知道和谁去说。但李千书听起来并没有耐心：“我跟你讲，你要说是别的事，我还真不一定不帮你。但是我这边家人的事现在闹得我心情很不爽，你最好别来惹我。”

“我知道，但凡我能想别的办法……”韩俊骁还没说完，就被李千书打断了：“办法你自己去想！你没有亲戚朋友吗？你抵押房子？借高利贷？爱想什么办法想什么办法，跟我没关系。”

出了电梯，陶远问：“谁跟你借钱？”

“韩俊骁。”李千书看了陶远一眼，说。

陶远神色有些复杂："你刚刚说，借高利贷？"

"哦，我就瞎说的。她要是真没钱，什么办法都能想出来。我算是明白了，人一旦心软，就得被家庭拖垮。"

陶远听了李千书的话，什么都没说。

韩俊骁在扶她爸起身的时候被他拼命挣开，唯一能动的那只手把床头的保温杯甩到了地上，摔裂了，她妈炖的鸡汤洒了一地。

"你干吗啊？！"韩俊骁气得大声喊。

她爸也不说话，歪在枕头上呼哧呼哧喘着气，但只要韩俊骁一上来扶他，他就拼命挡。

韩俊骁被他激怒了，一松手，她爸就跌回了床上。

"你发什么脾气？！"她歇斯底里地冲她爸大吼，"你还委屈上了？是你委屈还是我委屈啊？我心里就好过？"

吼完了，她才意识到，她这辈子从来没有这样对她爸说过话，连做梦都没敢这么想过。但她今天竟然就这么吼出来了。那一瞬间，她竟然在无以言表的悲伤之中捕捉到了自己的释然和欣慰。这个家以她意想不到的方式崩塌了，她再也回不去了，从此以后，她总算再没有什么可怕，可以放开手脚往前走了。

等她妈来换班的时候，韩俊骁在椅子上打盹，手机突然响起来，她吓了一跳，一看，屏幕上是陶远的名字。她疑惑地接起来。陶远在那边问："你家里还好吗？"

"你怎么知道？"韩俊骁说。

"你给千书打电话时我在旁边。"陶远说，"家人是什么病？"

"脑中风。现在在住院。"

"你缺多少钱？"

韩俊骁没作声。缺多少钱，他陶远也没有义务相帮，跟他哭穷有什么用。陶远听她不说话，就又说："我没有别的意思，千书也不知道我打这个电话。我只是想说，不管有多难，还是尽量找朋友相帮，或是靠自己。千万别去借高利贷，如果不是真的山穷水尽也先别卖房子什么的，给自己留条后路。”

韩俊骁说，知道了。但心里想着陶远不过就是磨嘴皮子，他又不会真的借自己钱。别看他和李千书天天吵架，真要是计较起利益得失来，他俩一个赛着一个会算计。

病依然要治，办法也要继续想。第二天上午，韩俊骁来医院换班，去卫生间的时候，在隔间里侧脏兮兮的门上发现了一行小字：快速贷款，无需抵押，当天放款，联系人 ×××。

鬼使神差地，她掏出手机把那个电话号码拍了下来。走出隔间，她用冷水冲了把脸，正在犹豫要不要打那个电话，手机里突然进来了一条短信提醒，她自己的银行账户里打进五万块钱。

是陶远吧，韩俊骁心想。虽然不知道他为什么突然开始关注她缺钱这件事，但心里还是莫名觉得温暖起来。她把拍下来的电话号码删了，想给陶远发一条信息致谢，写了又写，却还是只留下了两个字“谢谢”。

44

“杨娟娟，99。”

“王全，99。”

“李芊舒，100。”

老师发完最后一张试卷，转过头在黑板上写错题重点。李芊舒从座位起身，走上前，伸手拿了最后一张卷子，回到座位上。

“哎，”前座的男生突然转过头，问李芊舒，“你这个一百分又是替谁考的啊？”

李芊舒瞪了他一眼：“滚。”

旁边隔着过道的女生也转过头来，笑嘻嘻地说：“这哪是替别人考的？李芊舒这么厉害的人，100 分当然都是自己的，可不能便宜了别人！”

“得了吧，李芊舒 100 分哪够，那至少得 1000 分！替十个人考，一人 100 分！”

“不是，是 1000 分 1000 块钱，一块钱一分！”

“哈哈哈哈！”

李芊舒没说话。

“哎，你还真以为你能替人家拿奖金，还被大学破格录取啊？

你是不是做梦做傻了？”男生仍然没回头，趴在李芊舒桌子上，拿了支红笔在李芊舒卷子的100分上描来描去。

“听说你会答高中题是假的？那你当时跳级是真的假的啊？”女生也凑过来问。

李芊舒心烦气躁，扯过男生笔下自己的卷子，“啪”地拍在桌子上。男生和女生一下子正襟危坐。老师在黑板前面回过头，看了一眼李芊舒那边：“又怎么了？让你们讨论错题，没让你们开小会！”

李芊舒一低头，看到自己的卷子上鲜红的100分被男生用红笔加上了一个零，变成了1000分。

旁边女生探过头来看到了，扑哧一笑，趁李芊舒不注意，一把抢过她的卷子给自己同桌看：“你看，李芊舒考了1000分。”

两个人在那里吃吃窃笑，又告诉前后桌，两人就很大方地把卷子传给四周的人看。李芊舒大窘，伸手要抢，但卷子已经传远了，她要想抢回来就得离开座位跑到过道前面去。

窸窸窣窣的声音再次引起了讲台上老师的注意。“怎么回事？”老师抬眼看过来。

坐在第一排的男生忍住笑，举起传到自己手里的卷子：“报告老师，李芊舒考了1000分。”

老师莫名其妙地接过卷子，看了一眼：“李芊舒，你怎么回事？考满分还不够你嘚瑟的是吗？”

李芊舒坐在自己座位上一声不吭。

“李芊舒！”老师沉下脸来，“我说你不管用了是吧？站起来！”

李芊舒只好站起来。

“别以为仗着点小聪明就这不服那不服的，谁不是长两个眼睛一张嘴？就你厉害能上天了？我告诉你，只要你一天还是学生，就一天给我老老实实地坐在这里该干吗干吗！”

考了个满分还没来由地被老师呛了一顿，李芊舒也没说话，只是沉默地坐下。等卷子再传回自己手里的时候，已经皱皱巴巴的不成样子，上面还有半个不知道谁踩上去的鞋印。

她再不像小时候那么天不怕地不怕，逮着谁都没皮没脸地死磕了。她担心的事情越来越多，担心妈妈总是不答应回来，担心姥姥总是拖着不去医院检查，担心自己能不能早点赚钱让姥姥过上好的生活。这些担心压在她心里，让她变得越来越沉默，和同学起争执的时候，她也渐渐地开始一味忍让了。周围所有人仿佛都活在和她不同的另一个世界，她听不见他们说什么，他们也不会想听她说了什么。

放学铃响之后，李芊舒顺手把那张1000分的卷子塞进课桌，拖了书包就要走，没注意书包夹层里有什么东西掉了下来。

前座的男生正好也起身，顺手捡了起来，是一张皱巴巴的十块钱，李芊舒打算放学之后去市场买菜用的。她惦记着买点萝卜给姥姥炖汤，还想买点梨回去煮水喝，清肺化痰。

“哎？”男生好奇地把钱捏在手里甩了甩，“咱们的小天才李芊舒同学明明是有钱的啊，怎么还去讹人家的奖金呢？”

李芊舒连忙回头：“你给我！”

“干吗？你还在乎这么点小钱？你不是天才吗？哎，要不这回期末考试，你替我考，我让我爸给你钱，我爸可有钱了，你要多少？”

李芊舒狠狠地瞪着他：“把钱还我！”

“怎么，一般人请不动你，显示不出你的天才水平是吧？”男生看李芊舒急红了眼，更觉有趣，索性把钱撕碎往地下一扔，“现在呢？现在请得动不？”

李芊舒一直在忍，看到他把钱撕掉的时候，她想起了小学时那个把她的双百卷子撕碎扔出窗外的老师，想起了自己在楼下灌木丛里爬得满身满脸都是泥，就为了把碎纸片拼起来的那一天。她转身拿起书包就走，以免自己下一秒就控制不住自己的脾气。

但男生依然不罢休，他上来就把李芊舒揪了回来，说：“钱还你了，你还没拿呢。”

李芊舒顺势用书包往他身上抡：“拿你奶奶个腿。”

男生虽没被打到，倒是被她激怒了。“你还敢上手？”他不可思议地问，就像看到了一只反过来追着猫满地跑的老鼠一样。他顺手拿了桌上的一本辞典，劈头向李芊舒打过来。李芊舒反应极快，抄起了身旁的凳子就挥了过去。只听一声闷响，辞典没有砸到李芊舒，但李芊舒的凳子却正砸中了男生的额角。男生怪叫一声，瞬间软塌在地，双手捂住头，有血顺着他的手指缝流下来。

教室里还没走的几个学生这下全被吓到了，有的跑过来扶男生，有的冲出教室去，一边跑一边喊：“老师！李芊舒打人了！徐卫强被她打倒了！”

仍然举着凳子的李芊舒愣在原地，徐卫强还在哭号，周围的几个同学都用惊恐的眼光看着她。她突然觉得很荒唐，徐卫强比她高一个头，现在手无寸铁、满头鲜血地窝在地上痛哭流涕，而她瘦得像个麻秆，却举着凳子，像个穷凶极恶的歹徒一样被所有正义的化身敌视。

徐卫强的家长很快就来了学校，好在班主任老师虽然也痛骂了李芊舒一顿，总归知道她家条件不好，没有让她真的赔偿徐卫强的医疗费，但李芊舒仍然被学校记了过。

李芊舒再次出现在韩俊骁家时，什么多余的话都没有说，只是径直去敲开了书房的门。“韩老师，你答应我的，什么时候给？”她问。

韩俊骁她爸正专心致志地写一幅字，看到李芊舒也没停笔，说：“我答应你什么了？”

李芊舒又是一愣。“我明天就要陪姥姥去医院检查了。”她说。

“哦。”韩老师心平气和地应着，继续写着字。

韩俊骁在旁边自己小房间写作业，听见声响开门，就看到李芊舒面如死灰的表情。

李芊舒这才明白，韩老师从一开始就没有真的打算给她垫付姥姥的医药费用，说到底，她在他面前，一直就是一个人微言轻的、可以被忽视的存在。他随便骗一骗，她就实诚地决定帮韩俊骁圆谎，让自己成为众矢之的，还被学校通报批评。现在一切都尘埃落定，她再也翻不了盘了。

一旁的韩俊骁也惊呆了，她以为她爸是真的愿意帮李芊舒，心里还觉得自己终于还了她一个人情。她想，李芊舒什么都不在乎，应该也不会介意被学校批评、被同学非议吧，只要能帮到她和姥姥，她应该就知足了。但她忘了，李芊舒不是不在乎，而是从来没有过在乎的资格。

李芊舒没有哭也没有闹，更没有像抡起凳子砸徐卫强那样去砸韩老师。她转身平静地走出韩俊骁家。韩俊骁想要追上去，却站住了，她实在不知道要开口说些什么，只能默默地回去写作业。走过书房门口时，她看到她爸眼皮都没有抬，继续写着他的字，运笔稳健，行云流水。

李芊舒失魂落魄地走到自己家楼下，脚步越来越沉重，她不知道怎么回去面对姥姥。她自以为一切尽在掌握，自以为努力做到了生活中每一个正确的选择，却发现自己选的路全都是死胡同。

她一直自诩聪明，除了聪明，她也没有什么别的可骄傲，但那一刻是她真正质疑自己的开始。如果以后的生活都像迄今为止一样失败，那人生究竟还有什么努力的意义？

“芊舒。”

一个声音小心地在她背后响起。李芊舒木然回头，却发现身后的人竟然是韩俊骁的妈妈。“……阿姨？”李芊舒奇怪地问。

韩俊骁她妈平日里说话不多，每次李芊舒去她家，她要么泡在厨房里，要么忙前忙后地给韩俊骁做这做那，几乎没有跟李芊舒单独说过什么话。她穿着在家里穿的拖鞋，连围裙都没摘，看样子是匆匆忙忙从家里跑出来，跟过来的。

她上前两步，拉住李芊舒的手。“你的事阿姨都知道了。”她说，“阿姨也帮不上你太多忙，家里事多，也没办法上楼看望老人家，这个……是我的一点心意。”

李芊舒还没有反应过来，手里就多了纸包着的一小叠东西。

“就当是我替女儿，和……她爸，跟你道歉吧。”

韩俊骁她妈说完就急匆匆地往家里跑了，她略微发福的背影很快消失在了楼后面。李芊舒低头打开纸包，里面是一千块钱。

45

李千书早上一进门，新助理小于就把咖啡递过来。

“姐！”她说，“我给你买好了。”

李千书：“不用，以后我自己买也行。”

她走进办公室，小于跟在后面，有些好奇地问：“姐，那真是你爸妈你弟弟？”

李千书看了她一眼。

“同事们都说，你从来都没说起过他们？”小于说。

“那你现在知道为什么我从来不说起了？”李千书笑笑说。

小于点了点头：“嗯。”

李千书刚坐下，陶远的电话就来了。“你在楼上了？”他问。

“刚到，怎么了？”

“你开车来的？”陶远问。

“对啊。”

“我在地下，你车被划了，你刚上楼没几分钟吧？那就是刚刚的事。”

李千书跑到地下车库，看到老位置上自己的车前盖被歪歪扭扭地刻上了三个大字：“没良心。”

“又是你家人搞的？”陶远问。

“估计是，那个小兔崽子从小就在我东西上乱写乱画。”李千书说。

看李千书举起手机拍照，陶远问：“我明天帮你开去店里看看怎么处理？”

“先不用，”李千书说，“看他们还要怎么作。”

两个人乘电梯上楼。李千书看到陶远神色复杂，就说：“怎么了？”

“没怎么。”陶远摇头。

李千书觉得陶远不太对，但又说不上哪里不对，就又问：“我爸妈是不是跟你说什么了？”

“也没说什么，”陶远说，“就说你不借他们钱的事，知道了我是你男朋友，还让我多劝劝你。”

“哦。”李千书点了点头，“行，你去忙吧，他们的事我自己处理。我不在这几天，多亏你替我应付他们了。”

陶远说他有点事，没到中午就匆忙走了，一整天都没有再出现。李千书休假回来有不少事要忙，也没注意他去了哪里。她新签下的那档谈话类综艺节目很快就要录第一期了，助理小于超级激动，她是那个著名主持人的资深粉丝，从小看着节目长大的。李千书面试她的时候提到了这档节目的筹备，小于当即撸胳膊挽袖子表示一定要好好跟着李千书，实现理想，走上人生巅峰。即使在中午跟同事姐姐们出去吃饭的时候，她也在琢磨节目的事，把想到的都在手机备忘录里写下来，一回办公室就兴冲冲地去拿给李千书看。没想到李千书阴着脸从办公室出来，理都没理她，径直去找了财务。

小于不解地跟在她后面，就看她问财务：“之前转给 ×× 工作室的那笔款已经转过去了？”

“对啊，”财务一头雾水，“上周你不是不在嘛，我看也没什么问题，加上远哥又问我，我就转了。”

李千书面色阴郁：“刚刚他们问我了，说根本就没收到那笔款。”

“啊？”财务一惊，“不可能啊，上周二远哥就过来提醒我了，我这有底子。”

李千书看了财务上个星期的记录，发现陶远让她转的那笔钱根本就没有转到合同上对方的账户，而是另一个陌生的账户。

“是陶远告诉你的？”李千书问。

“……他说是你告诉他的，你平时不在的时候，不都是他全权负责吗？他说不用再跟你确认了，我就没问你……”财务看到李千书的脸色，觉得是出了差错，连说话声音都变了。

李千书咬了咬牙回了办公室，什么都没说。这段时间以来总觉得陶远不太对劲，邀他一起休假也不去，果然自己一出门他就搞动作。但她还是抱着一丝侥幸，觉得跟陶远共同奋斗这么久了，他不像是在人背后使坏的人，也不至于为了挪一笔区区五十多万的款项跟自己反目成仇。

她给陶远打电话，电话响了好多声才接，她问：“在哪儿呢？”

陶远那边杂音很大，声音断断续续地说：“在外面，这边有点吵，我过一会打给你。”

李千书还没接话，就听到那边他附近有别人在大声聊天。那声音极具穿透力，口音也十分富有特色，最重要的，那是她李千书再熟悉不过的声音。是她爸妈和弟弟的声音。她听得清清楚楚，绝对不会错。仅存的一丝侥幸，她突然也不想查证了。就算陶远无意隐瞒他私下里和她家人有联系，她也不再想知道他们都说了什么、商量了什么。她好不容易在心里建立起来的对陶远的信任，就这样突如其来却又意料之中地瓦解了。

下班离开公司，她开着车去加油，加油站的小哥看了看她划着“没良心”的车前盖，又看了看她：“姐，你这咋了？被前男友报复了啊？”

李千书只好皮笑肉不笑地咧了咧嘴回应他。

晚上陶远把电话打回来的时候，李千书正在电脑前准备录综艺的内容。“白天我在外面，才回来，你什么事？”陶远问。

“也没有什么事。”李千书努力装作轻描淡写地说，“新节目的事，小于的功课做得挺扎实的，前期沟通也很顺畅，想说告诉你一声，你在忙的话就算了。”

“没事，现在不忙了。”陶远说。

李千书心里百味杂陈。她很想跟陶远像每次吵架那样，有什么气话都大大咧咧地说出来，第二天还是能正常地交流工作，但她觉得从今天起自己可能没有办法做到了。不是委屈，也不是气愤，只是所有曾经有过最坏的预想都成真了，说不上难过，更多的是失落。她很想相信陶远，甚至在下意识的退缩之后，都愿意主动迈出一步和他尝试新的情感关系，但遗憾的是，她做不到，陶远也做不到。

“你是不是奇怪，”她不自觉地轻声说，“我都不想问你为什么？”

“什么为什么？”陶远那边奇道。他还不知道李千书已经发现了他挪钱的事。

“你想试一试吗？如果你现在跟我说实话，告诉我你最近怎么了，为什么要做出这样的事，看看我会不会理解你、原谅你，或许再抱着你大哭一场，然后我们继续亲密无间地合作下去？”

她说。

陶远那边立刻反应了过来。“千书，”他的声音着急起来，“你先别生气，我跟你解释。我没想到你提前回来，也没打算要挪走那笔钱，我想着，等这两天我活动一下，很快就能填上，那边也不会催……”

李千书没说话。

“你在听吗？”陶远焦急地说，“我……我是真的临时起意，最近真的着急用钱，我从老家回来之后，已经把河北的那套房子卖了。”

当年李千书出国前就在北京买了房子，说是她买的，但全靠侠姐借钱。后来陶远打算买的时候也没有那么多钱，就在河北买了，一直租着，自己仍然在北京租公寓住。这几年李千书偶尔问起他买房子的事，他兴致也不高，总说着，等赚够了钱，回老家去买个院子种地养老。他不喜欢北京，她一直知道。但她喜欢北京，他就一直没走。

“出了什么事？”她问。

“……家里的事。”陶远说。

家里的事，又是家里的事。李千书听到这几个字就莫名烦躁。从小她就气不过，为什么别人家里都和和美美，而自己的家里却要么是鸡飞蛋打的斗争，要么是孤儿寡老的凄凉。后来她有了所谓的家，但她始终是个局外人，连一起出去玩的时候，她往往都是负责给爸妈和弟弟照全家福的那一个。李千书叹了一口气。陶远家里究竟有什么事，他既然还是不愿说，她也没有心思再问了。

“我爸妈都跟你说了什么？”她说。

“啊？”陶远一愣。

“我知道你今天跟他们在一起。他们能划了我的车，现在又有了你，想找到我还不是轻而易举的事。不过，”李千书的语气逐渐冷下来，“他们告不告我，骂不骂我，我不在乎。”

“他们真的没有说什么，”陶远说，“你不要总是用恶意来想别人。”

“你就别顾及别人了，”李千书说，“他们的事我自会处理。至于你，陶远，既然事情你做下了，就别怪我不念情谊。咱们法庭上见吧。”

46

韩俊骁那天没有赶着第一个到教室早自习，而是在大院门口徘徊了一会儿。她知道李芊舒惯常的出门上学时间，平日里只要想堵她或是想躲她，基本上都能实现。但那天她等了十多分钟，觉得再不走早自习就迟到了，还是没见到李芊舒的影子。她只好悻悻地去上学。刚从楼梯走到二楼，就听见底下有人叫她。她低头一看，庄磊正抱着个足球大跨步地往楼上跑。

“我可都知道了，”他说，“你和韩老师可真行啊，欺负李芊舒一个小孩，真出息。”

庄磊说话毫不留情面，韩俊骁的脸一下子烧得通红。

“我真的不知道。”韩俊骁说，“我没想到我爸根本就不会给她钱。”

庄磊就嗤了一声：“你没想到？我这种智商的都能猜到。再说了，你一早答应她替你考试，就该想到会不会发生意外。”

“又不是我先提的！”韩俊骁争辩。“是她听说奖金才非要替我的！再说，”她的语气突然哽住，“再说……”

“再说还因为我，是吧？”庄磊倒是大大方方、毫不害臊。

韩俊骁的脸颊热得更厉害了，她正想着这句话要怎么接，庄磊就恰到好处地给她发着烧的头脑泼了一盆透心凉的水。“至于那天的事，”他说，“就当没发生过吧。”他的脸上没有亲切与温和，只有替李芊舒打抱不平的冷漠与不满。“以前在五中的时候韩老师也教过我，我虽然成绩不好，但也觉得他学识渊博，挺佩服他。现在看来，学识和人品倒也根本没有什么关系。”他说完，轻蔑地看了韩俊骁一眼，转身踩着早自习的铃声往自己的教室跑去。

铃声已经响过，韩俊骁的脚步却沉重得连迟到都顾不上了。她如行尸走肉般晃进教室，老师平日里习惯了她第一个到教室，虽然惊诧，却也没有说她。

她胡思乱想地过了一整天，晚上回来进了大院，没着急着回家，而是先去了李芊舒家。她敲了敲门，没有回应，又敲了敲，想到李芊舒说姥姥耳朵背，就像李芊舒平日里那样咣咣砸了好几下。但门里依旧悄无声息。韩俊骁沿着门缝看进去，天色已暗，家里也没有灯光透出来。等了半晌，韩俊骁才放弃，转身往外走的时候，遇到对门的阿姨出来倒垃圾。看到她站在门前，就问：“来找李芊舒的啊？”

“对。”韩俊骁说，“阿姨，她还没放学吗？那姥姥总该在家的啊。”

“那孩子今天陪她姥上医院去了，家没人。”阿姨说，“我早上出门还看见她，问她今天怎么不上学，那孩子说，学有什么好上的！啧啧。”

原来李芊舒今天没上学是因为陪姥姥去了医院。韩俊骁心里踏实了些，却又隐隐泛上担忧。李芊舒之前说，她连检查的钱都没有。她昨天晚上那么绝望地回家，是怎么跟姥姥说的？又是怎么有钱陪姥姥去做检查的？

韩俊骁心事重重地回到自己家，却在推开家门的一刹那，见到她爸在一片狼藉的客厅里冲着她妈大吼。她妈跌坐在餐桌旁边，围裙上被泼得全是菜汤。她吓了一跳，站在门口不敢动弹。

“你现在出息了，”她爸嘴里还在骂，“你到底哪来的钱？不说是吧？你不说我也知道！肯定是跟你当年那个同事没断联系！好啊，这么些年我以为你在家做饭带孩子就老实了，想不到你还背着我藏心眼！你还藏了多少钱？！”

她妈只是靠在餐桌腿上，撩起沾了污渍的围裙一角擦眼泪，一句话都不说。她爸回头看见了她，冷冷地说了句：“写作业去，这没你的事。”

韩俊骁就也没敢问，低着头沿着墙角打算溜进屋。但她妈在地上坐着，轻声开了口。

“女儿从小到大，也没有什么亲近的朋友。我看李芊舒那个小孩人不坏，也聪明，就是做事莽撞了点。你们这一次闹出这种事来，不觉得是断送了人家小孩的前途吗？你让女儿心里怎么想？”

韩俊骁惊讶地看向她妈，不知道她妈为什么会突然说出这么一番话来。

她爸冷笑了一声，说：“你干的这破事，还有脸跟孩子说？你还像不像个当妈的样？”

她妈轻叹一口气，说：“我为什么没有脸跟孩子说？我堂堂正正，原本也没想隐瞒你，是你非说我这钱是别人给的。”她又看了看站在一旁手足无措的韩俊骁：“妈妈昨天替你去跟芊舒道了歉，给她拿了一千块钱。那是她应得的，不是吗？”

韩俊骁愣住了，这才明白她爸为什么大发雷霆，也才明白李芊舒今天为什么说服了姥姥去医院。她心里怦怦乱跳，想躲进自己的房间装作什么也没听到。因为她知道，她爸正在气头上，如果这时候她再犯点什么无缘无故的错，今晚又免不了一顿责罚。但她的脑子里又想起昨晚李芊舒离开时那绝望的表情，想起每次她说起姥姥时的难过，想起她阴魂不散追着自己拼命要钱的那副讨人厌的嘴脸，她突然不知道哪里来的勇气，对她爸说：“是，那是李芊舒应得的。你答应了人家，不应该骗她。”

那天晚上她爸把家里所有的东西全翻乱了，该砸的不该砸的全砸坏了，就为了逼她妈说出她藏了多少钱、藏在哪里、是谁给的。她妈一直收拾到后半夜。而她毫不意外地又被罚站在书房的角落里。她听着外面她妈收拾东西的窸窸窣窣声，反倒莫名觉得心安，似乎被她爸罚了，也算是变相地还了一点李芊舒的人情。

第二天她放学后又去敲了李芊舒家的门。

第三天她又去了，仍然没有人。

对面的阿姨闻声开门，看到韩俊骁说：“又是你啊！她家没人，你走吧。”

“怎么还没人？”韩俊骁急道，“这都几天了？今天总该在家了吧？”

阿姨摇了摇头，脸上浮现出惋惜的神色：“老太太查出来肺癌晚期。今天上午小姑娘回家找东西，跟我说了两句话，看她心情不好不愿意多说，我就没再问。唉，老太太都这样了，女儿女婿也不回来，让一个孩子在这忙前忙后的，像话吗？”

韩俊骁心里咯噔一下。

“你知道她们在哪个医院吗？”她问。

她知道放学不按时回家一定会被她爸责罚，但还是决然地一个人跑去了医院。虽然阿姨也说不清楚她们具体在哪里，是门诊楼还是住院部，虽然她也不知道要去干什么、能帮上什么忙，但她想都没想就去了。

偌大一个医院，来往的全是忙忙碌碌的医生和病人家属，她背着书包穿着校服，显得和周围格格不入。她来回跑了一大圈，不知道要去哪里找李芊舒，看每个人都忙得不可开交，又不好意思开口问，只好茫然地坐在大厅一旁的长椅上。对面是大排长队的交费窗口，人们要么焦虑地盯着手里的单子，要么皱着眉头苦着脸和旁边的人说着话。有一个矮小的身影随着人群缓慢往前蠕动着，晃来晃去的马尾巴和瘦弱的背影眼熟得很。

“李芊舒！”韩俊骁从长椅上跳起来冲过去。

李芊舒猛地回头，见是韩俊骁，并没有惊喜，一脸犹疑地看看她，又看看周围：“你怎么在这儿？”

“我来找你的。”韩俊骁跑到她面前，“我去你家找你，对门的阿姨说，姥姥……”

“嗯。”李芊舒看起来并没有想在韩俊骁面前哭惨，也并不想多说什么，只是仍然疑惑，“你来这儿干吗？”

“我……”韩俊骁确实也不知道她来这干吗。她也不像她妈，能拿出点自己的钱来帮上忙。“对不起。”韩俊骁说，“我……我跟你道歉，真的。”

李芊舒快速地打断了她的话：“你不用跟我道歉。是我要谢谢阿姨。如果不是她的钱，我们连检查都做不全。我已经给我妈打电话了，她很快就会回来，姥姥会有钱治病的。”说完，李芊舒就转过头继续排队，一副不再想搭理韩俊骁的样子。

“你，你这几天都没去上学吗？”韩俊骁忍不住问。

李芊舒看了她一眼，目光里是冷漠和疏离：“你就只知道上学吗？对我来说，没有什么事比姥姥更重要。”

“我不是那个意思。我是说，你今年就要中考了，你不是想考育才……”

“韩俊骁！”李芊舒大吼，把韩俊骁吓了一跳。

“你是故意的吗？我家里都这样了，你跑来跟我说中考？你自己心里清楚，那件事过后，我怎么可能还考育才？你们该要我的也都要了，阿姨好心帮我，我也谢了，我会还的，你为什么还要跑过来笑话我？！”

李芊舒突然的愤怒让韩俊骁整个人懵了，她不知道要说什么来辩解，因为李芊舒说的每一句话的确都是事实。在她风雨飘摇的生活里，自己无论做什么，都会被她当作是落井下石和幸灾乐祸。韩俊骁只好转身离开。李芊舒看了一眼韩俊骁的背影，忍了很久的眼泪还是掉了下来。交费的窗口终于排到她了，她胡乱地抹了一把脸，把手里的一堆单子递了进去。

47

陶远一直都没回复韩俊骁。

人一住院，钱花得比流水还快。韩俊骁她妈问过她，那张卡不是用完了吗，她哪来的钱？韩俊骁就说，她还有信用卡。她妈半信半疑地不再问了，却每次都会把韩俊骁交费的单子要过来，一张一张细细查看收好。

韩俊骁她爸的症状并无起色，医生没明说，但他听懂了，韩俊骁和她妈也明白了，今后估计就要瘫在床上了。韩俊骁她妈想着能省点钱，就跟医生商量，如果状况稳定，回家疗养也行。但她爸听到了，坚决不同意，拼命用说不清楚话的嘴来表达他的强烈反对。

“你知不知道住院要多花多少钱？我们回家也一样，该吃药也吃，该请医生也请，有什么不好的？”韩俊骁忍不住说。

自从这次出事之后，他们一家三口多年来稳定的地位关系产生了翻天覆地的变化。现在她爸所有的治疗决定都要她和她妈来做，而她妈又大多听韩俊骁的，她越来越果断，在她爸总是不听话、不配合治疗的时候，就不由自主地开始批评他。

“没事，咱们还是尽量遵从患者的意见，”医生说，“你们家属商量好了再决定。”

韩俊骁觉得心累，一个人出了病房坐在长椅上放空。她拿出手机刷了刷，看到李千书刚刚转发了新综艺节目的宣传微博，精修图里李千书笑得标致而完美，评论里大家夸这夸那十分和谐。韩俊骁顺手划着图片，不小心手滑点了个赞，又吓得立刻取消了。正松了一口气，却突然听病房里面“啪”的一声响，像是玻璃摔碎的声音，接着就闹腾起来。韩俊骁连忙推门进去，看到病床上的她爸死死地用唯一能活动的手抠住她妈手腕，她妈另一只手里拿着半瓶药，全晃了出来，洒得床上地上到处都是。水杯也被打翻在地，四分五裂。

“怎么回事？”韩俊骁三两步跨过去，死命掰开她爸的手，她妈手腕上已经被勒出红紫的印子。

她爸疯了一样地挥舞着那只手，指着她妈，嘴里咿咿呀呀说着些听不清楚的话。韩俊骁仔细地听了，还是没听出个端倪。倒是她妈平静得很，活动了一下手腕，开始弯腰收拾散落的药片和玻璃碴。

“我来吧。”韩俊骁拉开她妈，小心地蹲下身收拾起来，闻声进来的保洁人员也拿了扫帚帮着清扫。好不容易收拾完了，韩俊骁跟邻床被吓到的其他病人和家属道了个歉，然后拉着她妈走出门外。

“刚才怎么了？好好的怎么又闹起来了？我看你刚才在他面前不想说，现在总可以说了吧？”韩俊骁问。

她妈叹了一口气，手里还拿着只剩半瓶的药。“还不是因为这个药。”她妈说。

“怎么了？这不是医生刚叮嘱换的吗？说是抑制动脉硬化的。”

“嗯，刚才给他吃药，他发现这药跟他昨天吃的不一样，就说什么也不吃。刚才屋里乱，你是没听清他喊的什么。他说，我要害死他。”她妈说。

韩俊骁愣了一下：“他真这么说？”

她妈点点头：“不过，也能理解。邻床的那位王阿姨，照顾她老伴有好几年了，说她老伴每天都以为她要害他，吃口饭、喝口水，都像服毒一样，她都习惯了。”

韩俊骁想了想，没再说什么。出去重新打了热水，拿了药，进了病房。她爸靠在床上，看到她过来，横着眼睛瞪她，却因为刚才累得够呛，呼哧带喘说不出话来。

她倒了杯水在一旁晾着，然后拿了交费开药的单子和药的说明书举在他眼前：“看好啊，这是医生让开的，抑制动脉硬化的。我和妈没空给你乱吃药，药也是要花钱的。”

她爸没出声，但仍然用眼神斜她。她看着水晾得差不多了，就拿过来，把药喂他吃了下去。“而且啊，”她一边用毛巾帮他擦去落在领口的水，一边说，“你不要担心，只要妈决定一直照顾你，我们就会一直照顾你。我虽然恨你，但你和妈是我仅有的家人了。”

她妈从门外进来，听到了她说的这些话，犹豫了一下，什么都没说，只是走过来，帮韩俊骁一起扶着他躺回床上。

“你好好配合治疗呢，我们也省心，说不定过阵子你身体养好了，还能多活动活动。医生说，虽然难，也不是没有这样的可能。你要是每天给我作呢，我和我妈心情不好，休息不好，也没有精力好好照顾你，至于你自己，医生都说了，自己心态好才能康复得快。天天担心被害被毒，身体还没好心里先想不开了，你觉得你能康复？孰轻孰重，你自己掂量吧。”

一番话说完，她爸不吭声了。

总算安顿他睡下之后，她和她妈出了病房，两个人疲惫地坐在长椅上休息，相对无言。韩俊骁打开手机，看到了陶远的回复。在她那句“谢谢”底下，陶远说：“谢什么？”她盯着屏幕发了好久的呆，给陶远回了一句：“没什么。公司都还好吗？”

陶远没有再回复。

“妈，你当年偷偷给李芊舒的那一千块钱，是怎么攒的？”她突然没头没脑地问她妈。

她妈反应了一会儿，才明白她说的是什么事，想了好久，笑笑说：“我也不记得了。”

“那时攒一千块也不是小事，你就那么给李芊舒了，是为了还我欠她的人情吗？”

“你说呢？”她妈看看她。

韩俊骁低头刷着手机：“有人往我账户里打了钱。我以为……”

“以为什么？”她妈问。

“……没什么。”韩俊骁说，“我总是错怪她。”

“你说李芊舒？”她妈问。

韩俊骁一愣：“我什么都没说，你怎么知道我在说她？”

“你不是从她那儿辞职了吗，”她妈说，“给你打钱的，是不是她？”

韩俊骁点点头。“我还以为是别人。”她说。那天李千书在电话里不耐烦的语气让她不敢多言，却也没有想到事后那么快就真的打了钱过来给她救急。

“那个孩子啊，从小你们都说她又倔又鬼，现在看来，也未见得。她骨子里还是个心善的孩子。至于人小鬼大，”她妈笑了笑，“人小的时候，没有人帮她，不鬼大点怎么活？”

韩俊骁若有所思地点点头。这些年来，李芊舒这个名字早就从她家人的口中消失了，她没想到她妈仍然记得。或许在她妈印象里，李芊舒是她学生时代唯一一个走得近的朋友。

算是朋友吗？她不敢妄言。但李千书这一次在她紧急的时候二话不说打了救命钱给她，不是朋友都算半个恩人了吧。

夜渐深，陪床的家属和护工都进病房去了，她妈催她回家睡一会儿。

“不了，”她说，“我今天不困，在这陪陪你吧。”

她妈就进病房里拿了一条从家里带过来的毯子，给她盖在身上。

“妈，”每次她妈一给她盖毯子，她就觉得回到了在墙角缩着睡过去的那些夜晚。她爸不发话，她不敢回床上去睡，她妈要是让她回去，她爸会连她妈一起骂。“你觉得，我是一个合格的小孩吗？”韩俊骁盖着毯子，把头靠在她妈肩膀上，问。

她妈哽住了一下，没说话。

“你说，如果当年……那个，叫韩俊骁的小孩活了下来，他会不会特别聪明、特别懂事、特别合格？”韩俊骁若有所思地说。

“妈，你知道吗？我后来一直对自己很失望。我想，我都已经这么听话了，为什么活了半辈子，都还是活不到他期望的样子？我很努力地想让你们喜欢我，因为我骄傲，但是这个世界上，就是有没办法让父母骄傲的孩子存在啊。”

“那不是你的错。”她妈把手伸过来，在毯子底下搂紧了她，“不是你的错。”

“真的吗？”韩俊骁问。

“嗯。”

陶远一直没回复，韩俊骁觉得奇怪，又不好意思再问，也不想问李千书，想来想去，给佳欣发了一条信息。

“最近怎样？”她问。

佳欣回复：“翻天了！”

韩俊骁一头雾水：“什么？！”

“完蛋啦，”佳欣说，“远哥挪用公司的钱被千书姐逮了个正着，俩人闹掰了，说死不愿意和平解决，千书姐现在非要跟远哥打官司！！！！！！”

一向稳重冷静的佳欣反常地用了一长串感叹号。

韩俊骁大吃一惊，猛地从椅子上蹦起来，毯子掉在地上，把她妈也吓了一跳。

李千书和陶远虽然总吵架，但在工作上一向泾渭分明，两人合作这么多年，怎么会闹出这么狗血的事来？她正想着要不要给李千书打电话问个究竟，但点开了页面之后，又觉得这样太落井下石：自己都已经辞职了，别看起来像个关注人家情感斗争大戏的八卦记者，便放弃了。旋即手机一震，是陶远发来的信息。“想问你一件事。”陶远说，“李千书以前是为什么被学校开除的，你知道吗？”

48

“什么意思？”

庄磊跑到医院把李芊舒叫出来，往她衣服口袋里塞了一沓钱。李芊舒一惊，伸手一按，觉得有不少张。

“还你的。”庄磊说。

“你什么时候欠我钱了？”李芊舒不解地问。

“你不是老说你白替我写作业了吗！”庄磊说，“还你点。不多，意思意思，说好的，你得承包我的作业直到高考呢。”

李芊舒看了看他。“你哪来这么多钱？”她问，“你的零花钱不是都拿去泡网吧了吗？”

庄磊不好意思地挠挠头，“也没都泡网吧。过年时攒的压岁钱，我本来想留着买游戏机的。”

“那你买游戏机去呗。”李芊舒说，一边就要把钱从口袋里掏出来。庄磊连忙按住她的手，“别别别！我爸最近把我的游戏都没收了，我买了也不敢玩，被他发现就惨了！正好你不是着急用嘛，你先用着。我可以继续攒明年的压岁钱！”

“那我就不客气了。”李芊舒想了想，“我姥现在用钱的地方多，我妈也不知道哪天回来。”

“你这周都没去上学？”庄磊问。

李芊舒点点头。

庄磊叹口气：“唉。你说你，你要是一早就好好跟我说，我早点借你钱，你就不至于……”

“不至于什么？被韩俊骁骗，是吗？”李芊舒问。

“对啊，”庄磊说，“姥姥也能早点治病。”

“我又不是白拿你钱，”李芊舒说，“我要还的。不是我应得的钱，我不要。”

“好好好。”庄磊说，“等你妈回来，你还是得回学校的，不回学校不行。中考考好点，咱不稀罕上育才，育才什么破烂学校。”

“你一个天天为了踢球逃课的，还有脸说我！育才迟早把你开除！”李芊舒忍不住怼他。

庄磊就笑。

李芊舒却笑不出来。她前一天回过学校一趟。在没有请假条、没有告诉老师的情况下，她缺了四天课，班主任老师想找她、找家长，自然也找不到。

“李芊舒你还知道回来？”班主任把她从教室拎到办公室，问。

“老师，我家里有特殊情况，我姥姥住院了，爸妈不在身边，只有我一个人，实在没有办法。”李芊舒努力摆出一副真诚又可怜的样子。她清楚地知道这时候如果不卖惨，自己就又该惨了。她不想再被通报批评，更不想被记过。

老师看了看她明显几天都没好好睡觉的小脸，叹了一口气，挥挥手：“行吧，马上就要中考了，你是不打算念了是吗？不想念了毕业证总得拿吧？”

李芊舒咬着嘴唇没吭声。她怎么可能不打算念？一个才刚刚从浩如烟海的文字智慧里管窥蠡测过大千世界美好的孩子，现在却要因为生活的残酷让自己放弃所有对未来的幻想和憧憬，是多艰难的一件事。

“……老师，我想参加中考，也想拿毕业证。”她说，“求求您了。”

那时的她年少气盛，不甘心就那样被生活的磨难打倒，更不相信生活的磨难或许才刚刚开始。

“你的作业我还会帮你写。”李芊舒对庄磊说。

“我的作业倒也不着急，”庄磊说，“你好好照顾姥姥吧。我这种人，反正也不擅长学习，我爸妈说了，考不上就花钱送我去读个三本，有书念就行了。我的目的就是混过高考。”

李芊舒低下头，捏了捏口袋里的钱：“反正谢谢你。钱我会还的。”

“行了，我知道！别老念叨还钱还钱的，咱们俩谁跟谁！”庄磊大大咧咧地一挥手，一溜烟跑远了。

李芊舒转过身要进楼，走了两步，就听到韩俊骁在身后叫她。

“李芊舒。”她走过来。

“你怎么又来了？”李芊舒问。

韩俊骁早就来了，但是远远地看到庄磊和李芊舒在楼外面站着说话，就下意识地躲着没走近。她看了看李芊舒的脸色，觉得不像是又要把自己骂走的样子，就从提着的袋子里拿出两个饭盒。“我妈新做的韭菜盒子，”她说，“你饿不？”

李芊舒的肚子早就已经咕咕叫了，也顾不上面子，就接过饭盒，两个人并肩在楼外的台阶上坐下来。韭菜盒子还冒着热气，咬一口鲜得很，饿极了的李芊舒没几口就吞掉了一个。

“我明天要去北京了。”韩俊骁坐在一旁看着她吃，小声说。

李芊舒又拿了第二个。

“后天是复试，要在大学考，”韩俊骁又说，“我爸妈都会陪我去。”

李芊舒又咬了一大口。

看李芊舒没说话，韩俊骁就自觉地沉默下来，知道自己说话不讨喜，李芊舒也不爱听自己说这些。要不是吃她的嘴短，肯定又把她给骂走了。李芊舒连吃两个韭菜盒子，抹了抹嘴，拍拍手，“剩下的也给我不？”她问，“姥姥要是吃不下，我想给我们病房的护士姐姐，她人特别好。”

韩俊骁点点头，李芊舒就小心地把饭盒盖起来。她看了看沉默不语的韩俊骁，说：“你害怕，是不是？”

自从韩俊骁赢到了那个入围名额开始，她就不愿意去想自己即将面对复试的事实，但她迟早要面对。她怕得要命，做梦都想着时间过得慢一点，再慢一点，或者突然那个学校取消了考试，或者他们育才突然决定不让入围的学生参加了。但所有她所期盼的意外都没发生，也没有人知道她的害怕。

被李芊舒这样一说，韩俊骁突然就绷不住，眼泪扑簌簌地掉了下来，她也不知道自己为什么哭，为什么会在李芊舒面前哭。但她没有想到，李芊舒没有骂她或看她笑话，也没有因为她爸的作为记恨她，反而是一针见血地指出了她的害怕。

李芊舒也没说话，就等着韩俊骁哭完。她想，或许她也没有资格去指责韩俊骁在她家庭生变的时候却还只是心心念念着自己的考试和前途，毕竟那对韩俊骁来说也是她生活的全部。人的悲欢喜乐从来不曾相通，但拥有同理心却会让人成长得温柔而勇敢。

“你想啊，”李芊舒看着擦眼泪的韩俊骁，说，“就算是最坏的结果，最坏最坏，也不过就是你没考上而已。但是这个考试本来就是额外的，不管怎样你不还是要高考的吗？只有高考才是决定性的。哪个轻哪个重，你就明白了。”

韩俊骁点点头。她也没想到自己总是要被李芊舒这个小屁孩来教诲人生奥义。

两个人从台阶上站起来，拍了拍裤子上的灰。

“那你呢？”韩俊骁说，“照顾姥姥是很重要，但是你的学习呢？就算你不考育才，考别的学校也行，你一定要考。你那么聪明，如果我们两个换一下，你一定会考得好。”

李芊舒有些意外地看看她：“你说我聪明？”

那是韩俊骁第一次当面承认李芊舒聪明。李芊舒学完了她的教材，读完了她家书房里的书，做完了她的习题，考了她考不上的试，她从来都没有承认过她聪明，是因为她心里清楚，假如人生互换，李芊舒或许会比从小优越的自己更优越一百倍，而自己，就不敢想了。

“我们都别害怕吧，别放弃，好不好？”韩俊骁说。

李芊舒看着她，点点头：“好。”

即使有她妈帮她遮掩，那天晚上她爸还是发现她回家晚了。

“干吗去了？”她爸问。

“去医院了，找李芊舒。”韩俊骁如实回答。

“你还去？我那天白罚你了是不是？明天就要去北京复试了，韩俊骁你一天天的脑子里都在想些什么东西？”她爸毫不意外地有些生气。

“我去问她……上一次考试的题。”韩俊骁回答，这是刚刚临走时李芊舒教她说的，“我怕复试的时候再出类似的，先多准备一下。”

她爸的脸色这才有所缓和。“复试必须给我进。”他说，“就算你们学校那些高三的都给刷下来，你也得给我进。没得商量。”

那天晚上，韩俊骁她妈在房间里帮她收拾着明天去北京的东西。看韩俊骁坐在床上发呆，有点神情恍惚，就在她身旁坐下来。

“女儿，别紧张。”她妈说，“退一万步说，咱这考试没成，也没什么大不了，自己高考也能考一个好大学。”

“妈，你怎么跟李芊舒说一样的话？”韩俊骁问。

她妈愣了一下，笑了。“是吗？”她说，“那你就要听啊。”

那是韩俊骁第一次离开家乡去北京。她在书上读过许多有关北京的事情，很想亲眼去看看，看看后海、看看天安门、看看老舍故居、看看国家大剧院。但她哪儿都没能去成，她和其他的育才学生一起，住在带队老师安排好的大学附近的老旧宾馆里，从窗外望出去，只能看到对面平房的屋顶。

49

“第一次来北京的时候？太久远，好像有点记不得了。但我很爱北京，感觉自己就应该是一个在这里长大的人。”

坐在演播厅的聚光灯下，对面是美丽优雅的主持人，李千书自然而得体地微笑着，偶尔也会巧妙避过她不太愿意作答的话题。小于站在台下摄影机旁边的黑暗里，一边观望着台上的录制，一边盘算着等录制结束之后去找主持人要个签名。

“在之前的访谈之中你很少聊到自己的家庭。我们很好奇，你是在一个怎样的家庭环境中长大，又是怎样选择了现在的人生道路？对你来说，人生中重要的影响是什么带来的？”

李千书沉吟了片刻，没有立即开口。

小于左右张望，看到其中一个之前对接过的节目策划远远站在演播厅门口附近，就走了几步凑过去，悄声问：“晶姐，你们还招人不？”刚问完，演播厅的门突然被推开，差点直砸她脑门，小于吓了一跳，连忙让到一边，就看到几个流里流气的人粗鲁地推开她，目中无人地进了演播厅，旁边有工作人员奇怪地打量着他们，低声说了几句话。

“什么素质？”小于忍不住暗暗抱怨。

她还没来得及把抱怨说出口，就眼睁睁看到几个人冲上台，抖出一张宣传海报尺寸的“控诉书”，然后对着摄影机大喊：“李千书这个人没有良心！她现在发达了，把家人扔在老家不管，还声称和父母恩断义绝，还有没有天理了？你们还要采访她，你们不如采访采访她爸妈，就在台下！你们问问，她是怎么对她父母的？她嘴里没有一句话是真的，她就是一个从小被学校开除的混子，学历也是假的，什么都是假的！”

有人很快叫来了保安，也有人唰唰地按下快门，拍下了不知道什么时候出现在演播厅里的李千书的爸妈和弟弟。主持人和李千书大惊，连忙起身，台上台下闹成一团，一片混乱。在和保安的推搡中，有人撞翻了摄影机从台上摔到台下，有人仍然十分敬业地把被撕了半边的“控诉书”怼到镜头前，李千书她弟弟冲过来想要拉她，被人群挡住了。李千书吓得左右躲闪，还好被冲上来的小于拉住了手腕，拖出人群，躲进了后台。

小于气喘吁吁地抚着胸口：“我的妈呀！吓死我了！”她看着惊魂未定的李千书：“姐，你家人是花钱雇了人有组织有预谋地来黑你吧？！连咱们录节目的时间都知道？！外面不是有门禁吗，这些人怎么进来的？节目组都没应急预案？”

李千书也被吓得不轻，小心翼翼听了听外面的声音。小于根本没跟她的家人正面打过交道，他们也没有她的联系方式，只有陶远。想到陶远她就气不打一处来。“这事儿没完。”她愤愤地说。

后来有两个人在混乱中受了轻伤，也有人报了警，大部分人都被要求到派出所去做笔录，节目录制也终止了。李千书和小于做完笔录从派出所出来，正遇上她爸妈和弟弟。她弟一副看热闹不嫌事大的样子，挑衅似的问：“哎，听说你要赔人家钱？赔多少？够我买辆车不了？让你不给我买车！”

李千书咬牙切齿：“谁让你们来的？谁告诉你们的？”

“那你别管，”她爸妈一唱一和，“反正现在人人都知道你忘恩负义，自己发达了就嫌弃我们！”

“你们以为你们这么胡闹我就会给钱？！这都哪儿学来的流氓行径？！”李千书大发雷霆，“做梦吧！我以前真的是傻子，才会任劳任怨填你们这个无底洞！早知道，我从离开家的那一天起，就不应该再给你们一分钱！”

“你凭什么？我们生你养你，到时要去法院告你不赡养！”她妈跳脚喊。

“你们是生我了，你们养我了吗？当年是谁听说姥姥病危都不回来的？你赡养过姥姥吗？”李千书歇斯底里地大喊，一提到姥姥她就容易情绪失控，眼泪汹涌而出。但他们毕竟是在派出所的大厅里，又是刚做完笔录。争吵声一引来民警，她爸妈立刻就变了一副脸色，声泪俱下地摆出和李千书久别重逢依依不舍的样子，说：“爸妈也是不容易，你这么多年不回家，要千里迢迢跑到北京来见你一面，多难呐！”

李千书实在不想再和他们纠缠下去，被小于拉着出了派出所。刚走到自己的车前，就看到陶远匆忙从停在马路对面的车上下来，穿过马路跑到她俩面前。“没事吧？”陶远气喘吁吁地问。

李千书还没有从情绪中平复下来，抹了一把眼泪，阴着脸看他：“你来干什么？”

陶远惊道：“我刚听说就来了啊，这不是出事儿了吗？等我问一下那边，看看损失，估计咱们还得赔偿……”

“不是咱们，是我。”李千书说，“你很满意吧？我家里那些祖宗闹事闹到节目录制现场来了，现在我负全责，估计他们还想解约，高兴了吗？”

“什么意思？”陶远说，“你怎么还赖到我头上了？”

李千书冷笑：“你别装了。钱那事儿我跟你没完，你心里有气，是吧？我告诉你陶远，一码归一码，你要是这么要赖，就太跌份了。我家人虽然拿我不当回事，但他们也不会懂得利用媒体来闹，不是你是谁？”

听她这么说，陶远的神色也沉了下来。“李千书，你别血口喷人！”他说，“我说过了，钱的事是我不对，但是我说了我可以填上，你为什么一定要打官司？你就这么盼着跟我撕破脸吗？”

“是你要跟我反目成仇吧？！”李千书瞪起眼睛，“对，我就是要打官司，认识这么久你还不知道我是什么人？我就是要给你这个教训！”

陶远咬了咬牙，摇摇头：“李千书，认识这么久了，你这种斤斤计较的样子，我最不喜欢。”

李千书哼了一声：“我为什么需要你喜欢？是谁之前突如其来跟我求婚来着？”

“那是谁拒绝了又反悔来着？”陶远毫不示弱。

“算我瞎了行不行？”李千书说，“你最好趁早把钱给我乖乖还回来，否则法庭上让你好看！”

“行了吧你，自己家人一堆烂摊子，还有心思在法庭上给我好看？李千书你可真能耐。我看你家人那德行，养出你这样的人真不奇怪！”陶远口不择言。

李千书气得发抖。要不是小于拼命把她拖走塞进车里，她就该跳着脚上去扇陶远了。

“干什么！”李千书被塞进了副驾，怒气冲冲瞪着小于。

“……姐，我开车吧，我怕你气得飙车吃罚单。”小于小心翼翼地说。

回程的路上，李千书靠在座位上闭着眼睛一直没说话。小于以为她睡着了，等到了她家停好车，才看到她一直在默默流眼泪。

“姐，”小于说，“不就是一档节目吗，大不了咱不弄了。别因为这些糟心事难受。”

李千书摇了摇头，下车回家，什么都没说。

第二天到公司，所有的人已经都听说了这事，却都不好开口问李千书怎么处理。李千书和陶远闹翻，但事情却还要接着做下去。

李千书一个人闷在办公室里一整天，关着门，也没人敢来打扰她。她在心里过了一遍昨天发生的每一件事，回想起那张被大张旗鼓地举着在演播厅到处乱窜的“控诉书”。她虽然只来得及在混乱的人群中匆匆扫了一眼，却每个字都记得。上面洋洋洒洒写了不少，自然都是她的“罪状”和黑历史。有很多不仅陶远不知道，连她家人都不见得知道得那么清楚。

那些事情很久远了，久远到她把它们都藏在某个没有贴标签的抽屉里，厚厚地落了一层灰。但她心里明白，那抽屉一直在，里面的回忆也一直在，当她佯装已经忘记的时候，它们就会趁夜深人静用噩梦和恐惧来提醒她。

李千书思索着，皱起眉头，渐渐咬紧了牙关。她不想相信，但又不得不相信。她拨通了韩俊骁的电话，那边响了一阵子才接，韩俊骁的声音听起来有点哑，有点疲惫，跟她一夜没睡的破锣嗓子差不多。

“韩俊骁，”她缓缓开口，“钱花光了吗？”

韩俊骁那边顿了顿。“谢谢你，”她说，“我还以为你不会借我钱。”

李千书冷冷地笑了一声：“谢我？我怎么觉着你不像是打算

谢我的样子呢？”

“什么？”韩俊骁没听明白。

“韩俊骁，你这恩将仇报的风格，一如既往啊。”李千书说。

50

韩俊骁没有想到复试的第一场就是面试。她一个人坐在一排考官面前，一排目光都紧紧盯着她，让她所有的表情和动作都无所遁形。

“我知道你，”其中一个考官说，“听负责初试的老师说，你是育才唯一一个入围的高二学生。”

韩俊骁的心怦怦狂跳起来，故作镇定地点点头。

“你是什么时候学完高中课程的？”考官问。

“高一下学期就学完了。”韩俊骁说。

“是你自学的，还是别人辅导的？”

“是我爸爸辅导的。”

“噢。”考官若有所思地点点头，“好，那希望你在下午的笔试中继续取得好成绩。”

韩俊骁点点头。

“我想问一个问题，”旁边另一位考官突然接过话头，“能聊聊你初试时写的作文吗？我对你的这篇文章很感兴趣，想听听你的想法，为什么要这样写。”

韩俊骁一下子紧张起来。

她不像李芊舒，能把做过的题一字不差地全写下来，即使李芊舒真的在她来之前把所有考过的题都告诉她一遍，她也不可能全部记住。更何况，李芊舒什么都说了，就是没有说，最后一科语文考试的最后一题作文，她写的是什么。

韩俊骁也没有想到真的有看过了初试考卷的老师，又会在复试面试的考场上问起那篇写过的作文。她一下子慌了，支支吾吾了半天，只能说："我忘了。"

"忘了？"那位老师审视地看了她一眼，"我以为能写出这样文章的人，不像是写完就忘了自己写过什么的人。"

韩俊骁紧紧地咬着牙，胃里一阵翻腾，眼前也开始眩晕，就在她觉得恐惧和紧张已经要让她命丧当场的时候，坐在最中间的老师轻轻摇了摇头，说："咱们面试主要还是关注之前没有考过的东西，前面的背景问题不要浪费太多时间了。"于是那位老师就没有再问下去。韩俊骁悄悄地松了一口气，才发现自己的后背已经被冷汗浸透。

虚惊了这一场之后，韩俊骁整个人的状态都不好了，中午吃饭的时候，她爸问她面试怎么样，问了两遍，韩俊骁竟然嘴里塞着一口饭发呆没听见。如果不是在人声鼎沸的餐馆里，她爸差点就要掀桌子发火了。她妈连忙轻轻用筷子拍了拍她的手背，她才回过神来。

"还……还可以。"她颤着声说。

她爸看了她一眼，说："你知道我要求的不是还可以。"

韩俊骁战战兢兢点头。

"下午给我放精神点。"她爸垂下眼皮继续吃饭。

韩俊骁没出声，觉得就像是从战场上死里逃生跑回来的逃兵又被扔回硝烟战火中一样，连保命都不知道该怎么保了。整个下午的笔试，她浑浑噩噩，不记得考了什么，也不记得自己答了什么。出来的时候，正好遇上育才那几个高三的学生正在聊题目。

“哎，那不是高二的韩俊骁吗？”一个女生说，“韩俊骁！你考得怎么样？我们正在说最后那道大题。你的答案是多少？”

韩俊骁木然地看了他们一眼，理都没理就径直走了。

“这么大架子？”另一个男生推了推眼镜，疑惑地看着韩俊骁的背影。

“估计神童都那样吧。”女生说。

考完试的学生们约着要去校园里逛一逛，只有韩俊骁乖乖地打道回府。

复试结果出来的比初试要快得多。班主任趁午休时间把她叫到办公室，也没有什么铺垫和欲扬先抑，就简明扼要地说：“韩俊骁，你没入围。复试咱们育才只入围了一个人，就是高三（二）班的马瑞雯。”

韩俊骁没有表情，木然地点了点头。老师拍了拍她肩膀，说：“好好努力，明年也一样考理想的大学！你回去上课吧。”

韩俊骁往外走，走了两步停住，转过身。“老师，”她说，“能不能别给我爸打电话？我放学回家自己跟他说。”

老师一愣。“哦！”了然地点点头，“好，让你爸也别太上火。毕竟这种全国范围的选拔考试，人才济济，咱们以后还有机会。”

从回来的那天起，每天韩俊骁放学进门，她爸的第一句话必然是问结果出来了没。

“还没有。”韩俊骁每天都这样回答。

“怎么还没出来？复试出来得比初试还慢？”她爸疑道。

韩俊骁瞒了一个多星期，眼看到期末家长会了，瞒不住了，这才说了实话。她爸气得手抖，一满杯滚烫的热茶兜头泼在了韩俊骁头脸上。“你还学会撒谎了？！”他厉声吼，“你觉得你能瞒多久？考之前我说什么来着，我让你给我长点脸！长点心眼！你脸哪儿去了，啊？！你心眼呢？！”

韩俊骁闭着眼低着头被她爸骂，话被戳穿了，她反倒不恐惧了，伸头一刀缩头一刀的事。但她爸骂完她之后，觉得不甘心，第二天就跑去学校找了老师。

后来韩俊骁从育才毕业的时候，校长还记得她，说她人不大架子不小，闹出的两件这么大的事全是和她有关。韩俊骁想要解释当年“替考”的事，但欲言又止，终究还是没说。迟到的正义还算是正义吗？时过境迁的澄清还有意义吗？她不知道。

韩俊骁她爸可比人微言轻的李芊舒要气派多了。他声如洪钟，振振有词，吸引了整个学校的注意力。

“怎么可能没有黑幕？不通过正规高考，非要通过这种选拔考试，就是黑幕！我们家韩俊骁是唯一一个高二学生，明明考得比高三的好，为什么不让上？还不是因为要留她参加高考，挣你们的升学率？这要是被大学破格录取了，不过是韩俊骁一个人的荣耀，高考升学率可是你们育才的荣耀！为了你们自己的升学率，黑幕我们家韩俊骁，好意思吗？是以学术为重、以学生为重的育才能做得出来的事吗？我告诉你们，我们家韩俊骁才是你们育才的荣耀！你们这些不识才的庸人！”他滔滔不绝，讲到喉咙冒烟，觉得后悔家里的茶杯没带来，转头想找个地方歇脚，一看，校长、主任、各位老师都站在他身后，一副准备把他请出去的架势。

“韩老师，你这不能这么说。人家大学的考试，我们哪能做得了主、决定得了人家录取谁？”

“韩老师，既然是选拔，就一定有偏好，一定有主观因素，这个被咱们家孩子碰上了，只能说运气没有那么好，也不至于黑幕吧？”

“韩老师，你先回吧，高三学生都在复习呢，这样不好。”

“韩老师，你们家韩俊骁就算是明年参加高考，也肯定能考个好大学。”

“……”

正值课间，教室里的学生全都跑出去看热闹了。庄磊抱着足球从外面跑进来，站在人群后面，听韩俊骁她爸高谈阔论了一会儿，撇了撇嘴，逆着人群回班里去了。他路过韩俊骁的教室，看到她们教室里也空着，所有人都在走廊看热闹，只有她一个人静静地坐在座位上，没有哭也没有难过，没有羞愧也没有委屈，什么表情都没有，像是丧失了对外界的所有感知。只是在庄磊从走廊经过的时候，她抬起头，麻木地看了他一眼。

他也见她笑过。在东湖划船的那天，她笑得特别开心。但平日里，她却总是那样一副战战兢兢不敢做出任何表情的样子。他本来想着见到韩俊骁肯定要奚落她一番的，但看她失魂落魄的，他想，摊上那么一个爸，她也挺可怜的，就脚下没停地走了。

原本韩俊骁在老师和同学中留下的印象只是“那个高二的天才”，她爸这么一闹，算是彻底把她推到了所有人的对立面。不仅是她们班同学，别的人在学校里见到她也会阴阳怪气地捏着鼻子说一句“我们家韩俊骁，是育才的荣耀”，然后嘻嘻哈哈地窃笑着走开。

韩俊骁开始怕了。她一直都是被大家捧在手心、奉在宝座上的，从来没有人可以质疑她的不凡，更没有人可以取笑她的才华。但是一夜之间，她从天上云端被揪下来，连气也没喘上一口，就被踩进了脚下的淤泥。大家都绕着她走，以前聊得稍微近些的女同学也不再跟她说话。她偶尔去跟她们聊天，她们只说：“你爸那天都说了，你跟别人不一样，不是一般人都配跟你接触的。我们哪敢跟你说话啊？万一哪天你爸又到学校来，骂我们怎么办啊？”

她在那些时刻竟然明白了当年为什么李芊舒在学校没有朋友。她还曾经笑话过李芊舒，说没有朋友一定是自己的原因。但现在，她终于也成了热闹世界中没有朋友的那一个。而最有可能成为自己朋友的人，她也给弄丢了。

51

凌晨，韩俊骁从走廊里往病房走，正遇上护工从病房出来。

“哎，正好你来了，”护工说，“你们这位老爷子，趁你和你妈都不在，偷偷问我要烟抽呢，话都说不清楚，坏毛病倒是一个不落。你回去好好教育教育。”

韩俊骁连忙答应，进了病房。她爸虽然说话不清楚，但脑筋清楚，精神好的时候，费劲的表达也是能听懂大部分的。上次拒绝喂药的事之后，他非要求韩俊骁给他请一个护工，坚决不再让她和她妈给他端水喂药，她俩反倒落了个清闲。

“他恨着我呢。”她妈摇摇头，说，“在他心里，一辈子逆来顺受的老婆，现在变成了当年害死他儿子的凶手，他时时刻刻担心着我也会害死他呢。”

韩俊骁若有所思地问她妈：“那，他是不是也恨我？”

她妈叹了一口气，没回答。

“抽烟是不可能的，”韩俊骁毫不留情地对她爸说，“你就别想了。”

她爸刻意把眼神避开，没有看她。

结果当天下午韩俊骁外出买吃的回来，就看到病房里又闹成一团，好几个医生和护士都在。原来是她爸到底借到了一根别的病人家属的烟，又因为手脚不利索，点燃了自己的被单，险些酿成大祸。

“说了多少次全楼禁烟？人好手好脚的都没抽呢，你这老头真有意思，自己的身体不当回事吗？自己不知道为什么病的吗？现在的人真是一点健康安全意识都没有，家属都怎么教育的？！”医生一边说一边看韩俊骁，仿佛又是她教育失当。

韩俊骁忍不住说：“医生你也太高看我了。他把我从小教育到大，打也打了，骂也骂了，教育出了我现在这个死样子，你觉得我有可能反过来教育他吗？”

医生倒是没想到韩俊骁这样剑走偏锋地怼他，一时语塞，只好自己圆了场：“下次再抓到抽烟，加倍罚款！你自己不爱惜自己，别让整个病房的病人和家属跟你遭殃！”

医生一行离开之后，韩俊骁上手给他换被单，他气冲冲地把她的手打掉。“医生不让你抽烟是为你好。”韩俊骁忍着气，努力平静地说，然后继续换被单。他没理，嘴里却连续不断地说着什么。韩俊骁以为还是没抽上烟的抱怨，就没细听。直到换完了被单，她一个恍神，才听懂他嘴里说的是什么。他说，他这辈子，费尽心血，教育了一个错的人。韩俊骁站在病床前面，抱着被烧了一个窟窿的被单，整个人愣在当场。

他说，他儿子要是活下来就好了，又聪明，又懂事。

他说，他聪明一世，没想到被两个身边的人骗了。

他说，你不是我们老韩家的人，你是谁。

韩俊骁再也忍不住，把被单摔在地上，奔出病房，蹲在走廊上痛哭。我是谁？韩俊骁想。我活了三十五年，我也好想知道我是谁啊。

她只是一个顶替了这个名字的受害者，而他却非但不因她的无辜而反省，反而却因自己阴差阳错的选择而对她进行指责。这让她更加明白，过去的三十五年，自己只是活成了一个笑话。自己拼命地改变，拼命地打磨棱角，就是为了能够契合地塞进那个他构建出来的模具，以得到他的满意，从未想过这一切到底为了什么，有什么意义。

她不是一个冷血而记仇的人，甚至比大多数人都更怯懦而软弱。对于这个家的原谅，她一直在试着努力，一直没有放弃。她甚至想过，如果他能像她妈那样，当着她的面承认一句，这些年来他也有错，她就满足了，认命了，原谅了。

但她等不来原谅，只是确认了他对她的恨。这场旷日持久的战争充斥了她的前半生和他的后半生，每次战役一直以她的惨败而继续，现在战争接近尾声，却不是因为谁认输了或是谁打赢了，只是因为他的人生快到头了。

她爸的脑中风复发是在几天后的一个深夜。因为护工在，韩俊骁先回了家，她妈原本要晚些再回，却直接跟着去了抢救室签病危通知书。韩俊骁接到电话赶回医院时抢救还在继续，她妈一个人坐在门外的长椅上等。韩俊骁走过去，在她妈旁边坐下，两个人拉着手，一时间都不知道要说什么。

“怎么会这么快就复发……”韩俊骁小声说。

她妈没吭声。

“晚上你都在吗？他……有没有说什么？”她又问。

她妈摇了摇头。

“你知道，他拿烟头烧了被单的那天下午跟我说了什么吗？”韩俊骁说，“他说了很多。从出事到现在，他从来没跟我说过那么多话。”

她抬头看着门上亮着的灯光。“他恨我。”她说。

“不重要了。”她妈说。

“重要。”韩俊骁摇摇头，“我好希望他能挺过来。不想他有事。我还没原谅他，他还恨我。不能这样。”

她其实已经慌乱了，不知道自己说了什么。直到急救室的门打开，医生出来，跟迎上前的她妈说，人没有救过来，她的心才咣当一声沉了底，整个人委顿在椅子上，想站都站不起。头顶上的灯光旋转着，让她顿觉眩晕与恶心，手脚开始冒冷汗，胃里开始翻腾。和她当年在育才读书的时候，一考试就害怕的感觉，一模一样。

四周的白墙向她压迫过来，她清晰地看到墙上是一列列的书架，上面摆放着她或熟悉或不熟悉的书。她爸当年曾允许年幼的李芊舒随便翻看的书，其中有一些，直到韩俊骁长到十八岁离开家，也没得到过翻看的许可。她从来不是那些书的主宰，李芊舒才是。

她只是它们的奴隶。

眼看着那些书向她劈头盖脸地砸过来，她双手抱住头，就像从前无数次罚站那样，靠着墙角缩成一团，无声地哭泣起来。但并没有书砸到她，她抬起头，看到的只是一动不动的白墙。从那天起，所有的书架都在她的人生中倒塌了。她再也不用回到那个她专属的墙角，流着泪熬过一个又一个漫长的夜了。

然而，离开了那个墙角，她又走了多远呢？

她妈冷静得出奇，完全没有顾上她，一个人跟着医院的工作人员忙前忙后地处理各种后事。韩俊骁整个人都恍惚着，游魂一般出了医院，独自在凌晨空无一人的大街上走了许久。等到她停下脚步的时候，才发现自己不自觉地走到了小区对面的街口。以前的家属院被推平之后，由于城市规划一直没有跟上，就那么荒废在那里，成了一片鬼气森森的残垣。她站在远处，看着以前读书时每天上学放学的那条熟悉的路。从那条路一直走回去，有邻居奶奶和阿姨跟她打招呼，有偶尔能撞见的庄磊抱着足球跑过的背影，有李芊舒又阴魂不散地追在屁股后面到她家去蹭书看，有她爸骑着自行车催她赶紧回家，有她妈从厨房里端出各色各样的好吃的，有等着她的不计其数的作业和惩罚。

“韩老师家姑娘放学啦？今天回来得早啊！”

“韩俊骁，你今年又是第一？”

“韩俊骁，我今天能去你家借本书不？”

“韩俊骁，赶紧回家，不看看都几点了？”

“……”

韩俊骁，除了这一个本就不属于她的名字，她的人生里，还剩下什么？

她从来没有想过自己的人生会以这样的方式到达尴尬的中点，也没有想过，她所谓的父亲在这世上留给她的最后一句话是，你是谁。

她真的要好好想一想她是谁了。

52

妈妈一直没有回来。或许她觉得姥姥的病不像李芊舒说得那么严重，老人家嘛，都有个小病小痛，难免的。也没有寄钱回来。李芊舒从家里翻出了姥姥的电话簿，找着上面亲戚的电话一个个打过去。有的寒暄两句拒绝了，有的故作不经意地提起某年某月某日她妈还问他们借了多少钱没有还。一无所获的李芊舒回到医院，看到姥姥在跟医生说着什么，她一进来，姥姥就招呼她："王大夫，你让她去弄，别看她人小，聪明着呢，她都弄得明白。"

"弄什么？"李芊舒走近。

王大夫友善地拍了拍她的头，说："行，那你去吧。"

李芊舒接过大夫递来的病历和几张单子，一看就急了眼："姥，你要出院？！"

姥姥点点头。

"干吗啊？！"李芊舒一下子失了控，尖着嗓子大喊起来，"不行！姥，钱我再想办法，不能出院！出了院就没人给你治病了，你要是难受，我也没办法找护士姐姐来帮你了！不行！"

姥姥看她发狂，也没说话，只是看了一眼王大夫。王大夫就拉起李芊舒的手出了病房，到走廊上安静的地方，轻声细语地跟她说："芊舒啊，你是个懂事的好孩子。虽然你还没成年，但是你照顾姥姥尽心尽力，也聪明。我就要像对待一个大孩子一样对待你，知道吗？"

李芊舒好不容易才从狂躁的状态中安静下来，但仍然气鼓鼓地瞪着王大夫。

"是这样。通常年纪大了又是绝症晚期的老人家，如果治疗条件和经济上都不允许，我们会尊重病人和家属的意见。老人家如果更愿意在家里熟悉的地方安安静静地度过最后的日子，家属也同意的话，我们是不会阻拦出院的。这样老人没那么痛苦，还可以享受清静和家人的陪伴，其实也不是一件坏事。你已经是大孩子了，应该理解，对不对？"

李芊舒仍然瞪着眼睛怒视着王大夫，很久没说话。

"或者，你再和姥姥说说话，看看她怎么想的，好不好？不要生气，更不要怪姥姥，病痛的折磨对她来说已经够难熬了。你说是吧？"王大夫温和地说。

"姥，对不起。"李芊舒跟姥姥说，"我以为妈能回来。"

"她回来有什么用呢？"姥姥摸了摸李芊舒的头，"还不是看着我这个半死不活的老太太拖累你们。"

"不是。"李芊舒猛地抬起头，"不是拖累！姥，我不想你回家，回家了就没有医生给你治了……"

"王大夫没跟你说吗？"姥姥说，"像我这样的老头老太呀，治不治的，真的没那么重要了。与其花着钱遭着罪，还不如回家里安安静静地陪着我的外孙女，是不？"

李芊舒把头摇得像拨浪鼓一样。在她幼小的心里，医院是无所不能的，只要姥姥能在医院治病，就一定有治好的可能。但她不愿多想，姥姥已是垂暮之年，不知道病痛的折磨和迅速的衰老究竟哪一个会先行夺去她的生命。

庄磊帮着她陪姥姥从医院回了家。

“你妈为啥还不回来？还是亲妈吗？”庄磊忍不住说。

李芊舒摇摇头：“我也不知道。”

“你姥就不生气？”庄磊问。

“姥姥从来不说妈妈的坏话，也不让我说。”李芊舒说。

不过那天晚上，姥姥躺在熟悉的床上，李芊舒坐在她床头，还是忍不住问：“姥，我是亲生的吗？”

姥姥奇怪地看了她一眼，轻声说：“瞎说什么呢，你当然是你妈生的。”

“那我妈也是你亲生的？那她怎么不回来看咱俩？”李芊舒说。

“她呀……”姥姥说，“不能怪她。怪我。”

“怪你？”李芊舒问。

“怪我呀，她小时候，我带着她住在婆家，受了不少气。我那时年轻气盛，小媳妇斗不过婆家人，心里屈，难免把气撒在她身上。后来她二十出头就跟看上的男孩儿跑了，就是你爸。她说，她不能像我，一辈子在婆家那边抬不起头来，她要当个理直气壮的媳妇。那些年超生抓得严，她跟你爸非要生老二，就把你扔给了我……”

姥姥慈爱地看了看李芊舒：“姥姥愿意你在我身边长大。不过呀，等姥姥没了，你去跟你爸妈一块住，就不能像现在这么任性了，要懂点事，听点话，姥姥可是把你惯坏了……”

“我才不要！”李芊舒立刻说，“我只陪着姥姥，哪儿都不去！”

“那可不行。”姥姥说，“你又不是没爹没妈的孩子，当然要跟爹妈在一起呀。”

李芊舒噘起嘴：“有也跟没有一样！从小大院里的小孩都这么说我！我耳朵都听出茧子来了！”

姥姥叹了一口气：“也是委屈你了。你记住了啊，等姥姥没了，这个房子留给你，任何人都不能动。等你长大了，给你当嫁妆，谁都不能来抢我们芊舒的……”

“我不要。”李芊舒说。

“听话。等姥姥没了，你记着，”姥姥有些艰难地伸出手，摸了摸床头那个实木箱子，“姥姥留给你的东西，都在里面。你要收好。”

“我不要。我要姥姥。”李芊舒说。

但姥姥说话说得没了力气，早已沉沉地睡过去了。李芊舒只好掖了掖被角，一个人到外屋去坐着发呆。外屋的墙上挂着张日历，是李芊舒平日里上学用来记日子的。她借着夜晚昏暗的光看着日历上用红笔画出的一个个小圈圈，自从她没有去上学起，每天都会在日期上画一个红圈。红圈画到六月的最后一个星期就停止了，那是她中考的日子。

姥姥就是在那个早上离开的。

庄磊记得那天是中考，他一大早就跑到李芊舒家来敲门。“李芊舒！”他喊，“你都逃学多少天了，还记不记得今天中考啊？”

李芊舒唰地把门打开，正在狂拍门的庄磊差点没摔进屋去。他站稳脚跟，就看到李芊舒脸色苍白，满脸都是眼泪。

“怎么？！”庄磊吓了一跳。

“姥姥……”李芊舒嗫嚅着说。

她妈回来办了姥姥的后事。家里没有什么朋友，前前后后只有李芊舒跟着忙。自从她妈回来，李芊舒一句话都没再说过，虽然她妈有什么事让她帮忙去办她也去，但是面对她妈就是一言不发。后来的很多个日子里，姥姥的去世成为了李芊舒的软肋，一提起眼泪就止不住。但姥姥下葬的当天，她却一滴眼泪都没掉。她怕姥姥看到她哭，心里难受。

忙完姥姥的事之后，她妈回到家把屋子里里外外清扫了一遍，扔了好多东西，如果不是李芊舒拦着，可能要扔更多。等到全部收拾完了，她妈觉得不对劲，继续在姥姥生前住的里屋翻找，一边找还在一边嘀咕："怎么没有呢？应该在啊……"

李芊舒知道她要找什么，也不说话，就靠在里屋门口，默默地看着她妈一顿乱翻。她妈直起腰，擦了擦汗，回头看见李芊舒站在那儿，就问："你知道你姥的房本放在哪儿吗？"

李芊舒没吭声。她妈本来以为她一个小孩应该不会知道，但一看她的神情，才猜到肯定是姥姥以前告诉她了。

李芊舒总算开口了。"妈，"她说，"你哪天回广州？"

"我把房子卖了，然后就带你回广州。"她妈说。

李芊舒咬了咬嘴唇："我不走。"

"你不走？"她妈问，"你不走你去哪儿？你一个小孩，房子也没了，你不跟我走你能去哪？"

"我没参加中考，"李芊舒说，"学校答应我明年再考，我不走。"

她妈对她的中考并没有什么耐心了解，走过来说："你姥的房本你收着吧？给妈吧，妈明天就去办手续。你一个小孩留那个干吗？"

李芊舒就转身走到自己平时写作业的小桌旁，从抽屉里拿出了房本，递给她妈。

"这才是好孩子。"她妈拍了拍她的头，接过房本在手里细细端详。

李芊舒回去坐在桌旁，什么也没说。但第二天她妈去房产交易中心的时候，她背了个书包也跟了去，在她妈拿出房本准备办手续的时候，站在一旁开了口。“妈，”她说，“这房子你不能卖。”

“啊？”她妈回头一脸奇怪地看着她。

李芊舒从书包里拿出了两张纸，举在面前。“姥姥说过了，”她说，“会把房子留给我。”

床头的实木箱子里装着姥姥的房本和她写给李芊舒的遗嘱，还有一份遗嘱公证。早在姥姥住院之前，她就趁李芊舒去上学的时候托人办了这份公证，在遗嘱中，她明确表示唯一的遗产就是这处房子，留给李芊舒。

她妈看着遗嘱和公证，一时间傻了眼。

“这，这是什么时候……”

李芊舒也是在姥姥去世之后才看到的。她虽然一时间并不能理解，但还是按照姥姥的嘱托，把这些都收了起来。原本她不想拿出来阻止她妈，但眼看她妈真的要卖房子，如果房子没了，她就真的无处可去了。她不想跟她妈去广州，哪里都不想去。虽然她也不知道姥姥没了，她一个人留在这个家里还有什么意义。

房子没有卖成，她和她妈回家后谈了条件，只要她妈答应她留在这里直到中考完拿到毕业证，她就答应她妈同意卖房子。

“你真是长大了。”她妈临走的时候说。

“我早就长大了。”李芊舒说。

53

李千书也没有绕弯子，直接问韩俊骁：“你跟陶远都说了什么？”

韩俊骁那边一愣：“什么？”

“不用装，我知道他联系过你。”李千书说，“你跟他说了什么？”

韩俊骁一头雾水，说：“他问了我一些以前的事。”

“比如？”

“比如，你怎么被学校开除的……”

李千书说：“韩俊骁，你是不是蠢？如果不是蠢，你就是故意的。揭我老底你很开心是吗？是你自己要辞职的，不是我处心积虑要开你，你何必到现在还针对我？”

“我没有针对你！”韩俊骁说，“我怎么知道陶远想要干什么？他不是你的男朋友吗？”

“男朋友？”李千书冷笑，“他挪用了公司的钱，我已经报案了。”

“他挪你的钱，跟我有什么关系？”韩俊骁怼回去。

“如果不是你告诉他那些以前的破事，他就不会拿来跟我讲条件让我不要报案，也不会指使我家里人到演播厅去闹事！”李千书恨恨地说，“韩俊骁，我好心好意给你开工资，你就这么对我？”

“我没想到……怎么会这样？”韩俊骁这才明白自己无意中被陶远利用了，理亏起来，支支吾吾地说，“挪了多少钱？这么严重吗……那，他还上不就行了，你们一定要这样撕破脸吗？”

“还上是一定的，”李千书说，“但这是原则问题，我不能让步。他以为这样我就会怕他？我从小到大怕过什么？”

“我……我真的不是有意的。我没有想到会这样，”韩俊骁说，“我以为他不是这样的人。你还记得有一次，你让我去买咖啡那天……”

虽然李千书以前老让韩俊骁跑腿买咖啡，但她还是清楚地明白韩俊骁说的是哪一天，是她无意中撞见陶远和韩俊骁在楼下咖啡店的那一天。

“……我后来想到你肯定是误会了。那天我跟他真的什么都没说。”韩俊骁说。

“那他找你干什么？”李千书问。

“他说，他求婚失败了，觉得他根本一点都不了解你。我是你唯一一个过去的朋友，他想听听我的建议。”

李千书哼了一声，没说话。

“但我也没给他什么建议，我说我不知道你到底喜欢什么。不过现在看来，他那时或许是真心想跟你求婚吧。”韩俊骁说。

“那又怎样？”李千书说，“他现在巴不得把我的黑历史翻个底朝天，要是能让我别报案，他干出什么事来都可以。”

陶远觉得下不来台，他都已经说会把钱还上了，李千书却还是执意报案。他知道李千书把那天录节目时的事故归咎于他，也不否认他知道了一些从前的事，一些李千书从来没有跟他说过，他也没有想过会以这样的方式知道的事。韩俊骁说，李千书小时候不怎么上课，总逃学，被学校给过处分，初中还没毕业就被学校开除了。据李千书的爸妈说，李千书后来的履历全是假的，她当年连自考都没考上，去国外也只是靠旅游签证的身份打黑工，根本就没有真正的学历。虽然她爸妈说话夸张，也不知有几分可信，但谁又在意事实究竟是什么样子。

“不会的，”韩俊骁说，“陶远不会那样。”

“好像你很了解他一样。”李千书说，“如果你了解，就不会蠢到人家问你什么你都说！你觉得以前的事情很光彩是吗？我光彩还是你光彩？”

韩俊骁就不作声了。李千书知道她心虚了，甩了一句：“要是让我知道你还跟他说了什么不能说的，你等着。”随即挂了电话。

第二天公安局的人就来了公司，陶远不在，他们就让同事打电话叫他回来，说接受调查。佳欣偷偷去洗手间给李千书打电话：“公安局的人来了，你真报案了？！”

“不然还是假报案？”李千书说，“陶远来了吗？”

“没，打电话叫他了，说马上就过来。”佳欣顿了顿，又说，“小于辞职了。”

“什么？”李千书没反应过来，“她辞职？她才来几天啊？她辞职不应该自己直接跟我说吗？这暗戳戳就走了是什么意思？”

“嗯……她那天，就是你们录节目闹事那天之后，就去那边面了试。她做梦都想参与那个节目，有跳槽的机会，肯定头也不回就走了。能跟咱们说一声都算不错了。”

“哦，难怪她没直接跟我说，估计是拉不下脸来。”李千书说，

“明白了。”

“你过来吗？”佳欣问。

“我不过去了，以免他看到我尴尬。”李千书说。

整个周末，李千书因为心情压抑，哪里都没去，就窝在家里，推掉了所有能推的事，手机也关了机，整个世界都安静了。侠姐听说了，亲自上门把她拖出去喝酒聊天。

“怎么，不是大仇得报了吗？我看你也没有很高兴的样子。”侠姐说。

李千书盯着杯子里的酒，摇摇头：“怎么可能高兴？他现在越气急败坏，我越觉得我以前揣测过他的全是真的，心都凉了。”

侠姐看了她一眼：“有件事我得跟你说。”

“说。”李千书说，“我就不信还有更让我头疼的事了。”

“你爸妈告诉陶远的那些事，你是不是奇怪，他们怎么会知道得那么多？”侠姐问。

李千书点点头。她爸妈对她离家后那几年的经历并不太在意，后来她给家里的钱多了，他们更懒得知道，也不会懂得国外的学历都有什么区别，什么学校几年制、学位证书长什么样子。

“是我的不对。”侠姐说，“你爸妈前段时间联系过我，就是赵如轩想出去留学的那段时间。”

“他们联系你干吗？”李千书说，“我早就告诉他们不要去烦你了，真把我的话当耳旁风。”

“那不是他们知道我之前帮你出国吗，想问问留学的事。后来我才明白，是赵如轩那小子申不上好学校，问我你的学历是怎么回事。我当然没帮他，但是……他们就知道你的学历是怎么来的了。”

李千书叹了一口气，没说话。

“对不起啊，”侠姐说，“我是真没想到他们会跟陶远添油加醋乱讲一通。”

“不用道歉了。他们什么样我清楚，”李千书瞪了她一眼，“陶远才让我寒心。我就说我不该信他！好嘛，好不容易我愿意相信他一次，他给我弄出这些破事来。我觉得最近他整个人都不对劲了，自从他上次回了一趟老家回来之后，跟以前都不一样了。前阵子还提到卖了房子什么的。他是不是不打算干了，真的想卷铺盖回老家养花种地去了？”

侠姐没说话，给李千书的杯子里倒了酒。

“侠姐，”李千书说，“你还知道什么？”

侠姐说:“我能知道什么？你俩天天一起工作，还用我来说？”

“我俩天天一起工作，真正说的话都不一定有我跟你说的多。”李千书说。

“你也知道？”侠姐说，“我以前说过没有，你俩这样迟早有一天出问题。”

看李千书不吭声，侠姐就叹了口气：“陶远他爷爷去世之后，家里欠的高利贷还不上，他才卖了房子。我看他最近四处借钱，也是一时昏了头，才想到趁你不在的时候挪那笔钱。估计原本想挪完了之后偷偷填上的，没想到你提前回来了。”

李千书惊诧地看着她，“他怎么不跟我说？他要是真的好声好气跟我说，我会不借他吗？非要干这样不地道的事？”转念一想，“也是，我俩因为给家里钱的事已经吵过不知道多少次了。我现在又跟家人闹成这样，他肯定觉得，他一跟我说，我又要骂他。”

“反正现在报案了，他是肯定要尽快还上的。”侠姐说。

“他家为什么要借高利贷？五十多万也不是小数目，他能还上吗？”李千书不由得问。

“他没细说，好像是因为他姐姐借钱被人骗了，利滚利越滚越多，家人还不敢让他知道，才闹得没办法收场了。”

“陶远这人是不是有毛病？”李千书咬牙切齿地说，“好不容易从那个穷山沟里逃出来了，还年年被那些吸血鬼咬着不放。就他这样，将来能成事才怪！我就不应该这么多年跟他一起干活，这还好挪得不多，我要是出门一年半载的，他是不是要把我公司卖了给他还债？！这种人就是永远不长记性，他以为他对家里人好着呢，不过是因为他们还要靠他还债！要是有一天他没钱还债了，不给他们还债了，你看到时会怎样！”骂着骂着，她突然醒悟过来，她骂的不只是陶远，还有她自己，不由得心里一酸。

“侠姐，”李千书流露出委屈的神色，语气也软下来，“我原本以为他跟我是一样的人，但我们俩为什么还是不能好好在一起呢？你认识他比我还早，我跟他在一起的时候，你怎么不劝我？”

“我没劝过你？”侠姐说，“你俩这点还真像，明明脑袋里记得比谁都清楚，硬是睁着眼睛说瞎话。”

让她没想到的是，第二天陶远就把钱还上了。李千书以为他既然要挪钱去还自己家的债，就不可能这么快填上，但还是去公安局撤销了案件。从公安局出来之后，李千书打电话给侠姐：“哎，你不是说他为了还债到处借钱吗？这笔钱怎么这么快就还上了？”

“还上你还不高兴？你难道真想让他再去坐牢啊？”侠姐说。

李千书没作声，心里犯着嘀咕。她以为这件事情就到此为止了，但是当天下午，公司里突如其来地炸开了锅。

录制节目那天现场的照片和视频被一个陌生账号全都发到了

网上，不仅有当天演播厅里临时抓拍的照片，还有那张控诉书被撕毁之前的全貌，每一个字都清楚得跟扫描件一样。接着这个账号又详尽清楚地扒了李千书的履历和她声称读过的学校，称她学历造假。最后一张图是聊天记录，上面提到李千书连初中都没毕业，就被学校多次批评记过，还被开除了。聊天记录的截图虽然两个人都打了马赛克，但从头像模糊掉的色调来看，分明就是陶远和韩俊骁。

这条爆料被节目的官博点了赞，于是点击和转发飞速增加。李千书的微信立刻爆了，所有看到这件事的朋友都在问她怎么回事，而那天节目组对接的人也给她发来了文件，是合同上有关支付违约金的条款。

一些相熟不相熟的圈内人也开始站队，有跟李千书合作过的主编声称以前活动时就质疑过她的履历，但李千书摆架子并以不配合工作威胁。有李千书完全不认识的业内人士突然跳出来评价她的书水准低劣、一派胡言、东拼西凑，根本不像是高学历之人的水平。也有很多关注或是知道她的路人一惊一乍地转发“真相”，并感叹一句“这年头什么阿猫阿狗都能当公知了”，“本来也没人知道她，这下大家都知道又多了个口出狂言的骗子”。

同事们聚在李千书的办公桌旁边，目不转睛地看着电脑屏幕，正在面面相觑，侠姐的电话夹在无数个语音和信息中间终于打了进来。“陶远这个混蛋，”侠姐气得爆了粗口，“我前脚借了他钱，他后脚就开始全网黑你？！失心疯了吧？！”

54

自从升入高三开始，韩俊骁每天早上都更早地到学校，她要保证她进教室的时候教室里一个人都没有，这样才能迅速地回到自己座位上，摞起书来挡住所有人的视线。即使课间休息的时候，她也不想动，因为她需要在众目睽睽之下走过别的同学身边出教室，然后再走回来。只要别人小声说点什么，她就觉得是在讽刺她，要是窃笑了两声的话，那就更是了。整整一年，韩俊骁巴不得没人注意她，没人知道她，上课老师不会叫她起来发言，发卷子的时候不会点到她的名字，班主任老师不会叫她到办公室去单独谈话。但老师们不可能放过她。她是这一届的重点观察对象，她爸说的有一点的确没错，学校可也指望着她能考到全市前列，考上名牌大学，给学校争光。

“韩俊骁，最近有好几个任课老师跟我反映，说你状态不是很好，上课不太积极，也或多或少地反映在了这一次模拟考试上。”办公室里，班主任老师看着站在面前低头不语的韩俊骁，严肃地说。“虽然说当初你爸来学校的态度有点问题，但学校是非常宽容大度的，也是非常希望每个学生都好的。你成绩优异，这是不争的事实。老师也希望你能够争气，不仅让你爸骄傲，也让学校和老师都为你高兴。你说对吗？”

韩俊骁沉默地点点头，还是没说话。

老师看她态度漠然，就摇了摇头，说：“你这样可不行啊，最后关头冲刺高考了，没点劲头怎么行？这周五是高三学生的成人礼和誓师大会，咱们高三学生要在全校师生面前做最后的一次动员，我们教研组想了想，决定推选你和二班的杨家宁一起代表高三学生上台讲个话，再带领大家一起宣誓，也是给大家做一个好榜样。”

韩俊骁惊恐地抬起头，下意识就说：“老师，我不想……”

“哪有那么多这不想那不想的？”老师挥挥手，不耐烦地打断了她的话，“你是咱们班的尖子生，他是二班的尖子生，你俩这次高考总要出一个状元，再合适不过了。这样，等我把宣誓的誓词给你，你熟悉熟悉，最好能脱稿背。讲话稿如果复习时间紧懒得写，让你家长代劳也行，写完拿来给我看一看。”

韩俊骁还想再说，老师却站起身：“赶紧回去上课吧。”

成人礼和誓师大会是高考前最重要的活动仪式，也是高三学生毕业前的最后一次学校集体活动。但韩俊骁丝毫不感到雀跃和兴奋，一想到要站在全校师生的面前保证高考考出好成绩，她就心虚得浑身发抖。

老师要求演讲稿在一千字左右，毕竟活动时间紧凑，不会留给她太多时间滔滔不绝。她爸二话不说，洋洋洒洒给她写了五千字，十几张稿纸厚厚一沓，看得班主任老师皱起了眉头。韩俊骁站在一旁，尴尬得想钻进墙缝里面去。

“这样吧。”老师默默地拿出了第一张和最后一张纸，拿笔改掉了连接处的几句话，“这样就行了，中间那些不要了。”

当天下午放学前，老师就在班里讲了第二天誓师大会的注意事项。当然没忘记强调韩俊骁将会作为高三学生的代表之一发表演讲以及带领大家宣誓。

“我看她不怎么适合宣誓，让她爸来宣誓得了。”有几个学生窃笑道。

韩俊骁把剩下不要的稿子塞进抽屉里，旁边的同学看到了，就问她：“又是你爸给你写的词儿？怎么就留两张，不都拿上去念？”

韩俊骁脸涨得通红，低下头装作没有听到。

“我看啊，这个大会也不用干别的了，就给韩俊骁自己一个人讲就行了。她爸那么能讲，估计她也差不了。”另一个同学说。

韩俊骁在旁边同学们嘻嘻哈哈的窃笑中一言不发。

“老师，这个演讲，我能不能不讲了？”放学之后，她又去了老师办公室，唯唯诺诺地提出了请求。老师意外地看着她：“怎么了？这不都已经说好了吗？稿子都写得这么好了，你不讲谁讲？”

“要不，”韩俊骁小声说，“换别的同学去讲吧，拿我的稿子念也行。”

以前韩俊骁可是别人不小心偷瞄了一眼她的作业都会跳脚的人。现在她宁可把她爸写的文采飞扬的演讲稿随便扔给别人去念，自己也不想上台了。但她微弱的反抗显然是无效的，她爸如果知道的话，也不会放过她。第二天全校师生陆陆续续走进学校礼堂的时候，她还是早早地就在班主任老师的要求下等在了后台，手里拿着那两张改好的演讲稿。

“杨家宁怎么还没来？”负责流程的老师进后台看到只有韩俊骁一个人，皱起眉头，抓了旁边一个学生，让他去高三二班的队伍里找人。

过了好久，那个男生气喘吁吁地跑回来："老师，杨家宁今天没来学校！他昨天回去就急性肠胃炎，送医院了！他爸妈刚刚给他们班主任打电话，人还在医院躺着呢，来不了了！"

"来不了了？这都什么事儿啊，临阵给我撂挑子！"老师嘟囔了一句，看了一眼在旁边茫然无措的韩俊骁，"还好准备了两个人，韩俊骁，那一会儿就你自己上吧。"

韩俊骁还没有反应过来，台上的活动就已经开始了。在全校师生慷慨激昂的校歌声中，她绝望地攥紧了手里的稿子。不过她即使害怕，总算还是控制住了自己的情绪，不仅把誓词背了下来，稿子也读得流利。虽然她清楚地看到台下她们班的同学和旁边二班的同学们悄悄地指点着她交头接耳，但她努力低下头，装作什么都没看到。下台的时候，她长出一口气，以为自己的这一劫难终于过去了。她没想到的是，所谓的"劫难"才刚刚开始。

同学们都知道宣誓代表是一班的韩俊骁和二班的杨家宁，但后来台上出现的只有韩俊骁一个人。二班同学之间就在传，说是韩俊骁又闹事，仗着自己是全年级第一，非要把杨家宁挤下去，只能自己当优秀学生代表。第二天杨家宁病好了来上学之后，便有同学问他，是不是这么一回事。

杨家宁总是考第二名，年级大榜上，他总是排在韩俊骁后面。韩俊骁高二时头一次掉下第一名的宝座，就是因为他比她多出了两分。他也是学校的重点保护对象，所有老师都认为高考状元肯定出在他俩之中。二班的班主任每天都在鞭策他："次次考试被一个女生压一头，你丢不丢人？"

他自然觉得丢人。于是在同学们问他代表演讲的事情时，他心念一动，毫不犹豫地回答，"还能因为什么！被挤下来就被挤下来呗，咱好男不跟女斗。”还做出一副大将风度、不以为然的样子。

话传到韩俊骁耳朵里的时候，全年级都已经在议论这件事了。别的班同学还不知从哪里听说了她的稿子是她爸给她写的，就问她，你是不是还要你爸替你高考啊？

她成了众矢之的。似乎大家在高考前压力过大而需要宣泄的时候，集体嘲笑一个出类拔萃的同窗，是一件不需要道歉也不需要负责任的事。如果她无动于衷，动动嘴皮也没什么损失。如果她当真了，说明她心理素质低下，本来就不够优秀，和其他人并无什么不同。

人在高处的时候，根本看不见低处有多黑暗。

她记得李芊舒那件事刚刚平息下去的时候，还总有人跟她说，李芊舒算什么东西，竟然还想代替你，做梦吧。她听着心里舒坦，飘飘然地觉得，李芊舒确实不算什么东西，动摇不了她的地位，仿佛忘了李芊舒替她考过试一样。那个时候，李芊舒心里是怎么想的呢？她当时未加揣测，现在却明白了。

李芊舒再也没来过她家，她也没有在大院里见到过她。明明就住在几步远的地方，她却很轻易地从她的生活里消失了。庄磊说，她姥姥去世了，她妈回来想带她走，她不走，如今是真正的孑然一人。韩俊骁想，如果她没有错过中考，今年就也是一个高中生了。

她很想去找李芊舒，跟她说一说话，但却又觉得，即使是倾诉自己生活里的困境，在李芊舒面前也是变相的炫耀。

但无论如何，现在她却觉得，她们是同类人了。

55

韩俊骁在网上看到事态严重的时候已经是几天之后了。那几天她如行尸走肉一般和她妈一起忙逝者身后之事，根本没有打开看之前同事们发给她的无数条信息。等她发现自己和陶远的那张聊天截图被发到网上，还有那么多点击转发的时候，吓了一大跳，慌忙联系陶远和李千书，但两个人都没有回复。

她看到无数网友疯狂地在李千书的各个社交网络账号上留言骂她，甚至找出了她们公司的地址，以前公开的活动照片和链接下面也全是辱骂之词，言辞不堪入目到她一个外人都无法直视，已经远远脱离了仅是抨击李千书学历造假的范围。

她承认，自己心有不甘的时候，也曾恶意地揣测过李千书表面光鲜却处处掩饰的过去，但没有想到李千书的学历的确是假的，而自己无意中说出的多年以前的事，竟然会在谣言的助攻下火上浇油，成为如今令李千书为千夫所指的证据。

那是李千书多年以来的心结。她自诩聪明，却从当年走上和韩俊骁完全不同的道路开始，就和自己想要的未来越来越远了。伪造的假学历是她不会向任何人提起的痛处，如今却被自己的家人毫不在意地大肆宣扬，光明正大地摆在所有人面前，告诉大家她的人生虽然光鲜，却是建立在谎言之上的海市蜃楼，虚伪，并且一文不值。

处理各种违约和赔偿的事情交给了同事打理，由于个人名誉严重受损，之前签下的很多工作合约都泡汤了，公司也几乎停摆。连公众号每天发的跟她个人毫无关联的专栏文章，后台都会涌入无数条恶意评论。李千书一个人躲在家里，关掉了无线网络，手机也关机了，她不想再看到那些质问的话，但那些话已经层层叠叠地印在她的脑子里，想忘也忘不掉。她不甘心。她花了十几年来证明即使她没有韩俊骁那样天生优越的条件，没有一路风调雨顺的坦途，她也可以做到想做的事情，也可以成为人生的赢家。但事实证明她不可以。没有人去在意她现在的事业和成就，大家只知道她是一个学历造假的骗子，是一个初中都没毕业就被学校开除的小混混。

侠姐看她躲起来，担心她出事，特意跑到她家里来开导她。原本李千书还绷着，看到侠姐，终于绷不住了，大哭了一场。

“这已经构成名誉侵权了。咱们告他，不怕告不赢。”侠姐说。“陶远这个混蛋，我没想到他这么气急败坏地下手黑你，我都已经答应借他钱了。”

李千书问她：“你为什么要借钱给陶远？”

侠姐摇了摇头：“我当年欠他一个人情。”

陶远和侠姐早就认识，李千书知道。她认识侠姐的时候，侠姐在广州的餐饮集团做事，陶远是餐厅经理。后来出了一个严重的食品安全事故，陶远作为责任人被判处有期徒刑两年。那两年李千书在侠姐的帮助下去了国外，并不知道前因后果。

“那个事故的责任在我。”侠姐说，“他帮我背了锅。如果我进去两年，团团没有人照顾。”

团团是侠姐的女儿，有先天性心脏病。侠姐离了婚之后一直独自带孩子，为了照顾孩子，也放弃了事业上的不少机会，还好后来渐有起色，团团也在侠姐的照料下平安长大。

“陶远为什么愿意替你？”李千书问，“他那么好强不服输的一个人，那几年正是他还年轻、拼命想赚钱的时候。”

“因为我答应在他进去的那两年接济他家里。”侠姐说，“有利益就有权衡，就有取舍，他觉得我开的条件足够高，自然就答应了。”

“那他后来怎么就和你疏远了？我们后来在一起的那几年，他连提你都不想提，更不说他年轻时全靠你提携。”

“他家里人不知道他进去，真以为他赚了大钱，他出来之后，自然就继续跟他狮子大开口。他刚出来那阵子什么都没有，应付不来，只好又继续跟我讲条件，我们没谈拢。不过后来他跟你在一起了，你俩来了北京，有了你们自己的事业，他才渐渐地没那么计较了。说到底，不过也是个被家庭拖累的可怜人。跟你，跟我，也没什么不同。”

“可他为什么要这样做？你都借他钱了，他就这么恨我吗？一定要看我身败名裂？”李千书说着说着，又忍不住气得掉眼泪。

“他可能也没想到我会借他钱。你非要报案，他气急了，一时间做了错事，也有可能。但买通媒体放出了料，舆论发酵了，就覆水难收了。早知道他打算这样对你，我就不应该帮他。”

李千书摇着头。“算了，”她破罐子破摔地说，“他说的都是事实，我就是骗子，我什么都没有。”

“就算是事实，就算你有错，他也没有资格让那么多不相干的人来骂你。”侠姐说，“这回咱们告到底，不会再给他留情面了。”

韩俊骁的父亲下葬的前一晚，她整夜没睡，看着那些疯狂辱骂李千书的陌生人的评论，回想起了自己高考前的那段时间，那段她不管做什么事都会被同学们嘲笑的时间。就像是再次亲身经历了一遍所有的恐惧一样，她一条一条地看着那些恶毒的词汇，一想李千书在屏幕的另一端也看得到，就难过得掉眼泪。

她一遍遍给李千书打电话，给她留言，告诉她她不是有意对陶远说出那些话的，甚至用自己能想到的最厉害，但实际上并没有什么攻击力的词汇去骂陶远，骂他卑鄙，指责他为什么要这样对李千书，但所有的话全都像是被手机那端的黑洞吸收了一样，没有任何回应。她害怕了。她知道对于李千书来说，这样的谩骂戳中了她心里的死穴，基本上就是在谋杀她所有的意志力。而这一切都是因为自己。

十几年之后，她再一次参与了对李千书的群起围攻。

她睡不着，像小时候无数个夜晚那样，默默地蹲下来，缩在墙角，抱着自己流眼泪。像小时候那样，如果惩罚自己也算是赎罪，心里才会不那么难受。

她妈也一样没睡，听到声响，走出卧室，看到她蹲在那里，回去给她拿了条毯子。

“以后不要再蹲墙角了。”她妈说，“你长大了，没有人再罚你了。”

韩俊骁流着眼泪，摇了摇头。“这一次是我自己罚自己。”她说，“妈，我犯错了。”

她把事情原委给她妈讲了。她妈听过之后，叹了口气，把她拉起来，牵着她的手回到卧室，两个人肩并肩坐在床上。“你是错了。”她妈说，“但是你蹲墙角也没有用。想想办法，跟人家道歉，或者做点什么，都比你蹲在墙角要有用得多。”

“她还会原谅我吗？”韩俊骁问。

“做什么是你的选择，原不原谅是她的选择，不要强求。”她妈说。

第二天一早，阴雨连绵，母女俩很早就出门去墓地。走到小区外街边的时候，韩俊骁突然看到马路对面的废弃工地那里有一个人影，打着一把巨大的黑伞。

“妈，你先去，我一会儿就到。”韩俊骁跟她妈说。

她走过马路，雨小了些，看清了人影，果然是李千书，站在那里盯着那片废墟，动也不动。

“你回来了。”韩俊骁走近。

李千书转过头，神情有些意外。“你怎么在这儿？”

“我家就在对面。”韩俊骁说，“拆迁的时候搬的。近，住习惯了，不想走远。”

李千书冷笑了一声，又转头盯着废墟：“习惯吗？我也从小住到大，却从来都没习惯过。”

韩俊骁红着眼睛，沉默了半晌，说：“网上那些，我看到了。”

李千书没说话。

“我给你打电话，你不接。我发了好多条信息。”韩俊骁试着解释，“我真的没有想到事情会发展成这样，这全是我的错。”

“也不全是你的错。”李千书说，“我的假学历，你也不知道，是陶远从我爸妈和侠姐那边知道的。不关你的事。”

“所以，你原谅我了？”韩俊骁问。

李千书冷冷地看了她一眼：“当然没有。”

“对不起。”韩俊骁说。

“我都说了不原谅你，你说什么对不起？”

“原不原谅是你的事，说不说是我的事。”韩俊骁说。

李千书没接话。

“我爸走了，今天下葬。”韩俊骁说。

李千书转头又看了她一眼，看她穿着一身黑，胸前还别着白花，眼里的神色有些许波动。“节哀。”她说。

“我其实想说，”韩俊骁说，“他不是我的亲生父亲。我妈当年生了一个男孩，没了，我是她当天从医院厕所里拣的。韩俊骁这个名字，也是我爸原本给儿子起的。”

李千书有些惊异地看向她，这才发现，韩俊骁这些日子也消瘦了许多，整个人都憔悴了，也是不知道怎么熬过来的。但终究是要熬过来的。当她可以把自己之前三十五年的经历总结成一句简练的话，平心静气地说给别人听的时候，才算是熬过来了。

两个人一时都沉默了，只能听得到雨打在伞上的滴答声。

过了很久，李千书说：“不喜欢自己的名字，那就改一个。我的名字也是我自己后来改的，我很喜欢。你知道吗，侠姐原名叫吴艳霞，她嫌不好听，不大气，后来就自己改成了吴雁侠。我那个时候崇拜她，觉得特羡慕，也把自己的名字改了，千书，一千本书，是不是特别有意义。”

韩俊骁点点头。“那我以后也去改一个。”她说。

“嗯。”李千书说。

“我要去墓地了。”韩俊骁走了两步，又停住，转过身，“你回来，如果没处可去的话，就来家里吧。”

李千书看了看她，“替我和阿姨，还有韩老师，问个好。”她说，“谢谢你们。”

“谢谢我们？”韩俊骁愣住。

“谢谢你们当年的一千本书。”李千书说，“你自己都没数过你家里当时有多少书吧，我数过，快一千本了。虽然我的学历是假的，但我看过的那些书是真的。”

56

李芊舒错过了中考之后，没能毕业，学校答应让她回到初二跟着读，明年再考。她又回了原先的班级。大家都笑她，跳了一级，又跳回来了。她也觉得自己就像一个笑话。她还是原来那个野孩子，没有人把她当作跳了级的小天才，以前喜欢欺负她的那些同学，又开始欺负她。

姥姥不在了，有没有人夸她聪明、鼓励她考个好大学，似乎也没有那么重要了。没有人再催她每天按时回家，没有人盯着墙上的挂钟守着桌上的饭菜等她放学，她彻底成了一个没人管的孩子。她反而变得胆小了，别人欺负她，她不会再没轻没重地打回去了；每天放了学，她也不会再四处游荡；晚上回家后，就用桌椅把房门顶起来，这样独自在屋里睡觉时才不会害怕；一旦有人敲门，她就躲在门边不出声，让外面的人以为家里没有人。

韩俊骁敲门的时候，明明看到屋里有灯光，就是没人答应。她敲了好多次，又说："我是韩俊骁。"过了好久，才听到屋里桌椅挪动的吱呀声，李芊舒把门打开一个小缝，看到确实是韩俊骁，才又挪开了一点，让她挤进来。

"你来干吗？"李芊舒问。

韩俊骁一时语塞，也不知道自己来干吗。

“你不是马上要高考了吗？你爸不看着你？”李芊舒问。

韩俊骁点了点头。

“那你还来？”李芊舒问。

韩俊骁又点了点头。

李芊舒就把顶着门的椅子挪下来，两个人靠着门并肩坐下。

“他们都笑话我。”韩俊骁说，“笑话我要让我爸替我去高考了。还有人说，你当时替我那件事，说不定就是真的。你说，他们为什么当时不相信你，现在又不相信我了呢？”

李芊舒看了看她。“那有什么，”她少年老成地说，“他们当时能不相信我，就迟早有一天会不相信你。”

“你高兴了吧。”韩俊骁说，“你不是一直希望有人能发现真相吗？”

“有什么用？”李芊舒说，“姥姥已经走了，什么都没有意义了。”

韩俊骁不吭声。过了好一阵，她说：“我不想考试了。”

李芊舒说：“我也不想上学了。”

两个人坐在昏暗的灯光下，齐齐地叹了一口气，都觉得自己面临着人生中最凄凉最痛苦的绝望。之前的那些羡慕嫉妒和报复，一时间似乎也没有那么重要了。

韩俊骁晚上没有按时回家，她爸和她妈以为她出了事，心急火燎地跑去了学校，没有找到她，又连夜惊动了她的班主任。班主任打电话问了全班同学，没有一个人知道韩俊骁有可能去了哪里。后来只有一个同学说，好像放学的时候看到她和十班的庄磊说话来着。

老师的电话打到了庄磊家，庄磊被他爸妈从床上揪起来接电话，一头雾水地否认。

四处找寻无果，韩俊骁她爸发火要揍她妈的时候，韩俊骁进了家门。“你个小兔崽子死哪去了？！”她爸气得直吼，“我平时的话你都白听了是吧？要高考了你给我玩失踪是吧？！”

韩俊骁一声没吭，乖乖地走到墙角站好：“爸，你罚我吧。”

她爸听她说去了李芊舒家，倒是没有再盘问，但他觉得有些意外，似乎没想到她们两个之前结下的仇就那么算了。如果没有大人，小孩子的世界不知道会有多快意恩仇，或许会更残酷，但无疑会更纯粹。

“咱们俩算朋友吗？”在李芊舒家的时候，韩俊骁问她。

“不算。”李芊舒瞪了她一眼，“我现在这样，都是你害的。”

韩俊骁也没有反驳。“我现在和你一样，也是没有朋友的人了。”她说。

“好像你以前有朋友一样。”李芊舒说，“他们都是假的，看你成绩好，受老师喜欢，跟你随便说几句好话而已，那算什么朋友。”

“嗯。”韩俊骁点头，“我知道。”

“不像我，我以前没有朋友，现在也没有。但我不在乎。”李芊舒说。

“你真的不在乎？”韩俊骁问，“庄磊就很好。他不是你的朋友吗？”

“当然不是，”李芊舒说，“我就是帮他写写作业而已。那句话怎么说来着，打球的男生，四肢发达，头脑简单。”

韩俊骁摇摇头：“他头脑才不简单，他喜欢你。”

李芊舒嗤笑一声：“胡说八道，你不是喜欢他？”

“他不喜欢我，有什么用。”韩俊骁说。

李芊舒好奇地看了韩俊骁一眼："这么有自知之明，可不像是你说的话。"

"我看得出来他喜欢你。"韩俊骁说。

"我可有自知之明。"李芊舒说。

"什么意思？"

"谁喜欢我，都跟我没什么关系。"李芊舒说。

李芊舒总是会说一些听起来不符合她年纪的话，让韩俊骁想来想去都不知道她的脑袋里装了些什么。后来不曾联系的那些年里，她有时也会想起当年的事，会好奇，李芊舒这样的女孩，她喜欢的人应该是什么样子？没有答案。就像是韩俊骁自己，也在说不清道不明的感情里无谓地消耗了多载岁月，早就忘记了真正的喜欢是什么样的感觉。

第二天，同学们都知道了韩俊骁昨晚夜不归宿，然后老师把电话打到十班的庄磊家去了。十班是差生班，收的都是中考扩招上来的学生和体育特长生，是全年级最不受待见的，以一己之力拖升学率后腿的班。大家开始议论韩俊骁肯定是早恋了，还跟个踢足球的差生一起，难怪自己不行就要靠她爸。韩俊骁吓得不轻，主要是担心这谣言传到班主任老师耳朵里，要是再让她爸知道，她就没命了。

"就她那样，连个踢足球的都看不上吧。"

"也是，戴个酒瓶底眼镜，天天就知道死读书，看上谁都看不上她。"

终于，庄磊也听到了议论，有一天放学时他在大院门口看见韩俊骁，就走过去问她："你都跟你们班同学说什么了啊？一天天地编排我。"

"我没说，"韩俊骁慌忙辩解，"都是他们瞎说的，真的，我什么都没说。”

“我觉得你也没胆说。”庄磊说。他看了看韩俊骁：“感觉你最近迷迷糊糊的，怎么了，吃错药了？还是高考前压力太大脑子出问题了？”

韩俊骁点了点头，又慌忙摇了摇头：“没有。”

“好好的吧，”庄磊还是一副大大咧咧的样子，“反正你们一班的人，就算考得再烂跟我们也不是一个档次的。他们爱怎么编排我就怎么编排我，你不用放在心上。”

这句话让韩俊骁的心里莫名一暖。“谢谢。”她说。

“不用谢我，我算个啥。”庄磊手一挥，迈着大步跑远了。

这话倒是和李芊舒说的有几分相似，韩俊骁在心里想。但谁又说得准人心里的喜欢是因为相似还是相异呢？庄磊于她来说，不也是另一个世界的人。或许正因为他们都是她永远不可能成为的人，才会心生艳羡，才会好奇，才会被吸引。

说来也奇怪，她知道庄磊喜欢李芊舒，但并没有因此对李芊舒产生新的妒忌，也并没有因此对庄磊的感觉增加或减少任何一分。或许她下意识地知道，他们本就是走在不同道路上的人，即使短暂同行，也会很快分道扬镳、渐行渐远。而李芊舒，也只有在那段她们都被各自的环境所孤立的时间里，和她有了短暂的共同语言。出于同样的恻隐之心，她们成了彼此唯一能够说话的人。那些无处倾诉的委屈和埋怨，那些有口难辩的嘲笑和讽刺，那些与世隔绝的孤独和无助，都有了宣泄的出口。

韩俊骁劝李芊舒一定要坚持到中考，即使不考育才，也一定要拿到毕业证，不管将来是不是要被她妈带走，她都还可以继续读书。李芊舒也劝韩俊骁不要害怕高考，以她的水平，即使发挥一般，考一个重点大学都绰绰有余。

两个人放下了前嫌，相互鼓励，似乎一切只要坚持下去，就都会向更好的方向发展。

但热闹是相似的，孤独却各自隐藏着无法言说的秘密。

57

李千书觉得自己是世界上最不孝的孩子。她当年离开老家的时候，在墓前答应过姥姥，说自己一定会成为很厉害很成功的人，让所有人刮目相看，把从前夸下的海口都实现，就会回来看她。结果这一走就是十几年，她一直都觉得自己还不够好，不够让天上的姥姥骄傲。这一次回来，她更是折戟铩羽，灰头土脸，好不容易奋斗出来的一切都被铺天盖地的诋毁给淹没了。

老家虽是小城，但十几年来也变化得让她几乎认不出。五中搬到了新校址，原来从后门到东湖的那条路她已经找不到了，湖边也修了干净整洁的步道和围栏，大人们推着婴儿车在湖边遛弯散步，阿姨们放着音乐跳着广场舞。

她一个人在湖边站了许久，然后看了看微信上韩俊骁给她发来的地址，去了她家。韩俊骁和她妈都在家。李千书一进门，就递了个厚厚的信封。

“你这是干什么？”韩俊骁她妈一愣，连忙推脱，“这么多年没见了，别跟阿姨这样。”

李千书摇摇头：“我也是才知道韩老师去世了。以及，阿姨你当年借我的钱，我一直都没有机会还上。这一次，算是连本带息。”

“不能要你的钱，你帮了我够多了。”韩俊骁上前，把信封塞回李千书手里。

李千书看她俩坚持，就没再争。三个人沉默了半晌，韩俊骁她妈抹了抹发红的眼睛：“去看过姥姥了吗？”

“没有。”李千书说，“我小时候答应她，要过得好了才回去看她。我没脸。”

她妈拉了李千书的手到沙发上坐下：“傻孩子。姥姥心里，你只要健康平安，就是过得好。”李千书没说话，抬眼看了看屋里。自从韩俊骁她爸出事以后，家里没有人整理，显得格外杂乱。站在一旁的韩俊骁看到李千书的目光，略显尴尬地指了指客厅角落里散落的一堆书，说：“家里乱，你别介意。我和我妈正在商量家里的东西怎么处理。”

“处理？”李千书问，“你们要搬走？”

韩俊骁点点头，又摇摇头：“我和我妈，都不知道怎么在这个家里待下去了。”

李千书愣了愣，突然回想起很多年前，她躲在韩俊骁家院外偷听的时候。她爸发脾气，韩俊骁低声哭泣，而她妈总是默默地收拾家里的满目狼藉，连流泪都不会发出声响。那时的她们两个，还不知道自己即将走向的路和心目中的未来，隔着多远的距离。

韩俊骁的妈妈去厨房做饭。李千书和韩俊骁一同在客厅的角落里坐下来，你一本我一本地收拾起散乱的书。“这边比以前家里地方小。当年搬过来之后，他的很多书都没有地方放，这边堆一点，那边堆一点，不比以前了。”韩俊骁一边收拾，一边轻声说。

“你后来，有看过那些当年他不让你看的书吗？”李千书问。

韩俊骁摇头。

“你总是那么听他话。”李千书说。

书的确堆得杂乱无章。陀思妥耶夫斯基和鲁迅扔在一起，《太阳照常升起》又跟《京华烟云》塞在一处，和李千书记忆里完全不一样了。她帮着韩俊骁收拾了几摞出来，实在灰心，索性甩了手坐在一旁发呆。

“说起来，”她说，“你有多少次挨罚是因为我？我都数不清了。”

韩俊骁看了她一眼。“得了吧，”她说，“你怎么可能数不清？你那脑子可清楚着呢。”

李千书无奈地笑了笑，扯了扯嘴角：“嗯。你还记得你第一次因为我挨罚，是为什么？”

“能不记得吗？”韩俊骁说，“因为那个奖杯。”

那是李芊舒第一次得到允许，可以借走《城南旧事》的那一天。那个玻璃做的书法协会奖杯被摔得粉碎，她爸放走了李芊舒，韩俊骁却被罚站了一晚上。

“你从小就满肚子坏心眼。我那个时候就该知道，你就是来祸害我的。”韩俊骁说。

李芊舒已经拿到了那本《城南旧事》，眼睛却还不安分地在书柜里四处乱看。韩俊骁上前去拉她的时候，她正跃跃欲试地伸手去够《子夜》，一看到韩俊骁伸手来拉她，她一躲，不偏不倚地把奖杯碰歪，晃了几晃，摔到了地上，四分五裂。

李千书耸耸肩：“是我干的又怎么样？反正后来你冤枉过我那么多次，我就冤枉过你那一次。”

“嗯。”韩俊骁点了点头，“也不能算是你干的。是咱俩一起。”

李千书笑：“现在不把错都推到我身上了？”

韩俊骁摇头：“现在想想，很多事都是咱们俩一起干的。”

“是啊。”李千书叹了口气，说，“但承担的结果却不一样。”

韩俊骁看了看她：“你现在打算怎么办？”

“什么？”李千书问。

“你公司那边，还有网上……”韩俊骁问，“还有陶远。你怎么处理？”

“侠姐劝我告他，”李千书说，“可我总觉得害怕。虽然他莫名其妙煽动了那么多陌生人来骂我，但他们说的也不是假话。我就是这样一个人，一点都没错。”

“你不是这样一个人。”韩俊骁说，“你本来就应该跳级，就应该考上很好的大学，应该读你想读的专业；喜欢做学术就做学术，喜欢早一点工作赚钱就早一点工作赚钱；喜欢一个值得结婚的人，就去结婚，喜欢一个不知道要不要结婚的人，就先不结婚……”

李千书用不可置信的眼神看着韩俊骁。

“你应该是我。”韩俊骁说。她多希望，也有一个人，在她迷茫困惑的时候，能对她说出这样一番话，告诉她，做什么事不重要，重要的是要知道自己是谁，自己该做什么事。但没有人告诉过她。“你是我就好了。如果你是我，你能比我做得更好。”

李千书愣了愣，然后笑了，笑着笑着又掉下了眼泪。“我是你？”她说，“那你是谁？”

“我也不知道。”韩俊骁说，“可能我在三十五年前那个医院的厕所里活个十几分钟，也就消失了，没有人知道我来过。即使后来，大家知道韩家有个孩子叫韩俊骁，至于韩俊骁是谁，我又是谁，没有人会在意。”

“我不是你，韩俊骁，我也没办法成为你。”李千书说，“我们谁也成为不了对方。这是命。”

两个人靠在书堆里，心灰意冷，一时间都没再说话。过了很久，韩俊骁的手机响了一声。她拿起来看，是庄磊发来的信息，后面跟着一串链接。不用看也知道，他也是才看到网上的事。

“怎么回事？”他问。看到韩俊骁没有及时回，又打了一连串的问号。

韩俊骁她妈做了丰盛的饭菜，三个人坐在饭桌旁，却迟迟没有动筷。“多少吃一点吧。”她妈给李千书碗里夹了菜，说，“我老了，不知道你们年轻人网上那些事。我就知道，什么都没有家人健康平安重要。你好好活着，什么都不能打败你。”

“妈，你就别说了。”韩俊骁看了她妈一眼。

李千书没说话，拿起筷子，夹了一口饭。

韩俊骁看着她拿筷子的左手，突然想起什么似的，下意识地开口问：“你的手，是不是那一天伤的？”

李千书的筷子抖了一下，但还是把饭送进了嘴里。她看了一眼韩俊骁，什么都没说。

韩俊骁低下头吃饭。过了好一会儿，她开口说：“你不是这样一个人。”

李千书没听懂她说什么，疑惑地抬起头看着她。

“我陪你去找学校的老师，还有当年那些人。”她说，“他们都可以证明，你不是这样的人，那些事都不是你的错。”

李千书摇摇头。“别费劲了。”她说，“真相是什么不重要，在陌生人眼里，他们只会相信他们想相信的，随意谴责一个造假的骗子，对他们来说是再轻易不过的事，至于骗子的过去，谁稀罕知道。”

“那不行，”韩俊骁说，“你还有你的前途，不能因为一盆脏水就全盘抹黑。”

“又不是抹黑，是真的，”李千书说，“我的学位证真的是我花五百块买的。他们骂得一点都没错。”

“那又怎样？”韩俊骁说，“就算你没有学历，能说明你没有能力吗？有没有学历，你都是你，你应得的一点都不会少！”

“当然会少。”李千书无奈地笑了笑，“我什么都没有了，可能到现在都还是侠姐餐厅里的一个打工妹。”

“才不会，你从小那么好强，不管把你扔到什么环境里，你都可以努力得到你想要的。”韩俊骁说，“你在哪里都会发光。”

李千书有些奇怪地看了她一眼。“过了这么多年，你现在倒开始夸我了？”她说。

韩俊骁低下头。“一直以来都是我在羡慕你。”她说，“我羡慕你是一个怎样都打不倒的人，顽强到百毒不侵。没想到，你现在倒开始害怕失败了。”

“我一直都很害怕，从小就害怕。”李千书说，“我只是不敢表现出来而已，怕别人看出我害怕，就更瞧不起我了。”她低下头吃饭，眼泪一颗颗砸在饭碗里。韩俊骁想起小时候她什么都不怕的样子，忽然感到一阵心酸。曾经互相羡慕嫉妒的她们，终于谁也没能成为对方的样子。晚上韩俊骁留了李千书在家里住。韩俊骁要来了侠姐的联系方式，躲进洗手间给侠姐打电话。

“她公司那边怎么样？”韩俊骁问。

侠姐有些奇怪：“你不是早辞职了吗？”

韩俊骁有些尴尬：“那……那你就把我暂时当成一个编外人员吧。”

“哦。那边一盘散沙，乱七八糟。怎么了？你有什么高见？”侠姐问。

“……我没有高见。”韩俊骁说，“我只是想帮她把这件事情解决。毕竟我也有错。”

“还能怎么解决？打官司呗，侵害他人名誉权。就算咱们有错，过去的事也过去了，但骂过火了上升到人身攻击，这谁能忍得了。”侠姐说。

“如果有我能帮上忙的地方，你告诉我。”韩俊骁说。

挂了电话从洗手间出来，李千书站在门外，手里拿着手机，瞪着她。“你干吗要告诉庄磊？还嫌我不够丢人是吗？”她问。

“我没有，”韩俊骁连忙辩解，“是他在网上看到了，问你你没回复他，才来问我的。”

李千书不太相信地看了她一眼。“行吧，”她说，“这事你就别再问了，也别再管了。”

“为什么？网上那么骂你，你就这么算了？什么都不做？”韩俊骁问，“侠姐也说要帮你了，你自己不能先打退堂鼓啊。”

“跟你没关系，”李千书说，“你就别多管闲事了。”

“不是闲事，”韩俊骁说，“我也有错，我也该一起承担。”

58

庄磊后来再没有让李芊舒帮他写过作业，一是因为离高考没几天了，没有老师再看着他们写作业，二是因为李芊舒根本没空帮他写作业了。她私下里答应了好多班里的同学帮他们写作业，每天连自己的作业都不写了。

“他们那么欺负你，你为什么还要帮他们写作业啊？”庄磊不解地问李芊舒。

“因为不想被他们欺负啊。”李芊舒回答得漫不经心。

庄磊看了看她：“胡扯，你才不在意他们欺不欺负你。”

李芊舒翻了个白眼。“我没钱，好吧？”她不耐烦起来，“给他们写作业我还能赚点零花钱。我妈给我留的那点钱根本不够用的。”

庄磊就不作声了。过了好久，说：“我爸妈说，我要是考不好，他们就安排我去上海，我家有亲戚在那边，花点钱，能让我上一个三本，将来他们还能安排我找工作。”

“哦。”李芊舒心不在焉地答应着。

“但是我不想去上海。”庄磊说。

“哦。”

"你是不是中考完，就要跟你妈去广州了？"

"哦。"

"广州也挺好的。我问问我家亲戚，广州他们能不能给我安排安排。"

"哦。"

"你听没听我说话啊？"庄磊问。

"啊？"李芊舒恍然转过头来，问，"说什么话？"

庄磊就叹口气，也没心思重复自己刚才说过的话了。

临近高考，学校也对他们这些差生放任自流，爱干什么就干什么去。庄磊乐得清闲，每天下午就去操场上踢球，一直踢到高考的前一天。学校给学生们早早放了假，为了让他们第二天考试能休息好。庄磊并不想休息，仍然在操场上踢球踢到太阳快下山，才满头大汗地回教室拿了书包准备回家。路过韩俊骁的教室门口，一眼看到教室里空空的，只有她一个人坐在自己的座位上发呆。教室门开着。他就冲她喊了一句："干吗呢？你们尖子生高考前都搞什么封建迷信？"

韩俊骁被他突如其来的一嗓子吓了一跳。看到是他，才回过神来，慌忙说："没干吗，我一会儿就回家。"

虽然高考前难得早放学，但韩俊骁却没打算走。她知道如果现在回了家，等着她的又是她爸无处不在的监视。明天就要高考了，她很怕自己心里的这根弦在人生中这件重要的大事发生之前就不小心断掉，只能拼命绷住，希望可以熬过去。她装作和其他放学的同学一起出门，然后去了厕所，等大家都走了，教室里没了人，才一个人又回来，在教室里空耗到正常的放学时间。

"哦，"庄磊说，"一起走吗？"

韩俊骁愣了一下。庄磊看似无意，换成别的同学，他应该也会这样顺口一问。但对于韩俊骁来说，却是错过就时不再来的邀请。她怔住片刻，声音卡在嗓子眼里，干涩得像被砂纸磨过。“不了，”她说，“我一会儿再走。”

庄磊也没太在意，哦了一声，就自顾自地走了。

韩俊骁想，那是第一次，应该也是最后一次，她拒绝庄磊的邀请了，从那以后，她和庄磊也不会再有共处的机会。眼见着天色逐渐暗下去，韩俊骁收拾书包准备回家，却发现了一个可怕的事实。她的准考证不见了。

班主任千叮咛万嘱咐所有的同学，明天去考场一定不能忘带身份证、准考证。她像大多数同学一样，按老师的要求准备了一个塑料的透明夹子，把证件进去，放在书包夹层里，时不时伸手摸摸。但刚才她收拾好书包，下意识去摸的时候，却发现里面空空如也，夹子不见了。只装了两个证件的夹子虽然小，但如果不是把书包倒过来抖，也不至于掉出去。韩俊骁就在座位上把所有东西倒出来，把书包翻了个底掉，也没有找着。她慌起来，细细回想：大家都准备放学的那个时候，她把夹子从桌上拿起来放进书包里，然后背着书包装作跟大家一样出去，上了个厕所，又回来坐下。回来之后教室里就她一个人，也没再摸过夹子。她腾地起身，冲到厕所里找了一阵，一无所获，又回来在座位附近翻找，还是没有。

韩俊骁愣在原地。她想起放学前班里几个同学问她，“明天考试你爸是不是要送你去考场啊？”

韩俊骁不想回答，他们就又嘻嘻哈哈地笑着说：“那干脆让你爸替你考了算了！”

韩俊骁还是不说话。

“你们说，要是韩俊骁没考状元，她爸是不是还要到学校来闹？”

“将来哪个大学录取她，她爸估计就去哪个学校闹！”

“天，那个大学也太倒霉了吧！”

大家哈哈大笑的时候，班主任在教室门口叫她，她就满脸通红地跑了出去。班主任又叮嘱了她几句，无非是心态放平放轻松，正常发挥，不要紧张之类的不说还好越说越紧张的话。韩俊骁再次回到自己座位上的时候，刚才笑她的几个同学早就和其他人一起陆陆续续离开了教室。

他们动了她的书包，一定是。他们看见她把夹子从桌上放进书包里了，就趁老师叫她的时候把夹子偷走了。

但他们为什么要这样？害她对他们来说有什么好处吗？如果她因为没了准考证不能去高考，他们就能多考好几分吗？就能被名牌大学录取吗？

韩俊骁吓出了一身冷汗。她并不能想明白这些深奥的问题，她只知道，她的证件没有了，如果今天晚上找不到，明天就不能高考了。班主任老师是说过准考证如果丢了可以提前办临时的，但今晚才办肯定来不及。虽然她不想惊动班主任，因为让同学们知道，又该笑话她韩俊骁摆架子闹事了。但她知道没有时间了，再丢脸都没有顺利高考重要。

她背着书包跑到学校门口，跟门卫大爷说：“我要打电话。”

大爷探出头来看看她：“你怎么还没走？学校都没人了。”

“我明天高考，我准考证丢了，我要给我们班主任打电话。”韩俊骁焦急地说。

韩俊骁虽然不想再因为“闹事”被笑话，但她也明白什么事都重要不过高考。她给班主任老师打了电话，说了前因后果，班主任很快就分别给那几个同学的家里打了电话。几个学生虽然恶作剧的时候不过脑子，但是毕竟胆子小，班主任厉声批评几句，一个个立刻就怂了。其中一个男生承认，他把韩俊骁的证件夹趁放学的时候带出教学楼，扔到了操场看台后面的树丛里。

操场看台在整个校园的最外侧，晚上也没有灯。天已经彻底黑下来了，韩俊骁虽然害怕，但是没有别的办法，只好硬着头皮一个人往黑漆漆的看台后面走过去。她拿着跟门卫大爷借来的手电，小心翼翼地照着树丛，来回找了两遍，终于借着塑料的微弱反光找到了被扔在墙角的夹子。还好证件都好好地在夹子里，除了沾上了灰土之外完好无损。

韩俊骁如释重负，也不顾自己满头满脸都是灰，扑上去捡起夹子就紧赶慢赶地出了学校，把手电还给门卫大爷。大爷看她狼狈，还在后面冲她喊了一句："姑娘，别着急啊，明天好好考试！"

韩俊骁也没顾上跟大爷道谢。回家的末班车已经没有了，她只好步行几站路回家。一边深一脚浅一脚地走着，一边惦记着她爸要求的回家时间早就过了，还是高考前一天。她心里慌得要命，不知道是该担心明天的考试，还是她爸的惩罚，又或是同学们的嘲笑。还有两条街就到家了，韩俊骁虽然疲惫不堪，但还是尽量加快了脚步。走到路口一拐弯，突然迎面撞见几个骂骂咧咧的年轻人。韩俊骁连忙躲了几步，想避开他们走。却听到其中一个说："哎，这个女生有点眼熟，要不就问她要点吧。"她还没反应过来，就被两个人一前一后地挡住。

"这么晚不回家？"其中一个说，"被我们碰上，还挺巧。借点钱花。"

李芊舒回到家里的时候，看到庄磊等在她家门口，就说："你都不用写作业了，还来找我干吗？"

庄磊就说："不写作业就不能来找你吗？"

"没空。"李芊舒一边说，一边拿钥匙开门进屋。

"哎，你要是真的缺钱，我再问我妈要点，借给你。"庄磊说。

"干什么？"李芊舒警觉地看了他一眼，"之前姥姥生病的时候问你借的钱，我还没还你呢，不能再借了。"

"可以一起还。"庄磊连忙说，"你别给他们写作业了。万一被家长或者学校发现，多不好。"

"跟你有什么关系？"李芊舒说，"写的又不是你的作业。"

"我知道，"庄磊虽然被怼了，却也没有生气的意思，看李芊舒进了屋要关门，连忙伸手挡住，"我是说真的，你不能问你妈要钱吗？这不是她应该给的吗？哪能把自己孩子扔在老家不管？"

李芊舒不理他。"你再不松手，我关门了啊。"她说。

"哎别别别！我有正事，真有！"庄磊连忙叫唤。

"说。"李芊舒说。

"上次咱俩一起去的那个旧书摊，老板说新弄来不少书，你之前不是说想要的很多都不全了吗，要不要去看看？"

"真的？"李芊舒重又打开门。

"对啊，我刚从那边回来。"庄磊说，"走啊。"

"走。"

庄磊总去看武侠和漫画，跟旧书摊的老板混得熟，就总是租李芊舒想看的书回来借给她。两个人一起抱着书往家里走，到了路口一拐弯，看到几个人骂骂咧咧地堵在墙角。庄磊一眼看到站在旁边的一个人，说："哎，那不是李宏峰吗？"

李宏峰没考上高中，被家里逼着读了一个职业学校，平日里游手好闲，不知道都跟什么人混在一起。庄磊初中时虽然总和他一起打球，但也有日子没见到他了。而李芊舒却惊讶地看着他们围着的那个人，说：“那不是韩俊骁吗？”

韩俊骁知道他们就是想要钱，她手里的零花钱不多，但她爸给她钱并不是用来花的，如果发现没了，一定会打她。她虽然怕得要命，但还是犹豫着，死死攥着自己的书包。几个小混混开始不耐烦起来，韩俊骁突然看到了远处路过的庄磊和李芊舒。李宏峰也看见了他们，但他看到李芊舒和庄磊在一起，就没敢对她说什么。

“走啊。”庄磊扯扯李芊舒的衣角。

李芊舒轻声说：“他们是要干吗？”

“还能干吗，要钱呗。”庄磊说，“你不知道，育才也有不少小孩被他们在路上堵过，无非是想敲诈几个零花钱。出不了事。”

李芊舒犹豫着站在原地。

“想什么呢？走啊！”庄磊推她，“别在这儿多管闲事。”

韩俊骁看到李芊舒远远地望了她一眼，然后转身跟着庄磊一起走了。她突然就绝望起来，手脚发软，靠着墙角滑了下去。

59

那天晚上两个人都没睡着，有时聊几句天，有时又叹口气，不知不觉就到了天亮。李千书没怎么说话，基本都是韩俊骁在说。说以前大学时的事，说和叶晓楠的婚姻，说她爸临终前那几天的样子，想到什么说什么。她很少说这么多话。从小到大，认识她的人都说她话不怎么多，小时候大家都觉得是因为她优秀所以高傲，后来才渐渐觉得她只是孤僻。

她不是不想说，只是从来没有人听。除了认错领罚的话之外，她也渐渐地不知道其他的话怎么说了。

“你恨他吗？”李千书听她说了很久，突然问。

韩俊骁沉默下来，半晌，说：“我不想恨他，我只是觉得不公平。我这么努力地不恨他，他却到临走还明明白白地告诉我他恨我。”

“公平？”李千书问，“你现在和他讲公平，那你这三十多年都干吗去了。”

“也是。”韩俊骁点点头，“是我太蠢了。”

“你只是太害怕了。”李千书说，“换了谁都一样。”

“你就不一样。你就算害怕，也没人看得出来。怎么做到的？”韩俊骁问。

李千书轻轻地笑了一声：“真的害怕是不可能看不出来的。”

天亮了之后，李千书起身收拾自己的东西。韩俊骁问她：“不去看姥姥吗？”

李千书没回答。

“我和你一起去，”韩俊骁说，“我还要替我爸爸给她道歉。你要是不去，我自己去。”

“道不道歉的，没那么重要。”李千书摇摇头，“人活着的时候听不见，走了之后，你再说什么，也不过是对着盒子里的一把灰。”

姥姥走的时候，是她唯一一次看到她妈掉眼泪。她妈脾气暴，即使掉着眼泪，说起话来还是那副骂骂咧咧的样子。她妈不知道李芊舒躲在旁边听，如果知道，应该也会把她先骂走。她说的话，李芊舒听得不太清楚，但提到她的那部分她一直记得。

“妈，你后不后悔生下我？生下姑娘的那时候，我可是真的后悔。怎么是个姑娘呢？我一看她那个模样，我就能想到她将来的样子，她跟我，我跟你，斗一辈子气，受一辈子罪。”她妈说。

李千书不想承认，但她又确实跟她妈斗了一辈子气，就像她妈跟姥姥一样。她拼了命地想要证明她不一样，但却又在每一次和家人的争吵中恍惚，像是看到了她妈和姥姥当年的样子。只有陶远会对她说实话，说她提起家人时咬牙切齿又无能为力的样子，无比可悲。那是因为他也一样。

“你说，一个人在不同人的面前，为什么可以差别那么大？姥姥那么温和，那么慈祥，在我妈心里却是个不可饶恕的妈妈，让她恨了一辈子。”李千书说，“我对我妈也从小恨到大，但是在赵如轩心里，她应该也是世界上最好的妈妈吧。”

“我们都只看到自己了解的那一面而已。”韩俊骁说，“从小外面的人都说我爸既儒雅又和善，是远近闻名的老好人，却只有我和我妈知道，他在家里，在别人都看不到的地方，在他最应该和善对待的妻子和孩子面前，是什么样子。”

韩俊骁起来去洗漱的工夫，李千书就悄没声地出了门。

“妈，你怎么不叫我？”韩俊骁从洗手间出来，只看见她妈站在门口，看着李千书留在柜子上的那个信封发呆。

“我以为她跟你打过招呼了，就没问你。这孩子，”她妈拿起信封，“跟小时候一样倔，认准的死理谁说都不带听的。”

“她说去哪儿了吗？还来吗？”韩俊骁问。

她妈摇摇头。

韩俊骁给李千书发信息：“你去看姥姥了吗？”

李千书没回。

“那你总该把地方告诉我，我自己去。”韩俊骁又发。

过了一会儿，李千书发来了墓地的位置。

“你回北京吗？”韩俊骁又问。

李千书没再回复。

韩俊骁想了想，给佳欣发了条信息：“最近怎么样？我看专栏好几天都没发新文章了。”

过了好久佳欣才回复。“我离职了。”佳欣说。

“你离职了？”韩俊骁问，“那你把她新助理的联系方式给我吧。”

“她新助理早就跳槽了，”佳欣说，“现在大家都自顾不暇，你要是有事，直接找千书姐吧。”

“妈，”韩俊骁收拾好出门的时候，跟她妈说，“房子的事，你想怎么处理就怎么处理。这几天我想回北京一趟。”

“因为你们公司的事？”她妈问。不知道为什么，“你们公司”

这个词现在听起来还挺有归属感的，就好像韩俊骁真的一直都是李千书团队里的一员一样。不过现在她的团队应该也不复存在了，她和陶远一闹翻，原本谈好的工作又因为那些负面新闻的困扰纷纷取消，人再走的走散的散，李千书身边应该也没什么人了。

“嗯，”韩俊骁说，“妈，其实我爸当年有句话说得很对，他说，我当年铁了心要家里蹲，给叶晓楠洗衣服做饭，以后有我后悔的时候。我真的后悔了，特别后悔。”

“不怪你。”她妈说，“是妈不好。妈该教你，遇到什么样的人，适合走进什么样的婚姻，这些都该是妈妈给女儿的忠告。可惜，我本身也没有给你做什么好榜样，没有资格教育你。”

“妈，我觉得不晚。”韩俊骁说，“谢谢你告诉我我不是你们亲生的，现在，有些事我反而想通了。与其现在继续后悔，不如趁我还能尝试，多试一试。总归也不会比现在更差了。你说呢？”

在去墓地的路上，韩俊骁接到了侠姐的电话。

“李千书还在你那儿吗？”侠姐问。

“走了。”韩俊骁说，“怎么了？”

“我帮她找了一个代理律师，律师说要跟她聊聊，但是她不接电话，人也联系不上。”侠姐说，“她说没说什么时候回北京？”

“没有，”韩俊骁说，“我也不知道。你们打官司的事，我能帮得上什么忙吗？”

“你能帮什么忙，”侠姐说，“板上钉钉的那张截图就是你和陶远发的，陶远不找你出庭作证就不错了。”

韩俊骁突然反应过来，暗暗在心里骂自己蠢。

“那……还有补救的办法吗？你们不是认识好多媒体吗？删不掉吗？”

“一直在删啊，但是都已经传出去了，删不删的也没用了。

除非你出来公开道歉，说你诽谤。”侠姐不留情面地说。

韩俊骁自觉心虚，没再接话。但她心里突然闪过一个念头。

韩俊骁买了花，独自去了姥姥的墓地，远远地就看见了李千书的身影。她走近一看，墓已经被仔仔细细地清扫过了，上面摆好了一束新鲜的花。李千书神色很平静，也不像是哭过的样子。韩俊骁把自己的花摆在一旁，拜了几拜。看韩俊骁来了，李千书就转身准备走。

“你要去哪里？”韩俊骁问。

李千书没回答。

“侠姐说给你打了好几个电话，你都不接，她给你找的律师要跟你联系。”韩俊骁说。

李千书还是没回答。

“你真的不打算处理这件事了？”韩俊骁问，“就这么完了？公司不做了？你让那些人就这么骂下去？”

“不会的。”李千书说，“等他们忘了这茬，就会转去骂别的人了，没有人记得这件事。”

“那你呢？你是要继续吃这碗饭的啊，你还怎么混？还有陶远，你就这么原谅他了？”

“从他打算跟我反目成仇那时起我就不会再原谅他，”李千书说，“但并不代表我也要撕破脸跟他死磕到底，两败俱伤有什么意义？他翻我的黑料，我就翻他的黑料，那又能怎样？”

“所以你还是心软了，害怕了，”韩俊骁说，“你其实一直都对以前的事自卑，宁可被骂也不愿意站出来澄清，对不对？”

“关你什么事？”韩俊骁的这句话把李千书激怒了，“你有什么资格来说我心软，说我害怕？如果不是你跟陶远瞎说，他会把以前的事拿出来黑我？”

“我是瞎说吗？所有人都说你被学校开除了，我后来跟你再也没见过面，我怎么知道到底发生了什么？”韩俊骁也气急了。

“你当然不知道！”李千书大吼，“因为你从来自私得只顾你自己！”

“你还不是自私得只顾你自己？”韩俊骁也吼，“别以为你记性好就可以拿陈芝麻烂谷子来说事，我也都记得！”

“你记得又怎么样？我那些倒霉的事全都是因为你！”

“我倒霉的事也是因为你！”

“你就是一个懦夫，一辈子都要活在你爸的阴影里，他走了都要恨你！”

“你以为你好到哪里去了吗？你还不是做梦都有人骂你招摇撞骗，连陶远你都不敢说实话，现在被爆出来你放心了吧？”

“那又怎样，我就算没有学历，我初中毕业都比你强，你一个名校博士不是照样要等我开工资？”

“那你倒是开啊？你公司都扔那儿了，我看你给谁开工资？我找不着工作我去端盘子洗碗我都不会给你打工！”

“你有脸说我？谁找不着工作跑来给我端茶倒水的？”

“你是大老板，那你怎么不硬气一点去把官司打赢呢？看见别人骂你就缩头乌龟一样躲起来，你这公众人物就这点心理素质？”

“我心理素质怎么了？谁从小考了第二就吓得不敢回家，让别人替考还不承认？”

女人骂起女人来往往犀利得一针见血，女人骂起自己来也往往精准得不留余地，但结果无非是两败俱伤。两个人都喊累了，这才意识到在庄严肃穆的墓园里大吵大闹似乎太不成体统。

“姥，对不起，”李千书说，“你别嫌我烦。我走得太久了，好久都没好好烦烦你了。”

“姥姥，对不起。”韩俊骁也说，“小时候我不懂事，都是我不好。以后我也常来看你，你别嫌我烦。”

“谁让你常来了？”李千书说，“你离远一点。”

“你管不着。”韩俊骁说。

两个人又沉默了好一会儿。

“对不起。”韩俊骁说，“我是真的想弥补。侠姐说，那张截图是从我这里传出去的，就要从我这里澄清。”

“你没什么可澄清的，他们也不会听。”李千书说。

“我可以的。”韩俊骁说，“不在意的人自然不在意，在意的人，我可以帮你给他们一个答案。我不希望你在你家人、在陶远面前，还是需要靠假象去伪装的一个人。”

“他们也不在意，而且我已经习惯了。”李千书说，“假象还更好看一点，就没必要知道真相了。”

“有，有必要。”韩俊骁说，“再残酷的真实都比虚伪的假象要好看。我们活到现在，都欠自己一个真相。”

“韩俊骁，我觉得你变了。”李千书说。

“是吗，”韩俊骁说，“我也希望是。”

60

韩俊骁交出自己身上零花钱的时候，有辆车子恰巧经过，在街角停下，车灯照到了他们几个。小混混们便没再久留，拿了钱一哄而散。她强撑着挪动身体，深一脚浅一脚地回家。她爸那天晚上没有罚她。他说："你明天高考给我考好了，我以后再也不罚你了。"

对于经历了无比漫长的一个晚上的韩俊骁来说，这句话无疑是最有效的一剂强心针，给她几乎就要全面崩盘的生活带来了一丝希望。虽然那时的她还并不知道这只是随意得不能更随意的一个谎言，但她还是强撑着精神，在那个没有受罚的晚上早早睡下，等待着第二天的考试。

但她睡不着。她回想起刚才在街角的惊心动魄，小混混手里的刀，还有她隔着人群看见的李芊舒和庄磊的神情。他们在她最恐惧最绝望的时刻，就像冷漠的路人一样经过，没有任何伸出援手的念头。

"真的只是要钱？"被庄磊拉着特意绕了远路，走出两个路口之后，李芊舒站住脚步，问庄磊。

"对啊，"庄磊说，"就是些辍了学、无所事事的混混，要了钱泡网吧买烟抽什么的。”

李芊舒想了想，转身往回走：“万一出事呢？”

庄磊拉住她：“你别回去了，又不关咱们的事！”

“那不是韩俊骁吗！”李芊舒说，“万一真出事了怎么办？”

“你不是讨厌她吗？”庄磊说，“她和她爸那么对你，你还帮她？”

李芊舒没说什么，还是往回走，庄磊一拉她，她一甩手，两个人手里抱着的书撒了一地。庄磊蹲下去捡，李芊舒顺势挣开他往回走，庄磊顾不上捡书，只好跑了两步追上她。两个人气喘吁吁回到刚才的路口，小混混们都不见了，韩俊骁也不知所踪。李芊舒正在奇怪，庄磊则如释重负地松了一口气。“还好，”他说，“还好他们走了。我就怕你多管闲事惹麻烦。”

“怎么了？”李芊舒说。

“刚才没敢跟你多说，”庄磊说，“这帮小混混经常在附近流窜，上个月还因为闹事打群架把一个人捅了，还好没出人命。育才的学生都知道，人心惶惶的，没人敢惹他们。没想到被咱们遇上了。”

“这么可怕？”李芊舒问，“那韩俊骁不会有事吧？”

“应该没事吧，这不，人都走了。”庄磊说。

两个人回去捡了书，继续往家里走。

“明天你们就高考了，”李芊舒说，“可不能出事。”

“你就不记恨她？”庄磊问。

李芊舒咬了咬嘴唇，说：“记恨。但是，考试对于她来说更重要。如果她考好了，说不定她爸以后就不罚她了。”

韩俊骁正是怀着这样的信念走进高考考场的。这是她新生活的开始，是她克服恐惧的必经之路，是她的人生从此由自己主宰的良机。她无路可退。

临近暑假，李芊舒的“生意”变得格外好。那些不愿意写假期作业的同学早早就跟李芊舒商量好，还有模有样地先付一半“定金”，等假期结束写好的作业到手，再付另一半，甚至吸引了很多慕名而来的低年级同学。大家都觉得李芊舒特别靠谱，因为她写的作业不仅正确率跟本人水准相当，平日里考六十分的绝对不会给你写出九十分的作业，平日里考八十分的也不会让你突然不及格，甚至连字迹都能模仿得八九不离十，即使老师亲自批改都不会露出破绽，当然，老师也不会亲自批改浩如烟海的作业。总之，简直是保质保量的业界良心。

“你这都跟谁学来的？”庄磊不解地问李芊舒。

“有什么难的？你去租个书租个碟，老板不也让你付定金吗？”李芊舒不以为意地回答。写多少作业对她来说没有特别大的差别，但是能赚点零花钱，她就能有饭吃、有书看，否则她根本没办法靠她妈留的那点生活费度日。

连陈宇都“堕落”了，他磨得他爸妈同意中考结束之后带他出去玩，心早就飞了，根本不想把大好时光浪费在赶作业上，早早就全部托付给了李芊舒。原本以为可以一身轻地回家大玩特玩，没想到还没放假，精心安排的计划就出了岔。

李芊舒还是很谨慎的，把作业交给她写的那些同学，她都告诉人家别忘了拿假的作业糊弄家长，以免被问起来的时候说错话。但陈宇被即将出去玩的兴奋冲昏了头，拿来糊弄家长的作业册子上赫然写着去年寒假的日期。他爸揪着他的耳朵问他作业呢，陈宇原本还死扛着，嘴硬不承认，被他爸掐紫了胳膊之后，终于哭喊着说，他的作业都在李芊舒那儿。

如果只是被当作同桌之间的小错误也就罢了，陈宇他爸可没那么好骗，第二天就拽着陈宇来到他们班，叫来班主任老师，说让李芊舒当着全班同学的面把陈宇的作业还给他。

李芊舒被陈宇的蠢气得跺脚，说什么也不认账。陈宇一看李芊舒不承认，急了，跳着脚喊："她说谎！魏晓东、杨辰还有王惠娴，他们的作业都在她那儿！不信你们去翻！还有孙雪，还有……"

这下全班哗然，突然被卖的同学慌成一片，其他同学幸灾乐祸地看热闹。班主任老师脸色铁青，上来就要翻李芊舒的抽屉，李芊舒死死挡住，教室里炸了锅。李芊舒毕竟人单力薄，也不敢真的忤逆老师，她抽屉里的东西全被翻了出来，里面有好多不同科目的作业册子，每一个"托付"她的同学的名字都写在上面，一个不少。

"全……全给我找家长来！"班主任气得嘴唇哆嗦，大吼一声，教室里这才安静下来。

李芊舒站在自己被翻得乱七八糟的桌子旁边，一声没吭。

"还有你！"班主任指着李芊舒的鼻子。

"老师，我没有家长。"李芊舒说，"我姥姥去世了。"

"你……我都气糊涂了，"班主任老师说，"你把你爸妈给我叫来！"

"他们在广州，来不了。"李芊舒说。

"管你在广州还是在哪儿，都给我叫来！"班主任老师吼，"这家长再不来，孩子都要反了！"

最后所有参与写作业事件的同学家长都来了，跟孩子一起黑压压地在老师办公室里站成一排，所有的眼睛都盯着站在角落的李芊舒。

"这个丫头不简单啊，"陈宇爸爸跟其他几个家长说，"小小年纪就知道搞金钱交易，仗着自己有点小聪明鼓动班里同学偷懒耍滑不学习，品行败坏！”

“我没鼓动，他本来就不想学习。”李芊舒忍不住说。

“你还顶嘴？！”陈宇爸爸眼睛一立，嗓门大起来，被旁边两个家长劝住了。“行了行了，”其中一个家长说，“咱们孩子就是被带坏了，还好发现得早，回家好好教育，以后别再犯就行了。犯不着跟她这种没爹教没娘管的混丫头一般见识。”

李芊舒梗着脖子，恨恨地白了他们一眼。

高考两天，考完最后一科出来的时候，韩俊骁看见了庄磊。她心里仍然记恨着那天他们弃她不顾，瞪了庄磊一眼就自顾自地往前走。倒是庄磊跟上来，和韩俊骁并排走。“你那天没事吧？”庄磊问。

虽然他和李芊舒一样冷漠，但韩俊骁打心底里还是没办法立刻就开始讨厌他。“我有事没事跟你有什么关系？”她绷着脸说了一句，但语气已经开始缓和。

“李芊舒因为替同学写作业，被学校抓了，昨天所有老师和家长都在批她。”庄磊说。

“李芊舒李芊舒，你就知道李芊舒，”韩俊骁下意识地怼回去，突然反应过来，“你说什么？因为写作业被抓了？”

“嗯，她替同学写作业，被家长发现了。”庄磊说，“不知道学校要怎么处分她，感觉还挺严重的。”

“她是不是蠢？”韩俊骁忍不住嗤之以鼻，“天天跟老师斗跟家长斗？”

“又不是她想这样的。”庄磊说，“换了你，你还不一定斗得过呢。”

这话让韩俊骁觉得很不爱听：“我为什么要斗？”

庄磊看了她一眼：“对啊，你什么都有，当然不用斗。”

韩俊骁就不高兴：“我什么都有也是错？她没有也要赖我？她以为她聪明，就什么都斗得过？”

庄磊说：“她就是聪明啊。”

韩俊骁哼了一声：“她只是有点小聪明而已。”

“那什么是大聪明？”庄磊反问她。

韩俊骁竟被问住，一时间不知道该如何回答。庄磊和她并没有那么熟，这样说话呛她，已经是明摆着站在了李芊舒那一边。看起来什么都有的韩俊骁，根本什么都争不过她。她不免觉得心灰意冷起来，集中精神考了两天试的兴奋感荡然无存。她原本觉得她考得挺好的，不说超常发挥至少也正常，但看着庄磊因为担心李芊舒而紧锁着的眉头，她突然没有了想要庆祝的心情。

“你准备报哪里？”她生硬地岔开了话题。

“我过几天就跟亲戚去上海了，”庄磊说，“以后可能寒暑假也不回来了。”

那时的韩俊骁并不知道他们会在十几年后重新遇到，她那些或隐或现的暗恋、不清不楚的小情绪、唯一一次约会留下的所有快乐回忆，都在心里无限扩大，吞没了所有离别的愁绪。如果她知道后来他们真的在一起过，知道后来重逢时对他的感觉只剩下陌生和疏远，她宁可把所有美好的印象都封存在高考完的那一天。

61

“你没回北京？”韩俊骁回家进门的时候，她妈问。

“没，李千书回去了。”韩俊骁说。

“我还以为你也要回去，”她妈说，“你不是说要帮她吗？”

“是啊，”韩俊骁说，“她那么倔，也不知道我的话她听进去了几句。”

“这孩子虽然倔，但分得清是非曲直，从小脑子就聪明着呢。”她妈说。

聪明是真的，但李芊舒从小到大的聪明，似乎并没有给她带来她年少时曾经梦想过的那个未来。

李千书回到北京的家里后，接到了陶远的电话。事情闹得一地鸡毛之后，这是他第一次给她打电话。“出来聊聊吗？”他问。

“行。”李千书答应得倒是爽快，旋即打电话给侠姐，“你的那个律师朋友有空吗，咱们去见一见陶远吧。”

陶远约了家咖啡馆见面，一看到李千书三个人先后进来，走到他面前，就苦笑了一下。

“也不用这么如临大敌吧，”他说，“不就是要打官司吗？无非就是逼我认个错，你们又能得什么好？”

“当然能。”侠姐说，“你先把我借你的钱还我，我后悔了。”

李千书摇了摇头，制止了侠姐继续出言相讥，然后平静地在陶远面前坐下来。“说吧，”她说，“想聊什么你就聊，我这边律师都听着呢。”

“千书，”陶远说，“是我做错了。”

李千书有些意外地看着他：“怎么，这是来演苦情戏码了？我当然知道你错了，不然怎么各种筹备打算着给你一个深刻的教训呢？”

陶远听出了她言语中的讽刺，也没反驳，只是自顾自地继续说：“其实打算这么做的时候，我就已经后悔了。侠姐又那么仗义地借了钱给我，但是……事情已经闹大了，收不回来了。我发誓，我真的没有想到会闹成这样。”

“那张对话截图是不是你给媒体的？”李千书问。

“……是。我特意去问了韩俊骁，就是想用她的回答截图。”陶远回答。

侠姐在一旁悠悠地叹了口气：“我说千书啊，你还真是点儿背，这些年你这么拼命，每次我都觉得，以你这劲儿怎么也该翻身了，没想到又栽在男人手上。”

“……又？”陶远敏锐地捕捉到了一个他并不需要捕捉的信息。

李千书没理他，也没接侠姐的话。“栽不了，”她说，“从今天起，我再不会在你面前有任何伪装，我装够了。我打这个官司，不只是给你的教训，也是给我自己的。我们活到现在，都欠自己一个真相。你们只看到我这些见不得人的过去，没看到过我是怎么一步步爬出来的。我让你看一看。”

韩俊骁提着礼品敲开门，门里站着一位白发的老者，从老花镜底下疑惑地打量她。

“你是？”他问。

“顾校长，您还记得我吗？”韩俊骁问，“我是00级的，03年从育才毕业，韩俊骁。”

校长看了她好一会儿，把眼镜摘下来，又看了一会儿，这才惊讶地笑起来：“韩俊骁？记得，记得啊！你是你们那届的状元，还在誓师大会上，代表毕业生讲过话！”

“校长果然好记性，”韩俊骁说，“抱歉，多年没见，今天冒昧上门。我是从同学那问到您地址的，实在不好意思突然来打扰您。”

“不打扰，不打扰，”校长把韩俊骁让进门，“退休之后，基本也没什么人来找我了，以前的学生更少。毕业了，离家了，这一茬一茬的，也没人再回学校了。”

两个人又聊了些学校的事，韩俊骁就没再绕弯子，直接说道：“校长，其实今天来，我是来跟你道歉的。”

“道什么歉？”校长奇怪地看看她。

“我爸爸……前阵子去世了。”韩俊骁说，“不知道您还记不记得他。”

“有点印象，我记得你考状元之后，你爸还挺高兴的，说要请老师们吃饭，别的就不太记得了。你也节哀。”校长说。

韩俊骁摇头：“我说的不是那件事。您还记得当年，有一个五中的小姑娘跑到您办公室去，说招生选拔考试是她替我考的，那件事吗？”

这话倒是引起了校长的思绪，他低下眼睛琢磨了好久，才慢慢地说道：“记得。那个小姑娘在走廊里手写了那么多张卷子，我当时确实很惊讶。”

“当年我撒了谎。”韩俊骁说，“那次考试，就是她替我考的。她是一个可以考得过高三学生水平的初中生，而我，本来初试就不应该入围，后来复试才会理所应当地被刷下来。”

她说完这番话，却没有在校长脸上看到意外的神情。校长拿了块布，不紧不慢地擦着手里的老花镜，笑着说：“我知道。那个小孩写下来的每道题目我都看过了，根本不像是她后来说的，从别人那里背下来的。何况，如果不是她，她何必要特意跑到育才来跟你争一个真假？”

“您知道？”这下轮到韩俊骁吃惊了，“那您……没有戳穿我。”

“你们都自己承认了，想必早就作出了各自的选择。何况，考不上的总归考不上，考得上的，也不会因为错过了那一次考试就终生无缘。”校长说。

考不上的总归考不上，可不就是自己吗？韩俊骁心里想。但李芊舒呢？如果那只是她众多机会中的一个，她在后来的岁月里，又怎么会拼命去争得头破血流却还是功亏一篑？

“孩子，你不要自责，同样，也别责怪你爸爸。咱们这代人，有时把教育看得过重，有时却又看得过轻。希望你们长大成人了，不要太怪罪我们。”校长叹了口气，若有所思地说。

“我没有责怪，”韩俊骁说，“从小到大，我爸都告诉我，知错就改，才是好孩子。但什么是对，什么是错，我却从来没能在心里有一个标准的答案。我不想责怪他，也不想责怪我自己，我只是想，如果我知道什么是错了，或许才会改得更好一点吧。”

从校长家里出来，韩俊骁绕了点路回到育才校园里走了走。正值周末，学校里空无一人，操场和教学楼早已翻修过，从原来的教室窗口望去，再也看不见操场上踢球的身影。操场的看台也早就被拆了，树丛也没了，取而代之的是崭新的单双杠和整洁的草坪。校门口的光荣榜上贴着青春洋溢的笑脸，不知道会不会有家长强行把那些照片撕下来，贴上自己家孩子光宗耀祖的证据。

韩俊骁转了一圈之后匆匆离开，她没有工夫伤怀慨叹，她还有下一个地方要去。

她从她爸的老同事那里问来了李芊舒以前在五中的班主任的电话。那位老师也早已退休，和儿子儿媳住在一起带孙子。韩俊骁找到他家里的时候，他正在小区楼下坐着，陪着小孩晒太阳。

“王老师您好，”韩俊骁说，“您可能不认识我，我以前在五中的时候，您没教过我。”

“啊，那你找我有什么事？”王老师看着她。旁边咿呀学语的小孩子挪过来，讨嫌地扯着韩俊骁的裤脚，把玩具铲里的沙土倒在她鞋子上。

“我来是想问您一件事，”韩俊骁跺了跺脚，“您还记得您以前的学生李芊舒吗？03年毕业的。啊，应该说是没毕业就走了，别人都说她是被学校开除了。”

老师愣了愣，很快就说：“李芊舒？那可记得，当年可是出了名的问题学生，家里没人管，跳了级又跳回来，可是闹得满城风雨呢。”

“那，她当初到底为什么被学校开除啊？”韩俊骁连忙问。

“问这些有意义吗？”李千书直视着坐在她对面的陶远，“如果我现在问你，你为什么坐牢？你是会好言好语地跟我解释呢，还是起来揍我一顿？”

陶远不作声，看了一眼一旁的侠姐。

“陶远，”侠姐说，“我这个人，向来恩怨分明，一码归一码。你当年欠我的情，我一直记得，团团也会感谢你。但你这一次对千书的做法，我不能原谅。”

“你欠他的情早就还了，”李千书说，“他跟我一样，不醒悟，就会永远在那个无底洞里陷下去。”

“其实，”陶远说，“舆论闹大之后，你家人又来找过我。”

“干什么？”李千书问。

“他们尝到了网络传播的甜头，又发现我有媒体的路子，就跟我商量，能不能买通媒体继续做新闻，甚至还差点答应了一个节目的邀请。”

“什么意思？！”李千书大惊。

“他们想在镜头前仔仔细细地讲来龙去脉，讲你怎么不赡养他们、要跟他们断绝关系，你弟弟还差点被一个经纪公司骗，说可以帮他当网红出道赚大钱。我后来把他们拦住了，我说做这些是要他们花大钱的，不然炒作达不到效果，他们才遗憾作罢。”

李千书愣了许久，才冷笑一声。“真行啊，”她说，“他们对我真的一点都不想留余地。我原本想着，断了他们的钱，给他们一个教训，以后就不会再来烦我了。现在看来，我真的后悔没把他们一起告上法庭。”

她看了看陶远：“你看看我现在这样子，你还要为你家人背的那些高利贷赔进你这些年攒下的所有家当吗？”

这句话戳到了陶远的痛处。他颓然地低下头，用手捂住了脸。“我做不到。”他说，“我不像你，我做不到。”

62

李芊舒拖着脚步上楼，迎面撞见了李宏峰。李芊舒不想理他，就绕开他径自回家，但李宏峰却拦住了她。

“那天我看见你了。”他说。

“啊？”李芊舒没有反应过来。

“我告诉你，”他把脸凑过来，口水喷在了李芊舒脸上，恶狠狠地说，“你就当没看见我。要是让我知道你跟别人说了，你就死定了。”

李芊舒这才明白他指的是她撞见韩俊骁那天晚上的事，就白了他一眼，打算走开。

“你听见没有！”他把李芊舒扯回来，又说了一遍。

“听见了，我才不稀罕跟别人说。”李芊舒说。

李宏峰这才松开揪着她的手，往自己家走去。李芊舒看着他进了家门，才自己开门进了屋。当天晚上便有人咣咣砸门。李芊舒独自在家，吓得不敢吱声，以为他们觉得家里没有人就会走了，但敲了好多声都没停，直到楼道里家家户户的灯都亮了，好多人都开了门。

“我们是派出所的。”外面敲门的人喊道。

韩俊骁那天侥幸逃过一劫。她离开之后，从那辆停在街角的车上下来几个年轻人，追着李宏峰他们几个小混混追了几条街，然后在一条暗不见人的巷子里打了一架。庄磊说，上个月他们闹事打群架捅伤了人，这几个年轻人正是来寻仇的。但这一次没有那么容易逃，一个个都被警察带回了拘留所，只有李宏峰趁乱跑了。警察们从小混混口中得知他家在这里，就过来找他。他不在家，警察就挨门挨户地问。李芊舒打开门的时候，楼道里已经站满了人，邻居男女老少全都出来看热闹。

“你自己在家？你家大人呢？”警察问。

“我家没有大人。”李芊舒说。

“老太太没了，她爸妈不常在家，就她一个小孩。”对门的阿姨替她说话。

“就你一个人？多不安全啊？这家长也放心？”警察疑惑地看了看李芊舒。

李芊舒说：“没什么事那我关门了。”然后就要关门，却被警察挡住了：“你认不认识李宏峰？”

“认识。”李芊舒说。

李宏峰的爸妈就站在自家门口，战战兢兢地看着警察，一看就是没见过世面又没什么胆子的老实人，也不知道自己儿子在外面闯了什么祸。李宏峰那从小吊儿郎当、贼眉鼠眼的样子，不知是从哪儿学来的。

“那你知道他去哪儿了吗？”警察问。

“不知道，”李芊舒说，“我跟他不熟。”

“哦，”另一个警察又问，“六月六号晚上你在哪儿？”

“六月六号？”李芊舒愣了愣，“我不记得啊。”

“你再想想，那天星期五，你放没放暑假呢？每天你都几点放学？”警察说。

“啊，我想起来了，我那天跟别人去旧书摊上借书了。”李芊舒说，“借了挺多书，我还没看完。”

“那你那天晚上有没有见过李宏峰？”警察又问。

李芊舒不知道他们问起这个要干什么，但她想起李宏峰威胁她的时候凶狠的眼神，就隐隐猜到他是犯了什么事，心里涌起报复的念头。“见过，”她就如实说了，“我路过南京街的时候，他跟几个人在路边，围着一个女生要钱。”

“南京街？”两个警察对视了一眼，“你为什么会路过南京街？”

“我放学不路过，但是去借书路过，”李芊舒说，“就是南京街和光华路的交叉口。”

“后来呢？”

“后来我就走了。”李芊舒说。

“小姑娘，要说实话啊，”警察说，“不能撒谎。”

“没撒谎。”李芊舒说，“虽然李宏峰从小到大就知道欺负我，但是我也不能随便就胡说八道诬陷他吧。”

李芊舒的话也算是侧面证实了李宏峰那晚打群架的时候确实在。天亮的时候，警察在附近的通宵网吧里抓到了李宏峰，把他带回了派出所，以打架斗殴影响社会治安的罪名拘留了十多天。

一雪前耻。高考分数出来的那几天，韩俊骁整个人都像踩在东湖的船上一样，晃晃悠悠靠不了岸。她爸激动得大白天喝了一顿酒，然后开始挨个儿通知亲朋好友，让大家来吃韩俊骁的谢师宴。韩俊骁到学校去领毕业证，见到的人都跟她说祝贺，那些平日里不待见她的同学也都一个个灰溜溜地贴着墙根走，不敢和她对视。

杨家宁考砸了，虽然仍然能考个重点大学，但排名在全年级十几名，跟韩俊骁一点没有可比性。他远远地看到韩俊骁走过来，嗖的一声就从后门钻进他们班教室去了。韩俊骁心里更加升腾起一种隐秘的快乐。

大家来领毕业证的时间是错开的，韩俊骁在学校里游荡了一整天也没看见庄磊。她心情愉快，胆子也大起来，忍不住跑去问他们班的同学。“庄磊今天来了吗？”她问。

“庄磊？没看见。”一个同学漫不经心地说。

“他好像早上来过，拿了毕业证就走了，连合照都没拍。”另一个同学说，“他不是说要去上海了吗？匆匆忙忙的，我看他也不怎么在乎毕业不毕业。”

“韩俊骁！”一个同学在走廊喊，“班主任叫你！”

“那他就不来了？”韩俊骁连忙问。

“都毕业了，还来什么？”那两个同学用看怪物的眼神打量了韩俊骁几眼，转头就走了。

庄磊在五中门口晃来晃去，他个子高，又没穿校服，看门的大爷怎么看他都不像是五中学生，就问：“你哪儿的？找谁的？”

“不找谁。”庄磊说。

“不找谁你在这晃悠一下午了，赶紧回家去。”大爷说。

“不回。”庄磊说。

李芊舒昨天告诉他，班主任跟校领导要她在全校师生面前做检讨，否则就让她家长来，把她领回家。“是他们要让我帮着写作业的，为什么只是我一个人的错？为什么只有我做检讨，他们都在办公室里骂我？”李芊舒咬牙切齿地抱怨。庄磊不知道该怎么安慰她，毕竟他曾经也是让她代写作业的其中一员，并且还没怎么付过她钱。

“这下好了，钱也没赚成。”李芊舒说。

“钱你还是放放，先想想怎么应对学校和老师吧。”庄磊说，“别到最后你连毕业都成问题，你还得中考呢。”

“我就是觉得不公平。”李芊舒还在念叨，“凭什么错就是我一个人的？我不服。”

“你不服也先装着服一下，”庄磊说，“混过了这一关再说啊。你检讨写好了吗？”

李芊舒摇摇头。

“那你赶紧写啊，你不是能说会写吗？先写个检讨把老师哄开心了，就不会找你家长了！”庄磊说。

第二天早上李芊舒冲他晃了晃手里的纸。“看见没？”李芊舒说，“诚恳的检讨，整整两大页，呕心沥血，痛改前非。”

李芊舒这话说得庄磊心里发毛：“痛改前非倒也不至于，你就知错就改、绝不再犯就行了。他们也不能拿你怎样，又不能真的开除你。”

李芊舒撇了撇嘴，什么都没说就上学去了。庄磊觉得有点担心，下午就又晃到了五中门口，但也进不去，只能干着急。

为了彰显这件事情的严重性，那些学生的家长也到场了，全校师生在操场上黑压压地站成一片，无数双眼睛盯着站在台上的李芊舒。

“初三二班的李芊舒，私下里以替写作业为名，讹诈同学钱财，剥夺同学学习的权利，行为恶劣，道德品质败坏，在同学之间造成了严重的影响！……鉴于李芊舒本人已经认识到了自己的错误，我们今天在全校师生面前，给她一个机会，希望她可以知错就改，杜绝不良习惯，我们这个集体才能继续接纳她！……接下来，李芊舒同学，请开始你的检讨！”

李芊舒拖着脚步走到台中间，翻开手里写得密密麻麻的两大页纸。台上的风有些呛，她清了清嗓子，又看了看台下，那些每天嬉皮笑脸、百般讨好求她写作业的同学们，此刻都义正词严地看着她。他们身后是同样义正词严的家长。

她深吸了一口气。“检讨书，”她念道，“我是初三二班的李芊舒，我在全校老师和同学面前，对我的错误进行检讨。”

“你可以的。”班主任老师拉着韩俊骁走到高二年级的走廊，韩俊骁有点心虚，退缩了。“不了吧，”她说，“我也不知道要说什么。”

“他们都非常崇拜你！”老师说，“你可是咱们这届的状元，师弟师妹们等着你跟他们传授经验呢。你就按你的真实情况来，看着说就行。实在不知道说什么，说说高考前都吃什么、喝什么、早上几点起来，也行。”

韩俊骁有些尴尬地进了教室，立刻得到了震耳欲聋的掌声。

“我们欢迎韩俊骁同学来分享一下她金榜题名的经验！”高二的老师站在一旁，欢欣鼓舞地说。

韩俊骁站上讲台，清了清嗓子，还没开口，突然底下一个学生说：“我知道你！”

“啊？”韩俊骁一愣。

“我也是五中毕业的！”她一副虔诚的表情看着韩俊骁，“我初一的时候，就跟着老师和同学一起去过你家参观！从那天起，我就立志要成为你这样的人，也要金榜题名！”

同学们又是一波热烈的掌声。

韩俊骁只好挤出了点笑容。“那个，”她说，“我也没有什么经验可以传授给大家。我从小就是在我爸的监督下学习的，我高一就学完了高中所有的课程。”

“考试的时候，最重要的是不要紧张。紧张的话，复习得再好，都发挥不出来。

“错了题不要紧，只要明白为什么错，下一次改过来就好。

“其实大家都一样，没有什么天赋异禀，只要努力，都可以成功。”

“其实，我就是天才。我写作业写腻了，这些考试的内容我闭着眼睛都能答出来。

“根本就不需要我开口问，他们都一个个把零花钱送给我，巴不得我给他们写作业。

“他们根本就不想学习，也不想写作业，每天被家长逼得只想离家出走。陈宇，他这学期把攒的压岁钱全花在跟我买作业上面了。杨辰，他上一次唯一考过 90 分的那次是我借他抄的。魏晓东，他的数学书已经丢了半个学期了，他连找都没找过。孙雪，她说她混过这学期就不用学习了，她家里人要送她去读卫校。王惠娴……

“你拉我干什么？我还要说！

“你们不敢跟家长承认花钱买作业，就是我的错，你们不愿意相信你们家孩子根本不是学习那块料，就也是我的错！凭什么都是我的错？！”

李芊舒越说越激动，两个老师上来拉她，她用力挣脱，把手中那两大页纸撕了个粉碎，一扬手扔向了天上。纸片纷纷落下，全校师生哗然。

“李芊舒！！！”校长、教导主任和李芊舒的班主任老师在一旁气得面色铁青，“你把你的家长叫来，立刻把你领走，五中不教你这样的学生！”

李芊舒出来的时候，庄磊被她吓了一跳。她头发全是乱的，衣服和书包也在撕扯中被拽得乱七八糟。

“这是怎么了？”庄磊连忙过去。

李芊舒面无表情，僵在原地好久，才缓缓地说出一句话。“我可能真的待不下去了。”她说。

63

“韩俊骁没回北京？”开庭当天，在去法院的路上，侠姐问李千书。

“不清楚，应该没回吧，”李千书说。

“但是她帮了忙，”一旁的律师说，“王老师的证词就是她帮忙联系提供的。”

“嗯，”李千书说，“我也没有想到她会比咱们先去找王老师。她爸去世之后，她爸以前在五中的老同事，她应该都不太想搭理，觉得尴尬。”

她爸去世以后，韩俊骁也才渐渐了解，她爸的朋友并没有她以为的那么多。以前的同事都不来往了，学生也少有联系。王老师以前和她爸还算熟，李芊舒当年跳级就是他允许的。

“李芊舒的事，为什么是你来问我？”王老师面对问起当年事情的韩俊骁，有些奇怪。

“我想她应该没有您的联系方式，”韩俊骁说，“当然，如果她想联系您也能找到。但她应该不太想见过去的人。只是这一次她要打官司，您的话对她来说应该很重要。至少当年连我都是这么听说的，李芊舒在学校是问题学生，不仅长期旷课逃学，收同学的钱写作业，还跟社会上乱七八糟的人混在一起，影响很差，所以才被学校开除的。”

“其他的事情我记不清了，但写作业的事我还有印象。她当时本来做了个检讨，学校也没打算真的把她开除，只是她态度不端正，在全校师生面前大闹，没办法收场。学校实在不想留人了，正好她家长也不在本地，就把家长叫来，把她带走了。她中考也没考，其实挺可惜的。”

“她原本就不是坏孩子。”韩俊骁说，“您允许她跳级的时候，她的成绩您也是看在眼里的。”

“那又怎样呢，一个班里可以没有聪明的学生，但不能有不听话的学生。”王老师意味深长地说。

韩俊骁联系到李千书的律师的时候，律师有些惊讶，因为她跟李千书商量过，想找过去的人聊一聊，也好在开庭举证的时候更清楚地阐明真相，但李千书不太情愿，她不愿意面对过去的老师和同学。没想到这份重要的证词被韩俊骁帮忙送来了。王老师在证词里清楚地表明了李芊舒当年离开五中的原因是正常的转学，虽然确实在学校做过检讨，但错不至被开除，并肯定了她曾经也是一个成绩不错的学生。

“我总觉得韩俊骁和你之前说的不太一样，”侠姐若有所思地说。

李千书就无奈地笑了笑：“那又怎样？这已经是她仁至义尽了，当年她那么自私，这些年社会多少也教会她做人了。”

“但是她如果能出庭作证，对咱们更有利。”律师说。她询问韩俊骁是否可以出庭作证，但韩俊骁拒绝了。

“不可能的，”李千书说，“韩俊骁这个人，唯一像了她爸的一点就是，虽然穷酸，但是把面子看得比什么都重要。我们从小斗了无数次，洗白我就是抹黑她。她不会愿意的。”

“其实你也一样，”侠姐说，“你如果真的什么都不在乎，当时何必要走学历造假这条路？”

李千书咬了咬嘴唇，低头不吭声。

“也是怪我。如果我没帮你出国去，你也不会动那么多活络心思，就……”

“就不会和陶远在一起，也不会有今天的事。是吧？”李千书接过她的话头，“侠姐，说实话，就算闹成今天这样，我真的对自己、对他很失望，但也没有后悔过。如果重来一次，我还是会拼命抓住每一个机会不放，也还是会把他认定为自己的同类。”

“你们不是同类，”侠姐说，“你们只是同行了一小段路的同伴而已。同伴不会永远是同伴，但同类总会在同一条路上遇见。”

李千书一下车，就看见了她这段时间以来最不想看见的人。她拉黑了他们的电话号码，自己换了常用电话，公司也不去，甚至都没在家里住，就是不想让他们找到她。闹演播厅事件之后，她的人生像是急转直下的过山车，虽然陶远是始作俑者，但她不愿承认的是，她本应该最亲近的家人，却毫无同情地在把她往万劫不复的绝境中推的路上推波助澜。如果不是陶远后来良心发现，他们真的不吝闹出更大的事来。他们一定是从陶远那里得知开庭的时间地点，这段时间哪里都堵不到她，今天总算是堵到了。

李千书面无表情地往法院里走。她弟弟看见她，立刻招呼他爸妈过来。三个人走近，李千书脚下没停，冷冷地说了句：“这里是法院，没有人信你们那控诉书了。”

她爸妈对视了一眼，她妈就走上前，为难地开口说：“不是，我们也是这些天找不着你，你也躲着我们，这不，陶远说，你们今天打官司……”

“如果不是我还想给你们留一点情面，”李千书站下脚步，看着他们，“今天站在被告席的就是你们。不要以为你们跟陶远搞的那些事我不知道，也不要以为我不追究你们是我太蠢。如果你们继续闹下去，我奉陪，看最后谁赢。”

“哎呀，你看你这话说的，一家人，什么赢不赢的呢？”她妈连忙上来，一副息事宁人的态度，却扯住了李千书的衣袖不让她再往前走。“不管怎么说，我们也是着急了，不想一家人还要闹到这么生分的地步，毕竟咱们以后还要来往的呀，毕竟……”

“毕竟你还没有拿够我的钱，是吧？”李千书不耐烦地打断，“今天是开庭，法院是严肃的地方，容不得你们在这里胡搅蛮缠。你们今天到底要干什么？”

她爸拉了拉她妈，说：“我们也知道，但是这段时间你一直躲着，你妈没有办法，才说今天过来碰碰运气。这样下去不是办法，咱们一家人，总要找个机会把话说开。”

李千书真是哭笑不得：“你们都这么对我了，我还有什么可说开的？”

侯姐和律师在催她赶紧进去，李千书看她妈拉着她不让走，索性一把甩开。“这样吧。”她说，“等今天开完庭，咱们一家人的账，咱们清清楚楚地算。但前提是，你们从现在开始给我闭嘴，如果影响到别人，别怪我不客气。”

她妈看她神色严厉，讪讪地后退了一步。

李千书问律师：“可以让他们进去旁听吗？”

律师说：“不影响开庭秩序就可以。”

李千书看了他们一眼：“你们不是想把话说开吗？等今天庭审结束，我跟你们把话彻底说开。”

开庭之后，李千书看到对面神色有些憔悴的陶远，第一反应并不是要反败为胜搞得他身败名裂，而是突然想到，他背了那么多债，现在又加上了侠姐借他的钱，他连房子都卖了，接下来要怎么还。

陶远全程很沉默，除了审判员问他的话，基本上没有说什么，说也只是用承认或否认来回答。李千书的律师举证的所有网络上的文字和图片以及他和李千书家人联系媒体、买水军引导舆论的证据，他都一一承认，没有做任何辩解。李千书的律师一边看材料，一边了然地跟她对视了一眼，似乎是在说一切顺利。

说到当时那封控诉书的时候，法官问李千书和她的律师："这个控诉书是你家人指控你的，你的家人今天有到庭吗？"

"就在旁听席上。"李千书回答。

"网上传的这个控诉书，是我家人亲手写的。他们和陶远互相利用，说我是一个忘恩负义、长大成人后就不再赡养父母、不接济家人的白眼狼。"李千书朗声说，"我这里有我从2006年起每一笔转账给家人的记录。上面的时间、账户、金额都有，到现在为止，我总共打了多少钱回家，如果不是有记录，想必他们都不记得。"

坐在旁听席上的三个人脸上一阵红一阵白，却也不敢说话。

"他们之所以要控诉我，是因为我弟弟赵如轩要花钱出国留学，问我要几十万。我本来答应了，但他说暑假要买车，又问我要二十几万。我没有给，因为我觉得这不是一个马上要去留学的暑期实习生的必要花费。所以，他们开始轮着打电话说我没有良心，从广州跑到北京来，到我的公司门口骂我。"

李千书已经很冷静了，但说着说着，情绪还是有些激动。"我知道我从小不是一个听话的孩子，我只听一个人的话，就是我姥姥。我十四岁之前，见到父母的次数屈指可数，是姥姥抚养我长大的。姥姥去世前告诉我，我以后就要跟着我爸妈生活了，不能再任性了，要懂事。我听姥姥的话，我觉得我够懂事了，但懂事换来的是我的亲生父母控告我没有良心。”她的声音里带了哭腔，“姥姥曾说过把她唯一的房子留给我当嫁妆，但是被我妈卖了。姥姥也说过，她这辈子没有机会见到她的外孙女嫁人了，现在这个我唯一动过想结婚的念头的人，就站在被告席上。我承认，我也犯了很多错，你们拿来骂我的，很多都是事实。但是，别人可以骂我，所有的人都可以骂我，不能是你们。我最不想看到的是你们。”说着说着，她终于忍不住，泪如雨下。一旁的律师看她情绪失控，举手请求暂停。法官点点头，同意休息半小时后重新开庭。

陶远留在被告席上没动，头深深地低下去，用手捂住脸，很久都没有抬起来。

李千书一个人跑到外面去透气，律师跟过来，温和地给她递了张擦眼泪的纸巾。“咱们今天不难办，”她对李千书说，“陶远看样子也没打算狡辩，是踏踏实实认错的态度。就看调解的时候你想要一个怎样的结果了。”

李千书擦了眼泪，平复了情绪，却只能苦笑：“不管是怎样的结果，亲手毁掉的情分是回不来了。”

64

韩俊骁对于她爸到处宣扬她考了状元这件事很是尴尬，但也无法阻拦。谢师宴请了好多亲戚朋友，请柬是她爸亲手一张张用毛笔写的，写了整整一个晚上，还让韩俊骁跟他一起去送。

最初拿到成绩时的激动和兴奋早已消散，韩俊骁把那些请柬拿在手里，就像是拿着自己的判决书一样。判的虽然是她自己，她却自始至终是一个局外人。

谢师宴晚上就要开始了，天刚黑，她爸早早地就跟他的老朋友们去喝酒了，韩俊骁却在家里磨蹭。

“怎么了？”她妈过来问她，“你爸不是让你早点到吗？这顿饭的主角可是你，你还在这里磨磨蹭蹭的。”

韩俊骁没说话，被她妈推出门：“快去吧，不然你爸又要发火了。”

她只好出门，在大院里转了一圈，走到了李芊舒家楼下。

上楼的时候她在想，李芊舒应该还不知道她考了状元，能亲自告诉她，然后看她脸上惊诧的表情，真是比谢师宴什么的要自豪多了。但她还没走到李芊舒她们家那一层，就听见楼道里闹哄哄的，很多人吵吵嚷嚷，伴随着咣咣的砸门声。自从李芊舒姥姥去世之后，楼道里早就没有人这么砸门了。

韩俊骁吓了一跳，没敢往前走，站在楼梯口小心翼翼地张望了一会儿。她隐隐约约看到李芊舒家门口站着好多人，都骂骂咧咧的，有人在一边砸门一边喊：“李芊舒，你给我开门！”喊的人正是李宏峰。他从拘留所出来之后，跟李芊舒的仇算是结下了，一直惦记着要报复她，带着他所谓的兄弟们就杀上了门。

“李芊舒，你别给我躲着，出来！”李宏峰喊，“我说过什么？不该说的话让你别说，你不听是吧？非让我给你点教训是吧？！”

韩俊骁突然发现这些人有点眼熟，正是那天在街角堵住她要钱的人，心里立刻怦怦跳起来，但她躲在远处，还没有人发现她，李宏峰也没有注意到韩俊骁，仍然一边敲门一边喊。过了很久，里面还是没有动静。楼道里的吵嚷声影响到了别的住户，有人从屋里喊：“干什么的？咋咋呼呼让不让人休息了？”但小混混们也不打怵，老式的楼道格局让每间住家都有对着走廊的高处的窗户，小混混直接拿手里的棍棒和砖头往窗户上招呼，屋里的住户吓得立刻就噤了声。

韩俊骁也害怕了，完全把在李芊舒面前炫耀的念头抛到了脑后，转身蹑手蹑脚地想要下楼，却被其中一个眼尖的看见了。“哎，你干吗呢？”小混混眼疾手快，几步过来扯住了韩俊骁的衣领，把她揪进了楼道。

“哟，这不是熟人吗，又见面了，”李宏峰奇道，“你不是不住这个楼吗？跑这来干什么？”

韩俊骁吓得拼命摇头，语无伦次：“我不住这儿，我不住这儿，我就是来找她……不是，我不是来找她的。”

“哦！”李宏峰说，“你认识李芊舒！”

“不不不不，我跟她不熟，真的。”韩俊骁连忙辩解。

韩俊骁在外面的声音，全都被李芊舒听到了。李宏峰带着一帮人来砸门的时候，她就把屋里的灯全关上了，能拖的桌椅全都拖来挡住了门，自己躲在门边不敢作声。她指望着他们的吵闹会引起周围邻居的愤怒，然后借机把他们赶走，但失败了，她盼着对门的阿姨出来倒垃圾，但平日在走廊里来来往往的邻居们今天没有一个人出来。

直到她听到韩俊骁的声音。她想也没想，连忙去拍门。“韩俊骁！”她直接大喊。

“好啊，你果然在家，不敢出声是吧？以为有人来了才敢喊？”李宏峰气急败坏。

韩俊骁缩在墙角，不敢应声。

“你到底认不认识她？”李宏峰问。

“我认识，我，不，我跟她不熟……”韩俊骁吓得瑟瑟发抖。

李芊舒再一次拍门。“韩俊骁！”她扯着嗓子，声音里带了哭腔，“韩俊骁，你帮帮我！求求你了！”

李芊舒平日里也没少求人，但大多是一边露出温良无害的表情，一边心里打着自己的小算盘，韩俊骁想着要不要答应她的同时，还得琢磨一下她下一步是不是就要坑自己。但这一次，韩俊骁从她哭喊的声音里听到了她从未听过的绝望。

“你今天是点背，”李宏峰走过来恶狠狠地瞪着她，“要是敢跑，你今天死定了。”

韩俊骁吓得拼命摇头。

“求求你们放我走吧，”她哆嗦着说，“我快迟到了，迟到我爸会打死我的。”

李芊舒拍着门的声音低了下去，外面几个人在琢磨着拿个什么东西去撬锁。趁揪着韩俊骁的那个人走神的一刹那，韩俊骁也不知道自己哪来的胆量，一下子挣脱出来，连滚带爬地往楼下跑去。

“兔崽子还敢跑？！”那个人反应过来，正要去追，被李宏峰拉住了，“我知道她名字，也知道她家住哪，她没那个胆到外面乱说，别追了。”

砸门声还在继续。李芊舒听到他们喊韩俊骁跑了的声音，连忙冲到窗口，正看到韩俊骁跌跌撞撞地跑到楼外。“韩俊骁！”李芊舒拼命大喊，“你帮我报警！我没有电话，你帮我报警！听到没有？你帮帮我！求你了！”

韩俊骁余悸未消，只是匆匆抬头往楼上看了李芊舒一眼，没有回应，就飞快地逃掉了。

屋外的吵闹声还在继续。夜深了，整个楼道的人都像聋了一样，没有一个人出来主持公道。李芊舒躲在门边，不敢开灯，正在提心吊胆，头顶哗啦一声巨响，是外面的人拿砖头砸碎了她家的窗户。碎玻璃噼里啪啦地落下来，她抱着头，忍不住尖叫出声。窗户一碎，仅仅一墙之隔的走廊里的声音更是听得清清楚楚。李芊舒迟迟不开门，他们撞门也撞不开，有的人拿来各种东西撬锁，有的人就把各种乱七八糟的东西从窗户外扔进来。李芊舒不敢再躲在门边，只好跑进里屋，门窗附近的家具和她用来堵门的桌椅全都被砸坏了，家里到处是碎玻璃，一片狼藉。

她在心里还盼着韩俊骁能报警，这样警察来了，她不需要打开门，警察就能把他们都带走了。但她等了很久很久，警察也没有来。她躲在屋里，听到他们在外面商量着可以从窗户进来，整个人都快崩溃了。她的脑子里只有一个念头，就是无论如何不能让他们进来，进来她今天晚上可能就没命了。她情绪彻底失控，只想着他们能砸东西进来，那我就砸出去，只要一直有东西从窗户砸出去，他们就进不来。

她疯狂地把他们砸进来的东西，只要她能拿得起来，全都从窗户扔出去，以一敌多地隔着窗户对打起来，就像在敌人的强攻之下防卫一座绝对不能失守的城池。她不顾自己可能会被外面扔进来的坠物砸到，也不顾自己会被飞溅的玻璃划伤，心里只想着要保命。

喝光的空酒瓶被砸在地上，清脆的声响让韩俊骁激灵了一下。餐桌上觥筹交错，她爸喝得满面红光，嘴里还在念念有词地跟旁边的朋友们吹嘘着自己有多骄傲。那些朋友也算是会说话，先是表扬了韩俊骁几句，天赋异禀、天道酬勤、前途无量、国家栋梁云云，然后就是夸她爸有多风光，韩俊骁能有今天，全靠她爸教育有方，把她爸夸得飘飘然，一激动，跟服务员又多要了两瓶酒。

韩俊骁坐在一群人中间，觉得既魔幻又诡异。这群人明明是来祝贺她金榜题名的，她却觉得他们跟她并没有什么关系，甚至她在不在场都无关紧要。在嘈杂的劝酒声中，她下意识地神游天外，想着李芊舒怎么样了，那帮小混混走了没有。她的脑海里有两个声音在打架，一个说，你为什么不去报警？如果出事怎么办？另一个说，多管什么闲事？你被堵在墙角抢钱的时候，她不也是冷漠地看了一眼就走了吗？这样没有良心的人，跟你有什么关系？韩俊骁心存侥幸地想，应该也不会出什么事吧，李芊舒那么古灵精怪的一个人，总能想出办法。等过几天她再去李芊舒家，跟她道个歉，就过去了。

发了狂的李芊舒惊到了外面的一群人，有人被李芊舒从窗户里扔出来的碎玻璃划伤了，龇牙咧嘴地怪叫起来。不知道过了多久，他们终于放弃了跟她寻仇，骂骂咧咧地散了，或许是因为他们用来砸窗户的东西用完了，又或许是因为挑起这次寻仇的李宏峰一看两败俱伤，不知道什么时候早就溜回自己家去了。

夜深了，吵闹了一晚上的走廊总算归于寂静。但李芊舒还是不敢开灯，也不敢动，就那样僵在黑暗里很久，直到她听见对门开门的声音，就像往常一样，对门的阿姨出来倒垃圾了。可能是鞋不小心踢到了走廊上鏖战过后留下的杂物，她啐了一口，骂了一句什么，回屋去了。

这下李芊舒总算是相信他们真的走了，所有的胆量和精神一下子被抽空，她精疲力竭地蹲在地上，钻心刺骨的疼痛和恐惧后知后觉地随着泪水袭来。那个夜晚是她短短十四年生命里最漫长的一个夜晚。她不敢出门，也不敢求助，就那样在看不到头的黑暗中熬到了天亮。等到天光照亮了房间里的一切时，她才看到自己的两只脚都被划伤了，带着血的脚印被她踩得到处都是。她下意识地用手去摸脚，发现手上也全是血，一道深深的伤痕贯穿了右手的四个手指。

庄磊走进楼道的时候被满走廊的杂物和碎玻璃吓了一大跳。他三步两步跳过去拍门："李芊舒？！你在家吗？没事吧你？"

韩俊骁没有想到，她在楼下望上去的那一眼，竟然是她和李芊舒的最后一次交流。几天之后，她又去李芊舒家，想要跟她道歉的时候，却发现已经人去屋空，窗户上连玻璃都没有了，门上还贴了一张招租广告。从那天起，李芊舒留在韩俊骁心里的印象，就只剩下那个从窗口撕心裂肺拼命喊她帮忙的样子。

李芊舒在医院缝完针之后，给她妈打了电话。"妈，你回来卖房子吧，我跟你走。"她说。

她妈几天后从广州回来，很快就办妥了一切。李芊舒离开老家的那天，庄磊也跟亲戚去了上海。韩俊骁不知道到底发生了什么事情，只是听对门的阿姨说，李芊舒跟她妈去了广州，房子也易了主，不会再回来了。

广州有潮湿闷热的天气，有眼花缭乱的早茶，有听不懂的方言，有第一次海鲜过敏的尴尬，有独自打着吊瓶在医院里度过的孤单。李芊舒趴在医院大厅的窗口沉默地看着广州的夜，心里想的却是毫不相干的事情。

她第一次吃海鲜，她妈看她不会，教她剥虾剥蟹，她笨手笨脚，剥得乱七八糟，惹来年幼的弟弟肆无忌惮的嘲笑。但她并没有觉得难堪，只是怎么都不听使唤的手让她觉得恐惧。趁着打吊瓶的空闲，她问路过的护士姐姐要来纸和笔，用已经拆了线的右手在上面写写画画。但她平日里能模仿各种字迹的手写出的字却像小蚯蚓在爬，比七岁的弟弟写的字还难看。她拼命写拼命写，却怎么也写不出来像以前一样的字了。给她缝针的医生说她手指的神经断了，又没有及时治疗，即使肌肉组织能够痊愈，也不可能像正常人一样写字了。

十八岁的这一年，韩俊骁离开老家去北京读大学。她带着她爸殷切的期望和光宗耀祖的嘱托，带着心高气傲的理想，满怀信心地开启了她的新生活。她希望她的新生活里不再有被罚站一整夜的难熬，不再有一考试就心惊胆战的恐惧，不再有被所有人孤立的绝望，她希望她的新生活里，有前途、有爱情、有朋友，有她所向往却从不曾拥有的一切。

65

“你在网上传播原告学历造假，造成网络舆论对原告进行人身攻击并诋毁其个人名誉，对此你有什么要辩解的？”法官问陶远。

陶远沉默了片刻，说：“我没有说谎，她的学历的确是假的。”

“是原告亲口告诉你的？你是怎么知道的？”

陶远抬起头来往旁听席上看了一眼，回答：“是别人告诉我的。吴雁侠，她是李千书的朋友，认识她很多年，假学历的事，就是她帮忙弄的。”

法官问李千书：“被告所说的属实吗？”

李千书看了看陶远。“是，”她说，“他没有编排我，我的学历确实是假的，是侠姐帮了我。我承认在我之前的公开宣传中，并没有刻意去回避这个假学历，这是我的错，我认错。”

十八岁那年的夏天，她是个初入社会什么都不懂的愣头青。她以为她生来聪明、机灵、学什么都快，就可以轻易给自己赚得好生活，就可以早点逃离那个她多一秒都不想再待下去的家。但她还是把自己身处的环境想象得太过美好了。

她什么活都干过。也想过找一份不需要风吹雨打还能用到聪明才智的工作，但一是她惦记着读书，时间太不自由；二是她没有什么学历，去应聘稍微层次高一点的工作连面试机会都没有。她卖过糖水，包装过茶叶，当过化妆品销售，还做过医院的临时工，给科室打扫卫生，每天只能和各种医疗废物打交道。当时医院外面有一个每天过来捡破烂的老奶奶，每天看她出来扔垃圾，就会把垃圾里面能卖的塑料瓶子和纸盒拣出来。她看不下去，提醒奶奶医院里的东西虽然好卖还是少接触，万一有病菌，对人身体不好。但又忍不住心软，特意把可以回收的垃圾尽量分着装，方便奶奶来拣。一个瓶子一毛五一个，废纸盒几毛钱一斤，奶奶算不过来账，她就站在一边帮奶奶算好了告诉她，这样奶奶就不会被废品站的人骗。

那一天她像往常一样，顶着正午毒辣的太阳出来倒垃圾，把分装好的废品放在一边，等奶奶来拿。奶奶没等来，另一个拾荒的老爷爷路过，告诉她奶奶前几天去世了，以后不会来了，然后顺手就把她给奶奶留的好大一麻袋废品给收走了。生离死别的事，医院里见得多了，本不足为恸，但她还是莫名悲从中来，忍不住站在大门外，哭了一场。

她在那里专心地哭，没有注意到旁边一个女人抱着个婴儿从楼里出来，也没开车，也没叫车，也不走，就站在大门的另一侧，直愣愣地站了好久。怀里的婴儿经不住天气闷热，满头大汗地哇哇哭了，女人像是缓过神来一样，也痛哭流涕起来。

两个素不相识的人站在大门的两侧，哭完了各自的眼泪，看到对方，顿觉尴尬。李芊舒这才小心地打量对面的这个女人，她从头到脚都穿着大牌，精致漂亮，即使哭花了脸也看得出是个极有风韵和魅力的人。她看了看自己一身灰头土脸的工作服，忍不住低下了头，抬脚就往楼里走。女人追进楼里，递了一包纸巾给她。她不好意思再走，只好站住，拿了纸巾擦眼泪。

小婴儿进了凉爽的环境消了汗，终于也不哭了，瞪着大眼睛看李芊舒，还伸出手来要拉她的辫子，李芊舒连忙后退一步。“脏。”她说，怕小孩碰到自己身上的病菌。

女人看了看她。“你几岁？”她问。

李芊舒一愣。“十……二十。”她说。

“二十？十二还差不多吧。”女人在长椅上坐下来，把孩子放在一旁，拿了纸巾和镜子整理自己哭花的脸。

李芊舒那时面黄肌瘦，确实看起来比实际年龄小不少。“真的是二十，我就是长得小。”

“北方人？”听出了她的口音，女人问。

“嗯。”

“怎么不上学？打工也找个好点的地方，医院太辛苦了。”女人说。

李芊舒没有接话。女人看到她想问但又觉得不礼貌的犹豫，就看了看一旁咿咿呀呀的小孩，自顾自地说：“我女儿，团团，先天性心脏病。我前夫不管，全都扔给我了。”

李芊舒也不知道要怎么安慰，只好说：“会好的。”

女人看了她一眼：“那你哭谁？”

李芊舒一愣。她不知道自己哭的是谁，是哭素不相识的老奶奶，是哭走投无路的自己，还是哭这个她拼尽全力却还是走不出一条生路的世界。

过了不知道多久，她起身回去工作，女人拉住她，递过来一张名片。“我们那儿也招工，”她说，“小妹妹，要是干不下去了，也去别处碰碰运气。天无绝人之路。”

女人抱着孩子走了，李芊舒低头看手里的名片。

她后来问过侠姐，为什么会和萍水相逢的自己一见如故。侠姐只是敷衍地说，因为她觉得李芊舒很像当年的自己。“但我可没有你聪明，”侠姐说，“所以你要相信，你会比我走得更远。”

她把侠姐奉为人生导师。在她已经打算破罐子破摔，觉得从此就甘于当一个擦桌扫地端盘子洗碗的打工妹了之后，是侠姐给了她鼓励和希望。

“侠姐原本是真心帮我的，”李千书看了一眼坐在旁听席上的侠姐，说，“她并没有鼓励我弄虚作假，也没有让我用骗来的学历去骗人。我去上海读书、考成人自考，都是她鼓励我的，她希望我能通过正规的途径踏踏实实地拿学历，然后找一个适合我的工作，不需要一辈子在她的餐厅当打工妹，或是当团团的保姆。”李千书的声音低落下来：“是我自己没有把握住机会。”

那些年她和庄磊一直维持着联系，从书信到电话。庄磊那时刚刚大学毕业，在家人的安排下进了一家大型建筑公司工作，听说她来了上海，欣喜不已。

后来她回想起那几年，自己也说不清为什么会和庄磊在一起，可能庄磊也不知道。看起来是表面上的水到渠成，不过是两个人都仍然在茫然摸索的试错结果。那个最漫长而黑暗的夜晚，他在天亮的时候出现，像是宣告了她暗无天日的生活的终结，而他也从此以为他就成了她的救世主。

但终究谁也救不了谁。

成人自考的考试，对一边打工一边复习的李芊舒来说没有什么难度。只剩最后一科考试的那天，她在去考试的路上接到电话，说庄磊在工地上出了事故，现在在医院抢救。她把考试抛到脑后，立刻往医院赶。到了之后发现庄磊只是受了点轻伤，而在他旁边嘘寒问暖的是一个陌生的女孩。那个女孩是庄磊上司的女儿，也是他们家的世交。李芊舒没多说什么，利落地分了手。在她正琢磨最后一门考试能不能复考的时候，侠姐来问她，说要送团团出国治病疗养，但自己要两头来回跑，请护工盯着又不放心，问她愿不愿意一起去。

“我是旅游签证，后来为了读书，转成了一个社区大学的学生签证，但不能打工赚钱，我就偷着打黑工。侠姐说能拿一个学历也不错，管他什么学校，但我就是一时昏了头，加上打工时遇到了一个做假学历的人……”李千书说，“可能我这个人和考试这类的事情不太对付吧，我的人生总是栽在考试上面。我不甘心，我只是缺一个机会，只要我有这个机会，我不会混得比任何人差。”

李千书的律师看了看对面的陶远，说：“我们承认曾经的学历作假，之后李千书会以个人名义发道歉声明，相关的履历不会再用于任何个人宣传和工作。但被告将这一事实公开到网络上，引来公众舆论断章取义、发表一些夸大之词，对原告进行人身攻击和侮辱谩骂，其目的就是由于和原告之前的纠纷进而打击报复。甚至媒体也添油加醋、捏造事实，这种侵犯他人名誉的行为已经严重影响到当事人的正常生活和工作，我们有权要求被告对因此给原告造成的物质和精神损失进行赔偿。”

陶远沉默着，没有再说话。

李千书的律师突然转头跟她说了句什么，然后举手示意法官：“原告方有新证人到庭，请求法官允许。”

看到一个陌生的男人跟在工作人员身后走进来，站上证人席，李千书一头雾水地看了看律师，刚想问这是谁，我不认识他，那边已经开口了。

“姓名？”

“李宏峰。”

李千书不可思议地睁大了眼睛。

韩俊骁在出租车公司找到李宏峰的时候，他正和其他换班休息的司机坐在一起，不是饭点，但大家都在趁着短暂的时间狼吞虎咽。

韩俊骁报上自己的名字，李宏峰茫然地看了她很久。“谁？”他还是不记得。韩俊骁就放弃了，转而报了李芊舒的名字。他又想了很久，久到身边的司机都陆陆续续吃完东西接班去了，在韩俊骁的旁敲侧击之下，他终于想了起来。

“啊，那个住我家隔壁的女孩。”他摇了摇头，又点了点头，“我想起来了。”

李宏峰对于让他出庭作证这件事情只觉得可笑。他说，他请一天假要亏不少钱呢。儿子今年上小学了，用钱的地方多，媳妇和老丈人、丈母娘六只眼睛盯着他，一刻都不能懈怠。他说，他根本就不记得当年发生过什么了。

“被告所散布的谣言中称，原告从小就是问题学生，从初中起更是和校外的小混混混在一起，霸凌他人、劣迹斑斑，因此连初中都没读完。证人李宏峰曾经住在李芊舒家隔壁，从职业学校辍学，长年住在当地，和社会上的闲散人士多有往来，常常在路上堵截附近的中学生要钱，影响极差。”

“原告中学的时候，有没有参与校园霸凌，有没有和品行不端的人混在一起？”法官问。

李宏峰嗫嚅了一会儿，低着头说：“那时候……我们总欺负她。”

“你的意思是，李芊舒并没有参与校园霸凌，反之，她才是遭受到霸凌的那一个，对吗？”

“对。”李宏峰说。

李宏峰的证言结束之后，李千书悄悄地问律师：“你怎么把他给找到的？”

“不是我。”律师说，“是她。”

李千书抬起头，看到了韩俊骁。她在工作人员的带领下走进法庭，站上了证人席。韩俊骁扫视了一下，注意到了李千书的眼神，冲她安慰地笑了笑。

“她怎么来了？”李千书惊讶道，“我还以为她不会来。”

“姓名？”

“韩俊骁。”

“和原告的关系？”

“……朋友吧，”韩俊骁迟疑了一下，说，“……也算不上朋友。从小到大，我没帮过她什么忙，她也没给过我什么好脸色。但我想，我们即使不是朋友，也从来不该是敌人。”

66

“小的时候我总觉得是她欠我的。如果她没有机会每天泡在我家的书房看书，如果她没有机会看我的书、写我的作业、让我爸辅导，她就是一个不学无术的野孩子，根本不会有什么出息。但后来，我和我的家人为了虚荣心和自己的利益，做了很多伤害她的事情。我知道现在道歉也没有用，我今天来也不是为了求她原谅，只是我不想再虚伪地没有良心地活着，我愿意承认自己犯过的错，也希望她不需要为不是她犯的错付出任何代价。”

韩俊骁知道，即使父亲已经去世了，他留在自己心里的结也需要自己去解开。只要她想改变，想以和前半生不一样的方式生活下去，她迟早有一天要把心里的话说出来。这一次诉讼不仅仅是李千书对自尊的捍卫，也不仅仅是对陶远在工作和感情上的亲手处决，也是她对自我的审判和救赎。

“从小到大，李芊舒是我见过的最聪明的小孩。”韩俊骁说，“她本应该拥有最好的人生。只是她身边的人，给了她希望却又夺走，这些人，也包括我在内。她原本不想说，因为她觉得，那些人隔着屏幕尽情谩骂一个素不相识的人，根本不会相信什么真相，也不想知道他们极尽恶毒之词咒骂的那个人到底是什么样子。

但是我希望她身边的每一个人都能知道。她不在乎陌生人的嘲笑和谩骂，她在乎的是了解之后的刻意伤害。虽然我活了三十五岁，自己的生活也是一团糟，但我还是想帮她，也是帮我自己，还原一个真相，让大家知道她是怎样的一个人。”

李千书坐在原告席上望着她，突然想起了她第一次认识韩俊骁的那天。她面对整间书房密密麻麻的书，看得痴了，那是她从未见过的另一个世界。她想起她无数次听到过的，韩俊骁躲在墙角压抑的抽泣，想起她跑出家门时韩俊骁的临阵脱逃，想起她跑来求自己替考时恐惧的神色。

她们怀揣着各自的秘密度过了难捱的青春期，又在无数次的羡慕与嫉恨中把对方假想成自己的敌人。但她们本就不该是敌人。她们都是受害者，也是同谋，像所有人一样。

庭审结束前，法官在征求了原被告双方的意见之后，决定调解结案。被告对原告的控诉没有任何辩解，原告方也放弃了其他赔偿的诉求，只是要求陶远公开道歉，并在媒体上发表道歉声明。

李千书和律师出来的时候，侠姐正站在外面等她。看到她出来了，侠姐拉住她，往远处示意了一下。李千书顺着她的眼神看去，看到了她父母和弟弟正在远处往这边张望。

“要不，我帮你挡一挡，你先走？”侠姐问。

李千书摇摇头。“不用了，”她说，“我答应他们要好好算账的，成天躲来躲去也不是办法。”

她迎着他们走过去。看到她过来，三个人讪笑了一下，都露出尴尬的神情。

“我说话算话，”李千书说，“该算的账，我在庭上已经算过了。接下来我们就把话说开吧。如果不是看陶远背着家里的债我可怜他，我本来应该要求赔偿的。如果你们再闹下去，站在被告席上的就会是你们，到时咱们算过的账，可就要你们一笔一笔来还了。”

她妈看了看她爸，讪讪地说：“没有，那个，我们当时真的是鬼迷心窍了，才会想到去你们录节目的那个地方。以后不会了，以后不会了。那些网上骂你的人，真的是，怎么良心都那么坏呢？不认识、没见过的人，就拿那么狠毒的话来骂，其实咱们一家人好好的，是吧？毕竟是一家人……”

李千书疑惑地看着他们：“所以你们什么意思？”

她妈把缩在身后的她弟拉过来，推了他一下。她弟满脸的不情愿，瞪了她妈一眼，又别别扭扭地说：“我……我不问你要钱买车了，你也别告我们，行吗？”

她妈脸上立刻堆起笑：“你看，仔仔跟你承认错误了，是不是？以后咱们还是好好的，你也别把我们拉黑了，好吧？”

李千书上下打量着他们，没说话，看得他们有些发毛。“这就是把话说开了？”她问。

三个人忙不迭点头。

“不写控诉书去闹演播厅了？”

三个人又忙不迭摇头。

“不到我们公司去吃火锅了？”

“不了不了。”

李千书也懒得跟他们絮叨，挥了挥手。“行，那我走了，”她说，“别再去我公司找我，否则我不客气。”

侠姐和律师各自有事先离开了，李千书一个人走到停车场，看到韩俊骁在她的车旁边等着。她走过去，冲她点了点头。“要我捎你吗？”她问。

韩俊骁摇摇头。“不用吧，”她说，“我也不知道去哪儿，租的房子都退了。”

“那你还回来北京干什么？”李千书问。

韩俊骁就笑了笑。李千书看她没回答，也笑了。“走吧。”她说。

“庄磊本来要来的，但是他家里有事，过不来，要我带他问好。”韩俊骁说。

“他来有什么用，难不成他也想像你一样，故弄玄虚地跑来作证？”李千书把车里的音乐拧大声了些，说。

“对不起。”韩俊骁说，“我一开始确实不想来，总觉得每次一说起当年的事，就像是回到了高中的时候，一考试就浑身发抖冒冷汗。”

李千书笑了笑。“那你是怎么考上博士的？”她问。

韩俊骁说：“我这个方向招的人少。当年陶教授坚持，我就保送了。可惜她还是看错了人，我根本不像她说的那么适合深耕学术。不过她人很好，后来毕业的时候，她即使对我那么失望，也没说过重话，只是说，希望我能选择我喜欢的、适合我的路。”

她的大学生活并没有想象中那么顺利。她习惯了在她爸的严苛责罚下接受所有的东西，到了自主学习的环境里，她反而无所适从了。她看着身边的同学有的参加好多社团活动，每天档期排得满满当当；有的迅速开始恋爱，两个人在食堂操场图书馆各种公共场合粘成连体婴儿；有的一进大学就惦记着要考研；有的拿到了知名企业的假期实习。但她连自己喜欢什么、擅长什么都不知道，她成了一个没有想法、没有意愿、没有特点、没有存在感的，掉进人堆里看不见的人。她说她是状元，她们班里有十几个全镇全县全市的状元；她说她成绩好，院里每年靠学分绩点多那么零点零一的排名争奖学金的人两只手都数不过来。没有人在意她是谁，除了她自己，别人也完全没有必要知道她是谁。她不再是那个从小到大老师同学一提起就赞不绝口的榜样，而是一个提起她大家都要反应一下才意识到是同班同学的无名之辈。

只有陶教授问过她。“觉得有落差吗？”她说，“毕竟能考到咱们这里的，从小都是天之骄子，你也是吧。不要有太大压力，做自己就好。”

后来她曾经想，如果她在高中的时候，在一考试就浑身发抖甚至产生幻听的时候，有人能跟她这样温和地说说话，或许她就不会走投无路到去求李芊舒替她考试，不会在校长办公室恐惧地撒谎，不会在复试面试的时候紧张到窒息，不会在被刷下来之后拖着不敢告诉她爸。或许她不一定会考状元，不一定会读一个顶尖的学校，不一定会拿到博士学位。

或许一切都会不一样。但时光没有回头路，她兜兜转转绕了一圈，仍然在这个社会里无从落脚，而当年被她那样伤害却还能真诚地问她“你害怕，是不是？”的女孩，也被表面光鲜背后的噩梦所折磨。

韩俊骁若有所思地看着窗外：“如果我很小的时候，能遇到陶教授那样的老师就好了。”

“你当年可是你爸最骄傲的学生。”李千书说。

“你不还是他亲口承认的小神童吗？”韩俊骁说。

两个人同时感受到了对方语气中的揶揄，忍不住都自嘲地笑了。

“都过去了。对吧？”韩俊骁试探着说。

过了很久，李千书回答：“嗯，都过去了。”

韩俊骁的心里有一块石头悄悄地落了地。是的，都过去了，她想。

67

“你们家人真的良心发现了？不跟你要钱了？”侠姐问李千书。

“怎么可能？”李千书穿着睡衣盘着腿坐在家里沙发上，一边敲电脑一边说，“贪婪是人的本性，哪有那么容易变的。”

“但是那天在法院外面，他们不是跟你道歉了吗？”侠姐说，“我倒是真没想到，还以为他们又要大闹一场呢。”

“他们只是不想跟我撕破脸而已。”李千书说，“我就是这么长大的，区区几句话还想彻底改变我们之间的关系？就算我跪在他们面前哭诉三天三夜都够呛。”但即使如此，她也算知足了。至少她该说的话，他们都听到了，他们以后不管态度怎样，她都对得起自己的良心。

侠姐凑过去，看到李千书电脑屏幕上打开的文档上写着“道歉声明”。“你真的要发？”侠姐说，“陶远今天已经发了公开道歉声明，媒体也都报道了。说实话，等过阵子大家都忘了，没有人会再盘问你学历造不造假的事情，你真没必要特意昭告天下。”

李千书摇了摇头：“不想再骗自己了。韩俊骁说得对，我们活到现在，都欠自己一个真相。别人怎么想，我不在乎，只是想把自己心里的这道坎跨过去。”

“可能根本就没有那道坎。”侠姐笑了笑，若有所思地看着李千书，“你不当它是坎，它就不存在了。”

“你什么时候变得这么哲学了？”李千书笑。

“我一直很深刻好吗？”侠姐说，“毕竟姐姐吃的盐比你吃的饭都多。”

两个人相视而笑。

“哎，”侠姐说，“我都没想到我当时就那么一说，你竟然真的去找那个作假的人了。”

“是啊，”李千书说，“我还以为那是我的捷径。现在想想，别的路虽然不是捷径，但也未见得就走不远。”

人生中有很多次，她都以为自己要翻身了，要摆脱她的旧生活了，要变成她想要变成的人了，要涅槃重生了。那是她以为自己离新生活最近的一次。

她打过很多份工，只有那段时间，生活上的艰辛卑琐被精神上的充实快乐代替，就像年幼时第一次见到韩俊骁家书房的感受一样，她毫无顾虑地拥抱了属于她的新世界。

那份工是一个认识的中国留学生施舍给她的。因为她的签证身份不允许打工，而那个女生又要做满兼职时长，就让她以那个女生的身份在社区图书馆值晚班。每天晚上七点钟到十一点钟，她负责在前台给来借书还书的人扫码归档，然后把还回的书分门别类归置到书架上它们原来的位置。晚上闭馆的时候，检查馆里有没有留下来的人，然后关灯锁门。

整个图书馆有四层，地上两层，地下两层，平日里白天来的人多是附近的大学生，到了晚上几乎没有什么人。她花了两天晚上熟悉了图书馆的借阅管理系统，每天晚上把书整理完之后，便开始了她尽情探索的时间。一开始她还抱一本字典在身边，走到哪儿翻到哪儿，后来渐渐地就不用了。再后来她发现没人管，胆子大起来，晚上闭了馆之后，自己拿一盏节能灯躲到地下二层最里面的一间图书室里继续看书，很多次都是看着看着就窝在书架之间的缝隙里睡过去，醒来时不知昼夜，好几次差点错过开馆的时间。

她欣喜若狂地扩建着她的宝库，不知疲倦。从前靠韩俊骁家的书房打下的地基显得越来越渺小，她添加了无数个抽屉，又贴上了无数个标签，枝枝蔓蔓、盘根错节，曾经艰难攀附在墙上生长的小小树苗早已长成了参天大树。她也会修剪，凭着自己的喜好，她会去除那些她不喜欢的东西，她喜欢司汤达，喜欢兰波，喜欢莫里亚克，喜欢爱伦坡，喜欢安妮普鲁，不喜欢劳伦斯，不喜欢巴尔扎克，不喜欢尼采。在那个昏暗不见天日的地下室的尽头，她就是指点江山的侠客，在方寸之间恣意畅游了她从不曾幻想过的大千世界。

图书馆地下书库的书架是活动式的，用外面的摇臂来控制书架之间的距离，可以将两排相邻的书架严丝合缝地靠在一起，也可以扩大到几人并行之宽，以方便管理员来回行动、摆放书籍。那个早上，她靠在最后一排的书架前抱着书睡熟过去，连上早班的管理员到地下二层来察看都不知道。睡梦之中，她只觉得面前的书架渐渐向她靠近，越来越近，就快要把她挤扁了。她一下子惊醒，尖叫着跳了起来。管理员也吓了一大跳，没有想到书架里跳出来一个人，两人惊恐地对视了十几秒，管理员这才余悸未消地质问她是怎么进来的。

把戏被戳穿，好在管理员善良，没有因此连着责罚把身份借给她的那位做兼职的女生，但她也失去了这个机会。她满心失望地打电话跟侠姐抱怨，侠姐忍不住埋怨她说：“你怎么还替人替上瘾了？走到哪儿都偷用别人的姓名身份？你要是真羡慕人家大学生，你就去买个假文凭，拿回国去又风光，又没人怀疑你，省得你天天冒名顶替、提心吊胆的。”

没有人怀疑过她的学历是假的。她读过的教材比在读的学生还多，甚至还帮认识的学生们写过课业论文。回国之后，讲起自己的履历，她也头头是道。她太享受那种感觉了，那就是她从小到大都羡慕韩俊骁的感觉，那种拥有得天独厚的条件、出类拔萃的优秀、众星捧月的骄傲的感觉。所有人都对她高看一眼，没人知道她是个散养出来的野孩子，没人知道她一直是问题学生，没人知道她一次一次地错过原本属于她的考试，错过改变人生的机会。大家都以为她是天之骄子，是理应得到一切荣耀和光环的人。

光环太亮，连心虚都被掩盖了。后来她才敢跟韩俊骁说，她一直都很害怕，从小就害怕，她只是不敢表现出来而已。怕别人看出她的心虚，就更瞧不起她了。归根结底，她再也没有相信过任何人，连陶远都不算。如果算，他也不会被拒绝在她心里所有的秘密之外。

陶远跟侠姐打了借条，保证钱一定会尽快还上。侠姐看在李千书的面子上没有再继续为难他。“你说，你们俩刚认识那会不是挺好的吗？年轻气盛，雄心壮志，一副要大展宏图的样子。怎么现在就落得一地鸡毛？”

“你还说我，好像你不是一地鸡毛似的。”李千书说。

“我当然不是。”侠姐说。

“为什么？”李千书问。

“因为我有钱。”

李千书也无法反驳。媒体那边和圈内工作被波及的熟人陶远都一一打点过了。生活还是要继续，李千书再犯难，也还是要把工作上扔下的烂摊子捡起来。她想了想，第一个电话打给了韩俊骁。“你还在北京吗？”电话通了之后，她问。

“在。”韩俊骁说。

“见个面？”李千书问。

“工作的事？”韩俊骁问。

“嗯。”

“我不是都已经辞职了嘛。”韩俊骁笑着说。

李千书还没来得及接话，韩俊骁就又说：“那明天吧，明天见。”

“好。”李千书说。

刚放下电话，她就收到了韩俊骁发来的一长串信息和几个文档。信息里是她对之前李千书汇总发给她的那些有关专栏的邀约回复，文档是她对专栏和其他几个项目的想法和意见，条分缕析，洋洋洒洒写了很多，李千书一时半会儿估计还看不完。她笑了笑，回了一句：“我晚上看，明天聊。”

刚看到李千书发布的道歉声明时，韩俊骁正坐在陶教授的办公室里。陶教授临时接个电话，她就坐在一旁刷手机。李千书的声明刚刚发出，底下的评论就在不断增加，有人笑她出丑，原本造假就已经让人唾弃了，还要多此一举越描越黑；有人说她敢于承认错误，以后不再作假就应该被原谅，各执一词，吵得不可开交。

陶教授放下电话，看韩俊骁还在盯着手机发呆，就笑了笑：“看什么呢？”

“啊，没什么，”韩俊骁连忙放下手机，“刚才咱们说到哪儿了？”

“说到你有空过来坐坐，好好聊聊，你还可以常回学校来跟同学们多交流，一直都没机会，”陶教授说，“也不知道你家里发生了这么多事。不过感觉你跟以前在学校的时候不太一样了。”

韩俊骁就笑笑。“是有人这么说。”她说。

“你的那个专栏我看了，还推荐给学生们来着，”陶教授说，“怎么后来没有接着写了？”

韩俊骁就说了自己辞职和李千书公司的事。

“网上的事情我这个老年人倒不太了解，”陶教授笑道，“不过人总要找事做的，你既然丢了这份工作，以后怎么打算？”

韩俊骁低头想了想，说：“我还想再试试。毕竟我也算是一个编外人员。”

68

第二天，韩俊骁把见面地点约在了她学校。校园很大，还不让停车，李千书费了好长时间才找到韩俊骁。“你们学校架子也太大了吧，”一见到她，李千书就忍不住抱怨，“还不让私家车进，你知道我停在东北门然后走过来要多久吗？”

韩俊骁只好道歉：“我不知道你从那边过来，其实走南门比较近。”

“你不早说？”李千书瞪她一眼。

“你不是有导航吗？”韩俊骁问。

“导航告诉我从东北门进的！垃圾导航。”李千书气呼呼地说。

两个人顺着小路走到一幢教学楼前。韩俊骁说：“我跟陶教授那边沟通了一下，下周会来给我们院的本科生做一个讲座。”

“哟，”李千书有些惊讶地看看她，“不容易啊，韩大学者这是要复出了吗？”

“什么学者，别叫我学者，丢人。”韩俊骁连忙说。

她最怕的就是被称作学者、博士、老师等等，在她心里，只有陶教授这样的人才配得起那些称呼。当年决定读陶教授的博士前，陶教授找她谈过几次，问她未来做学术的规划，她其实根本没想明白。只是她爸说，既然读了名校，就读到头。她爸又没有读过博士，也不过是个平凡的教书先生，不会知道人文学科学术的路有多难走。但韩俊骁当时也没有别的路可走。“既然选了这条路，那就好好做。”陶教授是这么告诉她的，也是这么做的。她一点一点被陶教授带出来，参与了课题，期刊上发表了论文，自己的博士论文还得了一个奖，也算是在学术界做了点微薄的贡献。但这些都是在遇到叶晓楠之前。

那是一次院里的联谊会，叶晓楠跟着他高中同学来的，坐在韩俊骁邻桌的时候聊了两句，就互相留了联系方式。过了两天，韩俊骁收到了叶晓楠发来的信息。

大学那些年，她没有得到过任何异性的示好，仿佛当年的那个诅咒还像利剑一样悬在她头顶，只要她做梦梦见中学时读到的言情小说里那些浪漫唯美的爱情句子，就会有声音把她吼醒：“你不是喜欢看吗？你就站在这儿，大声念，一个字都不要落，背下来为止！”

直到她博士都快毕业的那一年，叶晓楠的信息才打破了她的诅咒。虽然结婚之后的某一天，她偶然提起，叶晓楠才漫不经心地承认，那天联谊会之后，他给十几个女生都发了信息，等到两天过后他确认想撩的妹子没一个有可能撩上之后，才发给了韩俊骁。

叶晓楠最看不上的就是在学校里混一辈子的人。“你看我，我本来本科都懒得念完，我老爹非逼着我念完。反正早晚也要进我们家公司，靠山吃山、靠水吃水也能混得挺好。你呢，难道你还以为你能在学术圈混出名堂来？出了学校，你们这些书呆子什么都不是，跟我比差远了。”

在学校跟韩俊骁走得比较近的一个女同学，听她说了毕业的打算之后，忍不住试图骂醒她：“你不是被叶晓楠给洗了脑吧？他说你不行你就不行了？他又不是半仙！”

但她没能被骂醒。其实后来她回想起来，叶晓楠也不是刻意要给她“洗脑”，那或许就是他心里真实所想。毕竟他看着她的时候，那眼神就像是看着一种比他低等的动物一样。曾几何时她也处在鄙视链的顶端，但面对叶晓楠，她却甘心认了怂。她选择了叶晓楠，选择了未知的婚姻生活，就也放弃了所有其他选择的机会。那一眼望不到头的五年时间里，她错过了多么美好的一个世界，如今她都不敢细数。不过好在，她走出来了，世界虽然仍旧转得飞快，她却也有机会努力跟上了。

韩俊骁带李千书去见了陶教授，三个人相谈甚欢。陶教授问起李千书是学什么专业的，哪个学校毕业的，李千书愣了一下，然后就笑了。“老师，”她说，“韩俊骁说您不看新闻也不追热点，平时连网都不怎么上，这下我算是信了。”陶教授一头雾水，韩俊骁也忍不住笑了。

韩俊骁回院里做讲座的那天，李千书也去了，这回听话地把车停在南门，很快就走到了教室。她悄悄地在最后一排坐下，身边都是年轻的大学生们，抱着书本托着脸颊专注地听台上韩俊骁的话。李千书觉得新奇，也觉得有趣，仿佛她也是他们中的一员。直到散场韩俊骁才看见李千书来了。“你怎么坐那么后面？”她问，“我都没看见你。”

“你讲得挺好的，”李千书从最后一排站起身，走到讲台前来。“感觉对本科生来说，懂得怎么选最适合他们的路，才是最重要的。”

“都是陶教授讲过的，我就是拿来再唠叨一遍。”韩俊骁摇头说，“不过说到底，道理听得再多也没用，最后的路还不都是自己选的。”

“是啊。”李千书点了点头，有些感慨，“年轻可真好，还有的是机会选。”

“现在也有啊，”韩俊骁看了她一眼，“我都没服老，哪轮得到你感慨。”

两个人离开空荡荡的教室，沿着校园里的小路往外走，一路无话。迎面走过来一个女孩，看起来稚嫩得很，还不像是大学生的样子，一边走一边抹眼泪。身后另一个女生追过来，跑到她身边，拍拍她的肩膀。

“哎呀，别难过！”女生大大咧咧地说，“不就是一次自主招生考试吗？这次没考上，还有高考呢！咱们高考考好点，照样堂堂正正进名校！对吧？”

擤着鼻涕的女孩点了点头，两个人又低声说着什么，并肩走远了。

韩俊骁和李千书对视了一眼，都没说话。过了很久，韩俊骁若有所思地问：“有一件事，我记在心里很多年，一直想问问你。”

“嗯。”李千书说。

“你当年替我考的那场试，最后一科写的作文，到底是什么？”

李千书没有想到韩俊骁问出这么久远的问题，愣住了：“你怎么想起来问这个？”

“后来我去复试的时候，有一个考官对你的作文印象特别深刻，一直惦记着，追着我非要问我当时怎么想的，为什么要写这样一篇文章。当时把我吓得冷汗冒了一身。”

李千书忍不住笑了：“那你怎么说的？”

“我当然什么都说不出来了。那个老师还很失望，就很怀疑地瞪着我，还说，能写出那种文章的人，不像是写完就忘了的。还好后来别的老师打岔打过去了，否则我就提前交代在那儿了。”

看李千书一直笑，韩俊骁就问：“到底写的是什么？”

“我不记得了。”李千书说。

“你觉得我会信？”韩俊骁白了她一眼。

李千书就无奈地摇摇头：“也没写什么，题目是《我眼中的世界》。”

“然后呢？”韩俊骁问。

“我又没见过世界，”李千书说，“我所有的见闻，都来自你家的书房啊。”

那是她最初探索世界的宝库，承载了她所有的想象。即使她哪里都不曾去过，在她的幻想里，已经勾勒出了一个一眼望不到头的世界，波谲云诡、惊天动地。多年以后，当她长大成人，当她发觉真实的世界远远没有想象的那般丰富，当她的人生记忆不得不存储太多她想忘却忘不掉的细节，当她不敢面对现实的丑陋又只能在被虚伪包装的噩梦中惊醒时，她还是会回想起最初的时光，有过缺憾和痛苦，却也不曾后悔。

69

“那我们开始面试吧？”韩俊骁坐在办公桌对面，看着面前有些局促的年轻女孩。

“嗯。”女孩点点头。

“我看了你发来的简历还有你提交的样稿，看得出我们之前的专栏文章你都看了，也有自己独特的见解，但是你可能不知道，我们这个栏目目前打算改版，还没有定下来具体的方案。从你的稿子上来看，风格可能要调整……”

李千书走进公司的时候，韩俊骁刚刚面试完那个过来应聘的女孩。

“我觉得还不错。你看了稿子吗？”韩俊骁问李千书。

“还没看。你觉得不错那就试试吧。哪个学校毕业的？”李千书问。

“啊，忘了。”韩俊骁顺手就要回去翻那个女孩的简历。

“算了，不用。”李千书摆摆手，进了自己的办公室。她正低头盯着电脑屏幕忙碌，听见韩俊骁在外面叫她：“有人找你。”

“请进。”李千书说。

那人就直接走进来，在她对面的椅子上坐下。过了好久没声，李千书这才抬起头来，撞上对面陶远的眼神。李千书愣了一下，点点头，没说话。

陶远回头看了一眼外面，韩俊骁和其他几个同事正围着电脑商量着什么事情。

“你们都回来了。”他说。

“嗯，”李千书点点头，“不然还能怎么办？总要过下去的。”

“公司的事情，我这边已经办妥了。”陶远说。他已经退出了公司，从此在任何层面上都不再和李千书有任何关系了。

“我知道。”李千书说。

“我准备回老家去了，”陶远说，“和家那边的几个朋友一起做点事情。”

“你家里的事怎么样了？”李千书问，“钱还上了吗？”

“我还在周转。”陶远说，“不过侠姐那边你放心，只要我有，一定立刻还她。”

“没事，你自己看着周转就好。侠姐也不急着要那笔钱，她嘴硬心软，你最知道的。”

陶远点点头：“她总说自己看人准，我想，她肯定后悔，在我身上看走了眼。不过还好，你是她看得最准的人。”

李千书摇了摇头，有些无奈地笑：“人看别人都挺准的，看自己没有一个准的。”

陶远看了看她，犹豫了片刻，说：“你以后好好的，侠姐说得没错，你会越来越好。”他停顿了一下：“有没有我，你都会越来越好。”

送走了陶远，李千书站在公司门口发了好一会儿愣。直到送快递的小哥在门口叫：“李千书！李千书的快递！”她才缓过神来，走过去，看到小哥脚下好大一个箱子。

“我的？”她奇怪地问，“我没买东西啊。”她低头看了看箱子上的单子，收件人的确是她自己。她把箱子拖进公司打开，里面是一堆吃的以及在公司用的日常用品。

“你买的？”韩俊骁看到了，过来问。

“我没买啊。”李千书一头雾水。她拿起桌上的手机，这才看到她妈发来的信息。那天之后，她用回了之前的电话号码，也把拉黑的号码都恢复了。他们没再给她打过电话。

“千书，我们回广州了。”她妈说，“想跟你和你同事们道个歉，但是你不想见到我们，我们就没过去。寄了东西，希望你们能用上。仔仔留学的事，还是希望你能再考虑考虑，就算是帮他最后一次，他也是大人了，以后独立了，就不会让你多费心了。”

韩俊骁看了她一眼：“说是道歉，这不还是在惦记留学的钱吗？”

李千书也没客气，一边拿了箱子里的东西直接分给大家，一边说：“不然呢？还不是因为我吃软不吃硬，从今以后换了招数？”

“那你怎么办？如果你不给钱，你弟弟就真的没法去留学了。”韩俊骁说。

“谁说的，留学这个钱他们肯定拿得出来，只是不愿动而已，要留着有别的用处，结婚啊彩礼啊，有的是说法。”李千书说。

“那你也可以有说法啊，你也要买房、买车、结婚，干什么不行？他们有用处，你也有自己的用处啊。”韩俊骁顺口说，“要不然，你就说这笔钱你自己要留学用了，就不给他们了呗。”

李千书听她说到这里，突然停下了发东西的动作，转头看了看韩俊骁。“你怎么知道？”她问。

“啊？”韩俊骁没反应过来，“我知道什么？”

“你怎么知道我也要去留学？”李千书问。

“什么？！”韩俊骁大吃一惊，“我随口说的！你真要去留学？”

“我为什么不能？前几年忙工作忙赚钱没办法，现在正好既有钱又有闲，还没结婚没男友，最适合去充电了。何况，”她若有所思地说，“我总该拿一个属于我的真正的学历回来吧。”

“可是，”韩俊骁说，“可是不行啊！”

“怎么，你自己学历那么高，我连留个学镀个金你都看不过去，也太不厚道了吧？”李千书故意开玩笑说。

“不是那个意思，”韩俊骁急了，说，“你走了你公司怎么办？我还得靠你发工资呢！”

“工作当然要照常，”李千书说，“反正现在大部分事情都可以线上做，这边又有你盯着，有事我就回来，我觉得不会有什么影响。只要你好好工作，工资不会少你的，放心。”

“可是……”韩俊骁还要再说，被李千书强行打断，“行了，赶紧忙你们的正事去。”

李千书收到学校的录取通知那天，特意拍了张照发微博，一副金榜题名洋洋得意的样子。发完觉得自己可能太夸张了，正好韩俊骁进办公室来找东西，她就问韩俊骁：“我这个文案是不是过了点？跟范进中举了似的。”

“还好，”韩俊骁说，“跟疯子还差那么一点点。”

李千书就笑。她刷着自己微博底下的评论，自然有恭喜她梦想成真的，也有夸她知错就改、洗心革面、重新做人的，还有骂她不要脸又拿学历造假炒作的，继续吵得不可开交，她倒也不在乎，刷得津津有味。

“这些人真的够了，”韩俊骁却在那里义愤填膺，“还揪着别人的把柄不放，一天天地是没有事做吗？”

“无所谓了，人总要有新的谈资，我们自己心里清楚就好。”李千书说。

“不过话说回来，我倒是觉得，这不是坏事。”韩俊骁说。

“当然不是坏事，我要去留学为什么是坏事？”李千书问。

“不是说这个，”韩俊骁说，“我是说，如果当初没有陶远闹的这一出，也不会把你逼到绝境，你也不会现在真的选择这条路。虽然晚了些，但还来得及。”

韩俊骁拿完东西出了办公室，李千书把目光转回电脑屏幕上，看到陶远转发了她的微博，还写了“祝福”两个字。

“下班一起吃饭啊。”李千书出了办公室，问韩俊骁。

“庆祝吗？好啊。”韩俊骁说，“我也要庆祝一下。”

“你也要庆祝？什么事？”李千书奇道。

“叶晓楠这个周末结婚了。”韩俊骁说，她递给李千书看手机上的朋友圈。

“哇，恭喜。”李千书立刻说。

“你恭喜他干什么？你又不认识他。”韩俊骁说。

“我恭喜你。”李千书说，“离了婚是药引，对前任彻底死心是康复的开始，前任的婚讯才是痊愈的标志。走吧，咱们今天不醉不归，庆祝我们的生活重新开始。”

70

接连几个短假韩俊骁都留在公司加班，直到好不容易松了一口气，她才想起已经好久没回家了。她妈倒是在平日的电话和信息里表现得很平常，她也就没在意，没跟她妈说，直接买了回家的车票。

她一路到了家，抬手敲门，敲了半天却没人应。她急起来，喊："妈！你在家吗？"

过了好久，里面一个陌生的声音回应："你找谁啊？"还伴随着吱哇喊叫的小孩声音。

韩俊骁一听，是个年轻的女声，不是她妈声音，更奇怪了，就问："我找许芳仙。"

"许芳仙是谁啊？"里面那个女声问。

韩俊骁吓了一跳，心想她妈不会是出了什么事吧，正在胡思乱想，门开了，一对年轻的小两口疑惑地看着她。屋里还有个满地乱跑的几岁小孩，在沙发上蹦来蹦去。

"你……这……这不是我家吗？"一瞬间韩俊骁以为自己记忆错乱走错了屋，抬头看了看门牌号，没有错，再看看屋里，客厅角落还摆着一堆她之前没有收拾完的旧书，都沦为了那个小孩踩上踩下的玩具。

“啊，许芳仙，你找许芳仙是吧？”年轻男人突然一拍脑袋，“对，许芳仙是咱们房东的名字，你忘啦？”

年轻女人嘟囔：“我怎么记得！”又转过来跟韩俊骁说：“你是找许芳仙是吧？她把房子租给我们啦。阿姨人特别好，家具能留给我们的都留给我们了，还有好多书，她说收不走，正好我们有小孩，就留给孩子看吧。不过我家小孩还小，对认字根本不感兴趣……你是她家人？”

“她是我妈。”韩俊骁说。

小两口也有点惊讶，尴尬地说：“这样啊，那她怎么没告诉你呢？”

对啊，她怎么没告诉我呢？从家里出来，韩俊骁一头雾水地打通了她妈电话。“妈，你什么时候把房子租出去了？那你住哪儿啊？你在哪儿啊？”韩俊骁上来就问。

“啊？”她妈也吓了一跳，“女儿，你在家？你什么时候回来的？我把房子租出去了，没告诉你，吓着你了吧？”

“没……没太吓着，”韩俊骁说，“妈，那你呢？你去哪儿了？”

“我啊，我在新加坡旅游呢，跟……跟你刘叔叔一起。”

“刘叔叔又是谁啊？”韩俊骁觉得自己的脑容量可能不够用了。

“女儿啊……妈妈怕你不接受，就自作主张，瞒着没跟你说，你别生气呀。你刘叔叔人挺好的，等我们旅游回来，你下次放假回家，咱们见一面。”

放下电话，韩俊骁她妈就发了一连串的图片过来，都是她和那位刘叔叔在旅游时拍的。她妈在镜头里笑得特别开心。记忆里，韩俊骁从来没看她这样笑过。虽然她妈摆着每一个中老年妇女在旅游时都会摆的可笑姿势，但韩俊骁却觉得，可以与旧照片里她妈年轻时在舞台上翩翩起舞的样子媲美了。

从家里出来，她先去给李千书的姥姥扫了墓，然后去了父亲的墓地。她放了束鲜花在墓前。

“爸，你一直不喜欢花。以前院里的花草都是妈打理的，你还不让她把花盆搬进屋，说全是土，脏。但我今天还是给你带了束花。因为我喜欢。

“偶尔，你也要知道一下，我喜欢什么，我妈喜欢什么。不过现在我妈喜欢什么你也不需要在意了，她有了知道她喜好的人。

“毕竟，我和我妈，是你这辈子相处时间最长的两个人，也是被你改变了一生的人。我现在强求你多了解我们一点，不过分吧。

“爸，我有好一阵子想不通。我想不通我为什么会在这个家里长大，想不通我为什么会顶替你给你儿子起的名字，想不通我这些年到底要怎样才能成为你想让我成为的样子，想不通我都这么努力地不恨你了，你临走的时候还要恨我。

“你这是想让我难受一辈子，是吧。

“爸，对不起了。这一次，我不想拼命委曲求全让你如愿了。

“我要好好地活，要为我自己活。我要知道我喜欢什么，我想要成为怎样的人，我能够做成怎样的事，我的人生到底还有多少种可能。

“我不会难受一辈子了，我会过你想象不到我能过出的人生。因为只有这样我才能接受我曾经经历过的一切，告诉自己它们是我生命中无法抹去的一部分，就算不能原谅，至少可以痊愈。

“我不恨你了，爸。也希望你别再恨我了。”

坐在连夜回北京的车上，韩俊骁收到了一连串李千书隔着时差发来的工作文件。反正也睡不着，韩俊骁就拿出电脑来一边看一边回复。“怎么回事？”刚发过去一个文档，李千书的回复就来了。她那边是晚上，坐在灯火通明的自习室里，周围全都是低着头看书写论文的学生们。她不需要再用别人的身份在图书馆值晚班，可以堂堂正正地来通宵自习室看一整夜的书，再也不用躲在地下书库里担心被突然靠近的书架挤扁了。

“你那边不是半夜吗？怎么休假还带通宵工作的？”

“休假通宵给加班费吗？”韩俊骁顺口问。

“不给。”李千书说，“你不是说要回家看阿姨吗？回去了吗？”

“回去了，又回来了。”韩俊骁说，“我妈找了个新老伴，俩人去新加坡旅游去了。我白跑一趟。”

“阿姨真棒，”李千书连忙夸，“比你强多了。”

“那当然。”韩俊骁说，“我也替你去看了姥姥。”

“谢谢。”李千书说，“也去看韩老师了吗？”

韩俊骁没说话。

“我知道你肯定去了。”李千书说。

“行了，说正事。”韩俊骁深吸一口气，揉了揉困倦的眼睛，打起了精神。

等到工作告一段落，韩俊骁抬头望向窗外，正看到了清晨的第一抹曙光。

“我这边天亮了。你那边也要休息了吧？”她问李千书。

“还早呢。这几天课业紧，忙完了工作我要继续啃论文了。”李千书说。

“你那个过目不忘的脑子还怕论文？”

“我又不是名校博士，当然怕论文了。”

“你又笑话我。”

“我哪敢笑话你，你是我榜样好吗？大学者！”

“再叫我大学者，以后不帮你加班了。”

“那有加班费行不行？”

“……那我考虑一下。”

走在回住处的路上，正赶上工作日的早高峰，她和匆匆忙忙的人群擦身而过，每个人的面孔都模糊得像是被磨平了所有棱角，却又反而清晰得各有各的目的。她觉得自己和他们越来越像，这让她格外心安。就像她可以想见，在地球的另一端，每天为学业而忙碌的李千书，也一定在经历这样的生活。她相信从今以后一切都会越来越好。但即使没那么好，只要一起努力度过，就也没那么可怕了。

生活早该如此对她们。

她们早该如此生活。

番外一　有难同当

（上）

“笑一笑。”

旁边的人挤开她，抢占了最好的位置摆出微笑，她连忙尴尬地让开，低声道了歉。背后是毕业典礼上的大红条幅，周围人声鼎沸，来来往往的毕业生呼朋唤友地拍照留念，脸上都洋溢着兴奋。

叶晓楠还没来，他知道她今天毕业典礼。

一切都很顺利，虽然枯燥又辛苦，但她还是顺利毕业了，也得到了陶教授的肯定。她穿着博士服，戴着博士帽，站在毕业典礼的台上，校长亲自为她拨穗，风光无两。

但她一直心不在焉地想着别的事情。比如，叶晓楠今天到底会不会来。她又怕他来，又怕他不来。

那天本来和任何一个同居以后的早晨并无不同，他去上班，她去学校。等他一出门，她立刻从包里掏出早些时候买来藏好的验孕棒躲进厕所。半年以来她为了毕业的事情焦虑，已经很久都没意识到生理期不来了，回家路过药店的时候不知道脑子里哪根筋提点了她，才买来试了一下。结果她盯着清晰的两道杠愣了很久，第一反应不是兴奋也不是惊慌，反而是苦恼和困惑。她的脑子里一团乱麻，总觉得应该找到一个起始点，把这些问题都串在一起，但就是没有头绪。

她想找个人说说话，却也不知道找谁去说，反正不是叶晓楠。在她收拾好洗手间里的垃圾提出门丢进垃圾箱的时候，她突然反应过来自己的困惑在哪里了。

为什么会怀孕？

她转身回家，进屋就去床头柜里翻他放的安全套，然后找到了一颗不太有理由出现在安全套盒子里的图钉。不知道过了多久。她把东西恢复原样，转身走出卧室，打电话预约了医院的检查。

后来在去医院的路上她给她妈打了个电话。听着那端铃声响起的几秒钟，她祈祷着她爸千万不要在她妈旁边，千万不要。

难得她的祈祷应验了，但她就像是嗓子里堵了什么东西，不知道要怎么跟她妈开口，艰难地支吾了好久。

“妈，你说，我结婚，好不好？”她迟疑地问出这个转了好几个弯的问题的时候，也不知道自己到底在期待什么样的回答。

“叶晓楠要跟你结婚了？”她妈立刻问。

“……还没有。”她只好说，“我就是说，如果，我要结婚了，好不好？”

那边沉默了好久。她想是不是她爸突然回来了，或者她妈压根不想多说什么，叹了口气，正准备挂电话，她妈在那边说：“会好吧。”

“什么？”她没听清楚。

“你要是结婚，有了你自己的小家庭……会比以前好吧。”她妈缓缓地说，语气里听不出什么情绪，“不管怎么样，别亏待了自己，如果……”

话没说完，那边响起别的动静，她妈就匆匆把电话挂断了。

如果什么呢？韩俊骁有些失落。她难得地想和她妈多聊一点，聊聊婚姻，聊聊孩子。从小到大的很多个时候，当她不明白为什么父母要这样对待她的时候，她一边想着，如果将来自己有了孩子，会不会就理解了父母当初的做法；一边又惶恐地否认，她绝对不会罚自己的孩子站墙角，不会打他/她，不会用那些看起来无足轻重却足以摧毁一个小孩所有自尊心的办法去惩罚和辱骂他/她。她和叶晓楠还商量过，如果毕业就结婚，是不是应该早点要孩子。她潜意识里觉得，这是一件责任很重大的事，需要做好万全的计划，不说沐浴焚香斋戒，至少也要心理上准备好应对。现在自己真的有了一个做妈妈的机会，她要拥有自己的家庭了，她可以永远地摆脱从前那个家了。

叶晓楠比她开心得多。他拍着胸脯表示立刻要把结婚提上日程，并且第一时间给他爸妈家里打电话报备，一周之内，他妈就发了好几个看好的学区房过来。韩俊骁心里的大石头并没有放下，她仍然记着安全套盒子里的那颗图钉，在心里列一二三四五条的腹稿，还没有来得及质问叶晓楠。

毕业典礼之前，她最后一次去找陶教授聊天，说自己可能要结婚了。陶教授没有露出意外的表情，反而问她："这几年，压力很大，也很辛苦吧？"

她沉默了许久。"谢谢陶老师，"她迟疑着回答，"如果没有您，我从来不敢想我也有博士毕业的这一天。"

"结婚以后什么打算？"陶老师说，"就剩你了，再不做决定，毕业了就晚了。"

韩俊骁不吭声。同届毕业学生的不多，有人留了校，有人回到家乡的大学任职，有人出国，有人放弃了学术道路应聘了其他工作，每个人都有了去向，只有她还在原地打转。换作以前那些在她爸的管教下成长的日子，她不会有喘息的时间用来思考自己究竟要往哪里走。叶晓楠和她不一样，他成长在以他的快乐和满意为中心的家庭里，养成了看上去波澜不惊的脾气，不管遇到什么事总是一副成竹在胸的样子。“不着急，”他轻描淡写地说，“不着急，以后再说。”

“但是毕业就晚了。”她想着陶老师说的话，回答他。

“有什么晚不晚的？等以后孩子大了，上学了，你的博士学历还能跑了不成？到时你还不是想干什么干什么。”叶晓楠说。

“你这么想？”陶老师坐在韩俊骁的对面，平静但又审视地看着她。

韩俊骁心虚，并没有看陶老师，而是低下了头。不知道为什么，手心一阵一阵地冒冷汗，心也突突跳。通常都是熬夜赶论文准备答辩的时候她才会这样紧张，现在毕业在即，本应该一身轻松的她却由内而外都难受得抖起来，脸色也白了。陶老师觉察出她不对劲，问：“没事吧？是不是今天不舒服？不舒服的话，就早点回去吧，毕业的事，咱们还有时间慢慢聊。”

韩俊骁也顾不上失礼，匆忙道了谢，出了办公室。刚走下半层楼，瞬间觉得腹腔内一阵剧痛，坠得整个人都站不稳，她下意识地抓住楼梯扶手，但疼得使不上劲，人就沿着楼梯又滚下了半层才停住。周围路过的两个女同学看她摔在地上起不来，好心帮忙，扶着她站起来的时候，看到她的裤子被血濡湿一大片，立刻架着她打车去了医院。

“先兆流产？！”

从医生口中听见这句话，韩俊骁彻底傻了眼。

“我才刚刚发现自己怀孕，”她整个人都懵了，“就……就这样？没了？”

“你这是自然流产，孕早期也很常见。不用紧张，好好调理，下周过来复查一次。”

韩俊骁飞快地在脑子里理解着医生的话。还没有从得知怀孕的心情中平缓过来，这个还不能称其为“孩子”的孩子，在自己的身体里，来了又走了。电视剧里的那些狗血情节什么都没发生，她连反应都没有反应过来。

医生低头飞快地填单子开药。韩俊骁愣了半晌，小心翼翼地问了句：“不能……保了吗？”

“孕酮太低了，你这个已经流产了，没有保的意义。”看到她仍然一脸的茫然和难以置信，医生就又说，“小姑娘不用害怕，孕早期流产，胎儿本身发育得不好，就算今天没流掉，后期万一出现别的问题，到时对你和孩子伤害更大。你还年轻，以后日子还长，把身体养好了，顺其自然就好。”

后面医生还说了些什么话，韩俊骁记不清了。等叶晓楠回来，她又变得仿佛什么事都没有发生过。

“……你毕业了就不用往学校跑了，”叶晓楠打着哈欠爬上床，拧暗灯，嘴里念叨着，“我妈说，咱们把房子先买上，到时她住过来帮你带孩子，多好。”

韩俊骁也沉默地上床躺下。叶晓楠还在自顾自地比较着几处他妈看好的房子，他的话都是真的，她相信。她在他电脑包里摸到一个新的首饰盒，里面是一枚求婚戒指，所有日程都在按他们的规划一步步行进。或许他们的规划更多地源自他的规划，从家里摆放绿植的数目到床头的朝向，从西红柿炒鸡蛋加不加糖到袜子能不能跟衣服一起放进洗衣机，从结婚生子到我主外你主内，都是他的规划。后来搬新家的时候，韩俊骁提出想要一张书桌，被盯装修的叶晓楠妈妈忘得一干二净，原本的书桌后来也配上了叶晓楠常用的超大显示器和舒服的电竞椅。但那时的韩俊骁并未觉得有任何不对。

直到叶晓楠未落的话音变成了鼾声，韩俊骁也没有勇气告诉他自己去医院的结果。她木然地盯着黑暗中的某一点，那个点越来越清晰，越来越尖锐，带着凌厉的攻势毫无阻挡地破空而来。她拼命睁大眼睛，想看清楚自己面前的到底是那颗锋利的图钉，还是那枚美丽的戒指。

脑海中这场图钉和戒指进行的漫长攻坚战在毕业典礼那一天到达了尾声。当叶晓楠抱着一束俗气的玫瑰花穿过拥挤的毕业生人群向她走来，然后顺理成章地在她面前单膝跪地的时候，韩俊骁突然回想起了很多年前她看过的第一本，也是唯一一本言情小说。男主角站在女主角面前，微笑的眼睛看着她，一字一句地念出那些动人的情话，而她脸红心热，迎着他炽烈的目光，热泪盈眶地说出“我愿意”。

嘈杂的人声陡然消失，转瞬之间她意识到自己又站在了书房墙角，拿着那本被摔散的言情小说，涕泪交加地哆嗦着，咬牙切齿地念着表白信里那些肉麻的语句。她发过誓的，她在心里想，一辈子都不要有人对她这样表白。

如果往前一步呢？她心想，往前一步，或许就可以走出那个站不直也坐不下的墙角，那曾经遮天蔽日压得她喘不过气来的层层书架就再也影响不到她，或许，她就可以迈出笼罩在她头上三十年的阴云，迈向新的生活。

戒指她戴上了，但尺码不是特别合适，有点勒，后来好不容易沾着肥皂水取下来，她就没再戴过，渐渐忘了收在哪个抽屉里。倒是那颗图钉，她总会在梦里看到，闪着凛凛的光，像是在嘲笑她不管往哪一条路走都是注定失败的人生。

有时她会想起叶晓楠跟她求婚时说的话，毕竟人这一辈子难得有表情意许承诺的庄重时刻，仪式感的粉饰让不管是不是发自真心的话都多了那么几分动人。他说，以后的日子里，我愿与你有难同当。

当然，婚后叶晓楠很快就得知了真相，毕竟韩俊骁也没想瞒多久。叶晓楠气得七窍生烟，跑到医院去问过医生才勉强相信。后来的几年，每每他们因为没有小孩的事情争吵，他都会搬出这件事来，翻来覆去地想弄明白为什么他们俩就是没能再造一个成功的小孩出来。

很久以后，韩俊骁试图去设想她妈当年把她从医院厕所里捡起来的模样，竟终于在人生中的某一个时刻，感受到了和她妈有几分相似的心情。如果没有失去过那个孩子，她妈会拥有怎样的人生？如果没有失去过那个孩子，她又会拥有怎样的人生？她不敢去想，命运已经替她们做出了选择。

那颗已经深深嵌入脑海里的图钉，总是在独处的时候令她隐隐作痛。她问自己，嵌入图钉的这个人，和说着有难同当的那个人，到底是不是同一个人？

没有答案。她花了五年的时间，笨拙而艰难地明白了一个道理，一个早一点明白人生或许就少一点艰难的道理。

从来不要指望任何人和你有难同当。

番外一　有难同当（下）

“笑一笑。”

她低下头很不自然地努力扯了扯嘴角，表情怎么做怎么尴尬。

“笑一笑！”

小女孩颇有气势地站在对面，举着手机，有板有眼学着妈妈的语气发号施令，“笑一笑！”

她抬起头，听见咔嚓一声。

照片没办法恢复，那时候的手机像素太低，加上小孩连手机都举不稳的拍照技术，画面一片模糊。但还是能看得出，一个面黄肌瘦的黄毛丫头畏畏缩缩地站在美艳动人的侠姐身边，就像天鹅旁边的一只土鸡。

那年李芊舒刚去侠姐管理的餐厅打工，有时侠姐忙不开，她又没在上班时间，侠姐偶尔会拜托她去幼儿园接团团。团团既要格外注重饮食，又要担心着凉感冒发烧，还要时刻看着她不能毫无顾忌地运动玩耍，是整个幼儿园大班里最“搞特殊”的小孩。李芊舒每次去接她，都不需要在一帮嬉笑打闹、到处疯跑的孩子堆里找，她肯定一个人坐在空荡荡的活动室或是教室角落里，拿一本画册乱涂乱画。

团团孤僻得很，她妈不让她像别的孩子一样玩，她便也没有要好的小伙伴，看起来总是沉默着闷闷不乐，眉毛眼睛也习惯皱在一起，形成一副不好惹又冷冰冰的样子，李芊舒总是怀疑这个几岁娃娃的身体里住着一颗大人的灵魂。

如果只是比一般的孩子安静，那团团就是天底下最省心的小天使，但她显然并不是。明明李芊舒来接她的时候全程两人连交流都没有，等她见到妈妈，却会严肃地当着李芊舒的面对她妈说：“妈妈，我不喜欢她来接我，我讨厌她。”

“啊？”无辜的李芊舒一脸懵。

“她故意让我跟别的小朋友一起去玩滑梯。”小姑娘说得一本正经跟真事似的，“妈妈你不让我玩滑梯，她非让我玩，我讨厌她。”

“……我哪有？”李芊舒吓一跳，心想这孩子小小年纪就爱搬弄是非，侠姐万一生气把她开除了，那她岂不是倒了天大的霉，连忙跟侠姐辩解，“我都没跟她说话，哪敢让她玩滑梯？！”

侠姐倒是没说什么。小姑娘一计不成，又施一计，下次李芊舒去接她的时候，在窗口远远看到她坐在活动室后面的图书角，李芊舒穿过走廊进屋的工夫，她就不见了。李芊舒吓出一身冷汗，心惊胆战地找了两圈，最后找到老师办公室，看见她坐在老师身旁不紧不慢地打电话。“妈妈，我跟你说了不要她来接我，她都不知道跑哪儿去了，别的小朋友都走了，她才来，让我一个人在这里等。”

李芊舒哭笑不得。

“我真的没有。”她私下里跟侠姐解释，“接别人家孩子可是好大的责任，我一秒钟都不敢耽误。你是我老板，你家团团又这么金贵，万一因为我的疏忽出点事，那你还不得灭了我。”

侠姐却像是不在意的样子，摇摇头："我知道。换别人去接，她也一堆鬼主意等着。"

"啊？"李芊舒很是意外，"你知道她是故意的？"那你当妈的还不好好教育她？下半句被吞回了嗓子眼里没说出口，她还不想这么快就被侠姐开除。

侠姐只是叹了口气："她故意闹，就是想让我每天都接她，多点时间陪她。她那小脑瓜里想什么，我这个当妈的还能不知道？"

原来只是小孩子试图跟忙碌的妈妈分一点宠爱的手段。李芊舒便也不再多说什么，后来再去接她时她故意使坏，也就全当没看见。就算团团没病，李芊舒也不会跟一个几岁小孩计较，即使这个小人精总像是吃了枪药一样，处处跟她对着干。她给团团收拾好小书包，团团故意扯过来打开，把里面的东西全抖落在地上。李芊舒又给她收拾好，她又非要把手里的画册也塞进书包，画册是硬壳的，很大一本塞不进去，她就气急地把画册摔得远远的。

李芊舒也不知道到底小祖宗又因为什么生气，也不敢问，也不敢催，只好不断地看时间，她把团团送到侠姐家之后还得去换班，她担心迟到。等团团发了一通脾气，累得坐在地上呼哧呼哧喘气的时候，她才小心翼翼地过去，把书包收拾好，一边收一边看孩子脸色，不像是反对的样子。书包里的本子被摔散了，她一页页叠好，里面掉下一张粉红色的卡片，上面还有个红色的蝴蝶结。她拿起来看，封面写着"给今天过生日的小朋友"，里面是团团的名字和生日快乐的字样，落款是今天的日期。原来今天是团团生日。李芊舒心里想，一整天也没见侠姐提起，肯定是妈妈忘了，小孩子不高兴要脾气了。

团团盯着李芊舒看贺卡，半晌才气鼓鼓地说："妈妈答应给我买生日蛋糕的。”

李芊舒点点头。

“对不起哦，”她对团团说，“妈妈今天忙，让我先来接你，她晚上会给你买蛋糕回家的。”

团团不作声地盯着她，明显是不相信。

李芊舒叹了口气，在团团身边坐下来，一边拿出手机给侠姐发了信息，一边把那张贺卡摆在桌上：“我小时候过生日，也没有蛋糕吃，只有姥姥会给我煮一碗面。”

团团眨了眨眼，没接话。

“你知道生日是什么意思吗？”李芊舒说，“就是妈妈把你生出来的日子。虽然你不记得，但妈妈是很辛苦的。所以小时候我每次生日，都会给妈妈做一张贺卡。”

“后来呢？”团团问。

“后来……没有什么后来。”李芊舒说，在旁边拿了一张废纸和一支笔，随便写了几个字给她看，“后来我的手就不听话啦，写字不好看，就不做贺卡了。”

“你的字真丑！”团团笑起来，毫不留情地评价道。

李芊舒就笑着点点头。

“那你可以画画，”团团说，“我最喜欢画画了。”她像是突然来了兴致，站起身跑到教室另一端的图画角，拿了一大板水彩笔过来：“我来教你！”

那天李芊舒换班还是迟到了，先去找了侠姐，把路上临时买的小蛋糕递给她。侠姐面无表情地看了李芊舒一眼，转身就走，淡淡留下一句：“蛋糕糖太多，她吃了不好。”

被团团嘲笑之后，李芊舒开始偷偷练字。有时侠姐以为她趁还没开工躲在狭小的休息间打瞌睡，来找她的时候发现她点着一盏昏暗的节能灯在那里临字帖，哭笑不得。

后来，李芊舒把团团送回家之后，可以陪团团一起练一会儿字。团团看李芊舒用左手写字有趣，也试着写，把好好一张纸写得七扭八歪。但团团逐渐对李芊舒态度好了很多，也不像以前那样沉默了，有时也会主动开口说一些符合她年龄的话，比如她交到了新朋友，跟她说话、带她玩了，今天的水果是她爱吃的樱桃了，午睡梦到妈妈了，诸如此类。

“老师今天表扬我画画好。”她说。

“真的？画了什么？”李芊舒一边专心写着字一边顺口问，“我可不可以看看？”

“不可以。”她一本正经地说。

“……”李芊舒被噎住，“好吧。”

“现在不可以。”小姑娘又认真地补了一句，“我要先给妈妈看。”

李芊舒忍不住笑了笑。

那天那张幼儿园送给团团的生日贺卡被她藏在了书包里，李芊舒偷偷看到她自己拿出来好几次，在上面画着什么，又小心地收好不给别人看。

“团团真的不能玩滑梯玩秋千吗？”后来她问侠姐，“就算是为了身体好，适度运动也可以吧？”

侠姐说：“也没有不能玩，就是必须在我眼皮底下玩。我怕她跟别的小孩玩起来没轻没重，再磕着碰着。”

团团即使坐在窗边画画，也时不时地往窗外瞄。李芊舒每次去接她的时候看到，总是觉得心酸。那天侠姐出差还没回来，又让她去接团团，路上堵车耽误了，也没来得及看手机，等她赶到的时候才发现出了事，团团从秋千上摔下来，手臂划伤了。

“不可能。她特别听她妈的话，就算我让她去玩她都不会去的，怎么可能突然一个人去荡秋千？”在和幼儿园老师一起去医院的路上，李芊舒一边联系侠姐一边质疑老师，说等处理好团团的伤就跟老师一起回幼儿园看监控。

团团只是哭，什么都不说。

李芊舒在医院里守到侠姐赶来，侠姐什么都没说，看了看已经睡着的团团，又去医生那边问了情况，然后示意李芊舒跟她去走廊说话。还没等侠姐开口，李芊舒却先承认了：“是我的错。我一眼没看到，秋千旁边别的小朋友玩闹伤到她了，对不起。”

侠姐倒是没反应过来李芊舒认错认得飞快，一愣。“团团这个情况，当初入园的时候我都签过协议，你以为为什么不让她跟别的小孩一样疯玩？万一出事幼儿园也要担责任的，我说过拜托你帮我看着她，我自己家人我心里有数，不需要你滥用你的同情心，你懂不懂？”侠姐有些着急，语气也不太好。

李芊舒下意识地回了句：“我不懂。我家人都说我没有同情心。”

侠姐又一愣。两个人尴尬地沉默良久。侠姐没有继续追究，只是红着眼睛在走廊的椅子上坐了下来，疲惫地捂住脸。“今天只是受了伤缝了针，万一出了大事，我想都不敢想。”她沉沉地叹了一口气，“你以为我不想时时刻刻看着她陪着她吗？陪她我就没有时间赚钱，没钱我就没办法带她治病，我能怎么办呢？”

李芊舒没吭声。

“我说话冲了，你别介意。”侠姐说，“我知道不是你让她去玩的。”

侠姐来医院之前，李芊舒给团团买了吃的。缝了好几针，小孩子本来就瘦弱的胳膊上的伤口显得很是狰狞。好不容易处理好了，李芊舒一边看着她吃，一边小心翼翼地问她：“今天为什么要去荡秋千？你不是很听妈妈话的吗？”

团团还是不吭声。

“你不告诉我的话，我也没有办法。”李芊舒故意看了她一眼，“我跟老师说了，等你妈妈来接你之后，就回幼儿园去看监控。你知道监控是干吗的？就是怕小朋友打闹出事，把你们白天在哪里玩、玩了什么，都录下来，一看就什么都看到了。”

团团明显心虚起来，犹豫了一会儿，小声开口：“新来了一个小朋友。”

“什么？”李芊舒没理解团团的意思。

“只有她不会跟别的小朋友一样，不带我玩。我不想说，说了她就跟别的小朋友一样，也不带我玩了。”

团团反反复复地说了一会儿，李芊舒总算听懂了。团团交到的这个新朋友因为是新来的，不知道团团身体不好，也不知道别的小朋友为什么不跟她玩，团团为了能继续跟新朋友玩，人家要一起去玩滑梯玩秋千，她就一起去了。幼儿园老师估计习惯了团团总是一个人待在角落，一时也没注意到她。

“妈妈会生气，还会哭的。”团团对李芊舒说，“你能不能，别告诉她？”

“……她可是我老板啊。”李芊舒忍不住说，但看到孩子的可怜样，她又心软了。“行吧，”她摸了摸团团的头，“那我就帮你一回，看在咱俩总一起练字的份上。”

团团伸出没缝针的另一只手要跟她拉钩。

“你知道什么叫有难同当吗？”李芊舒逗她，“就是，不开心的事要一起分担。咱俩这样，就是有难同当。”

团团也不知道为什么妈妈难得地没有发脾气也没有批评她，

但从那以后她算是真正把李芊舒看成了“自己人”，跟她更亲近起来。侠姐还是总会拜托她去接送团团。“我给国外的医生看过团团的状况，等她再大一点，我就带她去治，”侠姐说，“早点治好就好了。我也不用这样每天含在嘴里怕化了，就让她野一点、散养一点，风风火火地长大，该多好。”

后来团团断断续续画了好久的那张贺卡出现在了侠姐的钱夹里，李芊舒见到过。她的字练得也挺不错，现在用左手也可以写出一手挺拔隽秀的字，虽然和以前不一样了，看起来还是很有成就感。有时团团的作业本需要家长签字但侠姐又忙，李芊舒就代她签，模仿得不算像，但给幼儿园小朋友做担保还是绰绰有余。

团团幼儿园毕业那天侠姐和李芊舒都去了。李芊舒一边帮侠姐拎包一边帮她和团团拍照，感慨现在的小孩也太幸福，连幼儿园毕业都有像模像样的毕业典礼，毕业服、毕业帽一应俱全，还有幼儿园校长给拨穗，甚至还安排了一条长长的红毯和毕业墙给家长和孩子们拍照留念。李芊舒有些尴尬地站在红毯一端，远远看着家长孩子三三两两地拍照说笑，觉得自己既不是孩子也不是家长，与这个氛围格格不入。

“行了，给团团拍得够多了，”侠姐走过来，打断了她的出神，“咱俩也来拍一张。”侠姐一边说一边把正在一边玩自己帽子上穗穗的团团叫过来：“来，帮我们俩拍一张。”

团团临危受命，接过妈妈的手机，有模有样地指点起来：“站到那边，再往那边一点，再近一点。”

李芊舒连忙躲开：“我不拍，我又不是小孩。还是我给你们拍。”

侠姐扯着她的胳膊让她原地站好，等团团拍照。

“团团说，你教过她一个词。”

“嗯？”

“有难同当。”侠姐笑着，问团团，“有难同当的下一句是什么，团团？”

“有福同享。”团团脆生生地答，然后认真地按下拍照键。

番外二　不谋而合

（上）

每天她都是图书馆里最后一个离开的。学校有通宵自习室，但经常座无虚席，偶尔熬夜的时候看到旁边有学生直接带了睡袋来席地而卧反而更加犯困，她便发掘出另一个适合工作的去处——孔子学院的图书馆，来自习和借阅的几乎只有中国留学生，人少又安静。她喜欢坐在二楼转角靠窗的位置，阳光很晒、视野很好，能看得见楼下的小广场和喷泉，还有学生们三三两两地经过。时不时从眼前忙不完的工作和论文上抬起头，也算是稍微放松一下眼睛和脑子。

一直到天色尽暗的深夜，她才会在临近闭馆的时间下楼，偶尔借本书，大多数时候都是匆匆离开。借阅台值晚班的是个年纪不大的中国男生，闭馆时总是已经没什么人，他几乎是每天卡着她离开的时间自己也关门下班。她路过的时候，他经常盯着电脑、下巴搁在书上哈欠连天。

时间久了，两人也算是互相脸熟，借书刷学生卡的时候也会有的没的聊两句天。说是聊天，不过是问问对方哪个院的，调侃几句最近学校或者社区好玩的活动或新闻之类。至于对方的名字、年纪、在国外多久了、平时除了来图书馆值班和自习还喜欢做些什么，一概不知，也不感兴趣。

直到十一月的某个周末，馆里还没到晚上就已经空空荡荡，只有她一个人依然埋头忙碌到闭馆才收拾离开，临走前找了本书，下楼走到借阅台刷卡。自助借阅机不知道出了什么故障，扫描完书上的条形码之后就一直显示一个类似死机的画面不动弹。她等了很久没反应，东张西望了一阵子，平时都在借阅台坐着的男生也不知道哪里去了。她索性放弃，把书放到还书的架子上，正准备走，男生风风火火从门口跑进来。“机器坏了，”他说，“我帮你扫码。”顺手放下手里拿着的外卖，走到借阅台对面电脑前捣鼓了几下，重新扫了她的书。

她瞄了一眼，看到他放在一边的外卖，是个学校附近挺有名的比萨店，有名是因为学生们饿了想点宵夜的时候只有他们家 24 小时营业，快捷又实惠。

“没吃晚饭？”她就问了句。

他把借好的书递给她。“晚班早，我六点钟刚下课就过来了，每周的今天都没空吃晚饭，”他挠挠头不好意思地笑笑，“馆里老师说晚上没人，我值班的时候吃点东西没关系，但是算了吧，还是等下班再吃。”

她走出图书馆，他很快也关了大门出来，快走几步追上她。

“要不要一起吃？”他笑着说，变魔术似的从包里掏出一罐啤酒，又掏出一罐。

她忍俊不禁：“你来图书馆值班还带啤酒？这也是馆里老师允许的？”

他笑：“今天临时买的。”

两个人在图书馆门外小广场的草坪上坐下来。身后图书馆的灯光已经熄灭，一片漆黑，小广场上的喷泉也停了，四下无人，只有错落的路灯安静地亮着暖黄的光。男生打开比萨盒子，示意她拿一块，然后自己也拿了一块嚼起来，看样子真是饿了。她倒没拿，接过他的啤酒开了一罐。

“你不吃？”他三下两下吃完，又拿一块。

她就笑笑。“海鲜过敏。”她指指比萨上面用料很足的虾仁和三文鱼。

他一愣，顿时尴尬起来，嘴里嚼的食物也忘了咽：“这……对不起啊，我不知道。”

“你为什么要对不起，”她笑，“是你的晚饭。”

轻描淡写的解围并没缓解他的尴尬，反而见他更踌躇起来，支吾了片刻，才犹犹豫豫地开口说：“那个，嗯，刷卡借书的时候，借阅系统里能看到证件信息。”

“嗯？”她没明白他为什么突然提起不相干的话题。

“……我之前看过你的学生证。”他说，“今天你生日，是吧？”

她一愣，想了一下才反应过来，的确是她生日。手机里的日程提示装满了论文和考试日期，还有隔着国内时差的工作安排，早就不会再记下自己的生日了。

“你别误会哈，我也是突然想起来的，刚才刷卡的时候才想叫你。我是真的没吃晚饭，经常点他们家比萨。”男生立刻解释，“早知道我就点个不带海鲜的了。”

她就笑了。“没事。我也……不怎么喜欢过生日。”她喝了一口啤酒，晃了晃手里的罐子，“这个就挺好，谢谢你。”

“那……生日快乐。”男生就也笑着说。

难得的生日小插曲也算是枯燥生活中的小小慰藉，她以为就这么过去了，转天就忘了这事，没想到再次来到图书馆她常坐的那个位置时，看到桌上摆着一个小小的蛋糕盒子和一张卡片：“按国内时间，今天还没过，生日快乐。”

插曲过后，两人又恢复了从前的点头之交。

临近毕业，大家都忙得脚不沾地，国内公司也是一堆事急着等她回去，其他的事完全无暇顾及。

“但毕业典礼是一定要参加的，必须参加，不能缺席。”线上同事们开完会闲聊的时候，韩俊骁不忘见缝插针地叮嘱她，“这边事儿虽然多，也不差你早回来那么几天。”

“我都这么大年纪了，还在意这些虚礼干什么。”李千书笑着怼回去，“怎么，怕我治不好学历 PTSD 了是吗？”

“没有没有，”韩俊骁连忙认怂，“PTSD 的应该是我才对……”

在同事们的一再坚持下，本来想着早点回国的李千书还是留下来参加了毕业典礼。典礼在学校最大的体育场上举行，阳光和周围人脸上的喜悦都晃得人睁不开眼。她站在人群里，恍惚间觉得这一切似曾相识，却又新鲜得从未经历过。无论如何，这盛大而热闹的仪式属于在场的每一个人，当然也天经地义地属于她。现在，她难得地体会到了简单的快乐和满足，那些曾经在噩梦醒来后绝望着等待天亮的深夜，已经不需要再想起了，所有为了未来而艰难跋涉的过去，也在她放下了所有心结之后有了不同的意义。

回过神来，她看着周围纷纷拍照合影的学生们，一边心里想着发微博会不会又被韩俊骁她们嘲笑过于做作，一边随便叫住了一个戴着毕业帽正给别人拍照的同学，想请人给自己拍张照片。那人一回身，正是图书馆值晚班的男生。四目相对，两个人倒是惊喜。

“……毕业愉快！”她也不知道说什么，下意识地脱口而出。

他就笑了：“要我帮你拍照吗？”

她点点头，递上自己的手机，他却自然地往后退了一步，举起脖子上挂的照相机："用我的拍吧，之后传给你。"

只顾得上匆匆交换了联系方式，第二天她就启程飞回国了。一下飞机就收到了他发来的邮件，很多张照片，有按她的请求拍的一板一眼的毕业照，也有不知道什么时候抓拍的人群中的她。她把图顺手发在同事群里，大家立刻叽叽喳喳开始讨论哪张适合发微博、发朋友圈。

"真好看，"韩俊骁故意开玩笑，"真像个毕业生的样子。"

"什么叫像？"李千书也笑，"明明就是。如假包换。"

"是是是。"

番外二　不谋而合

（下）

“然后呢？”

李千书笑着摇头：“行了行了，好吃好喝还堵不住嘴？八卦起来没完没了。”

同事们热热闹闹得给李千书办接风宴，大家都到齐了，只差韩俊骁。同事说她有事耽误了，让大家先吃着喝着，她一会儿就到。大家倒也不在意，继续围着听李千书的八卦。

“……但是然后呢？”一个小姑娘不甘心地又问了一句。

“没有然后了。”李千书笑道，自顾自吃喝。

小姑娘们纷纷失望地叹气。

“韩俊骁怎么回事儿？”李千书问，“给我接风都迟到，现在还摆上谱啦。”

韩俊骁最近刚刚搬了家，租约到期之后，她换了一间整租的一居室，依旧离公司很近。独居之后，她不再像以前合租时那样随意，开始按照自己的喜好打扮起暂时属于自己的空间。她把小客厅改造成了书房，在最显眼的位置摆上了一张可以铺满阳光的书桌，后来又陆陆续续买了些绿植，回想着妈妈以前莳弄花草的样子，不会了就打电话问她妈，倒也养得有模有样。她甚至还买了架电子琴，偶尔闲下来的时候拣一拣小时候弹过的曲子，或是听到好听的歌就试着扒一扒谱。

一开始她放了一个简易组装的双层小书架在自己桌上，但由于工作原因，总是会收到合作方或是共事熟人的各种书，她自己也在不断地买书，小书架很快就堆满了，占领了她的半张书桌，再后来又占据了她拖来放在书桌旁边充当矮几的凳子，再再后来，凳子附近也堆满了，体积还在不断扩张，远远看去，就像是依靠着书桌和凳子生长出来的一座不规则形状的书山，并且摇摇欲坠，随时都要山体滑坡。她每晚就坐在山旁边加班，笔记本电脑被书挤得只能勉强在桌边搭一下脚，连咖啡都不再端过来喝，怕不小心打翻了殃及电脑和书。但她觉得心安。

等到韩俊骁进门，大家都已经吃喝玩乐了好一会儿，便有人笑着问她怎么耽误了这么久才来。韩俊骁连忙道歉："我的错我的错，我耽误了，对不住大家。"倒是没人介意，同事们忙不迭让她坐下，别耽误了吃喝。韩俊骁没坐，先把一个扎着缎带的盒子放到李千书面前。

"老板，毕业快乐。"她笑着说。

同事们纷纷反应过来:"哎呀，我们怎么忘了弄一个毕业蛋糕，还是韩姐细心。"

李千书就笑了："又不是今天才毕业，弄这些花哨的干吗。"但还是很高兴地拆开盒子，发现蛋糕的形状是一顶毕业帽，做得非常精致，小姑娘们都忍不住哇出声说好漂亮。蛋糕侧面写了毕业快乐的字样还有日期，韩俊骁被李千书拉到身边坐下，小声说："我叮嘱他们写日期，做蛋糕的师傅忘记了，后来补上的，所以晚了些。"

"韩姐，你来晚了，没听见八卦。"旁边的姑娘说。

“什么八卦？”

李千书摇摇头，笑着起身切蛋糕，韩俊骁一边吃着东西一边听小姑娘给她补了课，但还没等她继续刨根究底，大家的八卦话题已经在李千书巧妙的指引下转去了别的方向，一直吃到散席，韩俊骁也没机会再问。

等到同事们纷纷回家了，就剩下她们俩。聚餐就在公司附近，韩俊骁就跟李千书说，自己换了住处，问她要不要过去坐坐。

李千书有些意外：“可以吗？”

“为什么不可以？”韩俊骁说，“那年我被房东赶出来没地方住，你还收留过我呢。虽然现在也住得比较简陋，但招待你还是可以的。”她笑了笑，故意揶揄：“反正你标准也不高。”

李千书大笑。“我以为你不是好客的性格。”她有些感慨地说，“从小你就不喜欢我去你家捣乱，我感觉得出来。”

韩俊骁愣了好久，才回答：“那不是我家，是我爸的家。”

李千书没说话，但韩俊骁知道她明白自己的意思。

“叶晓楠的家，也不是我家。”她悠悠地继续说，“好笑吧？我竟然是在没有了家之后，才有了家。”结果一进门她就被李千书无情地嘲笑了。“你家里怎么这么乱？”她一眼看到那堆乱七八糟的书，“愚公移山呢？”

“呃，书太多了没地方放。”她让李千书坐沙发，“习惯了。”

李千书看了她一眼，没说话。

为了转移话题，韩俊骁提起了她没来得及继续追问的话题：“那个图书馆偶遇的男生，后来回国了吗？”

李千书哀叹一声：“你都老大不小了，能不能别跟小姑娘们一样八卦啊。”

韩俊骁扑哧一笑：“那你也不能话说一半就没了。”

“我没说一半啊，”李千书说，“真的没然后了。”

“我不信。”韩俊骁说，“天天在图书馆打照面，他还给你拍了毕业照，最后你连人家的名字都没问？他后来也没再联系你？这也太佛了吧？”

“名字倒是知道……”李千书若有所思地琢磨着，“邮箱好像就是名字的全拼吧，不过也不知道是哪几个字。”

韩俊骁哭笑不得，露出一副恨铁不成钢的表情：“我服了你了。”

李千书却没笑，若有所思地说：“其实对我来说，也不太重要了。现在我有家，有工作，还有你们，什么都很好。你说呢？”

韩俊骁想了想，无法反驳。

“谢谢你的毕业礼物，很好吃，我很喜欢。”李千书歪在沙发上伸了个懒腰，心满意足地说，“但是老板收员工的礼物怎么好意思呢，我也送你一个礼物吧。”

“不用，老板，应该的，”韩俊骁说，“要不老板考虑一下给员工涨点工资也行。”

老板拒绝回答并适时地打了个哈欠。“太困了，倒时差倒不过来。”她懒洋洋地说，“……在你这儿睡一晚上沙发吧。”

第二天是周末，韩俊骁醒来的时候李千书已经走了，她也没当回事，回到床上又睡了个回笼觉，却被敲门声惊醒。外面人说是送货上门安装的，韩俊骁一头雾水，心想自己没买什么需要上门安装的东西，但对方报的姓名电话地址都是自己的，她确认无误，只好疑惑地开了门。

看到工人依次搬进屋的板材和零件她就明白了，是一个书架。韩俊骁又气又感动又好笑，拿起手机想给李千书打电话，却看到她发来的信息。

“既然是你自己的家，就值得拥有一个自己的书架。”李千书说。

韩俊骁坐在一旁，目不转睛地看着工人们按部就班地把书架一点点组装起来，她从来没有这么仔细地观察过这个过程，机械、枯燥，但有趣，就像是目睹着一棵单薄的枝芽盘根错节地长成参天大树。

等工人走了，她花了一整天的时间把堆成山的书一本一本拿起来填满书架，单调重复的劳动，她却乐此不疲。每一本书都是她自己的，搭建起来的世界，也将是完全属于她自己的。有那么一瞬间，她很想回到很多年以前。

回到在书房里明争暗斗、两败俱伤的那两个小女孩面前，回到面对着颠倒黑白的世界无措痛哭的她们面前，回到带着对彼此的愧疚和怨恨分道扬镳的她们面前，回到因为懦弱和恐惧而临阵脱逃的自己面前。她有好多话想说。

但她口拙嘴笨，可能到头来什么话也说不出，只会拉着她们在书架前坐下来，把那些做不完的试卷、写不完的作业、解决不了的烦恼，都扔到一边，随便拿本什么书，安安静静地一起看。偶尔窸窸窣窣地交头接耳，又像说了什么只有彼此懂的话一样轻笑出声。

她很想告诉那两个稚气的小女孩，她们以后会是很好的朋友。

但转念一想，也没什么必要。

她们一直都是这样，互相羡慕、嫉妒、竞争；互相担心、惦记、珍惜，在生活的日常里鸡飞狗跳地焦头烂额，也在人生的旅途中不谋而合地并肩前行。

她们早已是朋友了。

作者简介 ｜ 易难

毕业于中国人民大学、斯坦福大学，现职编剧。

作品多书写女性复杂多样的生活状态和内心世界的探索，
聚焦都市新女性的焦虑与突围、迷茫与抉择，
并试图赋予这些新女性角色更深刻的时代意义。

曾获豆瓣阅读小雅奖最佳连载、最佳作者等奖项。
已出版长篇小说《贤媛》《她和她的群岛》等。

图书在版编目（CIP）数据

我们这样长大 / 易难著. — 上海：东方出版中心，2022.8

ISBN 978-7-5473-2023-5

Ⅰ. ①我… Ⅱ. ①易… Ⅲ. ①长篇小说 - 中国 - 当代 Ⅳ. ①I247.5

中国版本图书馆CIP数据核字（2022）第143859号

我们这样长大

著　　者　易　难
策划编辑　张馨予
责任编辑　张馨予
装帧设计　付诗意

出版发行　东方出版中心有限公司
地　　址　上海市仙霞路345号
邮政编码　200336
电　　话　021-62417400
印 刷 者　上海颛辉印刷厂有限公司

开　　本　890mm × 1240mm　1/32
印　　张　14.5
字　　数　291千字
版　　次　2022年9月第1版
印　　次　2022年9月第1次印刷
定　　价　55.00元